U0146227

酒桌要革命

涤荡浊流 还以清醇 祛除俗陋 回归文化

张向持 著

作家出版社

图书在版编目（CIP）数据

酒桌要革命 / 张向持 著. -- 北京：作家出版社，
2014. 10（2014.12重印）

　　ISBN 978-7-5063-7485-9

　Ⅰ. ①酒… Ⅱ. ①张… Ⅲ. ①报告文学 – 中国 – 当代
Ⅳ. ①I125

中国版本图书馆CIP数据核字（2014）第183049号

酒桌要革命

作　　者：张向持
责任编辑：郑建华　李　雯
装帧设计：连鸿宾　朱文宗
出版发行：作家出版社
社　　址：北京农展馆南里10号　　　　邮　　编：100125
电话传真：86-10-65930756（出版发行部）
　　　　　86-10-65004079（总编室）
　　　　　86-10-65015116（邮购部）
E-mail:zuojia@zuojia.net.cn
http://www.haozuojia.com（作家在线）
印　　刷：三河市北燕印装有限公司
成品尺寸：152×230
字　　数：270千
印　　张：23
版　　次：2014年10月第1版
　　　　　2014年12月第2版
印　　次：2014年12月第3次印刷
ISBN 978-7-5063-7485-9
定　　价：39.00元

目　录

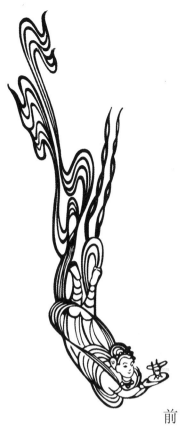

前　言

把酒问青天

　　很早很早的时候，我们的老祖先大禹品尝到一种特殊的饮品，其味芳香，荡神惑意，于是惊曰：国之祸也！

　　被大禹视为"国之祸"的饮品便是"酒"。据考证，那是果类腐烂后产生的浆液，发现者名仪狄，乃帝女。

　　大禹"遂绝旨酒，而疏仪狄"，即下旨颁布禁酒令，并疏远仪狄。大禹甘为后人做戒酒的榜样，而后人薄效，商纣王"造酒池，可行舟"，果然喝掉了江山，应验了大禹之言。

　　"酒亡商纣"是先人留给后人的警告，但这样的警告并未切断中国酒文化继续向前发展的历史。尤其杜康又发明酿造了含有粮食成分的酒类以后，中国便真真切切沉醉其中了。

　　此后，"酒禁"不断，然屡禁不止，星更月移至今，天依然，人依然，酒依然。为何？

　　孟浩然有诗：开轩面场圃，把酒话桑麻。

　　李白有叹：天若不爱酒，酒星不在天。地若不爱酒，地应无酒泉。天地既爱酒，爱酒不愧天。

白居易有文：麦曲之项，米泉之精，作合为酒，孕和产灵。孕和者何？浊醪一樽，霜天雪夜，变寒为温。产灵者何？酒醑一酌，离人迁客，转忧为乐。

欧阳修有解：醉翁之意不在酒，在乎山水之间也。山水之乐，得之心而寓之酒也。

……

酒中礼，酒中情，酒中乐，酒中灵，酒中之蕴历数不尽，实乃天地共厚之物，怎一个"祸"名而终？怎一个"禁"字了去？

酒是一种文化，这种文化已经融入了中国几千年的历史。"酒文化"是中华民族文化的重要组成部分，一方面，它的产生和发展与中华民族文化相融相随；另一方面，它也极大地丰富了中华民族文化的内涵。所以有人比喻说：酒是文化的酵母，文化是酒的灵魂。

历数夏、商、周、秦、汉、唐、宋、元、明、清，直到今天，酒与文化何时断缘？刘伶的《酒德颂》、白居易的《酒功赞》、王粲的《酒赋》、王绩的《醉乡记》、欧阳修的《醉翁亭记》、曹操的《短歌行》、李清照的《诉衷情》、关汉卿的《沉醉东风》……从这些数不清的文诗词曲中，我们所看到的不仅仅是妙笔佳章，更有中华民族对酒的钟情，以及酒在中华民族文化中的地位。尤其唐、宋时期，酒文为伍、酒香弥卷的局面使得酒与文化的融合空前鼎盛，"酒文化"对社会形成全方位的影响，这种影响直到今天仍经久不衰。

酒事千年，酒香万代，显示了酒寓于文化、寓于生活的价值。酒是人间尤物，它与天地共存，与岁月共伴。

可是，到了今天，人们对酒竟发出了"祸及生命、祸及健康、祸及家庭、祸及社会、祸及文化、祸及文明"的评判，"酒桌革命"成了不能不提的话题。似乎，人间琼浆混浊了、串味了，人之过？酒之过？

把酒问青天。

一问天：杜康留美味，人间欢愉添；贪杯多祸殃，当否责酒仙？

二问天：官场几杯酒，百姓四季汗；豪宴无平民，酒奢谁汗颜？

三问天：酒疯遍地起，大漠鼓船帆；谁解此中忧，挥刀断绳缆？

四问天：有酒好待客，适饮为酒贤；醉卧不知晓，伤身谁人怜？

五问天：酒中有风雅，千古多美谈；而今粗俗旺，文化几多钱？

六问天：前有琼浆颂，后有双刃剑；孰知杯中物，福祸在己端？

七问天：壶中乾坤大，执壶连江山；可否问酒政，记否大禹言？

八问天：杯中岁月长，举杯饮悠闲；我等月宫游，嫦娥可翩跹？

第一章　酒香弥卷千秋远

——中华酒文化简述

　　中国是人类最早的酒类发明地，"酒文化"的历史始于大禹时期。

　　自从有了酒，中华民族文化的内涵便显得更为丰富多彩，酒助文兴，文厚酒香，酒文为伍历久千秋，妙文佳章华丽天下。

　　的确，中国"酒文化"的悠久淳厚是国人的骄傲，中华民族与酒有难解之缘。

　　我们回顾中国"酒文化"的发展历史，目的在于把握它的发展航向，使之历久不失文明、健康的本色。

杜康空桑引琼浆

　　说酒论酒先求源。人类何时有了酒？最早的酒是怎样产生的？到底是谁创造了酒？

　　有种推断，说酒在人类洪荒时代就产生了。根据是，在希伯来人的《圣经》和古印度典籍中都有酒的记载，在希腊神话中也有关于酒神狄奥尼索斯的故事。切勿信以为真，因为神话是后人编造的，都属想象。再说，人类的洪荒时代属于人的思维尚不健全时期，咋可能有发明酒的智慧？

　　有著说，人类最早的酒是由青草发酵而成的。这种说法肯定不成立，因为青草中不含有足够的淀粉或糖，而缺少淀粉或糖的东西是无法发酵为酒的。

　　明代《紫桃轩又缀》中说，"黄山多猿猱，春夏采杂花果于石洼中，酝酿成酒，香气溢发，闻百步。野樵深入者或偷饮之，不可多，多即减酒痕……"由此得出"猿猴造酒"说。在清代的《粤东笔记》《清稗类钞·粤西偶记》中也有"猿猴造酒"的说法。这种说法也不成立，"造"是什么？是劳动创造能力，而猿猴没有这种能力。

　　欧洲人推断说，蜜蜂酒是人类最早的酒，理由是大约在1万年前，地球不生长果类和谷物，人类将蜜蜂、水和香料混合后，经发酵制成了酒。这种说法更离题，因为人类产生后不可能没有果类，没有果实花香，何来蜜蜂？这是常识。

还有人说，最早的酒应该是乳酒。根据是，在新石器时代的遗址中，发现了用陶土制的酒具。新石器时代已产生了畜牧业，人们挤乳贮存，在此过程中，空气中的酵母侵入乳汁，经发酵成为乳酒。此说有点近，但根据不足。

酒的发明权在中国。

中国何时有了酒？谁人发明？何以为证？

翻开现存的先秦古书，大有"本本藏酒香，卷卷醉人意"之感。中国最早的文字是甲骨文，其中就有"酒"字。甲骨文出自殷商时期，据今已遥遥四千多年喽。大家都知道我国殷商时期就有了青铜器制品，那上面也刻有"酒"字。这说明，在殷商之前我国就已经有了酒。"之前"到什么时期？再往前查。

洪荒时期，中原猿类在征服自然的过程中变为人，成为中华民族的祖先。中原祖先走过"裴李岗文化""仰韶文化""龙山文化"时期，终于在公元前21世纪建立了我国历史上第一个国家——夏朝。国家的出现标志着中华民族进入了创造文明历史的新阶段。

他们创造了精美的陶瓷工艺，为商周时期饮誉全球的青铜制造奠定了基础；他们也发明了酒，为人类文明生活增添了一味郁香。

秦汉年间有《世本》一书，专门辑录上古帝王公卿谱系。此书记载："仪狄作酒，禹饮而甘之，遂绝旨酒，而疏仪狄。"何意？大意是说一位名仪狄的美貌女子把自己做的酒献给禹，禹饮出了甘美之味，也顿生警觉，预感到这"甘美之味"将来会让人沉湎其中，误人亡国。遂之便拒绝继续饮酒，并疏远了仪狄。禹禁酒又疏仪狄，想做个不近酒色的榜样，以师训后人。于是有人说，"不近酒色"这句话大概就是从大禹时代出现的。

仪狄何人？晋人江统说是"帝女"，到底是禹帝的女人还是女儿？后人弄不清楚。我们至今所知道的是，仪狄是女人，酒最早是从女人那里来的。酒与女人，谓之"酒色"，我们叫了几千年。

　　仪狄造酒说是否可靠？从众多史书中能够找到的统一答案是，大禹时期的确有了"酒"，那只是酒的雏形，是果类腐烂发酵后溢出的液体。秋天，树上的果子熟了，由于人少果子多，吃不了，许多便掉在地上。在适宜的气温下，那些沾在果子上的发酵菌类，便在果体含有的糖分中愉快地繁殖起来，并产生了大量的酶素，糖被酶分解又转化为含有酒精的液体，就成了"酒"。人类最初的"酒"就是这么出现的，那只是一种被动的发现，算不上主动制造。

　　然而，这毕竟是中国的"第一滴酒"，也是人类的"第一滴酒"。

　　第二滴酒是指粮食酒。

　　从自然出现第一滴果酒，到有意识地制造出果酒，我们的祖先无疑是人类的有功之臣。粮食酒的出现，更证明了这一点。

　　酒的发展有个过程，这个过程在晋人江统的《酒诰》中有记载：酒之所兴，肇自上皇，成为帝女。一曰杜康，有饭不尽，委之空桑，郁积成味，久蓄气芳，本出于此，不由奇方。

　　前半截子说的是仪狄与果酒的关系，不必在意。后面说的就是粮食酒的事儿。传说，周人杜康宅旁有溪（今河南省洛阳市龙门以南的杜康河），溪岸桑（树），桑老而空，杜康常把剩饭倒进树洞，天长日久，树洞便溢出一种气味芳香的液体。杜康在反复品尝之后，受到启发，酿造出人类历史上最早的谷物酒，人称"杜康酒"。这与江统《酒诰》中的记载完全吻合。

　　江统《酒诰》记载的"杜康酒"算不算白酒？算，也不算。说算，是因为它的主要成分是粮食，而且有一定的烈性度，具有白酒的特征；说不算，是因为它还不是曲酒，只有用曲发酵的酒才能称白酒。既是白酒又不是白酒，到底算什么酒？准确地说是白酒的雏形。

　　"猛虎一杯山中醉，蛟龙两盏海底眠，不醉三年不要钱"，这是故人题在杜康酒坊的诗句。一杯灌醉猛虎，两盏放平蛟龙，说明度数不低，符合白酒性烈的特点。

　　"千里溪山最佳处，万年古泉酿醇芳"，此诗题于杜康河源头"上皇古泉"青石门楼上。据记载，杜康为了大量酿酒，踏遍"千里溪山"，终于找到"上皇古泉"。此泉水质甜醇，酿酒最佳，被杜康视为"酒泉"。杜康造酒为什么如此看中水质？因为水质优劣关乎酒品。

无论怎样考究，现存历史文献证明，杜康是中国历史上第一位大酿酒家，他的重大贡献不仅仅在于较大程度地发展了民间酿酒，更在于为以后白酒的出现铺下路、架起桥。所以有人说他是中国古代具有承前启后地位的酿酒家。他的美酒飘溢天下，于是后人尊称他为"酒祖"，享尽人间美誉。于是又有了曹操"何以解忧，唯有杜康"之不朽名句。

十九世纪，法国人卡尔迈特在研究中国药曲酒的基础上制造出了白酒，而那时候，中国的白酒生产已有三千多年的历史了。有人考证说，中国真正意义上的白酒（烈性酒）出现于唐末宋初时期，因为那时候出现了"烧酒"之说，烧酒就是烈性酒。错！中国的白酒在秦汉年间就出现了。何以为证？汉和帝刘肇、顺帝刘保、桓帝刘志，都因饥荒而禁酒，目的是节约粮食。白酒不正是粮食造的吗？有人问，那时最出名、最有代表性的白酒叫什么？不知道。史学家们正在进一步考查，目前尚无定论。也就是说，目前为止中国白酒最早出现的时期找到了，但第一个有酒名的是谁，还是个问号。其实，这个问题能否搞清楚也没那么重要，对中国人来说，知道自己搞出白酒比外国早了许多许多年，就够骄傲了。

中国还有一种酒也是世界最早的，那就是绍兴加饭酒。至春秋战国，绍兴加饭酒已有300年的历史了。

春秋战国时期，吴越两国交战，越国战败，越王勾践被迫对吴俯首称臣。但是勾践受辱不忘雪耻，每天睡在柴房，饭前尝一尝苦胆，激励自己报仇复国。这就是大家都知道的"卧薪尝胆"的故事。

勾践卧薪尝胆十年，终于等到与吴国决战的时刻。出征前，绍兴酿酒名师王全献给勾践一坛陈年老酒，说："此酒名叫加饭酒，至今已有300年历史，献酒壮师，祝吾主早日凯旋。"勾践把酒倒进江中，号令三军共饮江水，以励斗志。勾践大胜，自此留下"一壶解遗三军醉"的佳话。

从大的概念上讲，中国是人类酒的发源地。但这并不意味所有的酒类皆源于中国，比如葡萄酒。

1996年，西方考古学家在伊朗发现，人类于7000年前已饮用葡萄酒。美国考古学家也证实，在伊朗北部扎格罗斯山脉一个石器时代晚期的村庄，发掘出一个罐子，这个罐子产生于公元前5415年，里面有残余的葡萄酒。

大量考古资料证明，葡萄的发源地是小亚细亚里海和黑海之间及其南岸地区。大约在7000年前，南高加索、中亚细亚、叙利亚、伊拉克等地已经种植葡萄。目前比较经典的说法是，葡萄酒由希腊人发明，经罗马人推广开来。

中国的葡萄酒出现在何时？没有准确的说法，据说最早的记载是见于司马迁的《史记·大宛列传》。可以确定的是，中国葡萄酒的产生和规模型生产都比外国晚。汉朝张骞出使西域，引入了欧亚种葡萄，先至新疆，再经甘肃河西走廊至西安，后传入华北等地。在唐代虽然吐鲁番的葡萄种植业和葡萄酒酿造业已较发达，但直到清光绪年前期，我国的葡萄酒工业始终停留在手工作坊式水平。直到1949年，中国仅有葡萄酒厂8个，其中5个为外国人所建。中国最早的葡萄酒公司是烟台的张裕酿酒公司，是我国近代著名的爱国华侨张弼士于1892年独资创办。尽管历史不长，但影响并不小。1914年，南洋劝业会上海招商会在南京召开商品陈列赛会，张裕的白兰地酒荣获最优等奖和金质奖章。张裕的白兰地酒从此被定牌为"金奖白兰地"。1987年是国际葡萄酒年，在布鲁塞尔评酒会上，张裕的干白葡萄酒系列有3个品牌荣获世界金牌奖。国际葡萄酒界对张裕公司的杰出贡献给予高度评价，并正式授予张裕公司所在地为"国际葡萄酒城"。

目前，法国、意大利、德国为世界葡萄酒大国，意大利和法国产量最大，技术水平也最高。法国葡萄酒的产值占全国工业总产值首

位，有十分之一的人口靠造酒或经营酒谋生。中国的葡萄酒业虽壮大迅速，但仍属于发展阶段。

再说啤酒，它是历史最为悠久的酒种之一，有文献表明此物的起源可追溯到 9000 年前。还有文献记载，啤酒起源于 4000 — 6000 年前古埃及的尼罗河畔。在 2000 年前的巴比伦模纳比时代，就已编著出《啤酒酿造法》，由巴比伦国王模纳比亲手撰写而成。

啤酒由埃及传到欧洲，至 8 世纪，德国人率先使用酒花生产啤酒。1850 — 1880 年间，出现了灭菌、酵母、冷冻等技术，使啤酒酿造进入工业化规模生产阶段。

而中国，直到 1900 年才在哈尔滨建成第一家啤酒厂。1903 年，英商和德商在青岛联建英德酿酒公司，后更名青岛啤酒厂。1915 年，北京建起"双合盛啤酒厂"。新中国成立前，中国只有 10 多家啤酒厂，年总产量不足万吨。中国啤酒业尽管起步晚、底子薄，但发展并不慢，从 1950 年到现在已有啤酒厂 800 多家，年总产量达到 2100 万吨，仅次于美国，居世界第二位。但目前就人均水平而言，中国还算不上啤酒大国，远远不及美国、德国。美国 1 亿多人口，啤酒年生产量在 2400 万吨以上；德国啤酒年总产量 1140 万吨，居世界第三位，人均水平也远远高于中国。

不管怎么说，中国仍不失为世界第一大酒国。中国从产生第一滴酒至今，已经过数千年漫漫岁月，目前可谓酒类繁多，家大业大，称雄世界。不说别的，看看中国的酒类有多丰富：

白酒类——酱香型，以茅台酒为代表；清香型，以汾酒为代表；浓香型，以五粮液为代表。此外还有米香型、兼香型等。

黄酒类——大米黄酒，小米黄酒，玉米黄酒。

啤酒类——鲜啤酒，熟啤酒。（按是否经过加热消毒区分）

果酒类——干酒，半干酒，半甜酒，甜酒，蜜酒。（按含糖总量区分）

葡萄酒类——红葡萄酒，白葡萄酒，干红葡萄酒，干白葡萄酒，

香槟酒。（按色泽、含糖量区分）

药酒类、保健酒类的品种也很多，诸如鹿鞭酒、虎鞭酒、蛇酒、蝎酒、枸杞酒、蛤蚧酒……

总之，有了仪狄和杜康的第一滴、第二滴酒，也就有了以后的第三滴、第四滴酒……也就有了中国注定要成为世界"酒国"的辉煌历史。

酒的出现，既给我们中国人的生活增添了一剂美味，也使我们中国社会的内容变得丰富起来。

杜康造酒初期，酒是奢侈品，它的郁香美味绝不是什么人都有机会和条件能够享受的，唯有帝王公卿享乐其中。周朝在天官属下设酒正，职能是"掌酒之政令，辨五齐三酒之名"，说白了，就是专门掌管酒务的官；周朝还实行"官酿"，以保证王公贵族的需要。

但酒对人的强烈诱惑不仅限于帝王公卿，它的郁香美味也熏醉了才子佳人，最终，美酒冲出了宫墙，走进平民百姓中，成为民众的佳肴。喝酒的人多了，造酒的人也多，喝酒、造酒的都多了，酒的文化价值便出现了。

大家知道杜康这位酒祖最初打酒的工具是什么？是瓢，一个葫芦剖成两半产生的那种东西。许多人装酒用什么？是葫芦，就是我们常看到的醉八仙中铁拐李总拴在腰上的那种葫芦。那么后来呢？后来一种一种接一种地出现了数不清的酒具，让人眼花缭乱。我们随便摆出古代的几样酒具看看：樽、豆、斗、爵、觥、觚、角……这些酒具都是古代的，其形状之多样、复杂，似乎让我们今天这些现代人也难以琢磨透彻。我们不妨先见识几种古代常用的酒具：

尊——它是一种大口酒具，肚大、底平，接近一斤酒的容积，做酒杯用。大诗人李白的名句"人生得意须尽欢，莫使金尊空对月"中的"尊"就是这东西。因为古人饮用的是果酒，基本没有酒精度，所以尽管尊的容积大，但连饮数杯也无妨。换到现在，那种饮法谁也受不了。

豆——高脚，木制。它既用来盛肉盛菜，也能装酒。它作为盛酒器具是最理想不过了，因为木制器皿存酒具有防渗、防晒、防冻、防蒸发，且保味、固鲜之奇能。它的容积由最初的几斤发展到几十斤，后来又演变为木制酒桶，酒桶的容积逐渐增加到数吨。木制酒桶一直沿用到民国时期，之所以现在变成了酒缸，多半是木料用途过多、成本太贵的原因。

斗——也是盛酒器。和一般盛酒器相比，斗的容积要大一些。"李白斗酒诗百篇""酌以大斗""太保传令换大斗"等，都表明了"斗"是个大容积的酒具。斗的容积到底有多大？据推算现在的酒能装3公斤。

古代的酒具有木制的，也有铁、青铜、玉、瓷、银、金做的。越靠近今天，酒具的种类越多、做工越讲究。如果说每个时期的酒具代表每个时期的政治、经济、文化，肯定没错。

有人说，酒具是中国人类出现礼仪的明显标志。仔细琢磨琢磨也是：双手举杯向客人敬酒，表明一种尊敬，这不正是一种礼仪吗？在没有酒和酒具之前，还有什么东西值得祖先们用双手举起向他人以示敬意呢？祖先们总不会向客人双手敬水吧。双手举起酒杯使祖先们开始创造礼仪，这种简单的礼仪随着社会生活的不断丰富而逐渐发展，最终使中国出现了礼仪文化并以"礼仪之邦"享誉世界。

当酒与文人墨客结下了难解之缘，酒助文兴，文助酒风，两者水乳交融、形影相随，便使中国酒文化的发展经久不衰。

酒，其趣其乐其悲其忧尽在其中。

酒的产生和发展有着漫长的时间过程，我们在此无须细探。但有几点需要搞明白：其一，中国是人类历史上最早发明酒的国家；其二，中国最早发明的是果类酒；其三，中国在宋代产生了曲酒酿造法，真正意义上的白酒是从那时候出现并很快形成规模的，这在世界酿酒史上也是最早的。

自从中国人的老祖先发明了酒，这东西便成了尤物，弄出了中国尚酒之风古今不衰的局面。若论对酒的缠绵，我们今天的中国人绝对不负祖先。

酒文化是"禁"出来的

既然酒文化是与酒同时产生的，我们不妨从头说起。我们中国人的老祖先创造出人类第一滴酒的时候，只知道它是一种诱人的饮品，和水比，它有甘美的味道。有酒之前，水是唯一能喝的东西，而酒是人类发现的第一种有美味的饮品。大禹饮之而惊，惧其祸，所以有了"遂绝旨酒，而疏仪狄"之说。什么意思？就是说大禹从此拒绝饮酒，并且疏远了造酒的仪狄。那时候的"酒文化"体现了什么？很显然，是"酒警文化"：大禹把酒视为"祸水"，时时提醒大家疏酒以避祸，所以夏代对酒的警惕性比较高，总体上属于"疏离"。瞧瞧，酒一出现就背上了"祸名"。

商代，纣王不管那么多，造个酒池可行船，整日里不是美酒就是美色，还时常抱着美女跳进酒池戏饮，玩昏了头，把江山也玩没了，验证了大禹"日后必有酒色亡国者"之预言。由此看来，商代留下的无疑是"酒色文化"。

商朝灭亡后，纣王留给周朝最大的教训便是"纵酒丧国"，于是周朝颁布《酒诰》，开始中国历史上第一次禁酒，不仅规定王公诸侯非礼不许饮酒，最严厉的一条是不准百姓群饮："群饮，汝勿佚，尽执拘以归于周，予其杀。"看明白了吗？对民众聚饮不能放过，统统抓起来送到京城杀掉。《酒诰》还规定，执法不力者同样有杀头之罪。

周代规定了严格的饮酒礼仪：时、序、数、令。

时，是指严格把握饮酒时间，只可在婚礼、冠礼、丧礼或者喜庆典礼场合饮酒，违时即为违礼。

序，指在饮酒时，遵循先天、地、神、鬼，后长、尊、幼、卑之序，违序即为违礼。

数，指在饮酒时适量适度，三爵即止，过量即为违礼。

令，指在酒宴上服从酒官指令，不可随心所欲，违者即为违礼。

史学家声称，周朝"酒仪"的出现，使酒走出了单一的"宫品"蝇地，产生了"文化"的含量。换句话说，"酒文化"自此出现了。其实，中国"酒文化"自大禹时期有了"第一滴酒"就产生了，只不过朦胧、散碎些罢了，周朝的贡献在于"归拢"与"系统"，使之清晰化。

酒文化自出现至今，已丰富发展了数千年，具有鲜明的时代烙印。也就是说，在不同的历史时期，酒文化有不同的表现。

周代把酒的主要用途限制在祭祀上，于是"酒祭文化"出现了。接着是前面讲到的时、序、数、令，"酒仪文化"自此而始。如果谁认为周代之前的"疏祸文化""酒色文化"有调侃之嫌，不服也罢。但周代的"酒祭文化"和"酒仪文化"是有史料记载的，绝非空穴来风。这么说吧，周代对中国酒文化的贡献属于开创性的。

秦汉年间出现了"酒政文化"，也就是说，专司酒务的酒吏出现了。同时，酒与政治的冲突鲜明化。这时期统治者站在"讲政治"的高度屡次禁酒，最终是屡禁不止，为什么？因为禁酒的理由都是"以防乱政"，酒民不服，连许多权贵都坚决反对。东汉献帝建安初年，北方初定，群雄未灭。当时曹操当政，励精图治，练兵屯田，下令禁酒。没想到第一个站出来反对的是孔融。孔融是何许人？是当时士大夫中的中坚人物，在朝野的影响力不逊曹操。孔融写了著名的《与曹操论禁酒书》，探讨禁酒的是非，列举酒的好处，说明治国不能无酒，特别指出大汉江山靠的就是酒。他排列了"高族非醉斩白蛇，无以畅其灵""樊哙解厄鸿门,非豕肩卮酒""郦生以高阳酒徒,著功与汉"等论据,得出结论:"是由观之,酒何负与政哉"!总之,在孔融看来,禁酒是没有道理的。

曹操看后,复信孔融,说夏、商两代都因酒废政、因酒而亡,所以应引以为戒,必须禁酒。孔融也复信反驳道:"徐偃王行仁义而亡,今令不绝仁义;燕哙以让失社稷,今令不禁谦退;鲁因儒而损,今令不弃文学;夏、商亦以妇人失天下,今令不断婚姻。而将酒独急者,疑但惜谷耳,非以亡王为戒也。"孔融以为,禁酒者无非是为了节约粮食,而拿出"亡国之戒",禁酒是因噎废食,绝不足取。

再说刘备占领蜀国后,也下令禁酒,并规定凡家中有酿酒器具者,皆按私酿论罪。一天,刘备和老部下简雍外出,简雍指着路上的一男一女对刘备说:"彼人欲行淫,何以不缚?"刘备问何以发现他们要干伤风败俗之事?简雍答:他们身上都有生殖器,当然能行淫,这就同家里藏有酿酒器皿就能酿酒一样。刘备明白了,自己最信任的老部下原来是拿这个作比方,反对禁酒,于是哈哈大笑,马上解除了禁酒令。

今天的人们都不怀疑酒是好东西,可我们的老祖先在很长一段时间看不惯它,从它一出现就禁来禁去,一直到了魏、晋时期,晋武帝司马炎颁布酤酒法,酒才有了合法地位。"合法地位"意味着酒不仅可以大量生产,而且能够公开买卖,紧接着便出现了酒税,酒税成为国家的财源之一。于是,"酒财文化"出现了。有人说中国的酒税最早见于汉武帝时期,那时就有了"酒财文化"。这种说法也有点影子,因为当时汉武帝实行了"抽税"政策。但那一时期还没有走出酒禁,酒的"合法地位"还未确定,真正意义上的"酒财文化"不可能形成。

到了唐宋时期,中国的酒业发展已达到空前规模。那么,唐宋时期酒文化的主要特征是什么?是酒与文人墨客大结缘,出现了辉煌的"酒章文化"。这一时期,酒与诗、酒与词、酒与音乐、酒与书法、酒与美术等,相融相兴,沸沸扬扬。有章节专门介绍此时酒文盛况,此处不赘。

忽必烈入主中原残暴杀戮，明代起义烽烟不断，满清不御外侵，都闹得百姓四处迁徙避患，比如河南人走西口，山东人闯关东，客家人赴粤、闽等。中国人的居住地大分散，地域文化逐渐形成，与此相应的"酒域文化"随之产生，如不同地域的不同酒俗、酒礼丰富多彩。

当今，酒文化的核心便是"酒民文化"了。"酒民文化"有三大特征：首先是"人本特征"——人的酒行为更为普遍，酒与人的命运更为密切。二是"生活特征"——酒广泛地融入了人们的生活，贴近"生活"的酒文化得到了空前的丰富和发展。比如生日宴、婚庆宴、丧宴等等以及相关的酒俗、酒礼，成为生活内容。三是"变化特征"——五十年代刚建国，经济困难省着喝；六十年代搞斗争，和谁喝酒分得清；七十年代不解放，喝酒不能太张扬；八十年代搞改革，精神抖擞上酒桌；九十年代有了钱，公喝私喝长脸面；二十一世纪重健康，喝酒还要讲质量；时代还在向前走，中国酒民雄赳赳。

酒是文化的"酵母"

　　说到酒文化，便想到一位学者的话：世界上只有文化创造的酒，没有酒创造的文化。

　　这位学者的结论肯定无法说服人，因为他否定了酒对文化的贡献。普遍认同的经典说法是：酒是文化的酵母，它丰富了文化的内涵，扩大了文化的外延；文化是酒的灵魂，它维系着酒的生命，延伸了酒的价值。

　　先说汉语中"酒"字打头的词汇：

　　场所性质——酒国、酒乡、酒场、酒坊、酒厂、酒店、酒家、酒吧、酒宴、酒会、酒席、酒桌……

　　工具性质——酒具、酒器、酒缸、酒桶、酒瓶、酒壶、酒碗、酒杯、酒盅……

　　人物称谓性质——酒祖、酒圣、酒仙、酒星、酒师、酒鬼、酒徒、酒民、酒棍、酒狂、酒奴……

　　另有五花八门的词——酒俗、酒色、酒肴、酒风、酒醉、酒兴、酒量、酒令、酒更、酒曲、酒窝、酒涡、酒肉、酒精……

　　再说带"酒"字的成语：

　　酒囊饭袋——讽刺无知无能之辈。

　　酒有别肠——意为酒量的大小，不以身材为准。

酒酣耳热——形容酒兴正浓。

花天酒地——形容生活荒淫腐化。

灯红酒绿——形容寻欢作乐的腐化生活。

狗恶酒酸——比喻因环境险恶而令人望而却步。

酒肉朋友——指只能一起喝酒而不能共患难、关键时候靠不住的朋友。

……

还有带"醉"字的成语：

纸醉金迷——多用以形容骄奢淫逸的生活。

醉生梦死——一生如醉梦之中，昏昏沉沉、糊里糊涂；也指骄奢的生活态度。

醉翁之意——"醉翁之意不在酒，在乎山水之间也。山水之乐，得之心而寓之酒也。"这是欧阳修的话。后人多指做事另有目的。

一醉如泥——形容醉得泥一般瘫软而扶不起来。

……

与酒有关的典故也不少：

觥筹交错——表示酒杯和酒筹（酒令筹码）交互错杂，形容宴饮尽欢的情景。

杯弓蛇影——酒杯中出现墙上挂弓的倒影，便以为是蛇，惊吓而病。比喻因无端疑虑而引起的不必要恐慌。

瓮尽杯干——表示酒已喝光。后喻钱已花完。

玉卮无当——卮（zhi 支），古代一种很大的酒杯；当，"底"的意思。意思是说：玉制的卮虽然珍贵，若没有底，便毫无用处。比喻华而不实。

……

语言学家们称，在汉语中，与"酒"有关的词、成语极多，"酒"字是与其他字"沾亲带故"最多者之一。假如没有酒，中国的语言库中就少了许多内容。

非但如此，酒与政治、酒与历史、酒与生活、酒与诗歌、酒与书法、酒与戏曲、酒与美术……酒作为一种文化，的确博大精深。

看了上文，谁还能说"没有酒创造的文化"？

在中国，你能找到比酒更能体现文化内涵的东西吗？还真有点难。酒与文是什么关系？打个比方，就像"男女关系"，似乎有天缘，两者为伍定是相映生辉，谁离了谁都显得平淡。

酒与文人，更有解不开的缘。

古时候，文人墨客多尚酒，喝酒也最有境界。

"采菊东篱下，悠然见南山"，众人皆知此千古佳句为陶渊明所作。或许众多受陶氏佳文熏染者并不知，他原是位"爱酒不爱官"之人。陶渊明生性好酒，却家贫难支，多亏横溢之才受人敬，常有人请酒附雅，这才多有畅饮之机。后来陶渊明官至彭泽县令，似觉"雪花银"难负酒愿，便令下属将200亩公田种上糯稻，自己酿起酒来。据说因此受罚，却也不思悔改，宁愿无官不愿无酒，最终辞了县令打道归乡，隐居田园饮酒作诗，自呼"快哉"。

陶翁一生诗酒相伴，以诗酒会友，酒中抚琴，琴后赋诗，醉意蒙蒙之中留下《饮酒二十首》诗文，"采菊东篱下，悠然见南山"一首便是其中佳作。

若论山水田园诗作，当属大唐孟浩然最佳。孟翁也属好饮者，自喻"万事不如杯在手"。据传，荆州刺史韩朝宗看中孟浩然的才华，定下日期约他一同赴长安，向朝廷当面推荐为官。孟翁动身之日却遇好友上门，于是设酒畅饮。有人提醒赴京之事，孟翁言：酒香沾襟百事轻，管他赴京不赴京。恋酒失约负了韩朝宗美意，定然惹其怒颜，而孟翁坦然笑之。

都知王维乃唐代大诗人，可知他还是位大画家？可知他还有"不醉不画"的习惯？王维做官不久，宰相李林甫求画装点门面，无奈王维不知附势，竟悬毫埋墨，因此得罪了李宰相，被贬官离京。王维只身终南山中，一酒一诗，一酒一画，隐居生活倒也自在。只是酒瘾日增，酒量渐大，求画不得者见隙可乘，每每请酒至醉后再求，屡屡得手，于是王维便养成了醉后作画的习惯。一日当地太守请酒，王维又醉，被扶至客厅作画。此时王维尚有几分清醒，决意"画留墙头不留人"，于是脱下鞋子沾墨依墙面作。太守满眼皆是鞋印子，大惑不解。王维说：熄烛借月画自来。太守吹灭蜡烛，但见月色入室，朦胧映墙，墙面小溪流淌，溪边葡萄满架，一幅美景尽收眼底，情不自禁伸手揭之，方知墙面之作，视而难收。王维醉画葡萄，太守怒而无奈，也算一段佳话。

"李白斗酒诗百篇"，后人之誉足见诗圣酒爽文迈之大气。醉赋《清平调》便属酒文相兴之美谈。开元年间，唐明皇与杨贵妃月夜赏花，红、紫、浅红、雪白四种牡丹争奇斗艳，明皇龙颜大悦，宣召翰林大学士李白临场新作《清平调》三章助兴。李白尚在醉中，却圣命难违，到底是"斗酒百篇"之圣，一挥而就：

一

云想衣裳花想容，
春风拂槛露华浓。
若非群玉山头见，
会向瑶台月下逢。

二

一枝红艳露凝香，
云雨巫山枉断肠。
借问汉宫谁得似，
可怜飞燕倚新妆。

三

名花倾国两相欢，
长得君王带笑看。
解释春风无限恨，

沉香亭北倚栏杆。

后来，玄宗皇帝常邀李白对饮谈诗，李白醉卧御宴也成常事，敢在万乘之尊面前醉酒，岂不盛享"酒仙"之名？

白居易也自称"醉吟先生"。他曾为自己作《醉吟先生传》一文，描述闲而诗、诗而吟，吟而笑、笑而饮，饮而醉、醉而再吟的"陶陶然，昏昏然，不知老之将至"的生活情志。白翁一生嗜酒，尽管"鬓尽白，发半秃，齿双缺，而觞咏之兴犹未衰"，可谓"少始执壶终不放"。

刘伶、阮籍、嵇康、山涛、向秀、阮咸、王成史称"竹林七贤"，他们不仅享誉文坛，也是"酒坛七怪"。尤其是刘伶，嗜酒成性，一生中留下了数不清的酒趣。做官时，无论公堂之上还是微服在外，腰间一壶酒是断不会少的。酒多醉多难免误政，有人劝他切勿酒废前程。刘伶说：我本来不是为官之士，天性尚文尚酒，却误入仕途，实乃荒唐。罢了，这官绝不再做。

刘伶罢官后更加纵酒放诞，不拘礼节。他闻听朝廷差官前来说服自己继续为官，便裸体见差官。来者见状不悦，责怪他不礼不尊。刘伶说：天地是我屋宇，房屋是我的裤子，你自己走进我的裤子里，怎么还要怪我？差官回朝便说：如此放荡之人，实难为官。

刘伶爱酒的最大成果是为后人留下一篇《酒德颂》，大意是：

有位大人先生，以天长地久为一时，万年时间为一瞬；以日月为门窗，以八荒为庭中大道。他行走没有车痕，居住没有房舍；以天为幕，以地为席，放纵无羁，任意去留。他停留时手拿酒杯，行动时随带酒壶，只知有酒喝，不管其他事。

士大夫们前来责问，并咬牙切齿向他陈说礼法。而他旁若无人，依旧手捧酒具，从酒槽中舀酒喝，而后岔开两腿，斜靠酒槽，无思无虑，其乐陶陶。他时而酒醉，时而酒醒，神思昏昏，醉眼朦胧。他不知冷热，心无杂念，听不到雷声，看不到泰山，世界万物好似水中浮萍。士大夫们在他身边，好像软体动物比之与桑虫。

瞧这刘伶，如此"酒德"之解实在蔑视孔孟之道。刘伶还真是这个意思，心中只有老庄思想。

古代的许多文人墨客因为尚酒几乎占尽了酒坛雅号：

> 杜甫人称"酒圣"；
> 欧阳修自号"醉翁"；
> 李清照得誉"酒中女杰"；
> 石延年冠名"酒怪"；
> 苏轼众谓"酒师"；

还有苏东坡、辛弃疾、陈子昂、王之涣、卢照邻……历数唐宋八大家，再观文坛众秀，尚酒之人举不胜举。

文人墨客是干什么的？是创造和传播文化的。他们如此尚酒，便注定了酒与文化的融合。

和古代相比，现代的文人墨客在酒坛似乎不太出彩，没出多少"酒仙""酒杰""酒侠"之类的人物。究其原因，大概如下：

一是喝酒普及了，文人墨客被淹没。就说唐宋时期，喝酒人能有多少？不过帝王将相、才子佳人、商贾地主之类，寻常百姓哪有钱买酒喝？那时期的文人墨客多少有把碎银子，也有闲情逸致，饮酒又是高雅之事，尚酒自然成风。而当今就不同了，温饱思"饮欲"，酒至寻常百姓家，民间善饮、豪饮、纵饮者多如牛毛，酒坛哪显文人墨客风采？

二是"官念"变了，借酒浇愁者少了。古代文人墨客满脑子都是"万般皆下品，唯有读书高""十年寒窗苦，熬得人上人"，说到根子上还是一心想当官的多。为文为官两股道，文人的天性直而不曲、不善权变，难免仕途之中坎坷多，如屈原、李白之类虽朝中为官最终也被政敌拿下，于是悲愤填胸。心中万般愁，有酒可解忧，若非，何以抱坛纵饮？而现代的文人墨客文为重官为轻，不琢磨当官的事也就没有当官的烦恼，无须借酒浇愁，只需文中求乐，这就少了许多成为醉翁的机会。

"酒文化"起大禹，润商、周、秦、汉，至唐、宋时期，始成浩翰之势。斯时，酒助文兴，文助酒香，酒文为伍，似体魂相伴相绕。

酒，从最初的奢侈品，周代的礼祀品，到唐宋时期一经与文为伍便成了风雅之物。

唐宋文坛尚酒之风盛起，美酒入诗入文入画，既丰富了诗文书画内容，也使酒的文化价值更显丰厚。更重要的是，文人墨客借酒抒怀寄意，世事、人生、民情、国政、以及喜怒哀乐、悲欢离合尽在其中。也不妨说，唐宋时期中国的"酒文化"已溶入社会万象。

我们不妨一睹文人墨客留下的一曲曲千古名唱。

春主温暖。酒含春韵暖天地，把壶流泻尽友情，唐代诗人王维一首《渭城曲》，关爱挚情感人至深：

> 渭城朝雨浥轻尘，
> 客舍青青柳色新，
> 劝君更尽一杯酒，
> 西出阳关无故人。

夏主炽热。酒之夏韵显热情，千杯万盏醉方休，唐代诗人李白一首《客中行》，热情好客之气淋漓无比：

> 兰陵美酒郁金香，
> 玉碗盛来琥珀光。
> 但使主人能醉客，
> 不知何处是他乡。

秋主清雅。酒中秋韵在，我心自清悠，唐代诗人孟浩然一首《过故人庄》，令人好不神清气爽：

故人具鸡黍，

邀我至田家。

绿树村边合，

青山郭外斜。

开轩面场圃，

把酒话桑麻。

待到重阳日，

还来就菊花。

冬主寒酷。酒之冬韵寒人意，多有悲壮生心头，唐代诗人王翰一首《凉州词》，让人顿生悲情壮怀：

葡萄美酒夜光杯，

欲饮琵琶马上催。

醉卧沙场君莫笑，

古来征战几人回。

酒之"四韵"可谓情感之韵，而世事、人生之叹更震心魄。

曹操仰天《短歌行》，苦叹志高短梦：

对酒当歌，人生几何？

譬如朝露，去日苦多。

慨当以慷，忧思难忘。

何以解忧？唯有杜康。

李白把杯《将进酒》，抒尽人生悟觉：

君不见黄河之水天上来，奔流到海不复回。
君不见高堂明镜悲白发，朝如青丝暮成雪？
人生得意须尽欢，莫使金樽空对月。
天生我材必有用，千金散尽还复来。
烹羊宰牛且为乐，会须一饮三百杯。
岑夫子、丹丘生，将进酒，杯莫停！
与君歌一曲，请君为我倾耳听：
钟鼓馔玉不足贵，但愿长醉不愿醒，
古来圣贤多寂寞，惟有饮者留其名。
陈王昔时宴平乐，斗酒十千恣欢谑，
主人为何言少钱？径须沽取对君酌！
五花马，千金裘，
呼儿将出换美酒，与尔同销万古愁！

白居易《把酒》对天歌，劝慰众生乐观面世：

把酒仰问天，古今谁无死。
所贵未死间，少忧多欢喜。
穷通谅在天，忧喜即由已。
是故达道人，去彼而取此。
勿言未富贵，久忝居禄仕。
借问宗族间，几人拖金紫。
勿忧渐衰老，且喜加年纪。
试问班行中，几人及暮齿。
朝食不过饱，五鼎徒为尔。
夕寝只求安，一衾而已矣。
此外皆长物，于我云相似。
有子不留金，何况兼无子。

苏轼《水调歌头》，引出"悲欢离合"之叹：

> 明月几时有？把酒问青天。
> 不知天上宫阙，今昔是何年？
> 我欲乘风归去，惟恐琼楼玉宇，高处不胜寒。
> 转朱阁，低绮户，照无眠。
> 不应有恨，何事长向别时圆？
> 人有悲欢离合，月有阴晴圆缺，此事古难全。
> 但愿人长久，千里共婵娟。

李清照《声声慢》，道尽闺中凄惨冷清状：

> 寻寻觅觅，冷冷清清，凄凄惨惨戚戚。
> 乍暖还寒时，最难将息，
> 三杯两盏淡酒，怎敌他，晚来风急？
> 雁过也，正伤心，却是旧时相识。
> 满地黄花堆积，憔悴损，如今有谁堪摘？
> 守着窗儿，独自怎生得黑。
> 梧桐更兼细雨，到黄昏，点点滴滴。
> 这次第，怎一个愁字了得？

杜甫《登高》眺人寰，苦叹世事艰难：

> 风急天高猿啸哀，渚清沙白鸟飞回。
> 无边落木萧萧下，不尽长江滚滚来。
> 万里悲秋常作客，百年多病独登台。
> 艰难苦恨繁霜鬓，潦倒新停浊酒杯。

酒香弥卷之作举不胜举，故而有曰"唐宋无酒不成诗，无词不沾酒"。以全唐诗为例，其中涉及酒的有 1000 多首，《唐诗 300 首》中，饮酒诗有 48 首。陶渊明可谓酒诗之圣，佳作篇篇皆有酒。辛弃疾也不逊色，所作诗词 640 首，竟有 347 首浸漫其中。

唐宋之后，酒文为伍之风犹存。清代文坛怪杰郑板桥的"看月不妨人去尽，对花只恨酒来迟"；近代龚自珍的"使君谈艺笔通神，斗大高阳酒国春"；现代鲁迅的"破帽遮颜过闹市，漏船载酒泛中流。横眉冷对千夫指，俯首甘为孺子牛"；毛泽东的"借问吴刚何所有？吴刚捧出桂花酒"；周恩来的"扪虱倾谈惊四座，持螯下酒话当年"；朱德的"推开黑幕剑三尺，痛饮黄龙酒数杯"；以及郁达夫的"曾因酒醉鞭名马，生怕情多累美人"，于右任的"低徊海上庆功宴，万里江山酒一杯"，等等，无不脍炙人口。

酒中有诗情画意，酒中也有美妙文章：

刘伶著有《酒德颂》

孔融著有《与曹操论酒禁书》

王粲著有《酒赋》

张载著有《酃酒赋》

王绩著有《醉乡记》

白居易著有《酒功赞》和《醉吟先生传》

柳宗元著有《序饮》

欧阳修著有《醉翁亭记》

苏轼著有《酒子赋》

苏辙著有《既醉备五福论》

元好问著有《蒲桃酒赋》

王翰著有《葡萄酒赋》

皮日休著有《酒箴》

美妙文章知多少，感兴趣者可以细查。

再说当今歌坛，酒歌多得唱不完：

《鸳鸯酒杯》《惜别的酒》《是谁沉醉》

《烧酒咖啡》《酒场浪子》《酒逢知己》

《酒女酒女》《酒醉的梦》《酒醉酒醒》

《醉歌》《酒歌》《醉拳》《拨酒狂》

《独寻醉》《酒与泪》《酒神曲》《酒若醒》

《心痛酒来洗》《外公的酒碗》《九月九的酒》

……

还有酒联，诗词类、赞酒类、酒名类、酒馆类、节俗类、婚喜类、祝寿类、哀挽类、名胜类、遣兴类、谐趣类、题赠类、讽喻类、劝酒类、慎饮类……谁要真有兴趣找来欣赏一番，定会爱不释手。

如此等等都是"酒文为伍"的体现，杜康老君若天堂有知，定会大宴天下文客。若非天下文客化酒为文，吟咏四海，何以有美酒代代泉涌，处处留香之势？

概括地说，商朝把酒全部征为"宫品"，社会生活便缺少酒润；周朝禁酒，只把酒作为祭祀之物，酒仍然远离大众，枯于生活。秦、汉时期对酒时禁时解，酒与社会生活也若即若离。然而，酒毕竟是生活的佳酿，一经唐宋文人墨客之手，酒香墨香熏醉天下，酿造之风四海云起，酒与社会生活终于相逢，再不相离。

就当代而论，因注重健康的因素，兴趣广泛的因素，等等，都决定了当今的文人墨客远不如先人们尚酒。豪情不豪饮，好客不好酒，当今的文人墨客的确"退化"了。当然，这并不影响酒与文化的密切关系，"酒至寻常百姓家，东南西北似水流"，酒已溶入"人"的生活内容，成为更为广泛的社会文化现象，酒文化本身的发展和酒对文化的影响一如既往。比如当今的"酒桌文化"可谓丰富多采，酒桌"段子"、酒桌礼节、酒桌语言等不断推陈出新就是证明。

只可惜，当今中国酒文化已过多地沾染了"腐气"，变得混浊不堪了。我们渴望：酒，依然是文化的"酵母"；文化，依然是酒的"灵魂"。

酒　祖

杜康空桑引琼浆，五谷溪泉飘酒香；

美味悠悠千秋浓，酒祖功德万代唱。

酒　杰

曹操煮酒论英雄，壶中青梅泛惆怅；

仰天一曲短歌行，酒杰悲叹徒奔忙。

酒　翁

渊明采菊东篱下，执壶南山远官场；

田园山水岁中乐，酒翁风骨架山梁。

酒　仙

李白斗酒诗百篇，喜笑怒骂皆佳章；

醉卧御宴成常事，酒仙飘逸在天堂。

酒　侠

浩然把酒话桑麻，神怡重阳就菊花；

酒香沾襟百事轻，酒侠杯爽多佳话。

醉吟先生

居易把酒对天歌，鬓白齿缺酒未薄；

饮而醉乎醉而吟，醉吟先生不寂寞。

酒　师

苏轼把酒问青天，悲欢离合不胜叹；
千里婵娟成佳酿，酒师留香绕缠绵。

酒中女杰

清照诗词出秀婉，更有闺寂声声慢；
三杯两盏消晚愁，酒中女杰迎风站。

酒　怪

竹林七贤轶事多，执壶奔放笑蹉跎；
挥毫书章扬竹节，酒怪不负天地歌。

第二章　今夕是"喝年"

——中国"酒疯"扫描

　　国人尚酒，举国酒盛，实乃一脉文化之象，本不为奇。然当今之奇在于"疯"，走遍东南西北，历数春夏秋冬，何人眼中不是一个醉醺醺的中国？中国人喝疯了！如此感叹绝非危言耸听，着实因象而生。

　　如此疯状是种"社会病态"，它让我们看到了"放纵"之灾、"无序"之乱；感受到了"体虚"之苦、"神混"之忧。我们不可不惧这等社会"疯状"，因为我们知道"疯狂"之后是什么。

首都喝成"酒都"

2004 年，贵州省仁怀市挂起"中国酒都"的金字招牌，授牌者是地处北京的钓鱼台国宾馆。茅台在继巴拿马万国博览会夺取金奖之后，蝉联历届国家名酒评比之冠、14 次荣获国际金奖，万般荣耀集于一身，王者风范显露无遗。在仁怀人眼里，是他们的茅台酒彰显了仁怀这座"世界上独一无二"的中国酒都。（作为县级市，仁怀现有酒厂 506 家，其产销量均占贵州省的半壁江山）

然而，仁怀人眼里的"世界上独一无二"几年后就被打破。2009 年 12 月，"中国白酒之都"这块金字招牌也高悬四川省宜宾市，授牌者乃中国轻工业联合会和中国酿酒工业协会。

无疑，贵州仁怀的茅台酒是中国白酒业的第一品牌，"国酒茅台"这一美誉已家喻户晓。四川宜宾的五粮液酒地位紧随茅台酒之后，而它的产销规模却时不时排在茅台酒之前。

中国酒业的老大、老二都已"称都"，且各借媒体昭告天下。"酒都"的国字招牌挂在两家门楼上，难免给人以打斗之嫌，这也是中国酒业多年来一直硝烟不断的景象之一，人们早已见多不怪。

2012 年，围绕茅台酒正式申请"国酒"商标之举，中国酒业战事再起，河南杜康酒业率先问战，山西汾酒等众酒业群起攻之，爆发一个共同的声音：凭历史悠久，还是文化深厚？茅台酒凭什么独享"国酒"之誉？

从"中国酒都"到"国酒"申标，茅台酒业尽显"独大"之态，使得众多酒类企业忍无可忍，纷纷亮剑。

北京人似乎更不服：嘿，就一个酒，无非名气大、价钱高，你称"国酒"众家不服，胆敢"称都"不也离谱吗？麻秆再高也得看看粗细，别忘了北京是什么。

北京是"首都"，世人皆知。莫非，北京人言下之意，首都也是"酒都"？

若真如此，莫怪"首都人民"霸气，霸气来自底气，底气是靠许多"硬指标"支撑的，比画一番，或许就明白。

一比"酒量"——销售量。在中国，哪儿的人最爱喝酒，哪儿的人又最能喝酒？搜狐网对春节期间全国网民的饮酒数据调查显示，"最喜欢喝酒的省市"前10位北京位居榜首，其后依次是山东、河北、辽宁、江苏、河南、山西、安徽、上海与天津。中国酒业新闻网报道，2011年春节期间北京人豪饮了至少35亿元白酒，2012年2月10日人民网公布，北京春节喝掉几十亿元白酒，相信这些数字比2011年大。这只是一个春节，只是单项白酒的"战绩"，如果加上平时、再算上其他酒类品种，北京人一年能喝掉多少酒？如此之大的消费能力，恐怕谁都难比。北京是"海量"，当为魁首。

二比"酒柜"——酒品种类。河南人很自豪地说：中国的酒祖杜康造出的第一滴酒就是在俺河南，北京牛啥？山东人骄傲地说：中国的啤酒第一品牌是青岛啤酒，北京有么？不就有个燕京啤酒嘛。贵州人更底气十足地说：中国白酒第一品牌是茅台酒，价格最高也是茅台酒，最供不应求的还是茅台酒，北京的二锅头能比？北京人听后不屑一顾，说：光比这个？知道北京的"酒柜"有多大吗？据统计，北京有1000多家大中型超市及4000家小型超市，10000多家名烟名酒店，四五家大型批发市场以及4000家左右的酒类经销商企业。这一数字表明，北京是个"大酒柜"。再看任何一家酒类柜台，绝对让人眼花缭乱，品种太多了——白酒、红酒、啤酒、黄酒、洋酒，国产的、进口的……北京酒类市场现有品牌数百，品种千多，仅葡萄酒产品就有300多个，经销商800多家。换个说法吧，全国各地、世界各地的酒类产品，如果在北京看不到，那就不是北京；如果在北京买不到，只能说明它停产了。一句话，北京的"酒柜"装满全世界的产品，而"称都"的仁怀、宜宾远远不及。

三比"酒缸"——餐饮业。北京市场约有近3万家餐饮酒店，说北京的餐饮业规模为全国之最，肯定没人怀疑。大大小小的酒店、餐馆都是喝酒的地方，夜里走进哪家无不酒气熏天，所以北京人调侃说：咱这地儿不缺"气"，白天汽车尾气灌满肺，夜晚酒气塞满鼻。不妨说，餐饮业等同于一个"酒缸"，北京的"酒缸"有多大？依然是全国之最，外地没比。

四比"酒杯"——酒价。"一杯酒一头牛，一顿喝没小洋楼"，这是中国农民对当下酒宴奢侈之风的感叹。中国酒坛的"杯"与"价"结缘了。这绝非生拉硬绑的缘分，实为自然生发。当下的北京人已习惯这样问：又开怀畅饮了，多少钱一杯的酒？又喝了几头牛？北京人谈酒论价不以瓶计而以杯，一则说明在北京"天价酒"司空见惯，二则表明北京巨大的消费能力已经把许多种酒的价格都抬起来了。大官、巨富最集中，公务、商务宴请最频繁且规格最高，此等外地难比，故而一瓶数千甚至数万、十数万的"天价酒"摆上酒桌，这样的阔绰也只有北京常有了。此外，同样的酒，在北京的价格肯定比其他地方贵，这是整体消费能力决定的，北京的这种能力有谁可比？所以北京的"酒杯"当属金银级别，外地赶不上。

无须再比下去，因为北京的优势是全方位的，首都成为"酒都"也是靠实力"喝"出来的，实不虚夸。

北京被网民排在"最喜欢喝酒的省市"之首，这一"美誉"令许多北京人哭笑不得，因为他们并非真的"最喜欢喝酒"，尤其不会喜欢到"全国第一"的程度。于是便有北京网友发《叫苦帖》：

东西南北中，全国对北京；

昨天家乡客，今天远方朋；

他属第一次，我乃屡次迎；

来客一杯酒，京民喝一瓮；

莫道"最喜欢"，只怕失热情；

京城"酒疯"起，京民多苦衷。

这位网友的"叫苦帖"的确极具代表性。下面的故事可以加深我们对《叫苦帖》的理解。

这是一对年轻夫妻，丈夫张展（化名）在国家机关某单位工作，妻子吴娟（化名）在驻京某部服役。结婚前几年，夫妻俩事业心都极强，决心晚育。事业终于有所成就时，双双年逾三十，于是决定要个孩子。他们哪里想到，实现这一美好的愿望竟然无比艰难。

妻子时常抱怨丈夫说：你总是醉醺醺回家，咋要孩子？如果硬要，不弄出个酒精胎才怪。必须减少应酬，最好戒酒。

丈夫觉得妻子的话有道理，便表态：坚决贯彻落实夫人指示。

表态虽坚决，"落实指示"却并不顺利。先说单位，领导交代的接待任务体现的是信任，这种信任不是随便就能获得的，所以总不能拿"封山育林"的理由拒绝领导吧？领受任务就得喝酒，还不能不尽力喝，酒桌上表现越好，领导越赏识，下次还落不下。问题是，他单位在全国各地的"腿"太多，京外来人公务宴应接不暇，没个头呵。除了领导，还有同事，时不时邀请"捧场"，不去必落个"眼里只有领导"的大误会，还怎么共事？去就得喝，捧的都是酒杯。还有家乡那头，自己在家乡人眼里已混得有个模样、小有名气了，找上门者也越来越多，不接待行吗？稍有不周必背"摆臭架子"坏名，硬着头皮也得喝上几杯。不要再说社会上的朋友、婚宴喜宴之类，就这几头算来，把杯问盏之事减得下来吗？

　　妻子要求丈夫为要孩子而努力，其实自己也难以坚持。夫妻俩性格同样的热情，在单位同样被领导信任，同样的酒桌活跃分子，同样的隔三差五有应酬，突然变个样同样不容易。直到 35 岁，他们才喜得千金，那是夫妻俩彻底急了眼，抱定“宁可什么不要也得要孩子”之极大决心后的结果。

　　你或许认为这对夫妻起先意志不够坚定，但同时也不能不承认，首都北京的“酒疯”的确极有感染力且不易抗拒。

　　我们尤其不能否认：中国遍地“酒疯”，“疯源”就在首都北京。当茅台酒成为首都北京官场酒宴的“规格酒”后，全国各地的官场酒宴纷纷紧跟，硬把茅台酒喝成天价；当进口名酒拉菲、皇家礼炮等走红首都北京官场酒宴，便很快风靡全国各地的官场酒宴。北京对全国的示范和影响作用几乎是全方位的，“酒疯”自不例外。

　　就这般景象，对“首都喝成‘酒都’”还有异议吗？

酒水喝成"洪水"

酒类行业专家不无自豪地宣称：中国酒业发展到今天，已成"洪流滚滚"之势。的确，今天的中国，酒水肆如"洪水"，遍地横流，似乎势不可挡。

"洪水"是中国酒民喝出来的。

兰州有一网友声称：知道俺这里一年喝掉多少酒吗？不吹牛，一个西湖。

另一位西北网友说：大漠戈壁缺水，但不缺酒呀。一年到头，感觉喝下的酒不比水少。

西北人爱说一句话：酒嘛水嘛。视酒若水，西北人的豪气可见一斑。这种豪气自然产生极强的酒桌战斗力，相信与西北酒民交过手的人定有体会。

听到这样一个故事：

那年，陕西某县一位县领导带工作组驻进一个偏僻的贫困村搞"三个代表"试点，老支书说自己干了三十年头一次见到县太爷来村里，还住下了，激动之情难以按捺。当晚，老支书搬出一坛自己酿造的五谷酒，对县领导说：喝几口辣水水，自己造的。

县领导品一口，说：好醇哩，赛过五粮液。

老支书听到夸赞极高兴，说：只听说五粮液是好酒，没喝过。乡里领导也说我这酒赶上五粮液，时不时提着塑料壶来家要，我很少给他们。不是心疼一坛辣水水，是看他们进村没正事，就知道提杆秤拿着麻袋收粮食，看不惯哩。

县领导进村只三天，喝光了老支书仅存的三坛酒，老支书暗暗心疼了，嘴却不软，说：酒喝光了，我高兴，全村人都说您是来送福，村边的小水库废了十几年没钱修，吃水、浇地都困难，这回准有指望。

县领导玩笑般说：您老人家是拿这辣水水换甜水水，可咱是贫困县，处处缺钱呀。缺水的事不是一下能解决的，最好解决的是辣水水，明天起我拿五粮液，好几百元一瓶，也好喝。

县领导驻村半个月，一干人马留下一百多个酒瓶子。老支书数着空酒瓶算细账：喝掉好几万元呵，差不多够修好小水库的旧坝了。

县领导带着工作组撤离后，老支书编了一首顺口溜：

> 黄土大高坡，处处缺水窝；
> 辣水遍地流，淡水不润坡。
> 酒嘛水嘛叫，咋就不解渴？
> 人穷一辈辈，辣水也是祸。

这首顺口溜在当地风传开来，也传到省城某家晚报一位记者耳中，这位晚报记者对此极其敏感，连忙到实地采访，尔后写出一篇文章《地旱酒涝说明什么》，核心反映"酒疯"祸及政风问题。值班总编辑看后感到文章有些深度，但思村许久决定不予发表，理由是："地旱酒涝"在大西北极为普遍，理应警示，但文章涉及的问题过于敏感，不碰为好。

这个故事让人们领略到了什么？是"酒嘛水嘛"的西北人的嗜酒之风，还是"嗜酒之过"？或许能够领略到的东西不止这些，但最应该重视的当是"地旱酒涝"这一概括，其中值得领悟的内容实在太多。

放下西北，再看别处。

河南网友说：一个西湖不算啥，俺省人口一亿多，一年能喝多少酒？少说点，每天每人三两酒，倒进黄河醉死鱼。

说酒必提杜康，因为中国人一向视他为酒祖。这位酒祖的重要贡献是发明了真正意义上的谷物酒，发明地在河南。所以河南人总是很骄傲地说：中国的第一滴白酒出在俺这里。河南人有所不知，他们的骄傲还不够分量，因为杜康奉献的也是"人类第一滴白酒"。

白酒发源地！有了这一概念，我们对河南这片土地的想象空间便陡然增大了。暂不"想象"先看"盛景"，就知什么叫"倒进黄河醉死鱼"了。

河南好进酒场难混——河南人以酒待客"醉客"为尊，称之"醉美"，代指"最美"，即"最好"的意思。所以外地人做客河南逢酒多醉是常事，于是便有"酒场难混"之感叹。

喝水碗对嘴，不缺是酒杯——何解？贫困人家舍不得花钱买水杯，以碗替之，但家中不能没有酒具。为何？尚酒之风，好客之习。

挥手三六九，不管童与叟——此话指酒桌划拳行令，河南人叫"猜媒"。老年人成年人酒桌划拳不稀罕，毕竟酒坛磨练多年，此习何及少年？出生在酒乡，闻着酒香长，这叫熏染成习。乡村的小学生往返学校途中，结伴者边走边比划边吆喝，"猜媒"练的是"童子功"，所以酒桌上有童挥手成拳在河南便不足为奇了。

喝酒不"排外"，不断换品牌——除了老品牌杜康酒，河南本地还有张（弓）宝（丰）林（河），这几种酒都是历史悠久的老字号，河南人最喜爱。但河南酒民喝酒不"排外"，对外地产品也很给面子，无论什么香型、什么档次，只要到了河南市场都会火上一阵子。这些年，外地酒不断进军河南自然是因为河南这个销售市场太大，酒民太有战斗力。遗憾的是，外地酒在河南的境遇几乎一样，也就年把好光景，之后便坐"冷板凳"。原因并不复杂，上家产品在河南火起来，下家产品也追进来，河南酒民见新不恋旧，后来者便坐上"热炕头"。

四川一家酒厂的代理商撤离河南时留下网帖：河南酒风盛，人多钱袋松；外地有新酒，谁来都欢迎；奉劝甭恋战，一年就不中。一位河南酒民听后立刻跟帖：新酒年年有，品牌年年换；河南酒桌大，谁来谁赚钱；该来还要来，老兄甭悲观。后来有传河南人"一年喝倒一个牌子"，竟把河南酒民"年年换品牌"的巨大战斗力与"新酒一出现假酒立马见"联系起来，实在不贴题。

无须再赘，仅就以上"盛景"，足见河南尚酒之风。

另有四川网友说：我们全省正规酒厂 15000 多家，不在册的、小作坊式的数目更多，一年产酒量倒进三峡水库能把水变成低度酒。

"川酒"之誉无人不晓，作为全国酒类产品第一产销大省，四川酒民有足够的资本显示骄傲。早有一句话形容四川："川酒遍地流，川妹四处游"，于是有人把四川高度概括为"酒色之地"。这一概括绝非贬义，实指"川酒"的美味与"川妹"的美色是四川的两大骄傲。不表"川妹"，只说"川酒"，实有谈不尽的话题。

其实，对于"尚酒之风"，以上谈了西北、河南，再谈四川虽也不失精彩，但还有更多的地区或许难以信服，因为现今已是"遍地酒疯"，连江、浙、上海一带都觉得本地酒坛"北方化"了，而且敢叫"长江水多没有酒多"，还会谁服谁？所以不去一一细述也罢。

我们只需明白一点：到了全国酒民们"拿酒比水"的时候，就无法不承认中国"酒疯"之狂了。

"夕阳"成了"骄阳"

80 年代初，中国的经济学家们把白酒业列为"夕阳行业"，并预言：市场萎缩、产量大减，必为白酒业不可改变的趋势。

他们的依据是：大量朝阳产业、新兴产业的出现必将吸引更多的资金投入；人口大国对粮食的巨大需求必将限制白酒的粮食原料；社会文明程度的提高必将引导人们的消费向教育、健康转变等。

如此推断，中国白酒业的"黄昏"近在眼前。

然而，30 年已过，中国白酒业非但未见其衰，反而呈现蓬勃发展

1978 — 2006 年我国白酒产量及增长率
来源：国金证券

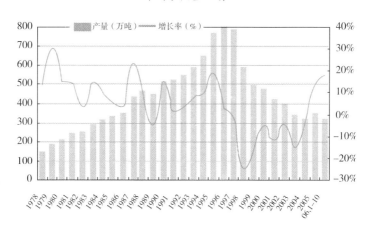

之势。30 年来，我们看到的是，朝阳产业、新兴产业的发展丝毫没有分散各地对白酒生产的资金投入，白酒生产厂家如雨后春笋般越冒越多，白酒产量滚雪球般越滚越大，酒类消费的数字年年大幅提升……

上面的图表标明了中国白酒生产在改革开放初期至 2005 年的增长率，我们看到的是不断攀升的数字，20 年间年产量从不足 127 万吨猛增到 800 多万吨。此后几年的确从峰值逐渐回落，但原因不在白酒业自身，而是这个时期国家控制粮食消耗，将耗粮巨大的白酒列为限制发展的行业，白酒业总的产业政策为"控制总量、调整结构、扶优限劣、降耗节粮"。白酒业迟迟未到的"黄昏"似乎终于临近了。未料，"黄昏"瞬间即逝，此后又是一路艳阳天。2005 年之后，白酒业重拾升势，一直延续不断增长的势头。据不完全统计，至今，我国现有白酒企业 5 万多家，白酒品牌 5 万多种，酒类产品 10 多万个，年产量已达 1020 多万吨。2011 年，我国生产白酒同比增长 30.70%，四川省白酒产量达 30.9 亿升，同比增长 37.90%，占全国总产量的 30.17%。紧随其后的是河南、山东和辽宁，分别占总产量的 10.27%、9.67% 和 6.64%。

惊人的增长速度与数字，让"夕阳论"者无言以对。

看来，中国的经济学家们又犯了一次形而上的错误，他们似乎忘记了"中国国情"、"中国特色"这些经典语录。

"夕阳"不坠成"骄阳"，如何解释这一现象？有人讲出了支撑酒业市场的七大因素：

一是文化的滋润。中国传统文化讲究"礼仪"。中国自古以来被称为"礼仪之邦"。数千年的文化熏陶使中国人养成了"热情好客"的习惯，这一习惯溶于血液，溢于言行，不会改变，也不可能改变，假若改掉就不是中国人了。只要中国人"热情好客"的传统习惯存在一天，中国酒业的市场就会旺盛一天，因为美酒最能体现热情，最能使"礼仪"具体化，最能缩短主客之间的感情距离。比如说，河南等黄河流域是中国传统文化氛围最浓厚的地方，人再穷，待客必有酒，这叫"有酒客不怪，无酒礼不周"。

细细想来，此话不无道理。先不说平民百姓，就说中国的领袖们，周恩来设国宴招待外宾时不但上酒，而且上他认为是中国最好的酒：茅台。为什么？因为要体现中国人对来客的高度热情，这是种礼仪。这就叫人有个性，国有国情。国情如此，岂能轻易改变？周恩来不在了，茅台酒作为"国酒"待客的历史并未结束。给外宾喝的酒不就是最好的酒吗？最好的酒招待客人还不让客人感到主人尽了最大的心意？

酒本身就是种文化，凡是形成文化的事物是极有生命力的。中国的酒文化已历经数千年，且雅俗共存，内容极为丰富，它对中国人的熏染如色于肤。酒中有喜怒哀乐，酒中有人情世故，酒中有万般情调……只要酒中能够体现的东西不在人们的生活中消失，酒就同样不会在人们的生活中消失。更明显的是，饮酒已成为大众娱乐的一种方式，边饮边闹，开怀大笑，劝酒斗酒都是乐，戏酒戏人皆成趣，酒桌上自有别处找不到的欢愉。即便是那些平时不苟言笑的人，在酒桌上也会神采飞扬，似乎只有酒能够诱发他的兴奋功能。正因为饮酒成为大众的一种娱乐方式，许多人才总是隔三差五举杯尽兴，酒桌上有不竭的"题目"。

酒文化最能体现时代特色，换句最时髦的话说，最能"与时俱进"。人们在不同的时代有不同的心理需求，酒总是能够及时地满足人们的心理需求。比如说，前些年大家还很贫穷，再好的酒也是平民价。这些年生活相对富裕了，许多人开始要面子了，便出现了"贵族酒"，同样的酒，价钱都比十几年前翻了数十倍。再比如，中国申奥成功，市场上便出现了"2008年奥运会指定饮品"字样的酒；中国神舟9号载人航天飞船发射成功，市场上又有了"神舟9号庆功酒"。总之，时代在变化，酒业的经营手段也在跟着变。酒业总是"跟着时代走"，总是不断地满足人们的心理需求，岂能没有生命力？

文化的魅力就在于它能够感染人，引导人，酒文化亦如此。时代越发展，文化越丰富，酒的文化土壤自然不会缺少养分。

二是高利税的诱惑。"见效快，利税大"是酒类生产的主要特点，这正是中国酒业的一大支撑点。什么时候酒类成了微利产品，才算走进"夕阳"。

然而，中国酒业仍处于"高利税"时期，国家、地方、厂家对"高利税"的追求兴头正浓，何谈"夕阳"。

以川酒为例，大家能想象到四川省竟有15000多家酿酒企业吗？全国目前有5万多家酿酒企业，四川占去39%。四川能成为全国酒类第一生产大省，除了有良好基础之外，不能不说也与政策引导有关。80年代初，四川省就明确地把酒业确定为本省的支柱经济产业，在政策、资金上给酿酒企业以极大的保护、扶持。换来的是什么？是川酒异军突起，阵容强大，利税收入每年翻涨。这正是四川省所追求的目的。

川酒尽管阵容强大，也无法占尽天下，其他省市区的酒业照样红火。老牌子"八大名酒"家家都是当地的支柱产业，也是情理之中的事。正是因为酒业的高利税诱惑，各地的新建酒厂才一批又一批往外冒，别看没什么名气，照样有可观的经济效益。汾酒是全国"八大名酒"之一，它独特的香型、优良的品质，良好的信誉使山西人引以为豪。因为汾酒厂越弄越肥，利税上交越来越多，省里看得眼红了，毫无商量余地把它收为省属企业。汾阳市的一大块肥肉丢掉了，不能不心疼。市里领导说：丢了汾酒厂，不能丢了酒财，咱们再建一个新酒厂不行吗？怎么说咱们也是汾酒水系，比不上汾酒也总能有点赚头吧。汾阳市新建的酒厂推出了"汾阳王"新产品，市场销路相当不错，几年时间新酒厂又成了支柱企业，利税接近亿元。汾阳市的领导说：这几年只是小打小闹，等时机成熟后，必须往大处折腾，办酒厂确实比办其他企业见效快、来钱多。

这几年，中国酒业又有新动向，出现了不少私营酒类企业。这些私营酒类企业的老板谈到"夕阳论"哈哈大笑，他们的信心足以说明中国酒业"阳光灿烂"的时期并未过去，否则，他们能毫不犹豫地涉足酒业吗？

另一种现象也说明中国酒业的旺气。许多酿酒企业的"掌门人"身份不俗：要么是县委副书记、副县长，要么是省地人大或政协兼有职务。为什么？因为当地政府要保护酿酒企业不受外界干扰，因为要调动酿酒企业的积极性。这一切归根到底是为了保住酿酒企业这个财源。河南某县酒厂的厂长兼任县委副书记后，几个副县长心里不服。县委书记对他们说：为了保住酒厂每年几千万元的税收，给厂长一个副书记值得。你们谁能保证每年交给我几千万，我同样推你当副书记。

酒业既然是国家和地方的利税大户，各级政府能让它走进"夕阳"吗？尤其是地方政府，更会想尽一切办法使老酒厂焕发青春，使新酒厂朝气蓬勃。在中国，凡是政府下工夫保护和扶持的企业，都不愁足够的"营养素"，即便奄奄一息也有生还的希望。何况酒业整体上并不存在危机。

不要指望酒业会在哪一天出现微利经营的境况。再好的酒每瓶成本不过二三十元，一般的酒每瓶成本几元钱。而不管最好的酒还是最一般的酒出厂价至少要比成本高数倍，价格已经抬上去了，只有继续上抬的可能，绝无下落的希望。酒业是一个"大红包"，追逐它谁不愿下工夫？

"高利税"便是酒业的生命，我们没有理由怀疑。

三是"救死扶伤"的奇效。中国酒业尽管兴旺，并不代表所有的酿酒企业都兴盛不败。连年亏损的、苟延残喘的、资不抵债的、宣布破产的厂家也出现不少。应当说明，这绝不是市场前景不好带来的，而是经营不善造成的后果。

庆幸的是，这些厂家不会寿终正寝，最终总会遇到恩人搭救而获得新生。获救的主要途径就是被他人收购或者兼并。这就是所说的"救死扶伤"。

"救死扶伤"者当然是奔着酒的美妙前景而来，这其中不可能有侠肝义胆的因素。

中原有家历史文化名酒企业，它的辉煌历史一直延续到 90 年代中期。当地政府官员判断，一个效益长期上佳的企业，"掌门人"任期太久容易出现经济问题，于是把酒厂领导班子调整了，派去了新的"掌门人"。谁知新的"掌门人"不懂经营，玩弄权术却是把好手，把企业的要害部门全部安插上自己的亲信。而他的亲信们并不争气，只争利，只见成吨成吨的酒销出去，不见资金回流。钱哪去了？大部分被亲信们"截"了。酒厂驻北京办事处一名亲信把着上百万元货款不上交，在北京开饭店，做自己的生意。新的"掌门人"把酒厂搞得盈利水平年年大降，流动资金一年比一年吃紧。当地政府为了挽救酒厂，年年注资，仍不见效，最终债台高筑，无法生存，只好宣布破产。

南方一家大型企业闻讯赶来，考察了酒厂的生产设备，产品质量后，毫不犹豫地收购了酒厂。收购者说：这样好的酒质，这样强的生产能力，没理由不赚大钱。企业被收购后用工权力已不在当地政府手中，政府担心职工下岗多增添社会不稳定因素，于是在签定合约时要求收购者不要大批裁员。收购者说：我们不但不裁员，还要增加员工。只是我们肯定不会再任用酒厂原领导班子人员，因为他们的管理水平太糟糕。

酒厂在死亡线上站起来。还是同样的厂，同样的酒，第一年便盈利 8000 多万元。

总是拿不到工资的职工现在比过去的待遇好多了，于是说：还是人家外地人管理水平高。

县里领导则后悔当初不该把酒厂的老"掌门人"换下来，换上一个新"掌门人"硬是把一个"钱袋子"送给了外地人。

这几年这种情况多起来：不少不太景气的酒厂不等倒闭那一天就寻找"恩公"，主动向有实力者投怀送抱，以求平安。这样做尽管等于把长熟的果子分给了别人，但酒厂换来的是继续生存的希望。

在中国企业界，这些年倒闭死掉的企业极多，只有酿酒企业还没有几家彻底消失的，因为"救死扶伤"者热情很高，发现一个救活一个。这就是酒业队伍不见缩小只见扩大的原因。

有人预测说，今后还会有越来越多的酒厂"疾病"染身，仍会有"救死扶伤"者热情相救。因为酒类市场仍存在极大的诱惑。

四是"处女地"太多。中国有经济发达地区和贫困地区之分，有城市和乡村之分，有公款消费与个人消费之分。就中国酒业市场现状看，经济发达地区、城市、公款是主要消费群体。而贫困地区、乡村、个人消费从整体上还构不成主要方向，从大的意义上讲还属有待开发的"处女地"。

城市远没有乡村多，经济发达地区没有贫困地区多，吃公款者在中国人中也是小小的队伍。即便城市、经济发达地区、公款在中国这个大市场中比例有限，都已经使酒业产品产销两旺了，试想将来，贫困地区总要不断发展，城乡差别总会不断缩小，人们的收入总会不断增加，中国酒业还担心市场吗？

中国酒业市场有待开发的"处女地"实在太多、太大了。

汾酒的消费市场足以证明这一看法的正确。50 年代至 70 年代末，想喝汾酒得找领导"批条子"，能够享受到"条子"的人不可能是农民。此外汾酒的主要计划市场在北京、上海、天津、太原等省会级城市，小地方还没这个福分。改革开放以后，酒业市场逐渐放开了，汾酒因物美价廉备受消费者追捧，然而市场调查显示，它的市场地域绝大部分仍在大中城市、广东、江浙沪等富裕地区。90 年代中期，全国酒类大涨价，茅台、五粮液的市场价格上涨到数百元，仍供不应求。汾酒不敢太黑，价格定位中低档水平，有人担心会因自降"身价"而减少市场销量。然而汾酒的市场形势仍旧年年看好，原因是它的合理价位不经意间被一些相对贫困地区的消费者接受了。这一发现使汾酒厂得出一个结论：贫困地区也有广阔的市场，只要酒价走近平民，一碰就响。汾酒厂把注意力转向东北三省，因为那片中国的老工业基地在改革开放后萧条了，相对贫困了，想喝好酒而又出不起好价的酒民多了。几十元一瓶的优质汾酒投放东北市场果然一碰就响，年销售额5000多万元。汾酒厂人士说，他们的大部分市场仍在大中城市和经济发达地区，在贫困地区开发市场只是试探性的，因为目前的生产能力只能满足一头。

汾酒厂的市场情况具有代表性，以全国"八大名酒"为例，它们的绝大部分市场都不在贫困地区、乡村和个人消费这一层面。

有人说，北京的二锅头永远是贫困地区和个人消费的精品。没错，对于富有的酒民和公款吃喝者来说，二锅头的确摆不上桌面，但是这并不影响二锅头的巨大销量。二锅头的火爆也印证了"处女地"的潜力。

有这么多、这么大的"处女地"等待开发，中国酒业的好日子还长着呢。长到什么时候？自己想吧：中国要成为世界经济强国还有多长时期？那一时期的到来意味着中国彻底消灭了贫困。目前整体贫穷的中国尚且酒财兴旺，富起来之后对酒业的支撑还会小吗？

五是酒民队伍太大了。中国人口占世界五分之一，这么多的人口注定要成为世界最大的消费市场。中国这个消费市场救活了韩国的手机业、救活了日本的多家彩电企业、救活了德国的大众公司……中国人一天比一天富了，消费潜力令世界瞩目，正因为如此，外国的汽车、电子、服装等越来越多的行业蜂拥而来。

中国当然也是世界最大的酒类消费市场之一。

中国有5亿多酒民，每位酒民喝1公斤白酒，就是50万吨；每人每年平均喝5公斤白酒，就是250万吨。中国目前的白酒年产量为1020万吨，平均给5亿酒民每年每人也不过20余公斤。尽管有些酒民每年喝不了20公斤白酒，但对于多数酒民来说喝20公斤白酒算不上太难的事，不就是9天一瓶吗？对于相当一批"大宴三六九、小宴天天有"的酒民来说，一年20公斤白酒远不够数。一位80多岁的酒民说，他从30岁起就养成了习惯：早上喝2两，中午、晚上各喝4两，一年365瓶酒一两也少不掉。这样的酒民当然是少数，可他以一当十呀。

我们再算一笔账：四川、河南都是人口大省，也都是酿酒大省。这两个省将近2亿人口，人均每年消费7公斤酒。有一个因素不可忽视：这两个省都是农业省，经济并不富裕，而且农村贫困人口占多数。也就是说，这两省的酒类消费集中在城市人口中。和北京、上海、广东、江苏、浙江、山东相比，四川、河南的城市经济也比较落后，酒类消费能比过以上省市吗？当然比不过。就说北京，2003年闹"非典"，四、五、六连续3个月大小饭店全关门。就这3个月，餐饮业损失百亿元。我们都知道走进饭店吃喝酒钱总比饭菜费用多，餐饮业上百亿的损失"酒钱"占多少？脑子一转就明白。这一损失不也说明了北京酒民的战斗力吗？

这么一算账，我们就知道中国酒民的厉害了，他们至少不会让酒业太失望吧？

所以说：中国庞大的酒民队伍永远是中国酒业的坚强后盾。只要酒民队伍不大幅减弱，就影响不了"战斗力"，中国酒业就不存在市场方面的后顾之忧。

第六个因素是"酒类没有替代品"。天然气可以代替煤球，汽车能够代替马车，什么东西能够代替美酒？还没有。酒有酒的刺激，酒有酒的韵味，任何东西也无法取而代之。酒桌上"以水代酒"的人不是酒民，不能饮酒又怕失去礼节才举起水杯。我们常常遇到这样的情景：几个人来到酒店原本是想吃个便饭，不打算喝酒。可是饭菜一上桌便觉得只喝茶水或者饮料缺少气氛了，犹犹豫豫还是要酒来。招待客人时，即便客人不会喝酒，主人还是会把酒摆上来，客人不喝归不喝，但摆出酒就显得主人待客热情。如果客人会喝酒，主人不摆酒便是慢待、失礼了。这就是酒的魅力和作用，无可替代；这就是中国人的习惯，无法改变。

第七个因素是财富的快速增长。30多年来，中国经济快速发展，国家的经济实力日渐强大，百姓的经济收入日渐增多，一句话，中国人的"腰包"一天比一天鼓了。对于普通百姓来说，有钱买酒体现出生活水平的提高，所以不但逢年过节、招待亲朋好友、红白喜事不吝酒钱，"喝闲酒"也不在话下。百姓是最大的消费群体，他们对酒业的发展无疑起到"众人添柴"的作用。另一方面是"公款消费"：国家有钱了，官员们花钱方便了、也更大气了，所以官场酒宴日渐盛行，"酒疯"强劲。百姓添柴，官员浇油，中国酒业岂有不兴不盛之理？茅台酒股票从十几元曾一路飙升到近三百元成为中国股市第一高价股、众多酒类股票齐受追捧，单就这一"景观"而论，中国酒业无须"夕阳"之忧。

"七大因素"的确是中国酒业的七大支点。由此我们不难判断，"夕阳论"作为一种推测可以，但作为定论为时尚早。当然，和计算机、信息、生物等高科技行业比，说酒业是"夕阳行业"也未尝不可。但这只能说是趋势，绝不是局面。

"夕阳不坠成骄阳"仅指白酒业，如果再了解下其他酒类的发展情况，我们更能看清中国酒业是何等的一种繁荣局面了。据统计，全国酒类总产量从 2006 年的 4500 万千升，增长到 2010 年的 6400 万千升，年均增长 8.5%；酒类消费总额从 2006 年的 4886 亿元，增长到 2010 年的 8058 亿元，年均增长 13%。2009 年的一组数字也极能说明情况：即便在销售淡季、打击酒后驾车、消费税上调等多重影响下，白酒的运行情况依旧保持良好，1－9 月，产量累计同比增长 23.5%，增速创 10 年新高；啤酒累计产量同比增速为 6.2%；葡萄酒产量同比大增 51.1%；9 月，黄酒产量同比大幅增长 31%。2009 年中国白酒制造行业工业总产值达到 1960.2 亿元，增长率为 18.7%；产品销售收入达到 1708.1 亿元，增长率为 21.0%；利润总额达到 245.1 亿元，增长率为 31.5%。行业专家预测，中国酒类市场消费升级而带来的产品结构升级，今后将继续保证销售收入和酒类总体水平的上升。

然而我们必须清醒地意识到，酒业的这种"蓬勃"局面并不是好现象，大量的人力被占用、大量的财力被分散，而且带来一系列健康、治安、浪费、风气等问题，如果算大账，我们无论如何没有理由为此大唱赞歌。我们还必须明白，社会进步绝不是"喝"出来的，经济发展也不是"喝"出来的。因此，经济学家的"夕阳论"并没错，错在酒业太执着，错在酒民缺尺度。我们不能再"死抱酒瓶"不放了，酒业应该走进夕阳，这个过程越短越好。

对于中国遍地"酒疯"之象，有人以"世界极致"来形容。这样概括是否准确？网民的一首白话诗似可帮助我们确定答案。

中华酒谣

工农商学兵，驰骋酒场中；
官员冲在前，全民皆奋勇。

东西南北中，处处见"酒疯"；
酒水平江河，酒瓶垒长城。

麻雀三分醉，草木染酒兴；
昔日大睡狮，今日醉懵懵。

第三章　杯中几多愁

——"酒疯"的代价

伤脑、伤性、伤肝……酒多伤身。
生疑、生气、生灾……酒频衰家。
废政、废风、废事……酒盛损国。
身祸、家祸、国祸，酒中祸事何其多。
我们由此想到的当为"责任"二字：
对社会的责任，对家庭的责任，对生命的
责任，甚至对国家的责任。勿轻小小酒
杯，当知其中祸殃，为国、为家、为人，
皆须背负"避祸"之责，责任承载着幸福。

身祸——健康的代价

　　尽管我国科学界对饮酒与健康的关系研究较少，但世界卫生组织（WHO）、世界粮农组织（FAO）以及美国、英国等国家的专门研究机构的文献资料，已经能够帮助人们了解科学界目前对酒的认识。

　　美国国家酗酒和酒中毒研究中心（NIAAA）向人们发出以下忠告：不管每天喝或者一周喝一两次，还是偶尔喝一次酒，男人喝纯酒的量不应超过 30 ～ 40ml（即 3 ～ 4 个酒精单位，1 个酒精单位指 10ml 纯酒精），女人不要超过 20 ～ 30ml（即 2 － 3 个酒精单位）。

　　但实际上，每个人对酒精的敏感度和耐受度存在着一定程度的个体差异，因此要制定出一个饮酒的安全标准是比较困难的。因此，目前多数国家制定的膳食指南都是原则性地强调适量饮酒，不要养成过量饮酒的习惯。

　　过量饮酒有害健康。美国 NIAAA 指出，过量饮酒是指每日饮酒量超过 4 个标准杯（相当于 2 瓶啤酒或 1 两 56 度白酒），且每周饮酒超过 5 次。由于每个人的身体状况是不同的，因此每个人要考虑自己对酒精的耐受力，上述标准只能作为参考。对于青少年、孕妇和已经戒酒的人而言，应该滴酒不沾。

　　WHO 和 FAO 在 2004 年出版的《膳食、营养和慢性病预防》中指出，过量饮酒可明显增加发生心血管疾病、特别是中风和消化系统癌症的危险。另有报告说，适量饮酒可降低心血管疾病发生的危险。

饮酒对健康有长远影响。国际癌症研究基金会和美国癌症研究中心关于《膳食、营养与癌症预防》中指出，长期饮酒与不同部位癌症发生的危险性和不相关性可归纳如下：

美国癌症研究中心认为，作为一个整体，含酒精饮料是有致癌性的。在酒精平均摄入量高的国家中，这种相关性表现得十分明显，与含酒精饮料的类型关系不大。每日摄入 1 份酒精，便可使危险性升高；摄入 2 和 3 份时，相对危险性逐渐增高；无论摄入多少酒精，都能使乳腺癌发生的危险性升高；如果饮酒者同时吸烟，则癌症发生的危险性可大大增加。

无论哪种酒都别多喝。世界各地制作的酒精饮料多种多样，大体上可分为啤酒、果酒和白酒三类，也可根据制作工艺分为发酵酒（如啤酒、葡萄酒、黄酒等）、蒸馏酒（白酒）和露酒（配制酒）。其中白酒酒精含量较高，啤酒、果酒和部分配制酒的酒精含量一般在 3％～ 14％。喝 1 瓶啤酒相当于喝 200ml 葡萄酒和 50ml 酒精含量为 38％的白酒。相比之下，葡萄酒含酒精较少，还含有一些对心血管有益的物质，如白梨芦醇、多酚类等。但是无论哪种酒，喝多了都可以导致酒精中毒。因此，专家建议大家无论哪种酒都别多喝。

医学界人士从人体健康的角度反复告诫酒民们：酒多伤身。可是勇敢的中国酒民们往往不屑一顾，大杯子大碗畅饮如旧，似乎痛快远比健康重要。那些不信邪的酒民们必定要付出健康的代价。

醉一次，脑细胞死一批

当年，李地（化名）乃本省高考文科状元，他绝顶聪明尤其是记忆力非同寻常，唐诗三百首能倒背如流，确有过目不忘之奇。重点大学的学生都够聪明的，而同学们谈到李地的聪明，便觉得自己的脑袋不是脑袋了。

　　李地大学毕业后就职某省报，当了主管政法宣传的编辑。这个差事与各地党政领导、党政部门打交道的机会极多，喝酒的机会也多。因为交往对象特殊，每每喝酒时不敢马虎，因此酒量不大的李地常为醉中人。李地常常醉得实在，也醉出了人缘，凡打过交道的各地党政领导说起他都有几分赞誉。此外李地与同事、朋友喝酒也以豪爽著称，从不惧醉。"把工作当成喝酒，越干越上劲；把喝酒当成工作，越喝越认真"是他的一句名言，叫响全省上下。

　　李地已有十八年酒龄，目前在部门主任的位置干得有点压抑了，原因是社领导命名他为"本报第一迷糊"，这自然不是玩笑话，是批评。迷糊到什么地步？总编辑让他三天内赶写一篇评论员文章，他竟然全忘了，害得总编辑不得不跟着他熬了一个通宵。一个"绝顶聪明"的人怎么会成了"本报第一迷糊"？李地自己也觉得奇怪：这脑袋怎么越来越木，记忆力直线下降，总是忘事？

　　李地带着苦恼进京问医，医学专家告诉他：都是喝酒惹的祸。

　　解放军 301 总医院的纪小龙博士是专门研究人体细胞的，对人体所有细胞了如指掌，在这方面可谓地地道道的权威专家。据纪博士讲，在人体所有细胞中，只有脑细胞没有再生功能。酒精对脑细胞具有直接杀伤作用，一个人大醉一次，脑细胞就要死掉一部分，死掉多少就减少多少，再也找不回来。经常醉酒的人脑细胞经常受损，最明显的表现就是记忆力逐渐减退。

　　纪博士的话不能不信，因为他讲的是科学。科学就是真理，谁不服谁倒霉。其实经常喝酒的人对记忆力减退都有体会，只是没想到是喝酒的原因，总以为年龄越来越大，记忆力还能不减？年龄大肯定没有年轻时的记忆力好，这是事实；但不喝酒的人记忆力减退的速度肯定没有喝酒人快，这也是事实。

　　酒龄比较长的人都记得，20 年前我国生产的白酒基本属于高度酒，度数最高的大曲、白干酒有六十多度，一点火就着。酒精度尽管高，但属于纯粮食酒，喝起来醉得快醒得也快，一般不缠头。后来出现一种理论，说高度酒对人体害处大，应该把白酒的酒精度降下来，于是一场"革命"出现了，大量低度酒应运而生，挤得高度酒几乎没了市场。低度酒的出现使酒民的酒量变大了，能喝半斤高度酒的人稍一用力就能干掉八两甚至一斤低度酒，大大满足了一些酒民的虚荣心。殊不知，问题的严重性在于，低度酒不是粮食酿造的，工序简单，其中的含铅量大大高于高度酒。含铅量严重超标意味着什么？意味着酒民的脑袋受到成倍的伤害，对低度酒越感兴趣记忆力衰退得就越快。可以回想一下，许多人头天喝醉酒到了第二天头脑一片空白，怎么回的家，和谁喝的酒，说了什么话，闹了什么笑话，甚至骂了人、动了手等等，好多情景愣是记不起来，为什么？就是因为低度酒含铅过高导致大脑铅中毒，使记忆皮层受损。这几年越来越多的酒民已经意识到低度酒"良民的不是"，于是又找回了高度酒，也算悬崖勒马，不失聪明。而仍有一些酒民无视其害，还是抱着低度酒喝水一般往肚里猛灌，似乎自己的脑袋不是脑袋。

有时也觉得奇怪：低度酒明明不是好东西，为什么还要大量生产？难道生产厂家不知其害？道理很简单，因为它成本低，生产快、盈利大。国家为什么不控制局面？道理也很简单，酒税可观，失之可惜，就像一边告诉你"吸烟有害健康"而提倡戒烟又不愿停止烟草生产一样。这与中国人的命不值钱有关。

毫无疑问，低度酒喝多了，对人体的伤害远比高度酒大，酒民们完全可以对它敬而远之。而高度酒尽管好于低度酒，也不意味着对人脑没有伤害，喝多喝醉照样让人记忆力大减。

不管白酒还是果类酒，也不论酒精度高低，只要它是酒，你就切记不可纵饮无度。纵饮无度的结果必定伤脑，而伤脑绝不仅仅表现为记忆力衰退，还常常引起脑缺氧、脑血管硬化、脑溢血等。中国乃至世界著名心血管专家、北京医科大学教授胡大一曾讲，抗美援朝时期，医学界在解剖美国、中国俘虏兵尸体时，发现美国兵中血管壁增生者极多，而中国兵这种现象为零。血管壁增生是因为人体含有过多的脂肪和热量所致，这种病实为"富贵病"。这就是说，在五十年代，中国人因为贫穷还患不起血管壁增生这种"富贵病"。而八十年代后，中国人患血管壁增生者年年成倍增长，到今天心血管病已发展成为第一杀手，闹腾得心血管医院的效益一年比一年好。原因何在？自然是因为中国人一天比一天富有，生活好了，喝酒多了，体内热量大增促进了脂肪增长。中年人患心血管病比例最大，就说明了这个问题。

喝出多少脂肪肝

肝是干什么的？一是造血，二是排毒，等到它"撂挑子"的时候，人就完了。

酒对肝脏的伤害有多大？我们看看2013年5月5日北京电视台播出的《小心肝脏的"酶"变》专题节目，就明白了。该专题节目介绍：

饮酒过后，您是否出现过脸红、头晕、腹部和肝区的胀痛、甚至黄疸呢？如果发生过类似的症状，说明饮酒已经对肝脏造成了急性的损伤。酒精对肝脏的损伤可以分为三个类型：一次性大量饮酒造成的急性损伤、长期过量饮酒造成的慢性酒精肝，以及在肝炎、慢性肝病基础上饮酒，可能引发的肝硬化、肝癌甚至肝衰竭。如何通过肝功化验指标的变化监测肝病的发生和发展？

您可以根据下面的公式折合饮酒后摄入的酒精量。酒精的成分主要是乙醇，摄入体内后，会在肝脏内通过乙醇脱氢酶和乙醇氧化酶的作用，先分解成乙醛，再分解成更小的分子代谢出体外。而一项研究证明，中国人体内普遍缺少让乙醛再次分解的酶，从而让有毒的乙醛在体内蓄积引起肝脏病变。专家表示，这种"缺陷"在三种人身上尤其明显：喝酒爱脸红者、女性和长期服用药物的人，如果您属于这三类人群，最好不要经常饮酒。

一次性过量饮酒 → 急性酒精肝

长期过量饮酒 → 慢性酒精肝

肝炎病人饮酒 → 肝硬化 甚至肝衰竭

您记得最近一次检查肝功能的指标结果吗？正常的转氨酶数值在 0 — 40 之间。但转氨酶的升高只意味着肝细胞的损伤，可能由多种原因引起，不一定就是肝病。已经患有酒精肝的人群，在戒酒后的半年内肝脏细胞会进行修复。因此这类人群应该在半年后监测转氨酶、转肽酶和白蛋白三项指标的变化，及时判断肝脏的恢复情况。

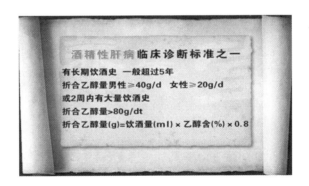

酒精性肝病临床诊断标准之一

有长期饮酒史 一般超过5年
折合乙醇量男性≥40g/d 女性≥20g/d
或2周内有大量饮酒史
折合乙醇量>80g/dt
折合乙醇量(g)=饮酒量(ml)×乙醇含(%)×0.8

除了不当饮酒导致的酒精性脂肪肝，还有因脂代谢异常导致的一般脂肪肝。这类人群往往能在化验肝功能时，通过转氨酶和甘油三酯两项指标的异常得到提示。其中甘油三酯的升高是因为脂肪过多释放到血液中，而转氨酶的升高是因为肝脏上的脂肪过多，导致了肝脏的炎症。专家提示，如上述两项指标异常，应提高警惕。

是否转氨酶升高的不明显，就意味着肝脏很健康呢？专家提示，肝癌患者往往表现为转氨酶轻度升高甚至正常，此时要特别关注另一种指标的变化，就是甲胎蛋白。甲胎蛋白是新生的肝脏细胞合成的一种蛋白，分布在胎儿体内或者正在生长的肝脏细胞中。所以怀孕的女性、正在痊愈的肝炎患者（损伤的肝细胞在修复）以及肝癌患者的肝功化验单上，会见到甲胎蛋白的升高，您可以结合自身情况进一步咨询医生。

据医学界人士介绍，中国人这些年患脂肪肝的数字大得吓人，中青年人是患者队伍的主力。与之相匹配，中青年人也是酒民队伍的主力。两个队伍的主力一亮相，我们就知道脂肪肝与喝酒有关。酒能增加热量，热量促进脂肪增长，脂肪生长不拣地方，肝欢迎它它就给肝面子。患上脂肪肝的人怕什么？怕酒，你越喝酒脂肪肝就越重，发展下去就是肝硬化。患上肝硬化的人意味着你的肝脏已不能正常工作，它在造血、排毒的时候力不从心，所以你更不能喝酒，再喝下去闹不好就是肝癌。肝癌的后果不用说大家也清楚，世界卫生组织早许下诺言，谁攻克癌症就为谁塑金身，可是至今无人能及。人类能造出宇宙飞船，能登上月球，却拿不下癌症，你说它可怕不可怕？

医学实验告诉人们，喝醉一次酒，相当于患次急性肝炎。喝酒人谁不知道酒多伤肝？知道归知道，仍旧管不住自己。有些人倒是小心，可是经不住别人三劝两劝，喝起来就忘了肝的事；有些人压根儿不拿肝当肝看，酒兴一来振振有词："人的命天注定，管它生病不生病"。看似浑身是胆，一旦发现自己的肝"闹情绪"时便傻了眼，直呼悔不当初。

2009年春的一天，某县政府酒坛"八大金刚"少了一人。他突然发现自己患了肝癌，一个月便彻底结束了"金刚"人生。剩下的"七大金刚"害怕了，几天后一起去医院彻底检查了身体，发现人人无恙，于是出了医院大门直奔酒店，喝起"压惊酒"。身为几大金刚之首的办公室主任端着酒杯对大家说：走了一个，教训沉痛。从今以后，这酒该收一收了，该喝的场合尽量少喝，能不喝的酒一滴也不喝。人不护肝，肝不护命呀。

金刚们的确收敛了一阵子，把酒桌风采扔到一边。只是好景不长，又不知不觉地开戒了。县委书记高升，庆贺酒宴摆起来，在书记身边工作几年的几大金刚不开怀大饮才怪；县长接任书记，又是一喜，单独再摆"归心宴"，几大金刚岂敢心猿意马，直喝得一个个晕头转向；接着新县长到任，为表示欢迎之意和日后鞍前马后之慷，他们把杯问盏酒意酣畅。这哪算完？新班子新气象，迎来送往都是酒，不靠"金刚"靠谁扛？大大地喝呀，肝又不是肝了。

2010年秋，办公室主任时不时感觉到肝区隐疼，妻子也多次说他脸色发暗，搞得他警觉起来。利用去省城办事的机会到省人民医院检查身体，结果不妙：肝硬化。办公室主任看到诊断书禁不住两腿发软，回到宾馆关门抱头而泣。彻夜不眠，他想了许多问题。想到喝出肝癌死去的那位同事，又想想自己的肝硬化，直后悔自己太大意、太不知道爱惜自己，于是忍不住捶脑袋。想到妻子正年轻、儿子刚5岁，直觉得对不起这个家庭。又想到市委组织部刚刚考查过自己，老书记已透露市里把他列为预提干部，更觉得得病太不是时候……想了一夜终于做出了一个"要官不要命"的愚蠢决定：绝不能让任何人知道自己得病的情况，包括自己的家人，无论如何也要熬个副县级职务。他这样决定绝非是不拿生命当回事，实在是因为提为副县待遇大变，日后对妻子、儿子有好处啊。

第二天，办公室主任跑到省中医院，请老中医开个中药方子，回家悄悄吃起了中药。对妻子说，吃中药是为了调养身体，对外人也是这么说。两年时间，家里家外没人对他的身体状况怀疑过什么，只是妻子觉得奇怪：怎么成了中药罐子，什么病这样顽固？知道妻子生疑，他便若无其事地说：整天那么累，小毛病也多，不是身体虚，就是肠胃不好，不长期调养行吗？小病不防，大病遭殃。这么一说，妻子还觉得丈夫挺知道爱惜身体，自然不会往坏处想。

两年间，办公室主任强打精神干工作，给县里领导的感觉仍然是兢兢业业。两年间，他仍没有放下酒杯，一放下岂不让人生疑？病情一旦败露就会被停止工作，不工作的人还能提拔？和过去比"战术动作"多了些，比如杯中总剩酒、老往地上倒、含在口中等待机会吐出来等。仅靠"战术动作"解决不了大问题，推推托托、遮遮挡挡还是免不了喝下几杯。总算没有露出破绽，可是自己感觉到一天不如一天。

喜讯终于传来，办公室主任就任县委宣传部长的命令到了。宣传部长是常委，比副县长还重要。"七大金刚"又聚到酒桌，这次意义非同一般，大家都觉得终于喝出成果了，高兴啊。宣传部长心中的酸甜苦辣只有自己清楚，但毕竟等到了这一天，自己觉得也算对得起肝了，于是情不自禁酒兴大发，与弟兄们喝啊。大家酒意正浓时，宣传部长突然口吐鲜血倒在地上。几个人惊恐万分，急忙把他送到县医院。他心中异常清楚，这次进到医院就再也回不到办公室了，尚未暖热的椅子不久就会坐上新主人……

这样的悲剧故事经常发生，到处可见。酒民们再不要以为在酒杯中放上一个鸡蛋、或者喝下一碗糖水就能保肝，这些招数是自己宽慰自己，没用。还是少喝为佳，别惹怒了肝。

酒精依赖让你痛不欲生

有些人喝酒上瘾，一天不喝就难受。这类酒民要么已经产生了酒精依赖，或者是离酒精依赖仅一步之遥了。医学解释，酒精依赖是种病症，这种病症一旦染上，麻烦就大了。

某市的高先生是本地的知名人物，这不仅仅是因为他的地位，更因为他在酒桌上的豪放习惯。高先生几乎是每天都有酒场的人，也几乎是每天都要喝醉的人，为此家人、朋友苦苦劝阻，但毫无效果。不是不知道酒中之害，实在是因为难以自控，也就是医学上说的产生了酒精依赖症。什么表现？一大早起床不先喝下半斤酒，两手就颤抖不停，所以起床后第一件事不是先洗脸刷牙，而是先喝酒。为此他也痛苦，但几次戒酒都没成功，酒精依赖症实在不好对付。医学证明，所有酒精依赖症患者最终都要付出健康代价，高先生自不例外。在酒坛纵横20多年的高先生因严重酒精中毒引发脑部感染，在医院无菌玻璃房躺了半年多，虽然以极高的代价保住了性命，但抬回家中后连老婆孩子也认不清了，大脑基本废掉。

方清平是北京人最喜欢的相声演员，他的"脱口秀"倾倒无数观众。方清平给观众带来了快乐，而自己却生活在痛苦之中，因为他也是酒精依赖症患者。北京电视台《星夜故事》栏目演播现场，方清平自嘲说：我最先出名是因为得痛风，我得痛风比说相声有名。患有痛风十多年，最疼的时候两三天没下床，下身基本保持一个动作没动过。也曾因为痛风发作时疼痛难耐而不愿登台演出，还差点因此失去了生活的勇气。

在节目中方清平坦言自己患上痛风的罪魁祸首是因为饮酒，抵挡不住酒精诱惑。他说："我有酒精依赖，每次喝完第二天就开始疼。"专家也在节目现场提醒方清平，对于痛风患者而言饮酒对身体的伤害是最大的，喝酒过后，痛风一定会发作，饮酒只会让痛风越来越严重。戒酒刻不容缓，再不注意就会影响至肾脏。

据《星夜故事》栏目编导介绍，有期节目专门谈戒酒问题，请来一位嘉宾，一再叮咛不要喝酒。两点钟正式录像，一点半的时候发现那个嘉宾消失了，后来在厕所找到他，他偷偷买了酒，喝得酩酊大醉，被抬到演播室。因为所有的人，所有的工种，所有的观众，所有的嘉宾都准备好了，突然出现这样的意外，该怎么办？只好决定让他妻子做节目，让当事人在边上。编导们想让观众亲眼见证一下，酒精依赖是什么样子。这位不能自控的嘉宾第二天早上醒来，为演播现场当众出丑感到无地自容，给妻子跪下来。

这样的人物、这样的故事实在太多，看了这些，大家当警惕，千万不要染上酒精依赖这个毛病，一旦染上，后果严重。如何警惕？别喝太勤了，别喝太多了。

"伟哥"泡在酒中，立马失效

有人编出这样一个笑话：丈夫性功能欠佳，每每靠"伟哥"之类的壮阳药"帮助工作"。妻子心细，知道丈夫爱喝酒，又联想到鹿鞭酒、虎鞭酒的功效，便建议丈夫把"伟哥"全泡在酒中，需要的时候喝几口，图个省事。丈夫把"伟哥"泡在酒中的当天晚上就喝上了，可是折腾一夜也没有见效。妻子说可能是泡得时间太短，药效不够吧。第二天晚上还是不行。丈夫判断"伟哥"是假冒产品，便找出售"伟哥"的药店索赔。药店的药师听完详情，忍不住笑了，说："伟哥"是帮助工作的，酒是妨碍工作的，两个东西相遇中和了，咋能管用？

"伟哥"泡酒中立马失效的段子可以当笑话对待，但酒对性功能有伤害确实为真。编造这个笑话的人可能就是想说明这个问题。

有资料表明，近年我国男性公民患性障碍疾病的情况令人堪忧，一位医学专家说，令人堪忧的程度已失去用数字表达的意义，只能用一句话概括：中国男人基本都不行。细究其因，除了生活节奏加快引起体能下降、心理疲劳外，长期饮酒、过多饮酒也是导致性功能下降的重要因素，于是有人提出"中国的男人是不是男人"这个令男性公民很没面子的问题。早在2002年，中国妇联就曾联合诸多报刊倡议中国男性公民"保护生殖健康"，许多人起初不以为然，似乎觉得这帮人吃饱撑的没事干，拿男人开心。但回头细细想来，便不能不感到人家专家和新闻界提出这个问题的确有道理。不说别的，就看下"硬指标"吧，专家称成人的正常性行为应该是每周1至3次，可是多数人的确完不成"任务"，一两周能有一次就算不错了，有的人甚至更糟。所以多数女士理直气壮地支持专家的观点，坚决认为中国的男人就是在"退化"。

酒对性功能构成伤害，是因为酒精能够麻痹人的性器官，经常饮酒、醉酒的人对此都有体会。因为经常饮酒、醉酒而性行为减少，性器官的功能自然要退化，退化到一定程度也就和摆设差不多，这和"刀不磨不快"一个道理。

有些男士明知酒对性功能有伤害，而且深有体会，但因为好酒，便顾不了许多，整日照喝不误。当实在觉得对妻子不好交代时，就找"伟哥"帮忙，应付一次算一次。医学界决不提倡男士依赖"伟哥"，因为那东西只能逞一时之威，决非长久之效。更重要的是它对人的神经系统起过度兴奋作用，用多了容易导致神经系统紊乱，而且对人的心脏损害严重。"伟哥"是个好帮手，却不是个好东西。

酒对人的大脑、肝脏、性功能、肠胃、血压等都有刺激和伤害，谁不信邪谁倒霉。但这并不是说酒这东西一定是个恶魔，一点也碰不得。其实，酒是双刃剑，关键看怎么用。医学教授齐国力对此极有见解，我们不妨听听他的说法。

齐教授吓坏白酒业

2002 年，在美国斯坦福待了六年的齐国力教授回到北京，发现北京市在全国健康普查中得了两个冠军：一个是高血压冠军，一个是高血脂冠军。北京市委很重视这两个冠军，请齐教授专门向大家讲讲养生保健知识。于是，齐教授在北京市直机关、中央国家机关连讲几场课，引起了极大震动，讲课录音被整理成稿风传全国。

齐教授讲：现在，死亡率最高的是 30 至 50 岁的人。年龄不是个宝，血脂高很危险。大家知道国际上有个标准，寿命等于成熟期的 5 至 7 倍者为长寿。这么说，人的寿命应该是 100 至 175 岁。为什么都没达到呢？最主要的一个原因是不重视保健。现在绝大多数人是病死的，很少数是老死的。应该绝大多数是老死而少数是病死。

注意，齐教授提到"血脂高很危险"，而常喝酒的人多数都有血脂高这个危险的毛病。

齐教授讲：我国知识分子的平均年龄 58.5 岁，按这个数字，我不想算学前教育，小学 6 年，中学 6 年，医科大学 8 年，硕士 3 年，博士 3 年，博士后 3 年，都学完后就到点了，基本不能干什么。日本人的平均寿命是世界冠军，比中国人平均寿命整整多 20 岁，为什么？因为日本人爱喝绿茶。你如果每天喝 4 杯绿茶，癌细胞就不分裂，即使分裂也要推迟 9 年以上。所以日本小学生每天一上学就喝一杯绿茶。绿茶一是含有茶坨酚，它防癌；二是含有氟，它能坚固牙齿，还能消灭蛀虫；三是含有甘宁，它能提高血管韧性，防止血管破裂。

日本人爱喝绿茶，中国人爱喝酒，两国人寿命之差悬殊的原因不就在这里吗？

爱喝酒可以，就看喝什么酒。齐教授建议大家喝红葡萄酒。他讲：欧洲人男女老少天天都喝一点红葡萄酒，什么原因？原来红葡萄的皮上有种东西，叫"逆转醇"，这个逆转醇干什么的你们不知道，它整个是抗衰老的。它还是氧化剂，常喝红葡萄酒的人不得心脏病。第二它可以帮助防止心脏的突然停搏，我们叫猝停。红葡萄酒还有个作用是降血脂、降血压。红葡萄酒有以上几大作用，所以在国外卖得很好。我不是来推销酒的，我是来传达国际会议精神的。很多人提出，不是不提倡喝酒吗？世界卫生组织说的是"戒烟限酒"，没说不让喝酒，而且酒的限量也说了：葡萄酒每天不超过 50 － 100 毫升，白酒每天不超过 5 － 10 毫升，啤酒每天不超过 300 毫升。如果你超过这个限量是错误的，不超过这个限量就是好的。有钱人天天泡在酒宴上，浑身上下一般粗，将军肚，我调查过，这样的人极少有活过 65 岁的。

齐教授的养生之道风靡全国，红葡萄酒的销量明显上升，大家都想长寿呀。白酒行业人士有点紧张了，心想按照齐教授的理论大批白酒厂家要不多久就得关门。不过也有人断言，无须担心，世卫组织规定的饮酒标准完全不符合中国的国情。中国是纵饮之国，喝酒喝个痛快是中国酒民的习惯，你规定一个人喝白酒每天不超过 5 － 10 毫升，麻雀也嫌少，对绝大多数中国酒民来说，这个限量只是沾下嘴唇，可能吗？果然，没过一年，许多人又忘了齐教授的劝告，又觉得喝红葡萄酒像喝饮料，远不如喝白酒过瘾，于是白酒的销量又上去了，白酒行业虚惊一场。

当然，也应当看到，如今人们的健康意识在逐渐增强，不拿生命当回事的人越来越少。日子越过越好，就会越来越珍惜生命，相信越来越多的人会意识到过量饮酒的坏处并会逐渐改掉纵饮的习惯。所以，齐国力教授的养生之道最终还会使我国的酒民队伍越变越小。

家祸——亲情的代价

在庞大的酒民队伍中，因酒造成家庭不幸者大有人在。家破人亡、悲欢离合，说起来是因酒而起，实在让人觉得不值。

死人的事是经常发生的

人总是要死的，如果病死、老死倒也无话可说。有些人身体壮得像头牛，偏偏因为喝酒丧命，你说冤枉不？

几年前的春节，准确地说是大年三十晚上，豫西一家屠宰厂的几名职工正准备赶回几公里外的家中阖家团聚，突然下起了大雪。几个哥儿们说，反正一时出不了门，干脆喝几杯，等雪停了再回家。因为过年了，这个提议也算合适，于是酒桌摆起来了。喝年酒不比平时，大家酒兴都高呀，谁也不耍滑头，人人喝得实在。雪一时住了，几个人带着几分醉意分头往家赶。

一名职工的家人等他到午夜，还不见归来，便以为是被大雪隔住了，在单位看春节联欢晚会。一家人边包饺子边等人，几个时辰过去还不见人影，心里不踏实起来。最着急的是妻子，妻子叫上小叔子出了家门，踏雪直奔几公里外的屠宰厂找丈夫。看大门的人说几个人喝完酒就走了，走时联欢晚会还没结束呢。

妻子想兴许回村后又拐谁家打麻将去了，丈夫有这个爱好。于是带着几分愤意往回走。天亮了，两人走到半道，突然发现路边雪地中露出小半个自行车轮子。妻子心头猛地一紧，赶忙扒出自行车，心揪得更紧了，果然是自家的自行车呀。被大雪覆盖的丈夫终于找到了，赤条条的身子已经僵硬，妻子号啕一声，昏了过去。

验尸结果表明，系重度酒精中毒引起燥热，赤身昏倒后冻死。

一个极其健壮、年仅33岁的人，就这样扔下刚刚8岁的儿子和年轻的妻子走了。妻子尽管为失去丈夫而悲痛，但觉得丈夫的死既非因病又非因公，是因为喝酒，死得不光彩。妻子毕竟还年轻，一年后改嫁了，一个温暖的家庭解体了。只可怜正上小学的儿子自此失去了父母之爱，只好跟着年老体弱的爷爷奶奶生活。

2011年秋的一天，某地一位私企老板在一省会城市签下一份数亿元的工程合同书，这意味着大把大把的票子很快就要装进腰包，高兴呀，当即设下晚宴酬谢各路"财神"。老板曾是酒中人，自打成为富人后，觉得生活有意义了，也就加倍珍惜生命，所以坚决戒烟戒酒。这次有点邪，兴许是财旺酒兴高，一开宴老板就对几个随从人员说：平时你们在喝酒时保护我，今天情况不同，谁也不能替我喝，我要喝个高兴，喝得朋友们满意！

老板喝得天昏地暗，一醉如泥，被人抬进宾馆客房。随从人员守了半夜，见老板酣睡不醒，就按习惯做法，倒了一大杯凉白开放在老板床头，便回各自房间睡觉了。

第二天早上，随从人员想让老板睡个懒觉，也就没有去叫。午饭时间快到了，随从人员觉得老板早该醒了，就去叫门，可是按了半天门铃不见动静，只好叫来服务员开门。随从人员看到老板仍躺在床上，上前一看老板的两眼瞪得圆圆的，嘴巴、鼻孔有呕吐物，再摸身子全凉了。老板死了。

当地法医赶到现场，经鉴定是因为昏睡中呕吐物排泄受阻窒息而亡。

一个身家数亿的人，一个正值至事业如日中天的人，就这样被酒结束了生命。

老板的几个随从人员见有机可乘，便密谋对合同书做了手脚。几个随从都是公司的高级管理人员，老板死后他们仍受老板家人委托管理公司，这就给他们提供了更多的中饱私囊机会。一年多时间，他们共同瓜分了公司数千万元资金，尔后各奔东西。老板生前十四岁辍学以擦皮鞋为生，后来靠卖假皮鞋积攒了家底，22岁自办鞋厂，滚动18年积累了不少财富，而后转型搞工程。老板野心勃勃的财富梦想意外地被酒精泡烂了，包括生命和财产。

类似这样因酒致命的悲剧故事举不胜举，几乎每天都在发生。失去生命的不幸也是一个家庭的悲剧，因为死者多为有家有口之人，他们无疑是一个家庭的顶梁柱，一个家庭失去了顶梁柱，还不坍塌？

"二踢脚"讲述的故事

有位朋友推荐一篇《我的酒中人生》讲稿，是位老酒民的自述，征得同意，原版奉出：

> 大凡嗜酒如命之人的家庭多不美满，高尔基在《母亲》那部书中描述过这种故事。如果大家觉得高尔基时代离我们太远，我就讲今天的故事。今天的故事讲述我自己的经历。我的绰号"二踢脚"，这个绰号是怎么来的，大家听完我的故事就明白了。

> 我是大兴安岭山区的苦孩子，知道大兴安岭吗？就是那年烧起一场大火那地方。父亲会造酒，我这个苦孩子虽然经常饿肚子，却是闻着酒味长大的。父亲说我四岁时就偷喝过酒，小时候不高兴、或者不听话时，父亲只要给勺酒喝，马上就好起来，似乎对酒有天生的缘分。我这个苦孩子也爱读

书，我乃正儿八经"老三届"高中生。1964年入伍后，得了个"二踢脚"绰号。"二踢脚"原本是种炮仗，点燃后腾空而起连爆两响。大家之所以送我这个绰号，就是因为我在两个方面最叫响。这两个方面是什么，暂不说透，往下听便能体味的到。

那时候部队连初中生都少见，"老三届"更是凤毛麟角。因为有文化，所以我这个"二踢脚"从当新兵起就与别人不一样受人看待，当然是受人高看啦。我先是在连队当文书，干些写写画画的事，不久在八一节团联欢会上大展才华。知道为什么吗？因为我一口气诵出《红楼梦》中所有的诗词，好家伙，满场那个掌声，放炮仗一样。联欢会结束后，我们团长，38年入伍的老革命，高兴得揪住我的耳朵说，你小兔崽子是人才，放在连队可惜了，得给你找个好地方。老连长对我说，小伙儿，你走运了，知道吗，团长一高兴就揪人耳朵，揪谁的耳朵谁走运。

第二天，老团长就打电话通知我们连长：送那小子来团部报道，教老子学文化。于是我就到团里当了文化教员，主要任务是每周给全团军官辅导一至两次文化课。那时候部队大老粗多，文化学习以认字为主，我呢，一本《红楼梦》当教材，边讲解内容边教认字，一年下来全团军官差不多都能把《红楼梦》读下来了。团长、政委去师部开会，师长改口叫我们团"《红楼梦》团"，这说明我们团有文化呀。这下好了，老团长回到团里就揪住我的耳朵说：你小兔崽子还真行，第一脚踢响了，师长表扬了。老子奖励你坐我的小车围营区兜几圈，晚上到我家喝几杯，记住了，啊！

到老团长家喝酒，是我入伍后第一次闻到酒味，因为当战士是严禁喝酒的。老团长把我整到他家里喝酒，足以说明他不是一般的喜欢我，也说明他很高看文化人。老团长说老子我今天高兴，放开喝，啊！我说小兔崽子我今天也激动去了，造多了您别怪我。两个人一口气造了一瓶多烧酒，都多了。老团长说，小兔崽子，咱们院子里坐，你给老子背几句。秋夜风爽，月明星繁，我仰天扯嗓：

都道是金玉良缘，俺只念木石前盟。

空对着，山中高士晶莹雪；终不忘，世外仙姝寂寞林。

叹人间，美中不足今方信：纵然是齐眉举案，到底意难平。

我这人嗓门高，夜静传声远，竟引来一群机关干部看热闹。老团长见状大喜，哈哈大笑道：都他妈的学上瘾了，好啊。院子站不下几个人，小兔崽子，转移去操场。

到了操场，人多了，我更来劲，摇头晃脑又大声朗诵：

一个是阆苑仙葩，一个是美玉无瑕。若说没奇缘，今生偏又遇着他；若说有奇缘，如何心事终虚化？

一个枉自嗟呀，一个空劳牵挂。一个是水中月，一个是镜中花。想眼中能有多少泪珠儿，怎禁得秋流到冬，春流到夏！

全团住在一个大院内，操场处于中心，我的大嗓门传到了每一个角落，看热闹的人越聚越多，老团长和我却意识不到自己的"醉行"，反而越来越高兴。直到政委闻声赶来，把我们两个"醉人"叫走"研究工作"，这场闹剧才收场。

这件事很快传到了师部，师长痛骂了团长，团长又找到我，说，他妈的，你小兔崽子喝酒这一脚踢得也够响的，把师部都震动了。你这个"二踢脚"一正一歪。我已经给师长写检查了，你也给我写一份，就说以后不喝酒了，这事就算结了。

"二踢脚"的绰号就这么来的。

不久文化大革命开始了，全国都在破四旧，包括《红楼梦》在内的四大古典名著被当作大毒草批判，我也就不敢再拿《红楼梦》卖弄学问了。但是我有文化，记忆力也好，一般人不具备这个条件，所以学毛著活动又给了我机会。毛主席语录我能从头背到尾，被树为全师"活学活用毛泽东思想积极分子"。别小看这个"分子"，管用呀，就凭这个，后来提了干部！当然，这与老团长的关心也分不开，所以提干当天晚上我就怀中揣瓶酒跑到老团长家，我俩又喝起来。我这人不管喝多喝少都兴奋，几杯过后又要给老团长背诵《红楼梦》，老团长这次没喝多把住了关，说现在是文化大革命，你小兔崽子不能再耍这个了。可是回到连队我还是没管住自己，当时也不知咋想的，把全排集合起来，说：大家知道不？毛主席最喜欢看《红楼梦》，本排长也喜欢看。我现在给大家背几段听。

没等背出口，指导员突然出现了，当场对大家宣布：你们排长喝醉了，解散！

指导员救了我。如果我当时背出口，撤销干部职务是轻的，没准能被打成"反革命"，那就彻底完了。这事最终还是被本排一个"革命积极分子"告到团里。尽管老团长又保护了我，只是给了个党内警告处分，但在团政治机关留下了一笔黑账：此人政治上不成熟。

从此，磕磕碰碰的命运开始了。

我的性格属于兴奋型的，只要沾上点酒就兴奋。当了干部后在喝酒上把得不严，每次喝酒总要整出点事儿，要么说错话，要么摆活《红楼梦》，动不动就被领导叫去谈话。老团长当师长后，把我调到师部当文化干事，还专门提醒我：少喝酒，别人老拿你喝酒说事儿，再不改就要影响进步。

　　我也知道自己这个毛病呀，可是改不掉，因为喝酒已经有瘾了，三五天不着酒浑身不舒服。你说这毛病大不大？搁现在不算啥。但那年代对干部要求严，这个毛病就不算小。所以，尽管我比别人有文化，官总是当不大，说起来有毛病啊。八十年代初部队也搞知识化，我这个"老三届"也是师政治部副主任人选之一，就是因为喝酒这个毛病被淘汰了。

　　说起喝酒这个毛病，就要说到婚姻家庭。我的前妻是大学毕业生，因为看上我的才华，在我当战士时就嫁了我。后来为了支持我的事业，大学教师也不当了，当起随军家属。没想到我不争气，在部队的事业、前程全被酒废掉了，人家一伤心离婚走人，把孩子也带跑了。人在前程黯淡时再遇到家庭破裂这种打击，十有八九会灰心。我已经看到在部队待不长了，因为部队要搞年轻化，我年龄上已经没有优势，何况毛病多。我选择了转业，想回地方"重新做人"。老家是说啥也不能回了，无颜见江东父老啊。我转业到部队驻地文化局，师长出面找地方领导协调，还给个副局长干。

　　因为是抱着"重新做人"的目的到地方工作的，头几脚踢得响着呢，上任第一年负责三项工作在全省文化系统评比中都整上了第一名。市委书记说，来个转业干部，搞活了全市的文化工作，这样的干部才是我们所需要的。我听了挺兴奋，以为这不单是我个人的光彩，也是局长和全局的，于是提着五粮液到局长家喝酒。傻啊，局长正在担心我这个能干的家伙会不会动摇他的局长位置，我却上门喝庆功酒，还大谈日后的工作蓝图，这不是逼着局长想歪招废我吗？

　　不久麻烦就来了，有封检举信寄到市委书记那里，说我和剧团一名女演员来往频繁，关系暧昧。信中推断：文化系统是女人成堆的地方，一个局领导有职权之便，时间长了岂不搞坏文化系统的风气！大凡这种事，当领导的宁可信其有，不可信其无，提高警惕有必要。不久，我被莫名其妙地调到民政局。

说我和那个女演员来往频繁的确属实，因为我俩在谈恋爱啊。她就是我现在的妻子。她当时就劝我说：民政局就民政局吧，到哪儿都是工作、吃饭、过日子。你也别想着当多大的官，人家市长还比你小一岁呢，年龄没优势了。你不是爱喝酒吗，这辈子我管你喝个够，咱把小日子过好比啥都强。

我也想开了，"革命斗志"开始减退，凡工作上的事不再认真了。我到了民政局才发现，这个地方是管穷人的，却是个比文化局有钱的单位；它是专门行善的，到哪都受欢迎。喝酒的档次也上去了，我一个副局长到哪都喝五粮液，喝了五粮液就再不想别的酒。

当几年民政局副局长喝五粮液过足了瘾，也喝出了隐患。因为退休后还是只认五粮液，别的不管什么酒喝着都没味道，真有点"除却巫山不是云"了。喝五粮液酒是公款养出的毛病，自己掏钱哪喝得起？可是妻子说，不买房子不买地，愿喝五粮液我就买，只要你高兴。妻子这样慷慨，是带有几分同情心，她觉得我这辈子官场不顺，与酒有关。不就这点爱好嘛，现在退休了，再怎么喝也没毛病，权当花钱买高兴。

妻子很豁达。但是我这种喝法不行，喝少了不过瘾，每天都要整掉一瓶，一瓶就是好几百元呀，两个人的工资才多少？妻子开始想招儿了，往酒里掺水，让我一口品出来。我对妻子说，哈哈，人家卖酒的掺水为了多赚钱，咱喝酒的掺水为了多省钱，都是为了钱。这一招儿不灵，妻子又想一招儿，买来味道差不多的酒充五粮液。或许一般人不容易分辨，我能分辨，这是自小养成的功夫呀。妻子又使出第三招儿，把一瓶五粮液和两瓶香型一样的酒掺到一起，以为这下准能蒙住我。开始我以为是五粮液不正宗，肯定是联营厂的货，心想这种酒能天天喝也不容易呀。没几天便品出是两种"杂交"酒。我觉得挺难为我妻子，便对妻子说，罢罢罢，该戒酒了，总不能喝个倾家荡产啊。妻子很高兴，说要是有这个决心，那就再喝一阵子正宗五粮液，最后过把瘾。妻子当天就托人买回一箱真家伙，对我说，什么时候把它喝完了，咱就开始戒酒。

　　喝剩最后一瓶了，我就带着它跟妻子一起到了省城，准备住进戒酒所。在家戒酒不行吗？不行，因为我酒瘾太大，毅力又差，我自知靠自觉性解决不了问题，必须实行强制措施。头天在宾馆住下，第二天要去戒酒所办理入住手续，我有点犹豫了，对妻子说我得再想想。妻子说你想你的，我一个人去办。妻子走后，我想了一会儿，觉得既然跑来了，哪能再跑回去？我拿出最后一瓶五粮液酒，自言自语道：喝吧，喝了这一瓶就没有下一瓶了。几口酒下肚，那种感觉真舒服呀，心想这辈子有了这个爱好倒真忘了许多烦恼。想着想着就又不想戒酒了，对自己说你他妈的要戒酒早干什么去了，一辈子只剩个尾巴了还戒个鸟酒！你喝不起五粮液还喝不起二锅头吗？一不做二不休，给妻子写个条子留在宾馆，自己先跑了，生怕妻子回宾馆后影响自己回家的决心。

　　喝到今天，已经喝得家徒四壁，连件像样的衣服也没有。妻子的亲友们劝她说：你养个酒鬼有啥意思？离了省心。妻子慢慢失去耐性，开始不给好脸色看了。我琢磨着，这样下去即便不离婚，也没好日子过，酒鬼的确连累人啊。想想我这一辈子，从一个壮志凌云的年轻人，到垂暮之年，事业也丢了，还整得妻离子散，不都是因为酒吗？60岁生日那天，亲朋好友前来祝寿，几乎人人提着五粮液酒作贺礼，都知道我这点爱好呵。可是我当场咬破手指，公开宣布：谁提的酒谁自己喝，本寿星从即日起滴酒不沾，再做不到就去坟头过61岁忌日。本老酒民真做到了，至今5年已过，酒不沾唇。《我的酒中人生》向大家讲述的是"贪杯"之祸，目的是提醒酒民朋友们引以为戒……

因酒丧命、因酒丧志、因酒失德、因酒获刑……诸如此类的故事举不胜举，每个故事连接的都是家庭悲剧，勇敢的酒民们当从中醒悟了，切记"杯中藏家祸"，不可再贪杯。

国祸——社会的代价

大禹预言后人必有"因酒祸国"者，那是指帝王。果然出了个纣王因酒败政祸国。再到后来，"因酒祸国"者不仅仅是帝王了，王公权贵制造的"酒祸"数不胜数。"酒祸"殃国代代不绝，直到今天，仍历历在目。

祸及社会风气

当我们抱怨社会风气不尽如人意的时候，可能会找到许多原因，举出许多活生生的例子，其中肯定有酒的罪过。酒本无过，在高雅者面前它显得高雅，在粗俗者面前它自然高雅不起，一旦它被人用来搞不正之风，也就成了危害社会的东西。

有必要再提酒桌上的奢侈之风，因为它是社会奢侈之风的风穴之一。有人调侃说，若远究，酒桌上的奢侈之风是老祖先那传下来，被后人发扬光大了。从我国青铜时代起，就有了种类极多的青铜酒具。那时候的青铜代表世界最先进的科技水平，多宝贵啊，老祖先们竟舍得用来做酒具，你说奢侈不奢侈？陪葬品一般都是好东西，其中就有青铜酒具，说明老祖先们连死后也想着用最好的酒具。唐朝诗人留下了"葡萄美酒夜光杯"的诗句，夜光杯是珍品呀，拿夜光杯做酒具，够追求奢侈吧！一朝一代沿下来，酒桌总是讲面子、讲排场的地方，康熙大帝一高兴就摆起了千叟宴，琼浆玉液醺醉紫金城。

调侃先人却不失自嘲，因为我们这些后人毕竟有"发扬光大"之责呵。

今天，我们比老祖先更讲究酒桌上的档次，数百、数千元一瓶的国产酒一喝就是好几瓶，更昂贵的洋酒也敢张开大口往肚里灌。再看大大小小的酒店，一家家装修得富丽堂皇；有的酒桌上还摆上了银餐具、银酒具，让人一进去仿佛有种贵族般的感觉。总之，酒民们在酒桌上下的功夫一天比一天大，在酒桌上的消费一天比一天多，在酒桌上的奢侈劲头一天比一天足。酒桌上的奢侈之风自然要感染其他方面，比如各地的楼堂馆所一天比一天多、一家比一家漂亮；进口小轿车换了一茬又一茬，一茬比一茬档次高，等等。奢侈之风毕竟不是好风气，因为咱中国的经济实力还差得远，至今连搞艘航空母舰都费劲，有什么资本去奢侈？还不是打肿脸充胖子。老百姓看不惯社会上的奢侈之风，把它视为社会风气不好的一个重要方面，也不是没有道理。

大事小事先吃喝，酒成了开路先锋，这是好风气？肯定不是。"遇到困难找组织"，这句话我们讲了几十年，越讲越没有力度，为什么？是组织发挥不了作用？是组织靠不住？不能这么说。实在是因为好多事靠酒桌也能办，还找组织干什么？比如哪个人想调整工作，若是正正规规给组织写份报告，他会觉得组织上还要"研究研究"，不如摆个酒局，直接请有关领导来酒桌上定，又快又省事。不管靠组织还是靠酒桌，目的不都是为了把事情办成嘛，有什么关系？对个人当然不算什么，而对组织来说关系就大了。把组织行为变成个人行为，组织的影响力、凝聚力何在？有事都靠酒桌解决，谁还相信组织、依靠组织？对社会而言，形成了这种不良风气，人们的生存环境还不乱起来，老百姓还能满意？

酒盛风邪，有些人喝了别人几杯酒，心肠就热起来，就会利用手中的权力干出让人感到不公平的事。某市老干部局一位副局长主管老干部医疗这项工作，老干部报销医疗费必须经他签字才有效。老干部都知道这位副局长把关手紧，找他签字连跑几趟往往也签不下来，总叫苦说医疗费超支，没钱。可是有几个老干部比较会想办法，医疗费积攒到几千元时就找个借口请副局长到酒桌上来，几杯酒下肚副局长便立马表态：老干部是革命的宝贵财富，你们为革命事业奋斗了一生，如果晚年连药费都报不了，就是我们的失职。经费再紧张，也要实报实销。酒桌上的话说完就办，副局长有这个特点。时间久了，问题暴露，其他老干部不干了，联名给市委领导写信状告副局长一碗水端不平，搞坏了老干部工作的风气。大家在议论这件事的时候，不只是说这位副局长工作作风有问题，更多的是说社会风气有问题。

一喝酒就把原则忘个干净，什么忙都敢帮，也是常见现象。某市一家大型企业的总经理有个惯于横行霸道的儿子，一天把本企业的一位职工眼睛打坏，起先1.5的视力经医院检查只有0.1。起因是总经理的儿子听说这位职工背后议论总经理把秘书肚子搞大了。这位职工的家人以故意伤害罪向区法院起诉了总经理的儿子，区法院派法医对这位职工的伤情进行鉴定，结果与医院的检查报告相符，随即便向总经理的儿子发了传票。

总经理的儿子根本不当回事，找到受害人说：如果马上撤诉，给你2000元医疗费，非打官司，老子也不怕，一场酒什么都能摆平。

受害人不理茬，明确表态：这场官司老子非打不可，我就不信法律管不了你这个仗势欺人的疯狗。

总经理的儿子果然不是吹牛，当晚就把公检法系统的几个朋友请到酒桌上，都讲些什么，没人知道，只知道总经理的儿子再次口出狂言：老子打不赢这场官司就倒立一百天。

受害人边治疗眼伤边等待法院的消息，却久等无果，便又找到法院。法院又安排法医复查受害人的眼伤，结果视力回升到0.3，于是法院有人告诉受害人说，先认真治疗眼伤要紧，官司的事急不得，你安心等吧。又过一个多月，还没动静，受害人再次找到法院，法院再次对受害人复查眼伤，结果视力回升到 0.6。这时有人出面对受害人做工作了，说再养一段时间，你的眼睛就没问题了。既然这样，不如索赔些医疗费，官司就别再打了。受害人一听终于明白了，原来法院久拖不理就是等眼伤一天天好转，以减轻总经理儿子的责任。受害人对区法院失去信任，又起诉到市法院，下决心要把官司打到底。市法院受理了此案，按照程序对受害人的伤情再次进行法医鉴定，受害人的视力已恢复到 1.0。受害人说不能把这时候的伤情作为依据，因为事情已经过去一年多，当初眼睛的伤情极重，是经过不断治疗才逐渐恢复到 1.0 的。市法院的办案人员说当初是当初，现在是现在，这种案件只能以最新受理时间为依据确定伤情。此外无法证实案发前的视力到底是不是 1.5，按目前的视力状况，只能作一般纠纷对待。

这可真叫官司越打眼睛越"亮"。受害人哭天无泪，实在想不出更好的办法了，就把这场官司的前前后后写出来送给一家晚报社，晚报觉得事情带有普遍性，不久就登了出来。市领导看了报道，先是批评晚报社登这样的东西不利于社会稳定，后又批评法院拿法律当儿戏。晚报平时遇到这样的事多了，应付上面的批评很有经验，不申辩不叫屈；而法院则找出种种理由推托责任，似乎欺市领导不懂法律似的。这一来，法律的"公正"、"尊严"让老百姓大失所望，什么样的议论都有，总之又归咎于"社会风气不好"。

更有甚者，完全被酒灌迷糊了，黑白颠倒的事也敢干。某县乡镇企业局副局长到一个乡办煤矿报了 8000 元发票，被乡党委书记发现了，党委书记便对矿长发火，勒令追回，否则就要矿长自己补洞。不能说这个乡党委书记小气，的确是因为县里的头头脑脑来煤矿报发票太多，群众反应太强烈。乡党委早已三令五申要求煤矿严格财务制度，无奈矿长县里的哥儿们太多，屡禁不止。这次乡党委书记似乎铁了心要堵这个漏洞，对矿长说你实在没办法我就换人！

县乡镇企业局副局长也知趣，把 8000 元退给了煤矿，心中却记恨乡党委书记，总琢磨着找个机会出口恶气。一天专门请县纪委一位副书记喝酒，喝得正起劲、正见感情时说出了此事。两人是好朋友，说话不隐瞒，所以乡镇企业局副局长对县纪委副书记说，这家伙太不讲情面，应该给他点脸色。县纪委副书记酒多牛大，说：想收拾他还不容易，十官九贪，他在这个乡干六年了还赖着不走，不就是因为乡办企业多油水大吗？还有人说他是个廉洁干部，狗屁，我就不信他不捞油水。老子马上查他。

县纪委副书记经过暗查私访，终于掌握了重要线索：乡党委书记春节前从5家企业拿走10万元现款。县纪委正式报告县常委，建议立刻审查乡党委书记的腐败行为。

乡党委书记莫名其妙被隔离审查，县纪委要求他主动交代问题。可是他想来想去自己没干过什么违法乱纪的事，交代什么？当县纪委的审查人员提醒他10万元的问题时，他顿时火起，说：你们为什么不先问清楚这笔钱的下落，就不分青红皂白拿人？我告诉你们，10万元我自己没要一分。原来，乡党委书记春节期间和乡长访贫问苦，拿这笔钱全部救济困难户了。

事情过去了，乡党委书总觉得这里面有名堂，却琢磨不透。县委书记也感到奇怪：一个有名的廉洁干部，怎么突然被当成贪官审查？

半年过后，县乡镇企业局副局长因为有了外遇，和妻子闹离婚，妻子一气之下找到县委书记，揭发了丈夫和纪委副书记合谋陷害报复乡党委书记的事。县乡镇企业局副局长和纪委副书记为此都被处理，也算咎由自取。老百姓听说了这件事后纷纷议论：瞧瞧这风气，颠倒黑白的事都敢干。乡干部得罪了有权人都挨整，咱这老百姓可是谁也别惹。

端起酒杯忘了原则、降了标准、没了是非，这样的现象大家可能不觉得奇怪，因为见多了。见多不怪当然是社会风气受损程度之体现。

废政误事

回顾近些年，从中央到地方，从行业到部门，"禁酒令"道道屡出，为什么？因为误事太多，贪酒废政现象严重，不整不行了。可总是"一阵风"之威，屡治效微，废政误事之象令人咂舌。

一位市政府官员受命前往下属一个县审查一台体现农民致富的文艺节目，准备参加全省会演。晚饭时和几个好友喝上了，本想简单喝几杯就算了，因为还要赶上百里路去县里，那边节目演出时间已定下。可是酒兴一上来，不管那么多了，对手下人说：通知县里，我们推迟一小时到。原定七点钟开始的演出推迟到八点，这老兄带着一身酒气到场了。审查了三个小时的节目，提了三十六条改进意见，什么演员的服装要去掉农民的土气；农民的饭桌上要有西餐；舞台布景要有农民的小洋楼；要有农村青年娶城市姑娘的内容；村里的广播喇叭喊出来的声音要是英语，等等。这位官员的话让人一听就是醉话、外行话，糟糕的是谁也说服不了他，因为不管对与错他都是在代表市政府发表高见，他说不行谁也没脾气。从省剧团请来的一位文艺专家试图说服他，他硬说人家只懂艺术不懂政治，气得人家一拍屁股走人。这位官员发表了高见后连夜回市里了，到了第二天就忘记自己说了哪些话，只记得把意见留下了，任务完成了。县里不敢不理睬他的意见，老老实实改进节目，最终弄出台不伦不类的东西。这位官员事后直抱怨自己喝酒误了事，反复向县里道歉。

1998 年那场大洪涝绷紧了全国人的神经，连中央领导都夜不能寐了，亲自上抗洪前线督战助威。可是长江流域某地有个乡政府领导担任抗洪值班，晚上不去大堤排查险情，竟然去了酒桌"解除疲劳"，他像往常般喝得烂醉。谁知就在这个晚上，他所负责的那段长江大堤闹了个大决口，滔滔江水横扫了几十个村庄，数百人丧命，不计其数的房屋被冲倒，经济损失无法估量。如果没有这场酒，值班乡领导到堤上转一趟，就能及时发现险情，只需几十个人就能加固好堤坝，就没有这次大决堤。这位乡领导自知罪责难逃，来了个自杀了事。

八十年代初，全国大搞干部队伍知识化、年轻化，一位师范大学毕业的中学教师一步登天，30岁就被提拔为县宣传部长。因为有文凭，年轻，又能干，一年后他再受重用，当了组织部长。几乎没人怀疑，照这种势头发展下去，他前途无量。可是谁也没想到，这位年轻有为的部长一喝酒就犯迷糊，一迷糊就出错。市委书记来县里检查工作中，发现一位名叫张直刚的乡党委书记很能干，回到市里便给市委组织部打招呼，调张直刚到市农业局任副局长，并作为局长接班人培养。市委组织部赶快给县组织部打电话通知此事，让尽快报上张直刚的有关情况。县组织部长接电话时因为刚喝过酒，正犯迷糊，便稀里糊涂告诉手下准备"张志刚"的情况，也是一位乡党委书记。把张志刚的情况报到市委组织部，也巧，组织部长陪市委书记出国考察去了，主持工作的副部长知道有这回事，却不知道详情，压根也没想到县组织部会把人张冠李戴，于是一纸调令下了，正打算退下来的张志刚不知其然的到市农业局报到了。市委书记出国回来，听说他要的人已经上任，便专门召见。当发现站到跟前的不是张直刚时，很纳闷，往下问，明白了。市委书记大怒，回头大骂组织部办事不细，要求追查责任。县组织部长承担了责任，被发配到县农业局当了局长，市委组织部副部长也跟着县组织部长倒霉，挨了处分。张志刚白白捡了便宜，觉得不好意思，打报告要求辞去副局长职务。市委书记看到报告笑了，说：别人喝酒误事白送你个官，多好的事啊，你还不好意思要，看来也是个老实人，好好干吧。

再说县组织部长当了农业局长后，自觉仕途到此为止了，便消沉，喝酒更多，遇事更迷糊，闹得县领导经常叫农业局为"迷糊局"，全县都跟着叫。那年，全县实施农业结构大调整，确定了"稳固粮食产量，发展农副产品"的方针，县委要求农业局全力抓落实。农业局倒也下了功夫，经反复论证决定大力种植大蒜，供应日本市场，并提前与日本签订了收购合同。收购季节到了，日方发来电传要求按合同规定的时间发货，局长接到电传高兴异常，晚上摆起庆功宴，喝得迷迷糊糊之中把当月的 25 日到货期限看成了下月 25 日，按此日期通知各乡备货。期限到了货没到，日方提出疑问时，局长这才发现把时间搞错了。日本人精明，说中方违约，要求降价收购，否则收购合同废止。原定的每公斤 2 元收购价，变成了 0.8 元，除去运输、种植成本费用，不挣钱呀，小日本这不明摆着使坏吗？老百姓坚决不干，小日本也决不退让，僵住了。最终收购合同废止，200 万斤大蒜白种了，农民的汗水白流了。老百姓一气之下把整车整车的大蒜倒进粪坑，既抗议小日本的奸诈，也抗议政府不负责任。局长不好交代，只好辞职谢罪。

还有更出格的事，据报载，某地一位派出所长经常喝酒，一喝酒就手痒，看谁不顺眼就动辄打骂，谁见谁躲，在老百姓心目中活活一个凶神恶煞形象。一天喝醉后，竟掏出手枪"代表人民政府"枪毙了一名收审罪犯。公安局为了维护自身形象，也为了推托责任，硬说死者黑夜畏罪逃跑被击毙，找足了理由证明死者该死。既然是这样，当然不能严肃处理派出所长，只是给他换个地方，继续当派出所长。一年后，这位派出所长醉酒之中听说当地一个年轻人不孝敬老人，不禁大怒，再次"代表人民政府"要枪毙那个年轻人，多亏醉眼朦胧瞄得不准，年轻人只是腿上挨了一枪侥幸活命。这位派出所长的种种荒唐行为自然都是因酒而起，终于被绳之以法。据了解，前些年全国公安系统因酒造成的误捕、迟捕、漏捕事件只增不减，醉酒执勤现象日趋严重，给全社会留下了相当糟糕的印象。所幸，近几年情况有了极大好转，因为公安部颁发"禁酒令"动了真格，警察酒民们不得不掂量酒杯与饭碗孰轻孰重了。

因酒误事的事情经常发生在我们身边，甚至发生在我们自己身上，大大小小、直接或间接的后果总会有一点。比如公务人员中午喝了酒，下午上班就基本干不了什么事，尽管表面上只是少干了一两件事，可是每天中午喝酒的人多了，要少干多少事？一年三百六十五天，天天中午有那么多人喝酒，这个账敢细算吗？这样一算我们就明白什么叫因酒废政了。因酒废政不是好事，既影响工作效率，也影响政府现象。如果你到政府部门办事，遇到管事者喝多了暂时办不了，让你改天再来，你白跑一趟会怎么想？不抱怨政风欠佳才怪。

这些年老百姓总叫办事难，小事要喝酒，大事既要喝酒还要送礼，不喝不送想办成事等于做梦。不能说事事都是这样，一心为老百姓办事的官也不少，但只要喝酒送礼之风存在，老百姓就会不满。更重要的是老百姓的不满不是针对哪个人，而是往往把账记在党和政府头上，一说起来就是共产党腐败，政府腐败，党和政府也冤枉呀。说句斗胆的话，如果老百姓越来越觉得政府离自己远了，还能得人心吗？不得人心就是废政，而且是废大政。

有不少打油诗，对吃喝风总结得很到位。如：革命小酒天天醉，喝坏党风喝坏胃，喝得孩子嘬着嘴，喝得老婆背靠背。再如：一四七三六九，革命小酒天天有；二五八事缠身，找个由头补一顿。喝伤眼睛喝坏胃，另加记忆大减退；不怕人说没品位，常有酒喝也高贵……这些流传在民间的打油诗，维妙维肖地描述了一些部门喝酒、吃请之风比较厉害的同时，也反映出了部分干部在老百姓心中的形象。

祸及社会治安

《中华人民共和国刑法》第18条第4款规定：醉酒的人犯罪，应当负刑事责任。

醉酒可分为"生理性醉酒"和"病理性醉酒"两种情况。醉酒的人犯罪是否应负刑事责任，就看是生理性醉酒还是病理性醉酒。生理性醉酒者犯罪应负刑事责任，而病理性醉酒者犯罪不负刑事责任。

病理性醉酒俗称癫痫性醉酒，又称精神病性醉酒。因为精神病理作用，有的人饮酒后辨认能力和行为控制能力完全丧失。病理性醉酒与饮酒多少无关，有时候沾酒就会出现。异常行为发生于饮酒过程中或饮酒后短时间内，持续时间短，一般不会反复发生。病理性醉酒者的第二个特点是意识障碍具有突发性，一经发生立刻达到高峰，完全丧失现实意识。发作时思维、情感和行为之间缺乏内在联系，行为无现实性，无目的性，无选择性，行为特征与平素性格倾向缺乏联系。由于在病理性醉酒状态下，醉酒人完全丧失责任能力，不符合犯罪主体的条件，同时病理性醉酒者对醉酒不存在故意或过失，醉酒状态中实施危害行为时已丧失责任能力而不存在主观罪过，因此经法定程序鉴定确认为病理性醉酒者，不负刑事责任。

一位在法院工作的朋友讲了这样一个案例：1987年2月15日下午，李某带5岁的儿子去邻村亲戚家喝喜酒，席间，李某喝下8两白酒、2瓶啤酒，已大大超出平时的实际酒量。当晚8时许，在返家途中，李某因酒劲发作不能继续骑自行车，便推着走。行至一块麦地时，李某突然乱跳乱蹦起来，大叫身边有鬼，一拳打破自己的鼻子以血驱鬼，又把自己的儿子当作鬼按倒在地，骑在身上又打又咬。附近几个农民听到孩子凄惨的呼叫声赶来了，急忙把李某奄奄一息的儿子送到医院抢救，最终因抢救无效死亡。司法鉴定结论为：李某当时处于病理性酒精中毒状态，无责任能力。事后李某悲恨交加，一连几天蹲在法院门口要求为儿子"抵命"。法院的人对他说，知道后悔以后就别喝酒了，再喝醉没准还要杀老婆。

生理性醉酒，又称普通醉酒、单纯性醉酒，是通常最多见的一种急性酒精中毒。生理性醉酒多发生于大量饮酒后，因饮酒过量导致精神过度兴奋或者神志不清。生理性醉酒的发生及其表现，与血液中酒精浓度及个体对酒精的耐受力关系密切。在生理性醉酒状态下，人的生理、心理和精神变化大致可分为兴奋期、共济运动失调期和昏睡期。现代医学和司法精神病学认为，生理性醉酒不是精神病。

生理性醉酒者实施危害行为应当负刑事责任的主要根据于：

一，医学证明，生理性醉酒者的辨认和控制行为能力只是有所减弱，并未完全丧失，不属于无刑事责任能力人。

二，醉酒者在醉酒前对自己醉酒后可能实施危害行为应当预见到，甚至已有所预见，在醉酒状态下实施危害行为时具备故意或过失的犯罪主观条件。

三，醉酒完全是人为的，是可以避免的。因此，对生理性醉酒者犯罪应当追究刑事责任。对醉酒人犯罪处罚时，应当注意到行为人在醉酒前有无犯罪预谋，行为人对醉酒有无故意、过失的心理态度，醉酒犯罪与行为人一贯品行的关系，以及醉酒犯罪是否发生在职务或职业活动中等不同情况，予以轻重不同的处罚，以使刑罚与犯罪的醉酒人的责任能力程度及其犯罪的危害程度相适应。

以上根据告诫我们，生理性醉酒者一旦出现危害行为，有负刑事责任的后果。

酒后滋事，酒后肇事的现象一天比一天严重，由此带来的社会治安问题不可小瞧。

先说酒后滋事。从医学的角度解释，酒对人的神经系统具有强度刺激作用，喝酒过量的人神经系统处于高度亢奋状态，往往引起大脑思维紊乱，遇事完全失去了平时左思右想的习惯，容易出现想到什么干什么的现象。想到学雷锋做好事可以，有利于社会。若是想到干坏事，不就影响社会治安了吗？

八十年代初，一位刚参加过中越之战的侦察连副连长回到某省城休假，带着未婚妻来到一家酒馆吃饭。对面几个年轻人喝多了，开口调戏副连长的未婚妻。副连长不想跟他们一般见识，拉起未婚妻离开了，换到另一家酒馆。刚喝下两瓶啤酒，那几个年轻人又跟了过来，叫嚷道：别怕呀，我们没别的意思，就想和漂亮妞儿碰几杯酒。

副连长警告说：你们别胡来，否则我不客气。

几个年轻人说呀呵，不客气又能怎么样？想打架我们人多，不怕。

副连长又警告说：我可是当兵的，刚提着脑袋打过仗，你们若是知趣快走开！

　　话音刚落，一个啤酒瓶子飞过来，副连长顿时头破血流。上过战场的人就怕见血，一见血就眼红，更何况也喝了酒？副连长跃起大战，对方一个被他打断了腿，一个被他扭断了胳臂，还有一个被他击塌了鼻梁，剩下的多多少少都有点伤。

　　副连长的行为被公安局视为自卫行为，几个滋事的年轻人被全部收审。别以为几个年轻人都是小地痞，其中一个还是大学生，另有一个是复员兵，没有一人有犯罪前科。公安局的同志讲，若不是因为喝酒多头脑发昏，正常情况下他们干不出这种惹是生非的勾当。

　　开酒馆的找到公安局，苦咧咧地说，开张半年多遇到7次打斗，买了7次餐具，这次说啥也得索赔。

　　八十年代末，北方某市也发生了一件令人发指的酒后滋事案件。一天午夜，两个小青年喝醉了酒在大街上游逛，其中一个掏出一把匕首炫耀，另一位说什么破东西，钝得只能切豆腐。拿匕首的小青年说你别不信，这东西锋利得很，剥人皮也没问题。正说着看到桥下有个叫花子，拿匕首的小青年直奔过去，二话不说对着叫花子连扎几下，当场就要剥人皮证明匕首的锋利。可怜叫花子当场毙命，剥人皮的小青年被判了无期徒刑。

　　人们常说"三分糊涂七分胆，酒桌惹事一念间。"说的是，平时人们都想着避祸，遇事当宽则宽，能忍则忍。而喝酒之后就大不一样，浑身上下英雄豪气，懦夫也多出几分胆，遇事非要争个高低，碰到老虎也当猫看。有年，鲁豫交界处两个村庄闹起了水源纠纷，两地政府出面协调不见效果，眼看就要火拼。鲁方村庄一位长者说：从老辈人起双方就一家人似的，连红白喜事都来往，还能因为水闸翻脸？还是两家坐一起好好商量商量。

　　长者出面摆了一桌酒席，双方主事人坐在一起边喝酒边说事。效果本来不错，双方已经达成协议，基本平衡了利益，相互关系也得到修复。剩下的任务就是比酒量了，双方喝得不可开交。酒席快散时，鲁方村庄主事人喝多了，说一句：还是这样好。要是打起架来，我梁山好汉非荡平你村庄不可。

豫方村庄主事人笑了，说：算了吧，酒场败将，到了战场也是草包。

两人本来在说笑话，可是鲁方村庄一位年轻人因为喝迷糊了听不出好坏话，以为受了侮辱，劈里啪啦几个耳光打向豫方村庄主事人。豫方村庄几个年轻人见对方出手了，也不由分说包抄上来，一场混战开始了。双方的主事人都被打昏，双方村庄的人得到消息也都提着家伙赶到，一场大火拼直闹得血流遍地。两省警察、武警来了几卡车，鸣枪警告才制止了械斗，并抓走了几十人。

事态平息后，双方才知道闹了误会。于是直怪不该喝那么多酒，稀里糊涂伤了百来号人。

酒后滋事的事情几乎天天发生，白白给警察增添了不少工作量。这些年公安系统为了方便社会，各地都设了 110 报警电话。据知情人士介绍，110 巡警遇到最多的就是酒后滋事案。

再说酒后肇事。酒后肇事的现象和酒后滋事同样严重。这里所说的酒后肇事是指酒后引起的各种事故。

大家都知道北京交警对酒后驾车的人极不客气，罚款是小事，弄不好就没收驾照，甚至把酒后驾车的人关起来学交通法规，一学就是十天半个月。几年前，北京的出租车司机中有不少人夏天喝啤酒解乏，经常被交警用测酒器测出受罚。有些出租车司机和交警玩花招，喝过啤酒后吃几块臭豆腐遮盖酒味，可是交警不管那么多，测出臭豆腐的气味照罚不误，硬把出租车司机中酒后驾车的不良习惯治住了。交通管理为什么严禁酒后驾车？因为酒后驾车最容易肇事，常常弄得车毁人亡。据统计，全国每年出现的交通事故数千起，属于酒后肇事的占六七成。

九十年代中期的一天晚上，一辆大卡车在河南境内一条国道上疾驶，车速快得吓人。司机酒后驾车，越快越想快，越快越觉得过瘾。坏了，司机看到前面似有人横穿公路，急忙刹车，却来不及了，感觉到已经把人撞倒。其实什么事也没有，是司机喝多了酒看花了眼。司机心想别管那么多了，快跑，被人发现了不得了。卡车又飞快地向前跑了几公里，司机又觉得逃跑不是办法，肇事逃逸罪加一等，还是赶快回去救人吧。调转车头往回开，回开的路上又看到有人横穿公路，因为心里紧张，又因为酒后驾车手脚不灵便，这次真的撞了人。司机心想连撞两个人还能有好吗，这下不想逃也得逃，不然非被人乱棍打死不可。司机开车便逃，总觉得后面有人在追，车开的更快，完全失去控制一般。这一逃更糟糕，只听一声巨响，又与迎面开来的一辆卡车撞上了。司机侥幸活下来，却因一条腿粉碎性骨折截了肢，终生残废。

由此引起的一系列麻烦接踵而来。因为肇事司机是农民个体运输户，贷款买的车，刚干不到一年。辛辛苦苦总共赚了万把块钱，刚好够自己的医疗费，实在没有能力赔偿死者的经济损失。肇事司机说，自己已经残废，没有能力挣钱还债，扒了房子也卖不几个钱，要杀要判刑都可以。

死者的家人见不到钱哪肯罢休，几十个人开着两辆大卡车跑到肇事司机家中，想把能换钱的东西都拉走。肇事司机的家人也认了，要拉就拉吧，反正欠人家的。但村里人不干，说你们这种行为不是明火执仗，入户抢劫吗？僵持之后双方又打起来，伤了十几个，自然是外来者吃亏大。这么一弄又牵扯出治安问题，公安局又多了一档子事。

据公安局的人讲，因交通肇事引起的治安纠纷是种连锁反应，这种事最令人头疼，因为牵扯到死人和钱。

公安局的人认为死者向肇事司机索赔应该，但强行拉走肇事司机家中的东西的确违法，死者一方挨了打又输了理，更窝火。肇事司机的家人也算明情达理，主动变卖了家中值钱的东西，凑起几千元赔偿死者家人，可是这点钱远远满足不了死者家人的要求。死者家人也感觉到肇事司机家中已经一贫如洗，再怎么着也挤不出油儿，于是变了招，干脆把死者横尸国道，拦住过往的其他车辆要钱，十块二十块都可以。一连几天挡道拦车，交通天天受阻。

这种挡道拦车索赔的做法比较常见，基本都是因为肇事司机逃逸，死者家人无处索赔才转嫁其他司机。这种做法虽无道理，公安和交通部门却睁只眼闭只眼，默许死者家人折腾十天半月以此弥补点损失，就算是一种同情心吧。这位死者的家人尽管找到了肇事司机，但毕竟得到的索赔有限，所以采取了这种做法也没人阻拦。只是这种做法给交通治安管理带来了不少的麻烦。

近年来，因酒后驾驶造成车毁人亡的悲剧屡屡上演。据有关部门统计数据显示，从 1994 年到 2004 年的 10 余年间，因酒后驾驶而导致的死亡人数占交通事故总死亡人数的比例由 2.0% 上升到 4.4%，平均每年以 7.3% 的速度增长；导致事故数每年以 17.4% 的速度增长，死亡人数平均每年以 13.5% 的速度增长。2009 年 1 月至 8 月，全国发生酒后和醉酒驾车肇事 3206 起，造成 1302 人死亡。

网上曾公布明星酒驾事故录：

• 2006 年 7 月 21 日凌晨，孔令辉驾驶保时捷跑车在北京工体南门路口与一辆出租车相撞，事后被交警认定醉酒后驾车。事后，孔令辉被行政拘留，驾照暂扣 6 个月，并处罚 1800 元。

• 2004 年 5 月 11 日晚，笑星牛振华驾车与一辆大货车的尾部相撞，当场死亡。据当时检测牛振华血液显示，每百毫升血液中的酒精含量为 205 毫克。

• 2002 年 11 月，梁家辉驾驶私家车在香港海底隧道九龙入口与一辆公共汽车相撞，随后，警方测试梁体内的酒精含量超出标准四倍，2003 年被判罚 12000 元及驾照被"停牌" 18 个月。

• 1995 年 10 月 2 日凌晨，著名笑星洛桑驾车与一辆停在路中修理的大卡车相撞，当场身亡。事后，洛桑的遗体报告显示，他在当晚大量饮酒……

酒后驾驶，已成为引发交通事故特别是恶性交通事故的罪魁祸首，也成为危害社会发展的一大公害，举国忧虑。

专家认为，由于中国酒文化盛行，简单的经济处罚或者拘留已经不足以震慑酒后驾车、城市飙车等危害公共安全的危险行为。因此，只有通过立法将醉驾定性为犯罪行为，才能有效打击酒后开车。2010年8月23日，全国人大常委会审议刑法修正案（八）草案，其中"将醉酒驾车、飙车等危险驾驶定为犯罪"，2011年5月1日起，《中华人民共和国刑法修正案（八）》正式实施，醉酒驾驶作为危险驾驶罪被追究驾驶人刑事责任，醉驾者一旦被查实，将面临最高半年拘役的处罚。

对于醉驾行为，《刑法修正案（八）》规定，在道路上驾驶机动车追逐竞驶，情节恶劣的，或者在道路上醉酒驾驶机动车的，处拘役，并处罚金。有前款行为，同时构成其他犯罪的，依照处罚较重的规定定罪处罚。

同时，修改后的《道路交通安全法》也规定，饮酒后驾驶机动车的，处暂扣6个月机动车驾驶证，并处1000元以上2000元以下罚款。

醉驾"入刑"后，对证据无疑提出了更高的要求。如何确定醉酒驾驶呢？权威部门解释，按照刑事案件取证的标准，对于有醉驾嫌疑的司机必须进行抽血取证。查酒驾中的酒精监测仪器数据，仅是交警前期判断醉驾的方法，通过对嫌疑人体内酒精含量的比对，作出具鉴定结论。

据了解，目前司法实践中以血液中酒精含量80mg/100ml作为饮酒与醉酒的分界线。每100ml血液中，酒精含量20mg－79mg，属于酒后开车；酒精含量达到80mg以上，属于醉酒驾车。用45分钟缓慢喝下一瓶啤酒，紧接着喝三杯茶，5分钟后测试结果，酒精含量就已达到60mg。如果这时开车，就已是酒驾。而喝完一大纸杯的红酒或白酒，便是醉酒。

"酒驾入刑"，对遏制醉驾肇事发挥了明显的作用，全国此类案件大比例下降，据人民网调查，2011年5月1日至2012年4月20日，全国公安机关共查处酒后驾驶35.4万起，同比下降41.7%。其中，醉酒驾驶5.4万起，同比下降44.1%。北京、上海等地查处的酒后驾驶和醉酒驾驶数量，较上年同期下降幅度分别在 50%、70% 以上。酒驾、醉驾"双降"，因酒后驾驶导致的交通事故明显下降，2011 年 5 月 1 日至 12 月 31 日，全国因酒后驾驶造成交通事故死亡人数下降 22.3%；截至 2012 年 4 月 20 日，上述指标的同比降幅为 28%。

全国各地的酒驾、醉驾大幅"双降"，这说明法律最有震慑力、约束力。

但酒后驾车的现象并未彻底杜绝，国内知名音乐人高晓松成为醉驾入刑第一人。据媒体披露，高晓松 9 日晚驾车在京发生交通事故，经酒精检验，每百毫升血液中酒精含量为 243.04 毫克，已构成醉酒驾车行为。10 日下午，因涉嫌危险驾驶罪，高晓松被北京警方刑事拘留。

据浙江日报报道，"醉驾入刑"一年来，全省已经查处醉酒驾驶 7832 起。其中，6197 人已被送进班房，还有一些正在侦查中。

华西都市报讯，到 2012 年 6 月 30 日，"酒驾入刑"已经实行一年有余，四川省共查获酒后驾驶违法行为 12390 起，其中，饮酒驾驶违法 10214 起，醉酒驾驶违法 2176 起。

"醉驾入刑"一年来的情况表明，各地酒驾、醉驾的数目依然不小，还是有许多酒民不进班房不知悔。

谈及"酒祸"，并不缺少社会认可度，问题在于社会多个层面似乎都不太当回事，到底为什么？简单地说，帐，未算明白；理，未想透彻。

打个比方，如果有人一把火烧掉 300 亿公斤粮食，肯定被枪毙；如果全国粮食产量每年减少 300 亿公斤，总理肯定要着急；如果每年浪费 300 亿公斤粮食，全国人大就会提出议案追究责任。

你能想象吗？ 300 亿公斤粮食，正是我国酒业每年消耗掉的原料，而且是个保守数字。对于这个巨大的数字，似乎很少遭到指责，因为粮食变成了酒，变成了财富，便乐得其所了。

如果说，每年造酒消耗掉 300 亿公斤粮食，比烧掉、少收、浪费掉还令人痛心呢？肯定有人不以为然，或者认为故弄玄虚了。那么我们就细细想想：那么多粮食变成了酒，而酒却给人们带来诸多健康危害，甚至让人们付出生命代价，还有因此产生的社会治安、社会风气等一系列问题，方方面面的代价是 300 亿公斤粮食所能够抵消得了的吗？即便不说社会问题，单就算经济账，我们国家靠卖酒赚得的钱，和酒民治病花费、因酒造成的各种事故带来的经济损失相比，抵得上吗？算清了这笔账，想透了这个理，我们对"酒祸"还能继续掉以轻心吗？

酒　祸

酒事千年是非说，
世代酒香仍醉客；
莫道今人逊先人，
九州已在醉中卧。

豪饮方得几分乐？
淡顾杯中祸事多；
身祸家祸连国祸，
琼浆玉液显污浊。

酒民酒国当思过，
酒盛折损好生活；
走出酣醉奔幸福，
节饮利人又利国。

第四章　壶中万顷田

——堵住公款吃喝大"风穴"

　　一个奇特的现象：一边是禁令连连发出，一边是风势节节攀升。据统计，近30年来，中国政府颁发上百个文件治理公款吃喝问题，而公款吃喝开支从1989年公布的370亿元，一路攀升到2011年的5000亿！公款吃喝何以屡禁不止？百道禁令何以反倒弄出"疯势"？公众怒斥"国之败象"，舆论拷问"治国能力"，执政者对此当作何解？

　　中国公款"吃喝疯"的根源在"腐败"，党风政风吃喝风交织吹刮"腐败风"：挥霍无度、奢靡穷极、享乐不羁、浪费不堪……

　　公款吃喝并非不治之症，倘若此疾不除，中国损失的将不仅是资财，而是国人的信心！问题的关键在于消除"腐败"。

公款吃喝成"国优"

如果我们把一个举国忧虑的现象以"优"冠顶，似有调侃之嫌。但这种调侃绝非游离主题，诙谐之中定有深意。当公款吃喝泛滥成灾，社会各界无不为此担忧之时，却有网民一语惊人：纵查五湖四海，横看宇宙大地，公款吃喝唯我中华豪迈，堪称"国优"！

的确，全世界找不到几个国家能在公款吃喝方面与中国媲美，此"优"实"忧"也。"国优"与"国忧"，意差千里，竟如此相拥相融了，苦涩之味不忍细咂。

然而，我们又不能不品，无法不咂。我们希望执政者，以及公款吃喝挥霍无度的官员们能被"苦涩"蜇醒。

蚁穴渐溃成"风洞"

人人明白"千里之堤溃于蚁穴"的道理，也懂得"防微杜渐"的意义，可中国的许多事情皆让人感到淡循"勿以善小而不为"之古训。公款吃喝不就如此吗？从五十年代羞羞答答，六十年代偷偷摸摸，七十年代躲躲闪闪，八十年代小打小闹，九十年代明目张胆，到如今已是无拘无束了。60年间，从微风渐起到狂风怒吼，中国的公款吃喝最终演绎成"疯"。

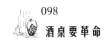

网络盛传一个久远的故事：

> 1950 年 2 月 28 日，毛泽东访苏归来到沈阳。驻地准备的晚餐非常丰盛，毛泽东一到餐厅，脸就沉了下来。就餐时，他只吃面前的空心菜，喝了几口葡萄酒，又吃了点饭，不大一会儿就放下筷子离席了。饭后，毛泽东到会议室和大家闲谈了一会儿后批评道："今晚的菜太多了。我们是人民的公仆，是为人民服务的。如果一层一层仿效这样吃起来，在人民群众中会产生什么影响？"
>
> 第二天，在领导干部会议上，毛泽东说："这次和恩来等同志路过东北，发现浪费太大。我在哈尔滨提过不要大吃大喝，没想到沈阳一看，比哈尔滨还厉害。搞得那么丰盛干什么？"他愤愤地说："你们要做刘宗敏，我可不想当李自成啊！中央三令五申，要谦虚谨慎，戒骄戒躁，要艰苦奋斗，你们应当做表率！"
>
> 有人回忆说，在毛泽东时代，官员们不敢"大吃大喝"，这种良好的局面一直维持到 1976 年。那一年，毛泽东逝世了。

60 年前的故事何以今日盛传？原因不难猜测：毛泽东时代"大吃大喝"难成气候，而当下此风泛滥成灾，人们希望通过鲜明的对比抨击"吃喝疯"，警示执政阶层"回到毛主席革命路线上来"（网友语言），保持艰苦朴素的好传统、继承勤俭节约的好作风，再不要挥霍无度了。人们、尤其是执政者不要把"老故事"仅仅理解为"宣泄"、"怀旧"之举，或许有"宣泄"成分，但更重要的是体现了多数人可贵的责任意识。一位网友的帖文让我们感受到了这种责任，他写道：

> 多年来，从中央到地方，三令五申刹吃喝风，不知下过了多少通知和禁令，使毛泽东批评的吃喝风得到了有效的

监督和遏制，大多数党员干部都能自觉遵守廉洁自律的规定，始终保持艰苦朴素的光荣传统。但在有些地区、有些单位吃喝风仍然是禁而不止，有些党员干部把勤俭节约的好传统、好作风淡忘了，讲排场、比阔气、挥霍浪费的现象时有发生。有的干部"官本位"主义严重，沉溺于物质享受，认为"不吃白不吃，吃了也白吃，不吃没人夸，吃了没人抓"，肆意挥霍浪费；有的干部喜欢搞庸俗关系，热衷于迎来送往，找着由头公款大吃大喝；有的领导干部认为大吃大喝才能显得热情、讲得感情、办得事情，因而经常住高级宾馆，吃豪华大餐，不惜一掷千金。某地一个只有十几人的单位，一年花去的吃喝费竟高达20余万元。前不久，媒体报道西部有个县，县上吃，乡镇吃，村里吃，将县乡村的饭店都吃垮了。其中有一对残疾夫妇开的小饭店被村干部吃空了，不得不被迫改行。吃吃喝喝，耗掉的不光是公款，更重要的是丢掉了我们艰苦朴素的光荣传统，在人民群众中造成了极不良的影响，败坏了党群干群关系。如果不坚决加以整治，后果不堪设想。因此，我们不能有丝毫的自满和松懈，还需要持之以恒、锲而不舍，坚决刹住用公款大吃大喝之风，着力营造清新的党风政风，让尚俭戒奢成为每个党员干部的自觉行动。

这位网友的行文比较客气，诸如吃喝风"得到有效的监督和遏制"、"大多数党员干部"能自觉遵守廉洁自律规定、"有些地区、有些单位"吃喝风仍然是禁而不止等等词语的使用，似掺杂有"领导讲稿"、"官方语言"、"羞涩修辞"等成分，因为当下的"吃喝疯"绝不是"少数人、少数部门、少数地方"这些字词能够概括的。但就"责任"而言，他的行为、他的帖文难能可贵。

还有网友评价说：毛老人家虽然反对"大吃大喝"，但并未反对"公款吃喝",还是留下了一条"祸根"。气候一旦适应,"祸根"就会发芽、疯长。

一语中的。的确,"公款吃喝"即便限制到"蚁穴"之微,只要它存在,最终将造成"溃堤"之祸,数十年间"吃喝风"演变为"吃喝疯"的过程足以说明问题。

80 年代初,中国开启了改革开放之门,经济建设大潮奔涌而起。"以经济建设为中心"、"一切为经济建设服务"成为最响亮的声音。一向倡导"艰苦奋斗"的共产党人闯进"经济利益"环境,迎接全新的考验。

改革开放初期的一封"谏言书"让被称为"总设计师"的邓小平紧锁眉头,谏言者乃香港巨富包玉刚。

包玉刚向邓小平反映,他应邀赴广州考察投资环境,政府部门设下的第一场"豪宴"无比排场,令他目瞪口呆。他提醒当地官员不必如此,希望后期接待一切从简,但未能如愿,依然顿顿如初。

包玉刚信中写道:我是富豪,尚且对此视之不忍,而中国如此贫穷,政府官员竟如此大吃大喝、铺张浪费,实为不良之习。这等"公款吃喝"在香港政府机构不可想象。我极为不安,书信陈言,务望抑制……

邓小平沉思良久,随之批示,告诫全党:永远保持艰苦奋斗的优良作风,警惕贪图享乐、大吃大喝、铺张浪费不良之风。

80 年代初,时任中共中央总书记的胡耀邦闻听"公款吃喝也是为经济建设服务"的邪说,不禁大怒,顺手写下:酒价年年涨\酒瘾月月添\量小非君子\醉昏才算仙\滚他妈的蛋\为政在清廉……胡耀邦严令中办:无论到国内任何地方,接待我的标准要严格执行四菜一汤,不许摆酒。

老一代共产党领袖们对抑制大吃大喝、铺张浪费不良之风的努力,最终未奏奇效,为何?因为只有"告诫"而缺少制度有效约束;因为"公款"在手,官员们花钱太方便,你花他花我也花,国家的钱大家花，愈演愈烈，局面失控，终成"疯"势。

"疯"到什么程度？《中铁建招待费超八亿》。2013年春媒体披露的这条消息，足以让人浮想联翩。

上市公司年报发布接近收官，央企业务招待费的排名引人关注，中国铁建以8.37亿元的业务招待费雄居榜单首位。为什么会这么高？这些钱都花在了哪些地方呢？

有记者采访到了中国铁建的一位高管。这位高管对于2012年公司的财报了如指掌，当记者提出招待费的问题时，他情绪激动，竟称这些纯属扯淡。

关于"中国铁建招待费超8亿"的报道，引起社会强烈关注，被各家网站转载超过400多次。众多网友纷纷留言，要求中国铁建晒一下业务招待费的账本，希望知道8亿到底是怎么花的？一位网友犀利地说"请亮出你的财务，岂能你一句话说扯淡就能淡过去？"还有人说，"业务招待费是个筐，吃吃喝喝请客送礼啥都可以往里装。"

有网友质疑说，中国铁建这类建筑工程类央企的业务招待费都很高，难道海参、鲍鱼、茅台、五粮液也都能算成建筑材料吗？还有人开玩笑说，施工企业招投标，基本是体力活，利润点本来就低的，还在招待上花一大笔，账目不公开，投资者只能稀里糊涂。

中国铁建新闻处长在接受记者采访时，一再恳求记者不要继续追踪报道此事，他说：如果这样报的话，伤害太大。知道吧，不光是我们一家的问题。媒体对中央企业一直在唱衰……如果从对国家负责，对中国企业负责的角度，还是要慎重一些好。

如此吃喝挥霍，却希望媒体从"对国家负责，对中国企业负责"的角度不予报道，以此推理，"公款吃喝"倒成为"爱国家、爱企业"了？社会公众定然不会这样认为。

复旦大学经济学院教授孙立坚［微博］认为，央企高额业务招待费可能牵连通过请客送礼来获取更多的商业机会，显示出内部治理机制松散、效率低下。孙立坚说，中国铁建若是作为有责任感的央企，应该至少向公众公布业务招待费的构成，以保护中小股民的权益。

孙立坚还说：他没有这样一个昂贵的招待费的支撑，这种模式，国企央企利用自己现金流的优势，通过招待的方式来和自己的客户获取优惠的商业机会，也能看到今天国企央企，他公司内部的治理需要完善。另外一个问题就是，央企国企规模很大，对国家的税收贡献也很大，但他为了要更好地获取一些商业机会，他宁愿采取这样合理的避税方法，把这些钱用在关系网的建立上面，这个可能给自己带来的效益更有利的。或者退一万步讲，这个模式是大多数股东愿意的，可是要问问今天二级市场的中小股东的话，这么大的招待费，作为一个上市公司，并没有通过分红给中小股东，而是采取招待费成本支出，这种方式是牺牲了中小股东这样的权益。

财经评论人叶檀［微博］说，央企资金充足、出手阔绰，但不意味着民企不搞招待，占比未必小，只不过因为资金总量有限，招待费的金额也没有央企这样数目惊人。叶檀认为，如此多的企业花费着高昂的业务招待费，而真正支出的费用恐怕还远不止一个数字这么简单。

叶檀说，现在是大规模的基建、大规模的房地产建设，类似这样的成本最终都是沉没成本，这些成本不会让你的质量更好。因为很多成本都已经通过吃穿招待费用打进去，我们很难保证彻底安全。对于中国现在的基建质量来说，我们要捏一把冷汗。中铁建是大公司，如果下面承揽的小公司，会把多少钱用在请客、吃饭、送礼这些成本里，是可以想象的。

中铁建巨额招待费被媒体披露半年之后的10月22日，国务院国资委通报了对中国铁建的处理和问责情况，称招待费支出总体上是符合规定的，但确实存在发票开具不规范、报销程序不严格、会计科目使用不当等一些问题，并对检查发现的问题进行了处理和问责，对有关领导进行了诫勉谈话。

中国铁建8.3亿元招待费支出竟然"总体上是符合规定"，国资委的这一结论同样让社会公众大吃一惊。有网友为此感慨：近些年公款吃喝不受制约，原来是"符合规定"的，干脆把国资委更名"国字胃"，从编制上解决问题，省得大家再提意见。

公款吃喝已成灰色腐败

2009 年 1 1 月 2 7 日，新华网转发了《国际先驱导报》一篇文章：

[提要] 北京西三环地带上的阜成路被称作"超级大饭一条街"，尤其以"燕、翅、鲍"闻名京城。每晚，都会有不少公务车光临。据不完全统计，2005 年中国公款吃喝突破了 3000 亿元大关，令社会有识人士痛心不已。

《国际先驱导报》记者于冬发自北京：位于北京西三环地带上的阜成路，虽然只有 3 公里长，却有着一个"大气"的绰号——"超级大饭一条街"。聚集于此的数十家餐饮企业几乎囊括了中国的八大菜系，尤其以"燕、翅、鲍"闻名京城。每当夜幕降临的时候，不少挂着公务车牌照的车辆就会鱼贯而入。

"星期五晚上，开着公车来吃饭的人会更多。"寒风中，一名蹬着三轮车走街串巷卖冰糖葫芦的中年妇女告诉记者。来自南方某富裕省份的驻京办项目官员吴华（化名）说，阜成路上的餐饮"口味地道、上档次"，是工作宴请的常选之地。

11 月 22 日，《工人日报》刊登的一篇《人大代表建议设"挥霍浪费罪"》的报道引起了国内外媒体的关注。据这篇报道披露，全国人大代表、富润（浙江）控股集团董事局主席、党委书记赵林中最近在北京列席十一届全国人大常委会第十一次会议期间（10 月 27 日到 31 日），向全国人大常委会提交了《关于遏制过度应酬、公款吃喝的建议》，呼吁"公款吃喝者侵占和浪费了社会财产，应当对此通过立法定罪"，并建议修改刑法设立"挥霍浪费罪"。

赵林中坦言，作为企业家，自己在提交建议时很矛盾，"我本身既是这种风气的受害者，同时又无奈地成为这种风气的助长者——经常请吃和接受吃请。"他担心此举可能引起一些政府官员和企业家朋友的误解，甚至可能给企业工作带来某种莫名的损失。

吴华又何尝没有这种无奈呢？

为了给地方上拉项目，"请客吃饭"是少不了的。"我们来自小地方，如果你不低头，谁会搭理你？更别想拿到任何项目。无颜见江东父老。"吴华对于公款吃喝也满腹苦水。但是，在他们看来，一笔小小的吃喝费用与上亿元的投资相比，简直是九牛一毛。

其实，相比全国性的公务接待而言，驻京办"公关吃喝"只是冰山一角。

赵林中为记者列举了他调查后整理的过度应酬、吃喝之风泛滥的表现：上级来人检查考核，要吃吃喝喝搞好接待；向领导请示汇报工作，要吃吃喝喝聊表敬意；到上级争取项目资金，要吃吃喝喝搞好协调；兄弟单位交流学习，要吃吃喝喝尽地主之谊；出门在外招商引资，要吃吃喝喝表现诚意。此外，接风宴、送别席、庆典酒不一而足。一些单位领导甚至呼朋引伴，互相宴请，你来我往，蔚然成风，公款吃喝应酬演变成"灰色腐败"。

"适度的公务接待是开展工作的需要。"赵林中说，但超过了一个"度"，就会导致巨大的负面效果。

公款吃喝已经成为一项社会顽疾。对此，上至中央，下至百姓，一片鞭挞之声，相关部门的反腐利剑也频频亮出。然而，各种名义的公款吃喝行为却屡禁不止。

"这是因为公款吃喝背后，存在巨大的利益链条。"吴华透露，公款吃喝的费用之所以能够顺利通过财务部门、审计部门等的审核与监督，是发票在"漂白"这些庞大的黑色账目。

"要发票吗？"在全国各大城市的车站、商场等人员密集的场所，总会听到这样诡秘的问候语。偶尔，也会收到兜售各类发票的垃圾电子邮件："风起云涌商潮滚滚，相信您是拔尖的成功人士，请原谅我的打扰。我公司每月有剩余发票可以向外代开，绝对低价正规……"

在中国现行的财务税收制度下，发票就是尚未兑换的人民币。对此，有网友曾开玩笑说，"白条收据假发票，吃喝嫖赌全报销"。当然，吴华不会去买街头的发票，因为买到假发票和假茅台酒的概率几乎同样高，一旦被税务或审计部门查获，后果不堪设想。

无疑，公款吃喝的报销离不开发票，因此，许多餐饮企业为招徕生意，会主动提供各类合法的发票。本报记者在北京阜成路"超级大饭一条街"的调查中发现，如果有顾客提出不需要"餐饮业发票"，服务员会将顾客带到后台或其他人少的地方，交付一大堆票证，既有"办公用品发票"，也有"燃油票"、"的票"。

吴华透露，这些饭店提供周到的发票服务是笔一箭双雕的生意：既能招徕大批公款吃喝的顾客，又在悄然中逃避了税收——根据现有的税收制度，餐饮业的营业税税率是5%，而通过其他途径收集"办公用品发票"的花费，要远远低于这5%的营业税。

餐饮业主和公款吃喝的官员，已结成了利益联盟，而纠缠其中的还有中国庞大的"地下发票产业"。

2012年5月24日，中国新闻网也发表题为《官场吃喝风泛滥官员伤肝百姓伤心》的文章，对时下"吃喝疯"做出较为详细的剖析。文章说：

> 应酬、吃喝看似小事，却关系到党风、政风和社会风气。多年来，党和政府出台了一系列禁令，相关部门对于公款消费尤其是吃喝消费的规定越来越细、越来越严，但"言之谆谆，听之藐藐"，如今，官场吃喝的风气仍有日趋泛滥、蔓延之势。
>
> 日前，一项针对全国 31 个省（区、市）10844 人进行的调查显示：社会上 94.3% 的人痛恨浪费，而被问到其中哪些方面最为浪费，竟然有高达 92.6% 的人首选"公款吃喝"。
>
> 有人认为，吃喝是小事，无伤大雅，但在吃吃喝喝的潜规则下，制度难免被酒精泡软，规则也会被人情所扭曲，甚至一些腐败行为就是起源于公款吃喝玩乐。那么，是谁在纵容公款吃喝，如何才能堵上"嘴上腐败"？一些专家学者认为，治理公款吃喝不仅要用重典，还需要有严格执行的法治环境。

公款吃喝总是不差钱

温州某地居民廖辉军有位开餐馆朋友，他的遭遇令人叹息。

据廖辉军向媒体反映，几年前，这位餐馆老板凭着精湛的厨艺和热络的人脉，把生意做得红红火火。可奇怪的是，尽管上门的食客越来越多，餐馆账面上的赤字却越来越大。

原来，随着餐馆的名声越来越响，当地政府将这里作为招待客人的固定处所，平时遇到诸如领导检查工作或公务往来，都将客人引来至此。各部门官员各显神通，公款吃喝的排场越来越大，很多部门的旧账还没结，新账又是一大摞，

渐渐地，大家就开始赊账"打白条"。到了年终，餐馆老板
一对账目，公款吃喝的开销几乎成了天文数字。就这样，餐
馆老板一边债台高筑，一边还得硬撑下去，既不能硬着头皮
讨债得罪官员，又不敢曝光"吃喝白条"对簿公堂，最后，
实在没办法只得关门大吉。"至今朋友手中还有一大把难以
追讨的餐费'白条'。"廖辉军说。

一张张吃喝"白条"拖垮红火餐馆，可这实在是公款吃
喝的冰山一角。据不完全统计，我国公款吃喝开支 1989 年
为 370 亿元，1994 年突破 1000 亿元大关，2002 年达 2000 亿元，
2005 年突破了 3000 亿元大关。

饭桌上的吃吃喝喝看似小事，可再大的蛋糕也经不住悠
悠众口的蚕食。一位市委书记曾感慨："现在的大酒店，凭
我这收入，一顿饭都请不起。如果不是公款消费，绝不会有
那个价！"的确，这数千亿的公款吃喝开支，有多少是属于
正常的投入，又有多少是属于额外的铺张浪费？有多少真正
吃进胃里，又有多少被倒进了垃圾堆？

14 道菜，60 元一包的苏烟两包，白酒 5 瓶……这是安
徽某县粮食局一次普通的公款宴请菜单。而根据该县审计局
公布的数据，2010 年该县仅 5 个县直机关和 3 个乡镇公务接
待，用于餐饮、烟酒食品和字画的支出就高达 953 万余元。
事实上，该县当年政府的相关债务约 7 亿元。

我国历来有"酒桌文化"的传统，在当下官场，公务饭
局更成了家常便饭。领导视察要吃喝，上级检查要吃喝，庆
典节日要吃喝，招商引资要吃喝，工程项目要吃喝，提拔升
官更要吃喝……广东汕尾市烟草局仅去年，1 万元以上的"大
额招待"至少有 400 次；江苏海门市审计局一年接待费用要
1000 多万元。

公务吃喝耗费了纳税人巨额钱财，而且招待上的奢侈浪

费之风愈演愈烈。去年初，媒体曝光的中石化广东分公司花费百万购买茅台、拉菲的发票照片更是引起舆论一片哗然。"在一般级别的接待中，类似海参、鱼翅、茅台等都很常见，因为是公款招待，用不着掏个人腰包，所以，酒菜贵点不心疼，而且，这样才能显示规格高、主人家的热情。"由于工作关系，公务员陆伟（化名）经常陪单位领导出席各种活动，他告诉记者，真正开会、参观的时间也就两三个小时，其他时间都挪到了酒桌上进行，"公众整天都在声讨公款吃喝，国家也三令五申限制三公消费，可是现实中，好像该怎么样还怎么样。"

社会谴责逐浪高

诚然，这些年来中国公款吃喝一直"水涨船高"，几乎年年破纪录。据相关研究机构的统计数字和《人民日报》文章披露的信息显示，自 2005 年至今 8 年间，全国公款吃喝开支已连续突破 3000 亿、4000 亿、5000 亿大关，这样的"疯"势，怎不令人瞠目结舌！

有人比喻：一年轻轻松松吃喝掉 50 艘航空母舰。一艘航空母舰的造价大约 100 亿元人民币，而中国缺少航空母舰的重要原因之一竟是"军费紧张"。

人们惊叹：如此巨额费用，一年丢掉 5000 公里高速铁路，而中国的铁路建设时下已陷入严重的资金危机，许多重要工程项目"等米下锅"。

人们惊叹：省下这项巨额费用，中国完全可以实现小学到大学的免费教育，将再不会有青少年因缺钱而失去受教育的机会。

人们惊叹：将这项巨额费用用在医疗救助上，许许多多没钱治病的百姓将不会生生"等死"……

的确，这项巨额费用无论用于何处，都比"云吞"好，实在没理由让它变成粪便、制造疾病、危害社会。

因此，"公款吃喝"毫无疑问受到全社会谴责。

九三学社中央在全国两会提案中指出，长期以来，对公款吃喝的处理不仅没有列入犯罪之列，甚至还得到放纵和鼓励，这也是长期以来公款吃喝等政府浪费不能得到有效遏制的重要原因。

甘肃天水接待办公室的标语"接待就是生产力"引发了网民热议，数千万张帖子调侃抨击"公款吃喝"。天水一位网友发文：就是在我们这穷地方，出现了官员白天下乡访贫问苦，晚宴大杯喝茅台的巨大反差。为贫困百姓送去一袋粮，或是救济几百元，赶不上他们喝瓶好酒的价，这种"反差"太有讽刺意味了。另有网民发文"伤寒论"——国家伤财、社会伤风、官员伤身、百姓寒心。

网络媒体对"公款吃喝"的抨击可谓急风暴雨一般，博文、帖子、评论铺天盖地。有人撰文提醒当局：

> 用公家的钱吃喝只是一个表象，更为严重的是，现实中，公款接待成了个"筐"，有人虚开发票中饱私囊，有人假公济私满足私欲，有人借此大肆行贿，有人吃喝玩乐洗浴嫖赌全报销……领导干部生活作风蜕变的拐点，往往都是从吃喝玩乐这些看似小事的地方起步，安徽贪官许道明利用接受他人请吃饭和出去旅游、考察之机收受贿赂的次数几近占到了其受贿总次数 122 次的一半，而在这一过程中达成某种约定以及所收到的贿赂款基本上占其受贿总额的 2/3。

社会舆论对公款吃喝"疯"的激烈抨击终于引起中央高层重视，2012 年 3 月 26 日，国务院颁发一道禁令：严禁公款购买名酒。

社会舆论普遍认为，国务院的禁令可能会使以茅台为代表的昂贵名酒受到冲击。有人撰文分析道，茅台是好酒，都想喝一口，可是 2000 元左右一瓶的茅台酒普通家庭能喝得起吗？据数字显示，2011

年城镇居民人均可支配收入 21810 元。也就是说要喝一瓶这样的酒，得不吃不用，用上整整一个月的工资，这对于众多的普通家庭来说，别说是平时，就是逢年过节也未必舍得买上一瓶尝鲜，有的甚至一辈子也不会自个去购这昂贵的酒。

但是茅台酒不愁销路，近 10 年时间，茅台的涨幅超过 945%，仍供不应求。这么贵、这么紧俏的茅台酒都销到哪里去了呢？多数用于公款接待。如：一个区接待一年喝掉 1200 瓶茅台；全国政协副主席李金华曾披露，现在公款吃喝多数都有茅台。诚然，茅台酒本身没有什么其他色彩，但是它一旦用在公款吃喝上，其义就大不相同，不仅是一种酒，而是讲排场，讲奢侈的代名词，无疑将助推"三公消费"的增量。为此，最近以来不少人大代表和政协委员提出禁公款接待用茅台，其禁的不仅是茅台酒本身，而是一种吃喝风，其不仅是个人的呼声，也是一种民意所在。用在公务接待上多了，用在民生上就少了，从整体上来说，抵制公款喝茅台，是抵制是奢侈之风，说大一点也是抵制一种不正之风，此种抵制作为建设廉政机构，也是一种必需。

公众舆论认为，国务院关于"严禁公款购买名酒"的禁令近似于作了一个表面文章，因为这样的"禁令"并非从根本上解决"公款吃喝"问题，有应付社会舆论之嫌疑。事实证明了公众的判断，"禁令"之后，官场酒宴上名酒依然是主角，那些掌握公款支配权的官员们依然口福不减。

屡禁不止拷问"治国败笔"

2012 年 4 月 7 日，国家原新闻出版总署署长柳斌杰发表微博点评公款消费称：几百个文件管不住大吃大喝，真是治国之败笔。

的确，多年来，我国出台的相关禁令多达数百项，相关部门对于公款吃喝消费的规定越来越细，不仅形成了一整套预算管理制度，相继出台的招待费限额控制、定点招待、发票管理等约束性规定也是一再完善。可如今看来，"言之谆谆，听之藐藐"，吃喝之风日趋泛滥成"疯"，也称得上一种"中国特色"。只是，这种"中国特色"与"治国能力"联系在一起，给人的感觉便不那么美好了。

此"疯"何以屡禁不止？问题究竟出在哪里？

北京没有带好头

北京是中国的政治中心，是最高权力机构所在地，理所当然是全国的风向标，这里的一举一动都将影响到全国各地。所以，我们有理由相信，中国遍地"吃喝疯"，"疯"源正是在北京。

一年一次"两会"，全国各地代表云集北京，这支庞大的队伍被北京人视为"财神"，因为他们中的多数是官员、富商、名流，身上"不差钱"，"两会"期间定会给北京带来吃喝消费旺季，天价酒、天价宴多在这期间产生。于是有人说，"两会"代表两件事——白天举手，晚上举杯。

"两会"期间还有另外一支生活保障队伍不可小觑，据推算总体人数绝不比代表少。他们要么是各地政府部门的财务人员，要么是老板，所肩负的任务就是为各自的官员代表提供充足的经费保障。许多代表每天晚上的宴请活动安排得满满的，重点是借此机会与中央、国家机关的官员们交流感情。宴请此等"贵宾"定是非名酒不喝，舍得花大钱自然少不了带着得力的保障人员。

再举一例：金融危机那年，国家决定投上4万亿建设经费，以拉动内需。消息一出，各地政府纷纷派员赴京争取建设项目，据说那段时间京城的许多豪华酒店人满为患，豪宴费用频频刷新纪录，听得京城人目瞪口呆。为了争得那几万亿中一杯羹，各地政府在京大摆豪宴似乎都不惜血本。

酒宴之上，管它茅台还是洋酒，管它有多昂贵，你敢摆上，京官们就敢喝。设宴者为何肯花大钱？因为求人办事，因为"攀龙附凤"，利益所在；京官们为何敢喝？因为了解政情、世情，自料豪饮无碍，同时也觉"面子"所在。所以，这些年进京设宴的人们几乎心里都有谱：宴请京官，场面排场必需的，尤其是高档名酒更要有。

各地政府官员不能不想，北京是制定政策、发布政策的府地，既然"天子脚下"的京官们如此敢吃敢喝，我们还担心什么？

一则网络短文揭示了首都北京的"影响力"：

> 北京那边喝茅台，各地官宴有"标准"了；
> 北京那边有会所，各地官员有"场所"了；
> 北京那边有豪宴，各地酒宴有"榜样"了；
> 北京那边出手大，各地无须再"缩脚"了……

的确，首都北京如此"酒疯"，各地就没理由不"疯"；"天子脚下"

如此"宽松"，各地又何须"拘束"？上行下效，这个道理不难理解。

"公务宴请"添由头

这些年，"公务宴请"字样频频出现在政府部门的呈文中，看起来似乎比"公款吃喝"一词柔和多了。"公款吃喝"的确是看着刺眼，听着刺耳，总是能让人联想到"血汗钱"。或许"公款吃喝"着实需要？或许"公款吃喝"弃之不便？百姓想不出更好的理由以证明它存在的合理性，但职能机构想出了"公务宴请"这个词语。尽管"公务宴请"与"公款吃喝"都属公款消费，不同的是"公务宴请"与工作有关。这大概称得上中国政府机构的一个"创造"，因为它把"吃喝"变成了"工作"，终于为"公款吃喝"找到了一个似乎合理的"由头"，而且消除了违规之嫌。既然是工作，便不必缩手缩脚，便可理直气壮，"疯"起云涌便成必然。

于是便有了目前最经典的一句话：革命小酒天天醉，为了工作不要胃。

于是便产生了这样一种概念：不贪污不受贿，吃吃喝喝不算罪。

于是便有了这样的自嘲：两袖清风，一肚子酒精。

"公务宴请"终于催生一个崭新的局面：上级机关到基层检查工作，明明知道基层的接待规格超标，但很少有人拒绝；下级接待上级，唯上级马首是瞻，千方百计想让上级满意，根本不考虑超没超标。这种局面让百姓大开眼界，于是讥讽说：在"公款吃喝"上，只有上级想不到的，没有下级办不到的。

"公务宴请"的范围如何界定？并无统一、明确、严格的标准，冠以"工作"之名实属一个含糊的概念，任凭各自理解。所以有人形容说：实际上它是个"大箩筐"，萝卜、白菜尽管装。

的确如此，上级领导和机关人员前来检查指导、友邻地区领导和机关人员前来参观考察等，这是工作，自然少不了"公务宴请"；上级领导和机关人员的亲友前来观光、办私事也能沾上"公务宴请"的光，只要"与领导有关"，便可理解为"与工作有关"。总之，无论接待什么人，不管来者做何事，"公务宴请"都能做到。这就是"大萝筐"的好处。

一位军队转业干部刚任某市副市长时，分管接待工作。一年的巨额接待费用让他心疼不已，于是专门吩咐接待处长：咱还是贫困地区，挥霍不起，接待费用必须大大压缩，"公务宴请"还是要标准从严，好酒少上、大菜少点。此后数月，省里几个厅、局的"亲友团"前来旅游，接待处长设宴招待明显降低了档次。市主要领导得知此情，立刻提醒副市长：少吃少喝能省几个钱？别让人家说咱不热情，影响关系划不来，咱需要人家关照的事多着呢。

这位副市长听后品出了点味道，立刻又交代接待处长：以后不管谁来，只要与上级领导和机关有关，都当贵客接待，不要心疼钱，好酒好菜伺候就是。接着专程赴省会，到几个相关厅、局"慰问"，以释招待不周之嫌。官场中人，大概都不愿"因小失大"，所以在许多人眼里公款吃喝挥霍是小问题，而单位和个人利益是大事。

有记者网上发文介绍亲历：

到一个地区去采访，接待的是一个局处级单位。我们吃饭时，局长大人虽来敬酒，但不久就走了，只喝了几口酒，什么也没有吃。原来恰巧省里来了一位副厅长，他忙着去伺候省级领导，对我们也只能打个招呼并向我们致歉。据陪同我们的当地干部说，他们的局长几乎每天晚上都有应酬活动，有时甚至同时要招待几批客人，只好轮流到各酒席去敬酒，忙得不亦乐乎。据当地干部说，他们那里还有一种风气，叫做"不醉不散"，如不把客人灌醉，就说明主人的热情还不到家。这样一来，一桌酒席可以吃上三四个小时，而且吃完了尚未收场，有时还要加上余兴节目，多多益善。这样一次欢宴可以折腾到半夜时分，然后才兴尽而散。

　　所以，在他们那里，要当好一个下级领导，应酬功夫是不可缺少的。这一条，在工作总结时绝对不能写上去，甚至也不能公开说。因而，其中的苦处外界一般不了解，只看到这些领导人天天在吃喝，殊不知他们肚里灌满了"苦水"。

　　曾有一位基层官员叫苦说：我们这些基层干部，几乎每天泡在酒席之中，不说天天醉，至少天天累，伤肝伤胃伤神，这样的"享受"谁情愿？不情愿又咋的？接待上级机关来人，愿不愿意都得喝。在下级领导眼里，"衣食父母"乃是上级领导，没有他们支持，官就当不稳当不长，因而，全力以赴伺候好上级来人，那是天经地义的事。有人说，越到基层，吃喝风越严重，其实那是因为越是基层，其上级单位也就越多，条条线贯下来，不管张三李四，到了基层都是"上级来人"，哪个也不敢得罪。上级单位来人都带着一张嘴，这张嘴往往有两个用途：一是说话，那就是谈工作，发指示；另一就是吃喝。各类干部水平确有不同，有的以工作为重，对吃喝不在乎；有的则把吃喝任务放在第一位。确有这样一类干部，油水不足时，就想到该下基层"视察"一番了。

　　记者的亲历和基层干部的苦衷无不说明一点：这些年"公务宴请"带来的"吃喝疯"已成为严重的负担，无论单位和个人，都已招架不住。

　　中国的"公务宴请"如此泛滥，无疑是太不珍惜纳税人的血汗，这种情况在许多国家必被视为"丑闻"。比如，加拿大就因"公务宴请"引发了一场轩然大波。媒体披露，联邦移民部长2013年春季十一周内，上餐馆的开支共花掉纳税人近七千元；外交部长佩蒂格鲁出席八次晚餐和一次酒会，用去纳税人三千二百八十二元八角；副总理麦莉兰是该段时间内花在外出用膳开支最少的一位政府要员，她曾五次外出用餐，用去纳税人九百四十一元一角。为此，加拿大纳税人联盟主席威廉逊指出，联邦总理应该跟"问题部长"研究使用公款问题；而"吃喝疯"必须加以约束，建议当局设立部长申报使用公款体制，向纳税人作出交代。

发生在加拿大的这场风波在中国人看来似乎"小题大做"了，因为中国的官员们在"公务宴请"方面是不存在那种风险的，部长一级的高官更不会因为这种事被媒体曝光。这是一种巨大的反差，这种巨大的反差说明中国官员的确存在不小的特权享受，而且很少受到监督和约束。

政风不良掀浪头

无须怀疑，近些年中国遍地"酒疯"的盛行与政风不良密不可分，换句话说，正是不良的、甚至是腐败的政风掀高了酒桌"疯"浪。

当"接待就是生产力"、"喝酒也是工作"成为流行语言，社会对政风的感受与评判也就不言自明了。

这些年，各地政府、部门在接待方面耗费的精力和财力非同小可，与其说是接待方热情好客，倒不如说是"风气"使然，不得已而为之。上级领导和机关人员来了，不接待行吗？领导的"亲友团"来了，不接待行吗？友邻地区和单位的领导或"亲友团"来了，不接待行吗？不仅要接待，而且要热情接待。什么叫"热情"，好酒伺候就是一个主要体现。到了"不得已而为之"的程度，就到了给政风贴"不良"标签的时候了。道理很简单，普通百姓享受不到政府的接待，能够享受的皆为政府官员和他们的亲友，就是说，接待和被接待者，都摆脱不掉政府因素。因此有理由说，"酒疯"遍地起，政府"贡献"大。

贪图享乐断然不是一种好政风，而这种政风在政府官员身上表现十足。住房越盖越超标，车子越换越好，旅游观光越跑越远，贪污受贿、赌博嫖娼越来越多，再用"个别现象"、"少数人"概括诸类腐风已让百姓捧腹大笑了，还不承认政府官员贪图享乐思想日趋严重、普遍能服人吗？较之上述，在许多官员眼里酒宴就不值一提了，不就是几瓶好酒吗，不就是价格高些吗，何须大惊小怪？做东不惜，做客不惊，"酒疯"何不盛焉？

国家公务人员的"旅游风"是政风不良的另一种具体表现。在那些旅游胜地，年复一年客人络绎不绝，尤其到了旅游旺季，大小部门的主要任务就是搞接待，大小宾馆不够用、多少车辆闲不下、家家都演"空城计"。当地政府和部门接到的对象当然多属政府官员背景者，地处旅游胜地的接待方对"热情接待"的真实感受，完全可以用"苦不堪言"来形容。

某旅游胜地一位副市长任职3年了，远在千里之外的老父亲还未曾登过门，甚愧自己有失孝心。这年亲赴家乡把老人接来，说："好山好水甲天下，每年上百万人来观光，儿子接您来也是想让您饱饱眼福。"哪曾想把老人接来半个来月，副市长天天不着家，忙着接待四方贵客，生生顾不上陪自己的老父亲外出一趟。老父亲一怒之下不辞而别，回到老家才来个电话：你当官像个官，天天酒肉夜夜欢；我当爹不像爹，养个儿子成老爷……

副市长痛哭流涕，对老父亲说：人人觉得当官好，谁知当官也苦恼。爹啊，儿子不想天天围着酒桌转，可在旅游胜地当官就这样，接待任务太重，该出面就不能躲，一躲就可能落不是，这就叫人在官场身不由己，您可千万不能怪儿子啊。

副市长的"身不由己"或许不算悲惨，因为他毕竟是不小的官，许多时候上了酒桌身边还有部下"护驾"。悲惨的是那些只够给领导"护驾"级别的人，经常扮演着"酒桌勇士"角色，离"酒桌烈士"越来越近。副市长身边的接待处长是典型的"三高"患者——高血压、高血脂、高血糖，当医生的妻子责怪说"都是喝出来的病"。接待处长无奈地说，就这工作，就这风气，不喝咋办。妻子怒言道：什么"破工作"，必须调换，你不怕当烈士，我还怕当寡妇呢。接待处长被妻子逼得无奈，只好找副市长要求调换岗位。副市长自然理解，并感慨道：如此"酒疯"，如此岗位，铁打的人也熬不住呵。从你开始，接待处长一职两年一换人，我可不希望出现寡妇闹上门的事。

接待处长、接待办主任，这样的角色各级政府部门都有，因为各级都把接待工作看得极重。几乎无大例外，担负这种角色的人不仅态度热情，更是酒量过人，能在酒桌上为领导冲锋陷阵，基本都能够成为领导的心腹。由此可见，"喝酒是工作"绝非戏言，而是极其真实的写照。

专门负责接待工作的人们几乎天天围着酒桌转，自然也辛苦，但这是他们的工作，硬着头皮咬紧牙关也得坚持。可以想象，一个单位专门搞接待的人就那么几个，时下接待任务如此繁重，"酒疯"如此盛烈，仅靠这支小小的队伍怎能支撑大局面？若要支撑起大局面，必须"全民皆兵"，人人上酒阵，所以搞得许多不在专职接待岗位的人也不少为酒所累，"谈酒色变"极为普遍。一位在县政府工作的文秘人员对县领导说：这酒也太多了，一听说喝酒头皮发麻，俺一个女同志哪能天天陪喝，以后喝酒能不能别再叫俺？县领导说，上面来人多，县里摊子多，喝酒能不多？接待办忙不过来，光靠领导往前冲，领导能有几条命？大家都辛苦点，全当为领导分忧解难了。这位女士甚为无奈，赴宴前给老公发了一条手机短信聊以自慰：酒场如战场，人人往上闯；国家出枪弹（公款），咱靠身体扛；一战连一战，木兰也心慌……

"公务宴请"如此频繁，到了经常接待人手告急、需要"全民皆兵"的程度，这难道不说明政风不良吗？

有禁不止，有令不行，这是好政风吗？肯定不是。上有政策下有对策，"一号文件"（中央）管不住"二号文件"（地方），是社会对政令不通的形象概括。这类现象显见于政府工作的诸多方面，"酒禁"方面也不例外。几十年来，中央、国务院下发那么多禁止"吃喝风"的文件，为何屡禁不止？因为各级没太把"公款吃喝"问题当回事，而且各有各的招数应对中央禁令。比如，上面对一个单位的招待费用有总量规定，有些单位就把超出的吃喝费用变成"会议费用"；如果上面对一张餐饮报销发票有限额规定，有些单位就把一张发票分为两张开。总之，总有办法对付政策规定。

只讲利益不讲原则，是好政风吗？当然不是。而这些年，单位利益、个人利益至上，在政府官员队伍中恐怕不能说是少数。吃喝风屡禁不止反而成"疯"，上面自然有责任，而下面就没问题吗？上面明明规定有招待标准，下面为何还超标准招待？对公，无非是怕落下"招待不周"的阴影而影响上面对本单位的"关照"；于私，无非是担心给上级领导留下"不恭不敬"印象影响自己的前程。一边叫苦接待负担太重，一边照样全力体现"热情接待"，不就是念及单位和个人那点利益吗？否则，为何不坚持"按政策规定办事"这个原则？心中利益大于原则，这种不良政风只能给"酒疯"添势。

有人指出，这些年，一批"酒色之徒"入了官场，政风不良便步步楼台了。"酒色之徒"自然指那些好酒好色，"好酒"的官员们有个共同的特点：非名酒不喝。他们的车子后备厢都装有自己的"专用酒"，或者是茅台、或者是五粮液、或者是外国酒，皆为昂贵产品。一瓶名酒动辄数千甚至数万元，官场上的这些"酒色之徒"喝水一般狂饮，挥霍公款毫不吝惜，一场酒宴花费数万元已司空见惯，甚至十几万、数十万的好宴也出现了。官场酒宴的"名酒风"早已盛行，效仿和攀比推波助澜，仅此一项给国家造成的资金浪费让人目瞪口呆。

此风苦了那些经济贫困地区和部门。一种情况是，经济上尽管没有实力，但领导有"魄力"，贵客临门也有好酒伺候，经济负担不管有多重也要撑起脸面来。

另一情况是，喝不起太好的酒，也不能喝太一般的酒，总得一般靠上。这些年许多地方出现了"政府接待酒"、"政府专供酒""政府特制酒"，看起来似乎很上眼，其实拿出这类酒招待客人的地方，无非是财力不足，以此招数弥补喝不起茅台、五粮液等名酒的尴尬。

无论哪种情况，"吃喝疯"带来的经济负担都让许多贫困地区和部门叫苦不迭。叫苦归叫苦，该喝还得喝，经济实力不济也不能少了"程序"，"酒疯"遍地何有世外桃源？

"喝穷了吃穷了"，是一位地级市局长春节前在全局大会上的一番感慨之言。局长在大会上给大家算了一笔账：一年间上级大大小小的工作组来了十几批，招待费用80多万，不到年底账上就没钱了，现在几家酒店还有十几万签单没付。单位穷，所以春节没钱给大家发福利，只能每家分5斤鸡蛋，就这还是靠面子赊的账。有人指责说局领导花大家的钱不心疼，这话我能理解。但谁当局长，吃喝招待也无法避免，哪个局都一样，只不过有的花得起有的花不起，咱局属于花不起却不得不花的，希望大家理解。

酒场连着官场，酒杯连着"乌纱"，大家都理解。令人无法理解的是，"酒疯"给国家、给集体、给个人带来如此巨大的负担，为何遏制不住？社会舆论把"酒疯"盛象归结为政风腐败、执政当局治国不力，甚至还有人惊呼此乃"衰国之象"……众人的观点或有不同，但有一点完全一致：此"疯"不止，损党败财，祸国殃民！

当然，人们不会怀疑共产党的治国能力，因为共产党不缺智慧。但人们有理由怀疑一些政府官员在治理公款吃喝问题上的无所作为和私心杂念，以及不以为然的态度。这些年，我们更多看到的是，许多官员在谋求个人利益方面显示了极强的"能力"，似乎足以达到"呼风唤雨"的程度；但对于国家利益、对于百姓利益、对于党的利益，他们的表现似乎热情不高，工作态度似乎已远离"责任"。是"治国能力"的问题吗？不完全是，更重要的是"境界"问题。当做官缺少"夙夜在公"这种境界，还能指望他的"治国能力"吗？所以，当我们面对屡禁不止的公款吃喝"疯"更应拷问官员的"境界"！

执政者或许习惯了以政令体现"能力"，但诸多政令的"短效"往往使问题死灰复燃，公款吃喝"疯"的反复回潮现象足以说明问题。因此，将官员"吃喝入罪"被推到了舆论的风口浪尖。

革命的头号目标是"公款吃喝"

胡锦涛就任总书记期间，曾在一份反映"公款吃喝"问题材料上作出过这样的批示：吃喝风仍如此之盛，如不有效制止，将吃掉党的优良传统，吃掉民生。这也是落后的表现。

习近平就任总书记不久，在十八届中央纪委二次全会上提出告诫：各级领导干部的工作责任很大，如果成天忙于应酬，穿梭于各种会议、活动，陪吃陪喝陪逛陪玩，哪有时间深入基层、深入群众，哪有时间领会政策、研究工作？如果大手大脚、铺张浪费，讲排场比阔气，奉行享乐主义，老百姓怎能不反感，困难群众怎会不寒心？如果什么钱都敢花、多少钱都敢用，群众怎么会没有意见，党的执政基础还怎么来巩固？"奢靡之始，危亡之渐"，对此，各级干部一定要充分认识改进作风的重要性、紧迫性，保持高度的政治警觉，切不可不以为然、无动于衷，而要始终坚持谦虚谨慎、艰苦奋斗的工作作风，始终与人民同甘共苦、心心相印。

釜底抽薪，彻底消除公款接待

几乎无人怀疑，"公款吃喝"重积民怨；

几乎无人否认，"公款吃喝"已成国忧。因此，"公款吃喝"理应被列为革命的头号目标。

当然，对"公款吃喝"的革命绝不是件轻而易举的事，因为它的顽固存在不是孤立的，它的疯狂扩散不乏诸多因素的支撑。我们不妨这样比喻："公款吃喝"是个"综合病"。试想，"吃喝疯"何以盛行？因为有公款做后盾；公款何以挥霍无度？因为财务管理混乱；何以混乱？因为缺少有效的监管；何以监管不力？因为缺少公开透明的制度……再往下推理，就不能不想到政治体制的问题了。所以，治理"嘴上腐败"是个牵一发而动全身的事情，"综合病"需要综合治理。

另一个难题是，有资格享受"公款吃喝"的庞大队伍中没有百姓，皆为官员。有人说，当下的中国官员已非传统意义上的"人民公仆"，而是中国公民中的"特权阶层"，大凡革命革到"特权阶层"，都会遇到极大的阻力。若非如此，"吃喝疯"何以如此顽固？

由此看来，彻底解决公款吃喝问题着实需要下番功夫。

如何才能刹住这种愈演愈烈的公款吃喝风？社会各界人士踊跃献策。

有人建议：最好的办法应该是取消各级的公务接待费，增加干部的出差伙食补助费。以后，无论是上级到下级检查工作，还是下级到上级报告工作，食宿自理，出差回去由本单位给报销住宿和伙食补助费，这样，既方便了出差者，又方便了接待者；既纯洁了上下级关系，又为相互配合开展工作节约了时间。同时，还彻底拆除了用公款滥吃滥喝的平台，迫使那些用公款吃喝惯了的人，不得不金盆洗手、悬崖勒马，本本分分做人，规规矩矩做事。

最引人注目的是国家原新闻出版署柳斌杰署长的建议：彻底取消公款接待。他认为，"管不住大吃大喝"其根源在于，有关部门有意无意地抵制与消解，导致政策难以得到落实。他主张除外事招待审批费用外，其他吃喝一分钱也不许报销。

社会各界的主张和建议体现了社会意愿和社会智慧，理当引起执政当局的高度重视。

或许，决策层历来没有轻视过公款吃喝泛滥的问题，每个时期产生的"禁令"业已说明最高权力机构做过不少努力。问题在于，每每努力都是在公众舆论沸扬、"忍无可忍"的情况下产生的，给公众留下的印象是"公款吃喝可以，太不象话不行"。于是有人得出这样一个结论：上面对公款吃喝是容忍的，不容忍的是无节无度肆意挥霍。若真如此，中国的公款吃喝"疯"便实无消退之望，因为公款是个"根"，它的存在正是给"大嘴巴"枝叶提供营养。由此看来，若要彻底解决公款吃喝"疯"这个大难题，必须拔掉公款这个"根"。

公款吃喝没有任何理由继续存在，这是全社会的共识。或许那些习惯于公款吃喝的"大嘴巴"官员们仍然以"工作需要"、"拉动内需"之类的理由为之申辩，但诸种无稽之谈当休也。谁都明白社会文明和进步绝不是靠大吃大喝来提升的，少喝几瓶名酒影响不了工作，"工作需要"这个幌子骗不了人；谁都懂得经济发展和生产力不是在酒桌上产生的，而靠酒桌"拉动内需"只会浪费国财民脂、制造腐败风气、危害人身健康。若真要"拉动内需"，最有效的办法莫如把公款吃喝这笔巨大的费用用于民生。

我们的许多政策规定总是留有缝隙，给善于"钻空子"者制造了机会。要彻底杜绝公款吃喝，在政策规定上再不能留有余地，再不能把"一般情况下"、"特殊情况下"之类的说法成为缝隙，要让人人明白，"任何情况下"都不能公款吃喝。态度坚决，不留缝隙，既有利于政府形象，也有利于政策规定的有效落实。反之，政府必背"言而不行行而无果"之名，政策规定必成"一纸空文"。

有了政策规定，还需社会监督。有网友建议各级政府都设立专门的网站，方便对"公款吃喝"的监督举报。此法是否可行暂且不论，其思路不可轻视。这些年，许多"问题官员"和"热点问题"多因在网络媒体曝光后被很快解决，网络媒体的监督作用显而易见，所以民间给它一个有趣的称号：网络政府。我们不必在意这一"称号"的准确性，但不可不在意网络媒体对社会的影响力和号召力，它若号召社会共同讨伐"公款吃喝",那么"公款吃喝"必成为"过街老鼠"遭人人喊打。人人喊打之下,"老鼠"岂有不遁之理?所以,社会舆论的监督,不失为治理"公款吃喝"顽症的有效举措。

办法千条,原则一个:公款吃喝一分钱不予报销。

扎紧钱袋,经费管理制度必须改革

人们经常听到"杯酒换千金"的故事——酒桌之上,财政部门的官员对申请经费的人说:多喝一杯给 x 万。申请经费者只要努力战斗,一场酒战就能拿下数十万、数百万经费。"杯酒换千金"的故事似有几分演绎色彩,却不失真实,几乎各地都有发生。

国家财政部、省市财政厅、地县财政局,怀抱着国家和地方的"钱袋子",让谁不让谁花钱,让谁花多少钱,他们拥有最多的发言权。部长、厅长、局长一句话,数千万、数亿资金便有了去向,即便是他们的属下,也有权决定数百万、数十万资金的分配去向。他们拥有支配国家资金的部分权力,是人们眼中的"财神爷",所以想多花钱的部门只要搞定"财神爷"就能钵中添金。当然,比财政部门权力更大的是领导干部,他们对资金的支配几乎不存在问题。这种现象说明,中国的资金管理、支配制度存在一定的问题,问题更多表现在缺少监管、缺少集体决策、缺少公开透明等方面。资金管理、支配如此宽松,"酒钱"还算问题吗?

这些年,许多单位和部门年底"突击花钱"非常普遍,宴请活动似火上浇油。何以如此?按规定,当年的行政办公经费如若结余,下年的下拨经费就会减少,所以想办法也得把钱花出去,免得来年过紧日子。这说明行政办公经费的下拨标准缺少科学论证,更多的是以各单位上报的数额为准。如此宽松的行政办公经费结余部分不能装进自己腰包,还影响下年下拨数额,把它花在酒桌上有何不可?

国家资金管理、支配制度的过度宽松,造成的问题很多。仅就

"公款吃喝"而言，相比掌管"钱袋子"的官员巨额资金挥手即出，"酒钱"还值得一提吗？问题在于，能够支配"钱袋子"的人太多，每人几瓶酒，足以汇成江河，"酒钱"便不可轻视了。

一刀斩断"公款吃喝"，财务管理制度必须施行大的改革，必须大大限制个人对经费的决定权、支配权。改革的原则自然是科学论证、公开透明、社会监督。总之，要最大限度地防止国家资金为"嘴上腐败"服务。

你"变相"我"变脸"，严肃政纪废"对策"

"上有政策下有对策"，此话道出了这些年政令不畅的尴尬局面。下面的"对策"即为"变相执行政策规定"，这种糟糕的作风使许多政策规定在执行过程中大打折扣，严重损害了政策规定的权威性，给许多项工作造成不应有的损失。酒桌上的"变相"之术更不足为奇。80年代初，中央制定了《关于党内政治生活的若干准则》，其中对酒桌上的奢靡之风有比较明确的限制条文，许多地方政府为了配合中央的这一决策，也制定出台了更为具体的制度、规定。但是，一阵风很快过去，酒桌上的奢靡之风依然如故，其原因就是"对策"太多，《准则》不抵"变相"。比如，你有明文规定接待宴请不允许上大龙虾，而"变相"者把小龙虾摆上桌，同样的排场，却不违反规定，一时间小龙虾洛阳纸贵；你有明确要求接待宴请不允许摆茅台等高档酒，"变相"者就把名酒装进普通酒瓶，美味依旧，却不留破绽。2012年，国务院又发文规定严禁公款购买茅台等名酒，"变相"者魔高一丈，酒水发票全变成"会议费""餐饮费"等，如此这般，让你防不胜防。中国改革开放30多年来，党中央、国务院有关反奢侈、反浪费、反腐化等方面的政策规定不断颁发，其间也曾掀起过几轮较大规模的攻势，而"吃喝疯"仍势头不减，且愈演愈烈，这让人不能不感到"对策"与"变相"的厉害了。

"变相"者把诸多政令变成一纸空文，其行可恶，必须讨伐。

政令的权威性屡屡受到"对策"与"变相"的挑战，本身说明执行力度远远不够，"力度不够"体现在监管不严，惩罚不狠。政令如军令，既出必行，违者必究，究而必严，绝不容情。政策规定面前，你敢"变相"，我就敢对你"变脸"，党纪有"开除党籍"，政纪有"削去乌纱"，如若不够还有刑法伺候，你还敢"变相"吗？有网友说，有因贪污受贿丢掉性命的，没有因公款大吃大喝而丢官的，殊不知公款吃喝给国家造成的损失更大，政府理应"严刑以待"。

当然，上级的表率作用也是个至关重要的方面。民间有道，一级看一级，全国看总理。全国的"吃喝疯"、"酒疯"自然不会是总理带出来的，大不了总理算是个被动的"买单人"。但上行下效这个道理我们因该懂得，这些年"疯势"强劲不能说与上面的表率作用不强无关。对于制定和监管政策规定的上级官员来说，自身行为是对政令权威性最有效的注解，当你以上级领导或者上级领导机关的身份到一个地方，见了好酒好菜千万不要觉得自己很有"面子"，这个"面子"有代价，你只要伸手举杯、张开大口，政策规定就被牺牲掉了，同时也丢掉了下级对你的尊重与信赖。所以，酒桌上"面子"的虚荣不值几个钱，相比之下牺牲自己的"口福"实有必要。

靠法律围剿"吃喝疯"

物极必反，"吃喝疯"到了巅峰，引得全民共愤，该当问罪了。该当何罪？如何治罪？举国关注。

"八项规定"对"吃喝疯"敲响丧钟

2012 年，中国大地"旋风"频起，对公款消费和"酒疯"展开大规模的围剿攻势。其中，中央颁布的"八项规定"给予"吃喝疯"致命一击。

2012 年 3 月 26 日，国务院召开第五次廉政工作会议，提出要严格控制"三公"经费，禁止用公款购买香烟、高档酒和礼品。

法制日报载文：

> 对于公务接待与高档酒市场之间的密切关系，社会上一直有很多议论。有人说公务接待是高档酒价格一路高涨的幕后推手，有人说高档酒助长了公务接待的奢靡之风，两种意见纠结不下。今年 3 月 26 日，国务院召开第五次廉政工作会议，明确指出严格控制"三公"经费，禁止用公款购买香烟、高档酒和礼品。3 月 27 日，酿酒业以 2.18% 的跌幅领衔 A 股，

两大名酒贵州茅台、五粮液分别下跌 6.37% 和 6.5%，茅台市值一天之内缩水 142 亿元。

从廉政工作会议次日白酒市场条件反射式的直接反应，到会议之后两个月间高端白酒市场的整体反应，都为我们认识公务接待与高档酒市场之间的关系提供了一个再清楚不过的视角——无论从逻辑还是从现实看，都是先有公务接待的大量需求，然后才有高档酒市场的扩大供应，正因为公务接待已经成为高档酒最主要的消费市场，有关公务接待政策的一点儿风吹草动，便会在高档酒市场引起轩然大波。

高档酒消费在公务接待中占有什么样的分量？了解公务接待内情的官员想必对此最有发言权。今年初，深圳市委书记王荣在深圳市五届政协三次会议上说，"一瓶茅台酒那么贵，如果不是公款消费，绝不会有那个价——公款吃喝，确实扰乱市场经济！"湖南省纪委一名官员所作的调研证实，公务宴请中酒类价格普遍很高，在大多数公务宴请中，仅仅控制高档白酒消费，就可以节约 40% 的费用。国务院第五次廉政工作会议作出规定，禁止用公款购买高档酒，目的之一是厉行节约、反腐倡廉；目的之二，也是要斩断公务接待与高档酒之间的不正常关系，使高档酒消费逐渐转为正常的市场行为。

公务接待中严禁用公款购买香烟、高档酒和礼品，特别是严禁消费高档酒一项，将在相当程度上节约公务开支，有助于实现公务消费零增长的目标。公款禁购高档烟酒禁令下发后，社会各界在给予普遍欢迎的同时，对禁令能否真正落实却没有十分的把握，担心禁令在执行过程中被"下有对策"轻易化解。基于既往大量的事实和教训，这种担心显然不无道理。

不过，市场的反应是最真实的，高档白酒的股价和价格随禁令迅速下跌，以最敏感、最真实的市场动向，向社会发出了一个积极信号——许多投资者和相关市场主体都愿意相信，此次国务院的禁令不会是随便说说，也不会容忍"上有政策、下有对策"。接下来应当会出台详尽、具体的操作措施，包括如何界定普通酒和高档酒、如何进行常态监管、对用公款购买高档酒如何查禁、如何问责惩处等等。只要不折不扣地执行禁令，不走过场，不搞"一阵风"，各种具体的保障措施也能落实到位，最终定能刹住公务接待中消费高档酒的奢靡之风，高档酒也终将失去公务接待这个不正常的"第一客户"，回归真正意义上的市场经济。

严控"三公"经费是推进行政经费使用管理改革的重要内容，严格执行公务接待禁止消费高档酒的规定，对于全面落实严控"三公"经费的措施至关重要。从各级政府部门、监管部门到社会各界，都应当对执行禁令抱有高度的信心，也有责任为此付出最大的努力。

2012年12月4日，中共中央政治局召开会议，审议通过了中央政治局关于改进工作作风、密切联系群众的"八项规定"、"六项禁令"，其中多项内容剑指公款消费。此举引领全社会向"吃喝疯"展开大规模围剿。

专家解读："八项规定"是一个庄严承诺，体现了新的中央领导集体的决心，体现了从严治国、从严治党的根本要求，反映出中国未来施政的动向。

仅隔几天，《中央军委加强自身作风建设十项规定》下发全军，其中一项在接待工作中"不喝酒"的规定最引人注目。

中国股市对中央军委的"禁酒令"反应极为敏感，据称整个白酒行业股全线下挫。于是有股评专家称：素以坚挺表现著称的茅台等一批名酒，在A股连日来热火朝天的反转大势下，冷不防被军委一道

"禁酒令"将了一军，呈现出一派反常的冰封景观，恐怕不只白酒业吃惊不小，其他与"三公"相关的消费品市场也会引起高度警觉。

网络媒体纷纷转发一位名叫林明杰先生的撰文：

中央军委下令要求在接待工作中"不喝酒"，虽然这是约束军委自身的，但影响很快在军方波及开来。我希望它还会带动国人"酒风"的改变。

古来咏酒的诗文比比皆是，喝酒本是畅意、豪情、浪漫、自由、优雅的事情。只是现在国人某些场合的酒风已变得鄙俗不堪。

这种鄙俗的酒风首先表现在"官酒"上。所谓"官酒"，即官家之酒，或有官家出席之酒。有时候这喝的就不是酒了，而是等级。上级喝的是"威风酒"，下级喝的是"效忠酒"。个别领导爱劝酒，其实是显示自己权力优势的逼酒。他要你喝，你不行也得行。你要敬他，你自己先喝三杯再说。

还有就是"商酒"，即生意场上的酒，也不好喝。你想做生意吗？你想赚这个钱吗？喝酒！有的生意人养成了习惯，即使不在生意场上，他逮着机会也要发"酒疯"。我曾经不止一次见过，有富豪看到酒席上有画家，竟指着画家牛气地嚷道："你把这杯酒喝了，我就买你的画！"

劝人喝酒，你目的是让别人喝得愉快还是喝得难受？如果是为了让别人愉快，你要尊重别人，不要强人所难；如果是为了让人喝得难受，那你要自问心理是否有毛病。有的人没想这么多，他只是想让自己愉快，这也没错，只要别建立在别人痛苦的基础上。

有人至今还相信，那喝酒喝得爽、敢于把自己喝成一团烂泥的部下可靠。你怎么不去看看历史，有英雄仗义的酒侠，也有出卖主子的酒鬼。

古来滴酒不沾的豪杰也不少，努尔哈赤就是其中之一。作为女真人的他不是不会喝酒，而是认为"嗜酒废事"，所以以身作则不喝酒。

我所知无论官场还是生意场中，现在大多数人都已非常怕应酬喝酒。有时候，酒席之上突然发现所接待的对方不善饮酒，心中也是暗喜，但表面上还得闹哄哄地劝。真的很累。所以，也是时候借军委"禁酒令"的东风，改一改这种酒风了。

酒量有大小，官阶有高低。昨天你求人，今天人求你。将心来比心，何必苦相逼。做人有格调，喝酒应随意。

林先生希望军委禁酒令能够带来国人"酒风"的改变，而众多媒体则把焦点聚焦到对"公款消费"的影响。

新民晚报12月25日发表文章称：中央军委新规要求"不喝酒"的说法超市场预期。政府、军队、国企等短期内三公消费治理继续从紧预期对市场影响比塑化剂更大，如果对酒类消费的限制向其他机构蔓延，政府和国企也相继出台相关政策，则白酒股为首的食品饮料股价复苏时间可能再次拉长。

港澳媒体也纷纷载文评论：中央军委的"禁酒令"虽然是约束军队自身，但其意义已远远超出预期，因为它触及"公款消费"这个极其敏感的神经，也激活了国人对整治"顽症"的信心。

有网民发文预测：曾几何时，茅台酒的奢侈品路线备受诟病，一些有识之士更直指是"三公"养肥了茅台，是助推茅台价格持续飙长的主力，此番茅台股市应声下跌，就是最有力的印证。中央出台"八条规定"，向豪华宴请说不，军委更明确"禁酒"，各地雷厉风行贯彻落实，"三公"消费的大幅度压缩大势所趋，这无疑不仅会直接影响高档酒市场，高档烟、高档酒店等相关行业都将被波及。

中央军委"禁酒令"对社会各界的波及度究竟如何暂且不论，仅就军队自身而言，的确收到了极其明显的效果。"禁酒令"之后不久召开的军委扩大会期间，到会的高级将领们餐餐滴酒不沾，即便闭会的最后一餐，工作人员提醒是否按惯例"象征性"举杯庆贺一下，军委领导依然坚持：还是不喝为好，军令如山，不打折扣。春节期间，从统帅机关到各部队，团拜宴全部取消，军地互访、联谊活动中也不再把杯问盏。驻京部队及武警的各路纠察小组常态化活动在各大酒店区域，汇总上报的情况显示，以往处处显眼的军牌车辆如今几乎不见。极少数"顶风而上"的军官被查后立刻受到撤职、降职、记过处分，这其中包括个别将军。这些年曾被网民调侃"战场不要命、酒桌同样愣"的军人们开始远离酒桌，军队在社会各界眼中"酒风大变"了。

军队的禁酒决心和初步成果备受社会赞誉，人们更希望在社会各个领域看到"酒疯"彻底收敛。

2012年几起"旋风"之后，一股更强劲的风暴紧接而来。2013年1月29日，全国所有媒体在显著位置发表新华社消息：习近平总书记作出批示，要求厉行节约、反对浪费。

消息称，习近平是在新华社一份《网民呼吁遏制餐饮环节"舌尖上的浪费"》的材料上作出批示的。批示指出，从文章反映的情况看，餐饮环节上的浪费触目惊心，广大干部群众对餐饮浪费等各种浪费行为特别是公款浪费行为反映强烈。联想到我国还有为数众多的困难群众，各种浪费现象的严重存在令人十分痛心，浪费之风务必狠刹！

总书记的批示使人们无比振奋，社会各界对"以习习清风压倒奢侈、浪费之风"更加充满信心。

2012年3月国务院的廉政工作会议、12月4日中央颁布的"八项规定"、岁末中央军委发出的"禁酒令"，以及2013年岁初习近平总书记关于反对浪费的批示，对公款吃喝风的冲击非同一般，春节期间全国各地的大酒店没有了往年那样的"繁荣景象"。这种显著的变化令百姓惊喜，当然也让那些以招徕公款消费为主的餐饮老板们沮丧无比。根据统计局的数据，受高档餐饮和名酒消费下降的影响，2013年1—2月份，社会消费品零售总额仅为37810亿元，同比仅增长12.3%，比2012年12月份少增了2个百分点。2012年1—2月份的社会消费品零售总额为33669亿元，假定其他条件不变，算下来1—2月份各级官员嘴下共节省了670亿元。北京的变化更为明显，与2012年春节期间白酒销量35亿元相比，则相差甚远。人们有理由相信，减掉的这一块大多应该属于"公款吃喝"。

浪急仍有"顶风船"

尽管，中央和政府对打击"吃喝风"显示了极大的决心，社会氛围可谓"风大浪急"，但种种迹象表明，"酒桌上的变化"并不彻底，仍有"顶风而上"者。

比如，春节期间依然有不少公款宴请活动，依然有不少人把杯问盏乐此不疲，其人其行无论公开还是"地下"，无不说明"公款吃喝"之顽固。中广网记者调查称，部分政府机关和企事业单位以个人名义订酒店公开吃喝现象依然存在。以武汉汉口北湖一家高档酒店为例，这里的宴会厅每天座无虚席，安排的都是单位的团拜宴，每桌标准不少于1700元。

再如，与往年相比，2013年的全国人代会和政协会的确未给北京带来"黄金消费月"，尤其是各大餐饮名店生意冷清，两会代表鲜为光顾。但这并不意味两会期间代表们完全罢杯弃盏，仍有一些人不忍寂寞，私密会所和单位内部餐厅成为他们的隐蔽消费场所。

2013年3月27日，香港《南华早报》载文揭露，为逃避打击铺张宴请官员"转入地下"。全文如下：

中央遏制铺张宴请的号召在地方似乎遇到阻碍。来自四个不同地区的官员曾表示，宴请行为只不过转入了地下，而且排场更加奢侈。

两名福建官员说，自从共产党领导人号召反腐倡廉和勤俭节约以来，在外宴请遭到禁止，许多政府部门便将自己的食堂重新装修，并从当地最好的餐厅聘请厨师。一名官员说："这种做法不仅发生在福建，全国许多省份均是如此。各地方有很多办法避开上面的规定。"

这名官员说，经过装修的食堂豪华程度堪比五星级酒店，配备了单间和高级厨师，"官员们不用在众目睽睽之下外出赴宴，一切都能在政府大楼内部搞定"。另一名福建官员表示："勤俭节约的要求太苛刻了……我们被迫转入地下。只要不被大众媒体或老百姓抓到，上级就不会惩治我们。"

与广州工商行政管理局有关的一名人士说，造成这种地下行为的另一个原因是，如果政府部门没能把年度预算花光，那么转年得到的资金就会减少。他说，既然不能在政府部门以外消费，也不能外出宴请，那么重新装修就是确保年度预算被用光的一个好办法。

除了将宴请地点从公共餐厅改到政府食堂，还有人把会面地点设在商人家中。曾受邀赴私人宴会的官员描述了住宅如何被改造成可供官员用餐和桑拿的场所。吉林一家食品厂老板的住宅看似一座朴实无华的农家院，却有着一流的内部装修。房子主人只允许交往密切的熟人进入，还聘请当地顶级餐厅的主厨。房子里还有设备齐全的浴室，客人可以洗桑拿和淋浴。

一名官员说，自从反腐运动开展以来，很多官员都愿意在私人家里吃饭，因为这不仅让他们感到安全，而且所有的食物和服务都是免费的。

一名全国人大代表在两会期间曾表示，豪华宴会是个长期传统，需要假以时日方可根除。他说："这不是短时间内能改正的问题。"

2013年4月下旬，新京报发表记者佘宗明的文章，披露公款宴请"上门服务"的新动向。文章说：

> 酒店推出公款宴请"上门服务"令公众惊诧。只有建立常态化的监督机制，才能让各种"花招"无处藏身。
>
> 在山西太原，记者调查发现，随着反对铺张浪费的蔚然成风，当地部分大型国企、实权部门改变了消费策略，变外出请客为内部吃请，重新包装单位内部食堂的包间，高薪聘请厨师；而个别高档酒店，也推出厨师、服务员上门服务的新举措。
>
> 为迎合公款宴请"隐秘化"的病态需求，酒店竟另辟蹊径，推出"上门服务"，这着实让人大开眼界。
>
> 说实话，公款宴请地下化的新闻，已屡有所闻。但酒店为此推出"上门服务"，仍挑战了公众的想象力。谁能想到，在高端餐饮遭遇"寒流"的语境中，酒店竟会通过"上门服务"的方式，来曲线救市？
>
> 公款宴请难以令行禁止，个中原因，不难想见：公款吃喝虽饱受诟病，但在时下，它已变得根深蒂固，也衍生出挥霍惯性。归根结底，吃请只是利益交换的载体，是例行的"款待仪式"。只要依附在吃请上的利益诉求未消，公款宴请就会大行其道。
>
> 治理"舌尖上的腐败"，说到底需要提升各方的监督力度。许多公款宴请"低调潜行"，企图蒙混过关，就与监督鞭长莫及、存在盲区有关。
>
> 前不久，李克强总理曾表示，从今年开始，将逐步实现县级以上政府公务接待费用的公开。"政府阳光运作的地方

越多，腐败藏身之地就会越少"，对公款宴请而言，接待费用公开，无疑会为其戴上制度枷锁，削减"潜伏"空间。

但公开接待费用，只是个逗号。遏制宴请"花招"，还需多管齐下：从细节践行看，要避免治理运动化，形成常态化的监督，如对内部食堂等不定时抽查；从制度补缺上讲，则须规范预算使用，在资金安排上节流，并强化对违规者的问责。

宴请"地下化"，监督也该精细化，弥合粗线条管束与民众期许的距离。

媒体披露的以上情况，无论属于"转入地下"，还是"吃喝回潮"、"上门服务"，无不说明治理"公款吃喝"的艰难程度。因此有人总结说：这次治理公款吃喝风的成效不能夸大，变化无法是由公开转入"地下"，由外部转入"内部"，由无拘转为"谨慎"。真正见成效，还需常抓不懈。

众多媒体对"公款吃喝"紧盯不放，也说明社会公众对中央遏制"公款吃喝"抱有信心。但是，新年度中央各部委"三公经费"预算的公布，使公众的信心大打折扣。

在本届政府做出"三公经费"只减不增承诺的背景下，中央各部委如何压缩"三公经费"成为舆论关注的焦点，不少媒体、网站甚至开设专栏集中展示各部委"三公经费"预算安排情况。

按照中央厉行节约的工作要求，与2012年预算执行数相比，2013年中央本级"三公经费"财政拨款预算减少1.26亿元，其中公务接待费减少0.64亿元至14.34亿元。如国家海洋局，2013年公务接待费预算为2994.29万元，比去年预算减少191.13万元；中国气象局今年"三公经费"预算20918.11万元，比去年预算减少210.93万元，减少的全部为公务接待费。

财政部官员表示，"三公经费"公开更加细化，有助于更好接受百姓监督，减少政府花钱的随意性，提高政府花钱绩效。

社会公众对财政部官员的观点并不赞同，普遍的看法是，这次中央各部委的"三公经费"预算公开，大有作秀之嫌，对"嘴上腐败"并无实质性的制约。网民的反应更为强烈。在网民们看来，"公务接待费"的主体是"吃喝费"，与巨大的挥霍额度相比，0.64亿元的减幅实在微乎其微，不足以体现中央"厉行节约、反对浪费"的精神，不足以体现治理"嘴上腐败"的决心。中央各部委"象征性"的举动只能说明权力机构的官员们不甘委屈自己的一张大口。请看网民的具体反映（摘录于新浪网）：

qwe民[重庆]：说明以前太多了，现在减了，但也不少，说不定明年又要减。

爱国老者[美国得克萨斯州]：除了对外宾，就不该有接待费！

吴癌[江苏镇江]：再减去一半都不为多！因为那是工、农及纳税人的血汗！

环球金融中心[新加坡新加坡]：主动减少？100亿减少1000万，算减少？

吕慧芝[江西南昌]：为什么有接待费，减得太少。

一群黑蚂蚁[山东青岛]：总体降低4.3%，多么可怜的数字，党和政府一直在讲控制公款吃喝，恐怕政府稍微控制一下那些肆意挥霍的官员，这部分就省出来了吧？而其他该腐败的还是要腐败。

dyh2263[河南开封]：我记得70年代刚参加工作的时候，副部正厅级别的领导下我们单位检查工作，都是在食堂和职工一样排队打饭，饭后交粮票和伙食费。后来不让他们排队了，由通讯员给他们端到房间里吃，伙食费也不收了，再后来就是单独给他们做饭，还有酒。再后来就是外出吃饭，再后来……发展到现在，单位领导也吃小灶了，每个领导一辆小车，一把手2辆小车，一个越野一个坐车，上面来个办事员也去大宾馆了，目前虽然说是不让大吃大喝了，单位食堂装修了，食堂炊事员也换高手了，哈哈，下一步如何发展还不知道呢。

1lzpyx168[北京]：不是主动减少公务接待费，就不应有公务接待费，西方国家部委有接待费吗，西方国家的总统是开自己的车回家的。

大司马哇[北京]：不公开支出明细，真减假减无法核实，数字没可信度。

朱渠律师[江苏徐州]：现在谁缺吃饭的钱？缺住宿的钱？干吗要由纳税人来替他们埋单呢？我出差，如果是委托人出钱，我住好点的酒店，就感觉不踏实，如果是我自己出钱，我很少住四星级以下的酒店，花自己的钱，心安理得。这个觉悟都没有，怎么可以做管理社会的社会精英？

1jkfl1[上海]：他们的职位就是一个工作岗位，为什么每人要配公车，他们就那么穷。为什么要有接待费，他们就那么馋。老百姓上班全是用自己的，吃自己的。他们以为现在还是帝王社会，他们都是皇帝吗？历史上一个皇帝倒下去，如今变成千万个皇帝站起来。

花卉笑容[江苏南通]：国内就不该有公务接待费！有自己的工资，出差到外地或到下级就该吃自己的。出差补助费照发！

可爱的zhao[广东]：除接待外宾外，应取消对内接待费，吃饭自己掏钱，出差有补助，减少腐败机会。

蓝鱼京[江苏连云港]：多少年的老毛病，他们已经习惯了这种生活。

炒股159753[安徽马鞍山]：每天晚上全国各地的官员们，

在各大酒店，白吃白喝了多少百姓的血汗钱啊，看看酒店门口的腐败车，就知道中国有多腐败。

长江之浪花朵朵[江苏南京]：中央部委主动减"三公"经费，固然值得称赞（在当前）。但深入一想，从法制的角度、从公民的角度看，似乎问题多多。故以为，今后还是从"被动"的角度多去做文章，"主动"权应该还给公民，而具体来说就是还给各级人大。故意说主动，好像他们有多么的高风亮节。

野兽1230[重庆]：又是"主动"减少接待费？好像又给了国民很大恩惠一样，那是纳税人的线，你少用了一点算是对大家的恩惠？

az8759[四川成都]：其实无非就是把三公经费的钱做到其他账目里嘛。大家都懂的。

山东纵队2012[山东烟台]：部委减了，可省委、市委、镇委、村委也减了吗？没有，绝对没有。谁管呢？自己管。后果如何呢？所有人都知道了吧。

中敖[北京]：看了上述部委亮出的公务费用数目很是费解，美其名曰比过去少了！与原来的借故游山玩水，公车私用，出国旅游，胡吃海喝的预算比较，当然少了一点点，怎么能与过去那种离谱的预算比较？

黑水珏[吉林长春]：各部委每年接待费上亿，象征性减几万，糊弄鬼呢？

小酷猫嘟嘟[辽宁大连]：政府工作人员应该裁员，如果能够裁员50%，老百姓能够减少纳税，才说明你们是真正为人民服务，否则是老百姓为你们服务。

eyongwang[香港]：减一半还有多的。

广东青岛[山东青岛]：所谓三公！！！就是官员公开的福利补贴！！！公务接待费合理化了（相互间吃了白吃，还有

出差补助），中央历年管吃喝的红头文件无效了。高，实在
是高！

　　ioplkj0[山东威海]：裁 50% 官员下岗 / 禁止公款吃玩风 /
否则以贪污论处入刑 / 双开罚款永不录用。

　　讥讽、质疑、抨击，却没有赞扬。网民们对中央各部委"主动减
少"招待费的反应何以如此"高度一致"？的确值得执政当局深思。
有媒体载文指出：之前，国务院及各地政府此类性质的文件、规定并
不少见，往往是"雨过地皮干"，长效作用并不明显。此次中央"八
项规定"、军委"禁酒令"及习近平总书记批示再次引起社会大众的
高度关注，中央各部委"三公经费"预算公开后引起热议，皆说明社
会各界对整治"公款消费"的渴望更加强烈，也说明解决"公款消费"
的契机再次来临。但必须提醒的是，确少长效机制做保障，任何"禁
令"都避免不了昙花一现的命运……

舆论呼吁"吃喝入罪"

　　无须忌言：是政府官员们把中国推进了酒缸！官员们的如此"神
力"是被"公款消费"养出来的。这样的推论几乎无人置疑。我们必
须承认，"酒疯"的强大后盾一定是"公款"，只要有它存在，"酒疯"
就不会消失。所以，遏制"酒疯"必须釜底抽薪——以法律为剑斩断
"公款消费"这只最大的煽风黑手。

　　近几年，社会舆论呼吁"吃喝入罪"声浪逐高。许多网友建议以
"严刑重典"对付公款吃喝，这一建议有较高的赞同率。公款"吃喝
入罪"，在国外早已有之，我国也有司法先例。以法追究公款吃喝的
责任，确实不失为治理公款吃喝的"杀手锏"。

　　不少专家学者认为，堵住"嘴上腐败"，除了用"严刑重典"，还
需建立起遏制公款大吃大喝歪风的长效机制。中国纪检监察学院副院

长李永忠建言：最为有效的措施莫过于进一步深化"三公消费"公布制度，细化各种消费明细，让公务人员吃掉的每一笔公款都记录于财务公开的账本之中，让嘴上腐败在阳光下无所遁形。

人们对"吃喝入罪"的必要性看法并不完全一致，有些官员就显得大惑不解：不贪污不受贿，吃点喝点有何罪？这些官员们大概忘记了，目前的现状绝不是"点"的问题，而是"大吃大喝"，"疯势"惊人。一位财大气粗的老板曾感慨道：在酒桌上不能和国家官员比阔，个人再有钱也比不过官员，因为他们花再多也是国家的钱，不需要眨眼睛。的确，正是因为官员们公款吃喝"不眨眼睛"，每年白白吃喝掉国家数千亿资金，让百姓的血汗变成"污水"白白流去，这不是"犯罪"是什么？吃掉了共产党人的形象，喝坏了社会风气，衍生那么多的祸端，不是"犯罪"是什么？

"公款吃喝"罪不容恕，"吃喝入罪"对官员们酒桌上随意签单、肆意挥霍的"便利"是个极大的限制，这种限制对保护国家资财极有好处。那些自喻"两袖清风一肚子酒精"的官员们再不要"想不开"了。

也有人担心：法不责众，"吃喝疯"如此普遍，管得了谁？还能大行牢狱吗？对于这种担心，需提醒几点：一，"疯源"在上面，"法杖"自上示威，有几个高官愿为"吃喝"葬送自己的前程？杀一儆百，下面众人自然不敢再掉以轻心；二，社会心理早以对"吃喝疯"怨声载道，各级早已不堪重负，无不渴盼对此严刑重典。依此两点，足以证明"吃喝入罪"期遇良机，不必担心"法不责众"。

"吃喝入罪"一旦实施，受冲击最大的是官员队伍，因为官员是公款吃喝的"主力军"。一位地方高级领导干部就说：我历来反对大吃大喝，但特殊情况下吃喝问题似乎难以避免。若真要"吃喝入罪"，法律面前没有"特殊情况"，我手下哪个干部为此获罪，还真不忍心。这个"不忍心"提出两个值得注意的问题，一是"吃喝入罪"的法律条文会不会为"特殊情况"留下缝隙？二是"吃喝入罪"对官员的惩罚会不会"从轻发落"？如出现以上两种情况，"吃喝入罪"便大打折扣了。"不忍心"当然体现了对干部的爱护，问题是需要搞清爱护哪些干部，对于目无法纪的干部爱他何用？这种官员越少越好，"吃喝入罪"对清理官员队伍中的"劣质品"也是个帮助，所以大可不必"不忍心"。

社会舆论强烈呼吁"吃喝入罪"能否实现，最终要看中央政府的决心；"吃喝入罪"的法律尺度如何把握，那是法律专家的事。需要强调的是，"吃喝疯"肆意挥霍国家资财的确是种犯罪行为，对这种行为的视若无睹以及纵容也是犯罪。如果没有更好的办法扼制这种犯罪行为，对"法杖"的仰仗就无须犹豫。

"吃喝入罪"的意义不是单纯的，此举势必波及"三公经费"的管理，最终将形成对"公款消费"的全面宣战。所以有人展望说，倘若能够实现法律对"公款消费"的有效制约，中国收获的将不仅仅是节约，更有崭新的风气、国人对执政者的信心……

公款"吃喝疯"对党风、对政风、对社风造成的危害不可轻视，同时也是人们健康生活的"公敌"。正因如此，从2012年至今，最高决策层接连打出"组合拳"重击"吃喝疯"。虽然，公款吃喝之今并未彻底遁遁，但人们有理由相信，公款"吃喝疯"一去不复返的日子值得期待。

公款吃喝戒

百姓汗水摔八瓣，
辛劳一年得几钱？
官宴一顿喝头牛，
谁人听了不心寒？

公款吃喝引众怨，
酒水莫坏"鱼水"缘；
节省钱财予民生，

何愁社会不欢颜。

奢侈浪费已成顽，
酒桌腐败是罪端；
举杖挥剑断其供，
为求清爽依法典。

第五章　酒桌要革命

——把酒还给文化

　　源远流长的中国酒文化带给人们美与雅、醇与净的享受，是祖先留下的财富。而当今酒桌上散发着腐朽的气味，浸印着斑斑污迹，映照着俗行陋举，还有几多"文化"可言？酒桌革命，就是要把酒还给文化，别除"酒文化"中的杂质，让美与雅、醇与净重回我们的生活，让后人对"源远流长"持续保持自豪。

　　酒桌虽小，却似社会硕镜，将它擦洗干净，映照的定是清爽风尚，优雅品位。

酒桌革命呼唤文化

酒为何物？

她让人致情致礼，她让人激情蓬勃，她让人肝胆不怯，她让人飘逸如仙，她让人文思泉涌……不然，哪有李白醉赋《清平调》，哪有白居易《醉饮先生传》，哪有欧阳修《醉翁亭记》，哪有王羲之醉书《兰亭序》等妙文奇书？又何出苏东坡"饮酒至乐"、牛皋醉破金兵、武松醉打蒋门神、曹操"煮酒论英雄"、勾践"一壶解遗三军醉"等千古佳话？

先人们对酒爱得真、爱得深，是因为把酒视为高贵、优雅物。

酒的高贵、优雅，在于它深厚的文化内涵，它自出现那天起，就与中华文化融合在一起，结伴前行。

可是到了今天，中国酒民们硬是把酒弄得高贵不起、也优雅不了喽，甚至成了俗物，以至于《人民日报》都厉言讨伐：当今酒桌已变得半点文化也没有！

酒文化在"物欲膨胀"中变异

"半点文化也没有"，中国酒文化陷入了悲哀境地。这仅仅是中国酒文化的悲哀吗？我们似乎需要做更深层次的思考，因为一种文化现象的衰退与社会背景息息相关。

追根溯源，我们首先想到的是"物欲膨胀"的社会背景下酒文化的变异。

酒的传统酿造工艺本身就是一种文化，繁杂细致的工序、漫长的周期，显现的是"酿造"的乐趣；酿酒师的个性与灵性，赋予美酒的是"灵魂"。正因如此，才有白居易对酒"孕和产灵"之赞誉。可是，80年代起，酿酒企业在低成本、高利润的诱惑下，纷纷采用"新工艺"（食用酒精勾兑）、上马机械化生产线，大大减少了工序、缩短了生产周期，"酿酒文化"的本质被改变了。

为了利益竞争，酒业费尽心思，甚至不择手段，类似互相诋毁、虚假宣传、偷工减料、以劣充优等邪门歪道一涌而出，搞得酒类市场乌烟瘴气。这等局面之中，酒文化还能不变样吗？

中国正行进在追逐财富的征程中，社会变革改变着人们的观念，也改变着人们的生活态度和行为。变革无疑是社会的进步，对财富的渴望无疑是人的本性，原本无可置疑。但当"利益"成为最高标准时，社会景象便没那么美好了。由此想到了酒的"功能"之变，似乎不再是纯粹的生活佳酿，不再是清洁的致情致趣之物，不再是孕文育章的灵浆。"功能"之变，使酒与"文化"脱轨而去。

那么，酒变成了什么？有人总结出了酒的"四大功能"：

> 酒是官场"一张脸"，
> 白黑红黄皆不掩；
> 酒杯装着乌纱帽，
> 不惧一醉讨欢颜。

——此语之意，大家不难揣测，因为屡见不鲜。的确，官场宴席，酒的功能就写在官员们的脸上，百般表情几乎无一不与"讨好领导"有关，干系头顶乌纱不惜醉卧，自然不难理解了。

酒是商场"一眼泉"，
涓涓涌流连财源；
执壶举杯千金梦，
连天醉卧不等闲。

——此番言语道出商场拼杀者的不易。项目审批、工程招标、质量检验等等，复杂因素无法预料，"疏通关系"是第一要务，执壶举杯"勾兑感情"必不可少。不要认为"老板肚"完全是自我享乐的产品，酒精热量催生的大堆脂肪有许多是"伺候人"的结果。当然，那些老板们也不吃后悔药，因为他们太明白酒杯与金钱的关系。

酒是职场"一条船"，
承载人生幸福感；
是愿美酒江湖流，
风里浪里永向前。

——一纸合同仅几年，职场生存举步维艰。普通劳动者把追求幸福的希望紧紧拴在拥有一份相对稳定的工作上，为此不得不把工作之外的一部分精力放在处理各种人际关系上。酒，当然是职场中人联络感情的好助手，常与上司喝几杯以求关照，常与同事喝几杯以求安宁，总有益处。

酒是情场"一条链"，
环环扣扣亲情满；
亲朋好友都是路，
一醉方休为明天。

——如今的人们懂得"关系网"的重要，所以喜欢广交朋友，朋友多了路好走。以酒交友，乐此不疲，意在互惠，岂不快哉。

看罢酒的"四大功能"，方知如今的"酒桌文化"充满私利色彩，几乎彻头彻尾与老祖先创造的"酒文化"告别了。所以有人说："李白斗酒诗百篇"的"酒相"不复存在了，中国的"酒文化"已演变沦落为"功利文化"。

的确，当今酒桌千奇百怪，骂酒的话也盈耳充膜，尤其议论起因酒带来的健康问题、治安问题、风气问题等等，便要产生对酒的不良看法甚至憎恨。可是细想想，你喝伤了肝喝坏了胃，你酒后撞车成残废；你端起酒杯就喝醉，你酒后误事总后悔，这能是酒的错吗？里里外外想个透，只有一个结论：是人的俗言俗行伤害了酒，酒本无过。

酒桌需要"环保"意识

人伤害酒，酒便伤害人，这种"互害"已经代价沉重，不能再继续了。所以，我们呼唤"酒桌革命"。革命的目的在于把高贵优雅还给酒，把酒还给文化。

当年，毛泽东告诉大家一句名言：革命不是请客吃饭。大家当然明白，革命的确远不如请客吃饭那么简单、轻松。而今天，大家深切地感受到，请客吃饭并不是件简单、轻松的事，酒桌越来越让人劳心费神。如此，酒桌革命不搞行吗？

今天的酒民们应该下定决心"将酒桌革命进行到底"，这对人对酒都是件好事。

酒桌革命呼唤"文化"，需要酒民们形成这样一种共识："俗言俗行走下台，文明氛围请上来"。如今的酒桌氛围弥漫着极不"环保"的气味，俗言俗行横行无羁，文明、文化似乎已被逼到角落。仅举几例：

例一　一位中学生跟着爸爸上了几次酒桌，随后便写出几句顺口溜：爸爸劝酒不讲文明，揪住耳朵不喝不行；崔叔喝酒到处乱洒，还说别人酒风太差；刘叔斗酒没完没了，别人没醉自己先倒；郭叔喝酒满嘴粗话，张口混蛋闭口王八；穆叔酒话云遮雾罩，十句出口九不着道。

嗨，这不是给我们画像吗，有这么糟糕？爸爸对儿子哈哈笑道，不这样就不热闹了。

儿子说：这叫热闹？这叫乱七八糟，叫不文明。

儿子当然不知道，他所看到的"乱七八糟"是酒桌常景，对酒民来说，身在其中，习以为常，自然见怪不怪。

例二　一位酒楼的女服务员负责包房服务，常常站在门口不进包房。老板批评说你站在这里咋服务客人？女服务员红着脸说客人们老讲黄段子，不堪入耳。老板说你就装着没听见，该咋服务就咋服务，站在门口服务不到位，客人提意见就得扣你奖金。

女服务员进去不大一会儿，就跑出来找老板，哭丧着脸说：这帮客人不叫客人，该叫土匪，逼俺陪酒不说，还手脚不老实，到处乱摸，俺坚决不伺候这帮坏蛋。

老板劝道：现在的客人差不多都这德行，如果都为这个生气，咱这酒楼还开得下去？你是刚来，时间长就习惯了。我再告诉你一个好办法，今后再遇到这样的客人，你就当自己是饲养员，当他们是一群猪，就不生气了。

例三　京城有家颇有名气的餐饮大酒店，硬被公款吃喝养成了上市公司。官员们之所以喜欢光顾此店，菜品好、环境好是一方面，酒店女服务员"活泼大方"也是重要因素。京外一名官员在此宴请几位京官，席间要讲"黄段子"，就请女服务员回避。

女服务员站在包房外等京外官员讲完"黄段子"，进来就敬酒，说"领导讲的段子太精彩了"。京外官员说我专门让你女孩子回避，你怎么全听到了？

女服务员笑笑说：我们几乎天天为领导们服务，什么样的"段子"

没听过？还跟着学了不少呢，随便拉出个服务员都能讲出一长串"段子"，要荤有荤要素有素。

这位京外官员事后感慨：现在的女孩子真不得了，比我们还放得开。此君大概忽略了一点，"酒桌交流段子"已成当今常象，而且大多"段子"属裤腰带以下内容，每天围着酒桌服务的女孩子们想躲也躲不开，只好"放得开"了。

以上所举极为普遍。酒桌上仅仅是俗言俗行也就罢了，当俗到被人当"一群猪"看待，酒民们还不该觉醒吗？

美酒本是高贵物，酒桌应是优雅处，如果高贵与优雅结合产生的不是文明，这就有问题了，说明俗言俗行控制了酒桌，高贵与优雅在退却。这种状况当然不是我们希望出现的，因此有必要以"革命"的态度对待它。我们需要把握一个原则——营造酒桌文明氛围。酒桌文明是个大概念，其中涵盖文化、礼仪、健康、愉悦等内容。对于诸此内容无须一一注释，大家都理解。需要强调的只是一句话：树立酒桌文明意识。有了这种意识，你至少能够管住自己的嘴不胡言乱语；有了这种意识，你起码能够控制自己的行为不粗野放荡。这两条做到了，酒桌文明氛围的基础就有了，酒离文化就近了。

提到酒文化，就想到古圣先贤，他们堪称后人的榜样。古圣先贤们以酒会友也好，饮酒作乐也罢，其言其行烘托出的气氛充满文化色彩，留下许多传颂不绝的佳话，比如李白斗酒诗百篇、杜甫举壶论圣贤、刘伶醉咏水中月、清照独酌晃珠帘等等。他们把文化注入酒中，酒便有了灵魂，有了灵魂的酒自然成为文人雅士沟通心灵的尤物，酒的高贵与优雅便无法不让人陶醉其中了。

今天的文化人能够与古圣先贤相提并论吗？至少在对酒文化的贡献方面整体上大不如先祖喽。今天的许多文化人也把酒当作工具，也把许多利欲泡在杯中，在酒桌上的表现难见儒雅，甚至俗不可耐。诸如某某著名作家为谋高职连摆酒宴、某某文化名家与高官同饮烂醉如泥求关照等等例子无须多举。也不必讥笑他们丢失了文人的骨气，但应该承认一个结论：今天的许多文化人在酒桌上的"文化味道"越来越淡了。既然酒桌革命呼唤文化，自然需要文人们一马当先，或许并不需要苛求酒中诗文，先把俗言俗行减下来不算过分要求。总之，把酒还给文化，文人们理当有所贡献。

酒桌革命需要净化环境

酒杯不大，装着世态万象；酒桌不大，连着大千世界。所以，说到"酒桌革命"，自然不能只论杯中之事，仅盯一米方圆。我们必须明白，"酒疯"之穴在社会，社会刮什么风，酒桌腾什么浪，因此酒桌革命无论如何不能脱离社会环境的配合。

净化广告环境

有人对中央电视台的广告节目给与这样的概括：央视广告酒浸药泡。还有人这样评价：中央电视台"跌进酒缸"。中国广播网对中央电视台2013年广告招商的盛况给予"酒气熏天"之形容。为了充分了解、理解中央电视台与"酒桌革命"的关系，我们先看几篇报道。

《每日经济新闻》报道：过去几年，白酒企业在央视的广告投放可谓突飞猛进，以至于媒体纷纷惊呼：白酒"灌醉"央视！虽然之前央视也出台了缩微的"限酒令"，对投放的白酒企业数量、频道、频次乃至内容都做出了要求和限制，但从央视广告投放的实际情况来看，并未明显改观。央视酒类广告资源更显得"寸土寸金"，对此行业专家预测白酒竞标激烈程度将加剧。近期一则有关央视将在全国"两会后"清退白酒广告的消息在网络上流传，后经核实，央视目前并没有出台这项政策。其实，中央电视台就算真的如网上传的那样"醒酒"，与其说是酒产业的危机，不如把它看成是央视自身经济效益的利空，毕竟酒类广告投放规模达到创纪录的 42.1 亿元，占 2013 年央视黄金资源广告招标预售总额 158.81 亿元的 25% 还多。央视尽管在日前做了澄清，但仍让酒产业惊魂未定。

中国广播网报道：中国特色的社会主义，是否应该从中央机构做起？这个问题，现在看还是有疑问的。2013 年央视黄金资源广告招标预售收入达 158.8 亿元，同比增长 11.39%。不过，白酒企业再次成为招标会现场的绝对主角，剑南春 6.09 亿成标王。中标企业的过度集中也让人不得不怀疑，中央电视台这家中央机构在干吗？他们是否也过于商业化了？从央视广告招标的整体情况来看，2013 年的央视广告毫无疑问可用一句话来概括，那就是"一场酒气熏天的豪门盛宴"。不仅酒企延续了强劲势头，优质广告资源和中标企业愈发集中，门槛进一步提高，央视广告已成为名符其实的"酒气熏天"的豪门盛宴。白酒企业抛出了 42 亿元巨资，占据了近三成比例的份额，力压群雄，成为央视广告霸主。在白热化竞争的惨烈场景中，几大名酒血拼到底的气势，令人万分瞩目，也顺势成为最大赢家，垄断了最佳广告时段位置。实事求是地说，虽然中央电视台也做了一些努力，希望限制酒业广告的投放，但从目前看这些操作显然是不成功的。全部 158.8 亿元的招标收入中，新闻联播、天气预报、整点新闻报时毫无疑问是"三巨头"，其中仅新闻联播广告时段就一举囊括 53.78 亿元，占据总收入的三分之一，堪称"吸金之王"。但如此巨额广告标的，非实力雄厚的企业，根本无法承受得起，因此等于是刺激、助推了酒业广告。未来的一年，人们在电视机前嗅到的基本都是酒味，不醉驾都难。

长江日报 2013 年 1 月 15 日报道：81 岁的中科院院士、中国地质大学（武汉）原校长赵鹏大教授，在实名微博连发数条微博，痛批央视晚间新闻白酒广告泛滥，甚至统计出 30 分钟的新闻时段所插白酒广告多达 16 种，引发网友热议、转发。被称为最潮老校长的赵鹏大几乎每天都会用手机织几条"围脖"，粉丝达 34000 余人。6 日晚 11 时 36 分，他发布微博，对央视新闻乱插广告表达不满："强烈要求中央电视台在播新闻时不要插播广告，现在不到 30 分钟的晚间新闻中间插播好几次广告，而且大多是酒类广告，中央电视台的广告收入已经十分可观，不要太贪心了！要珍惜广大受众的宝贵时间啊！"12 日晚 11 时 38 分，赵鹏大再度发布微博抗议，甚至细数出白酒广告品牌、总量及插播时间。"中央电视台晚间新闻前 20 分钟，播发广告占了 3 分钟，而晚间新闻后 10 分钟完全播发广告，其中白酒广告达 16 种之多，有的还重播 2－3 次。"

以上消息让我们看到了什么？是央视酒类广告巨大的经济收入，是社会各界对央视"酒气熏天"的不满。我们为此又联想到什么？联想到被"灌醉"的不仅仅是央视，还有各省市的电视台；联想到全国大大小小的电视台对遍地"酒疯"的贡献非同一般。由此不能不得出这样的结论：酒桌要革命，电视媒体的酒类广告必须彻底净化。

有网友建议，酒类广告应该和烟草广告同等待遇，不允许出现在任何公共场所。这样的建议固然有其合理的成分，但难以实现，因为酒业需要靠广告提升知名度，酒类广告招商者不愿丢掉这块"肥肉"。央视广告经营管理中心负责人就曾表示说，"白酒是我们国家的特有酒种，在世界上也有很大的影响力，也是中国最有可能出现全球高端品牌的行业之一。从这个角度讲，这类行业的品牌发展也需要媒体的支持。因此，我们既要考虑观众，对酒类广告进行适当的限制，同时也要尊重和满足企业做品牌的需求。"央视的表态足以说明酒类广告招商有关利益群体尚无"壮士断腕"的境界。

不能彻底清除，总可严格限制，如果连严格限制也做不到，便是社会的不幸了。

从何限制？有必要从酒类广告招商大户央视开始，让酒类广告从央视消失。道理何在？

一、地位使然。央视是中国第一大电视媒体，也是国家的形象窗口，而"酒气熏天"的情形与地位不符，更有损国家形象。

二、职能使然。它的职能是传播信息、传播文化、引导文明生活，而"跌进酒缸"的现状不但削弱了高尚的职能，也加重了社会"酒疯"的危害。

当然，倘若如此"壮士断腕"必定带来巨大的经济损失，央视定然感到不爽。但从社会大局考虑，央视牺牲自身利益实属需要，更是一种可贵的贡献。央视是国家的，国家是大局，大局比局部重要，这是硬道理。同样，各地电视媒体对酒类广告也有抵制的责任，最好做到一条酒类广告也不发，至少应该减少到最低限度。我们之所以希望电视媒体率先"断腕"，实在是因为电视的受众面太大、太普及了，"酒气熏天"的视觉感无论如何也算不上是美好的需求，相反，是种不良的"熏染"。

必须承认，一个巴掌拍不响。电视屏幕"酒气熏天"局面也不是单方面的原因，酒类企业是另一只巴掌，同样负有责任。所以，要解决电视广告泛滥的问题，双方都要降温。有位媒体记者曾撰文忠告：当酒类企业"挤破头"似的拼抢央视广告资源、竞相攀比的时候，应该静下心想一想，投入的费用是否与企业的长远战略相吻合？是否要站在消费者的角度，考虑一下受众的感觉？当81岁的中科院院士、中国地质大学原校长赵鹏大教授，在其实名微博连发数条微博，痛批央视晚间白酒广告泛滥的时候，企业是不是也应该有所自省呢？也许，当国内白酒企业们在为央视一掷千金的时候，国外的对手们正在哑然失笑呢。

这位记者的忠告的确该引起酒类企业的重视。

电视酒类广告除了解决"泛滥成灾"问题，还要严格防范"虚假宣传"。当年央视广告"标王"秦池酒就是个典型的例子，广告词"永远的绿色，永远的秦池"，可它恰恰是家连酿造车间都没有的企业，所有的产品全靠分散勾兑产生，地地道道的伪劣产品，何谈"永远的绿色"？当然也不会有"永远的秦池"，消费者很快认出了秦池酒的真面目，它便极快销声匿迹了。虚假广告让消费者花钱上当，央视有何感想？不要以为拿到钱就是胜利，这其中定有代价，这些年广大观众对央视的评价越来越低，难道与"满屏铜臭气"无关吗？所以，酒类广告对产品质量的评价是否恰当，事关消费者的利益，央视有责任认真甄别。

酒类广告词的"文化含量"也是个值得关注的问题。"酒文化"是中国的一大特色，也是国人引以为豪的一种文化。我们不妨这么说，文化是酒的灵魂，离开文化内涵，酒便没有那么高雅了。但许多酒类广告的语言包装就"文化"而言实在差强人意，要么貌似"文化"却虚假得令人咂舌，要么离题万里让人不知所云，更有甚者粗俗不堪。供奉以下数则广告词，请大家细细品味，找找感觉。

- 国酒茅台，玉液之冠——茅台酒
- 天下三千年，五粮成玉液——五粮液
- 喝北大仓酒，财神跟着走——北大仓酒
- 每天喝一点，健康多一点——宁夏红
- 良辰美酒，天长地久——良辰美酒
- 常饮银杏酒，活到九十九——银杏酒
- 善饮者为仙，善酿者为神——小酒神
- 感悟天下，品味人生——剑南春
- 北有古长城，南有金鹏城——金鹏城
- 常饮劲酒，精神抖擞——劲酒
- 文龙鹿酒香，好喝又健康——文龙鹿
- 人生舍得道，乾坤珍酿中——舍得酒
- 人生百年，难忘湘泉——湘泉酒
- 百年人生，难得糊涂——百年糊涂酒
- 喝襄樊义酒，交天下朋友——义酒
- 一滴太白酒，十里草木香——太白酒

- 喝杯青酒，交个朋友——青酒
- 先让一部分人喝起来——邓府酒
- 传奇品质，百年张裕——张裕
- 喝孔府宴酒，做天下文章——孔府宴酒
- 孔府家酒，叫人想家——孔府家酒
- 生活中离不开这口子——口子酒
- 喝金种子，过好日子——金种子酒
- 东奔西走，要喝宋河好酒——宋河
- 东西南北中，好酒在张弓——张弓酒
- 永远的绿色，永远的秦池——秦池酒
- 何以解忧，唯有杜康——杜康酒
- 数风流人物，品古越龙山——古越龙山绍兴酒
- 高人一等！——长颈 fov

感觉如何？是否五味俱全？不妨看下博友人已又木的博文：

　　我每天晚上锁定中央一台，看电视剧和晚间新闻，发现这个时段的白酒广告特别多，又从广告词上看出了白酒竞争的激烈。

　　以前，茅台酒以"国酒"自称，所以用"国酒茅台"做广告词。大概申请"国酒茅台"注册商标没有成功，又招许多酒家反对，现在不用这个广告词了，改为"造物，传奇，永恒，中国茅台酿造高品位生活"。还有一个版本："我强，中国强，中国茅台。"第三个版本："天朝上品柔和酱香茅台。"总之，都与"中国"、"天朝"挂钩，表明它的"国家"身份。

　　五粮液也不示弱，也有几个版本，用得最多的是："五粮液1618，中国的五粮液，世界的五粮液"。够牛吧！不仅是中国的，还是世界的！第二个版本没有强调区域的大，而

是强调质地高："民族精神天地精华，五粮液股份公司"。

四特酒虽然不入八大名酒行列，但是，口气也不小："四特酒，东方韵，世界因我而改变"。也是牛气十足。

劲酒的广告词独树一帜："劲酒虽好，可不要贪杯"。"身体是自己的，也是家人的，少喝一点"；"酒有价，健康无价，少喝一点，为健康"。卖酒的劝人少喝一点，而且理由十分诚恳，我觉得这样的广告词比较高明。

舍得酒的广告词充满了哲理味道："品质的背后是品格，品格的背后是品味，智慧人生，品味舍得。"

衡水老白干的广告词也有这种味道："行多久，方为执着，思多久，方为远见，时间给了男人味道，衡水老白干，喝出男人味道"。

洋河大曲的广告最简单，也最奥秘。说它简单，只有七个字："蓝色经典，梦之蓝"；说它奥秘，让人思无涯想无边。许多人甚至只知有"蓝色经典"或"梦之蓝"，而不知有洋河大曲，可见非常深入人心，效果不错。

红花郎酒的广告词实话实说："酱香典范，红花郎，传承千年酿造技艺"。

汾酒的广告词虚实结合："汾酒，中国酒魂，跨越百亿新征程。"说"酒魂"是虚，说"跨越百亿新征程"是实。

泸州老窖的广告有说有唱：先说："窖龄老，酒才好，泸州老窖"；接着唱："一句话，一杯酒，一生情……"十分生动活泼。

剑南春的广告词不大好记，什么"纯粹……优雅……尊贵……我的首选剑南春"。

红花郎、青花郎、新郎酒的广告有点打架了，分不清谁是谁了。

据说，全国中高档白酒有两千多家，都想通过广告推销，写好广告词就非常重要了，所以出现了广告百花齐放、百家争鸣的局面。可惜，有的酒虽然用了许多华美的词汇，总想把自己的酒说得好上加好，其实效果未必好，简洁、朴实一点的，效果可能更好一些。

上则博文想说明的是从广告词看白酒业激烈的竞争程度，虽然没有明言对"文化"的评析，却也透出相关的信息：众酒家的广告词牛、大、虚、飘，以及不拘形式，皆着眼竞争与利益之需要。诚然，从酒类企业自身利益讲，可以理解。在此想探讨的是，酒类广告包装语言可否腾出些空间给文化？多卖酒是需要，在卖酒过程中传播"酒文化"更是需要，如果酒类广告向人吆喝的只是我牛、我大、我高、我贵，甚至给人的感觉是你俗、你假、你吹、你骗，岂不脱离了"酒文化"的轨道？或许，广告词只有达到"记住我"、"我存在"的效果而不必在乎文化与否，不影响大把赚钱。但你赚得钵满盆溢并未对传播中国的"酒文化"做出贡献，你的贡献只是让酒民们花钱喝酒而没有文化享受，这岂不是种遗憾？如果你再弄出个类似于"品天尝帝酒，喝健康到胃酒，品她、爱她、干了她"的广告词，那就不仅仅是遗憾了，更是对"酒文化"的奸淫，对社会和酒民的不恭。所以，酒类广告的文化成分不能被轻视了。

含有文化成分的酒类广告给人带来的是种享受，给酒品本身带来的也是美誉。比如杏花酒的广告词——杏花酒，香又醇，饮酒请进杏花村，村中酒如泉，村边花如荫，酒香引得蜂蝶绕，四季总逢春。杏花酒，杯中斟，饮酒请进杏花村，家家酿玉液，户户摆金樽，酒香不忘清泉美，更因手儿勤。杏花酒，天下闻，饮酒请进杏花村，美酒敬英雄，举杯迎远客，酒香化作丰收曲，醉人不醉心。

可惜，像杏花酒这样的广告并不多见，这些年酒类广告在这方面做出的成效实在微不足道。这很难吗？在一个"酒文化"历史源远流长的国度，又有古圣先贤留下数不胜数的酒诗酒词酒歌酒曲，如此丰厚的营养还不够当今后人生发几则广告词吗？其实并不难，关键是要有这种观念，要有这种追求。

净化包装环境

这些年，酒类产品内外包装给人留下的整体印象是什么？一言以概之：越来越复杂化、越来越奢侈化。

复杂化表现在哪里？和过去一比便了然。过去的酒类产品内外包装极其简单，酒瓶子加纸箱，包括茅台、五粮液酒的包装也不过如此。现在呢？酒瓶子套上玻璃罩子或者木盒子，玻璃罩子、木盒子底座还要垫上一块细软，这才装进纸箱。不仅如此，有的还装进一些配套物件，诸如打火机、酒杯、扑克牌、十二生肖饰品等等，已经复杂到细节上了。曾有人发出微信惊呼：一大纸箱子装两个大木盒子，才2瓶酒，过去可是装24瓶！这种包装要浪费多少纸箱，不心疼资源呀？的确，如此复杂化内外包装额外消耗了不少材料，厂家似乎并不心疼，一则因为家家都如此"装扮"，自家的产品包装若赶不上去岂不遭人冷眼？二则多耗材料、多加成本自家并不受损，最终是他方"买单"。

再看奢侈化。来到超市的酒类产品柜台，仅酒瓶子的种类就足以让人"大开眼界"：青花瓷瓶、汝瓷瓶、钧瓷瓶、骨瓷瓶、磨砂瓶、紫砂瓶……数上几十种没问题，有问题的是有些酒瓶让你认不出材质、叫不上何名。酒瓶的工艺化水平同样抢眼：仙女形、葫芦形、苹果形、西瓜形、牛角形、茶壶形、水杯形、手雷形、火箭形，还有瓶中莲花、瓶中牡丹、瓶中百合……造型奇特叹为观止，活活一件工艺品，摆在何处都悦目。还有呢，酒瓶的花色格调也足见功夫：花鸟鱼虫诗词歌赋尽见瓶体，赤橙黄绿青蓝紫乌色色争艳。从酒瓶的材质、工艺、图案、色调，看到的是"贵夫人"般的雍容华贵，视觉上的冲击感倒远远压过了酒香的诱惑。这样的酒瓶自然要比过去常用的玻璃瓶造价高得多，一个数十元甚至近百元。一个酒瓶的成本远比瓶中酒的成本高，算不算奢侈？其实酒瓶并不算啥，比酒瓶冒尖的东西还有。大家都知道市场上有一种"金箔酒"，酒瓶中装有金箔粉末，那才叫"金贵"。不少酒民朋友惊叹：是给我们喝的吗？太金贵了，谁喝得起呀。酒商"研制"的此等尤物自然不是针对普通酒民阶层，人家瞄准的是具有特殊身份的人，想奢侈得具备条件。再说，这叫"礼品酒"，大部分有条件享受此物者并不需要自己花钱，有人会送上门来。

酒类产品包装的复杂化、奢侈化现象给社会留下的感受是什么？

酒民们反映：现在花钱好像不是买酒，倒像是买包装，哪有酒瓶子比酒还贵的道理？多数厂家承认，现在用于内外包装的成本绝对比酒本身的成本高出一节子。有家酒业的老板透露，他们生产的白酒质量算得上佳品，一斤酒的成本不过10多元，而仅一只酒瓶子的造价就30多元，再加上其他包装费用，总计不少于60元，活活高出酒的成本好几倍。但厂家不惧怕包装成本，因为最终要转嫁给消费者，消费者稀里糊涂充当了冤大头。

一位酒文化学者评价说：现在的酒类产品包装，只追求外在的东西，比如富贵感、独特状、耀眼相等等，却显现不出与文化内涵有关的东西，在厂家眼里，赚钱第一位，"酒文化"已不重要了。这很奇怪，不少酒厂都建有自家的酒文化博物馆，似乎对酒文化情有独钟，而一旦卖酒的时候，就完全两样了。

一位酿酒专家也表达了自己的忧虑：适当的包装是需要的，可是现在的包装显得过分了，总怕不吸引消费者眼球。问题是，我们到底卖酒还是卖包装？我们究竟是把精力放在提高酒品质量上还是用在花里胡哨上？包装再好，酒品没长进，消费者照样不认，这个道理谁都明白，就是没几家重视。这样下去，对酒业的长期发展有害无利。

除此之外，我们还不能不想到巨大的耗材、铺张浪费、环保损害、消费误导等一系列问题。酒类产品包装向着文化与节俭的方向努力，是社会文明的需要，也是酒业长足健康发展的需要，应当成为生

产企业的牢固理念。

2014年春节过后，北大仓酒业率先宣布自家产品"轻装"待客。该酒业掌门人说，包装费用砍掉几十元，既避免了资源浪费，又减轻了消费者负担，还有助于节俭之风，丝毫也不影响销量，一举多得何乐而不为？这个账早该算清楚，只可惜前些年大家都犯了糊涂。

酒桌革命需要净化环境，而这个"环境"不仅仅指电视广告和产品包装，还有更多的领域，这就需要社会各方的积极配合。肩负更大责任的当然是政府监管机构，政策和法规更能发挥作用。媒体也义不容辞，舆论监督的具有不可低估的推动力。

酒桌革命提倡"创新"

常在酒桌坐，可知讲究多？讲究酒桌礼仪对多数酒民似乎不是问题，问题在于酒桌上有些陈规旧矩实在落后了，而不少人依然紧抱不放；酒桌上出现的一些"新东西"缺少文明、健康因素，而不少人并不在意……细究起来，如今的酒桌确有不少陈腐之气，需要注入些"创新"理念才行。

创新"酒桌语言"

中国的酒桌语言异常丰富，它所显示的礼、义、仁、道，情、缘、愁、乐古今不老。所以我们完全可以把它理解为中国酒文化的重要组成部分。

酒桌语言往往左右酒桌气氛，决定饮酒行为。

"劝君更尽一杯酒，西出阳关无故人。"王维此言令你顿生漂泊之感，杯酒别友自在情理之中；

"对酒当歌，人生几何？"曹操此话令你顿觉人生苦短，杯中快乐何以拒之？

"醉卧沙场君莫笑，古来征战几人回？"王翰此语令你壮怀激烈，何缺杯中肝胆！

当今酒民们的酒桌语言虽然缺少些诗意，但不缺少鼓动性。"感情深一口闷"，"酒是粮食精，越喝越年轻"，"酒是黏合剂，越喝越亲密"，"人若不喝酒，白在世上走"……

我们的酒欲不正是被诸如此类的话激发而来吗？古也好，今也罢，许许多多的酒桌语言往往把酒民们感染得不喝不行，少喝不行。

这就带来一个问题：酒越喝越多，害越来越大。别的不说，就说酒民们的健康问题，酒后治安问题，不早就凸显了吗？

当今酒民需要以"革命"的态度来创新酒桌语言，创新的目的首先是增强酒民们的健康、节饮意识。比如：

"身体是本钱，不喝别硬劝"
"少喝一杯酒，多握一次手"
"酒精伤肝胃，何必要喝醉"
"轻易不聚首，何必要斗酒"
"喝酒别逞强，免得出洋相"
"既然哥俩好，不在喝多少"
"既然是好友，喝酒别强求"

类似的酒桌语言我们说多了听多了，酒桌语言环境肯定大变，酒民们的饮酒观念也会大变。

创新酒桌语言的另一个目的是增添文化色彩。老祖先留给我们的酒桌语言是什么？是流传千古的诗词歌赋，是色彩斑斓的文化。而我们要留给后人的酒桌语言是什么？是"掏钱不是你和我，有酒不喝白不喝"吗？是"小酒天天喝，杯中寻快乐"吗？果真如此，后人会笑话我们"没文化"，"缺韵味"。诚然，我们今天这些酒民不大可能像古人喝出许多诗词歌赋来，太费脑筋的事不好干。但整出一些带有文化色彩的话应该不成问题，毕竟许多酒民不缺少这方面的文化素养。

如何做到这一点？首先解决"粗俗"问题。现今的酒桌上，"裤腰带以下"的搞笑话多了，什么"伸出你的手，抓起不要丢，大胆塞进口，使劲往里抽"（吹酒瓶子）；什么"领导在上我在下，想搞几下搞几下"（女士敬酒）；什么"进去一半我不干，一下到底才舒坦"（干杯）；什么"口碰口身贴身，愿不愿都得进"（碰杯），等等。明明是喝酒却搞出这种"裤腰带以下"的"意境"，听起来倒是"过瘾"的很，可是酒桌上的文化气氛如青藏高原的空气那般稀薄，这哪成？如果我们把"裤腰带以下"的语言赶下酒桌，剩下的事情便是围绕"文化"二字尽情发挥了，咱们中国人的语言创造能力强着呢，工夫下到就能出成果。

创新"待客方式"

中国人酒桌待客招数很多，可谓"文武"兼备。"文"的围绕感情、礼节做文章，把酒喝够；"武"的强劲硬逼，把酒喝透。过去讲究"酒足饭饱"，如今只需以"酒足"为原则，"饭饱"已不重要了，不然何以有"饭菜不饱胃，客人早喝醉"、"筷子还没动，客人就喝蒙"之类的说法？总之，酒桌待客的核心是"宁可喝倒绝不喝少"。

80年代以前，中国南北方酒桌待客方式有很大不同，北方人以喝为主，有酒不怕饭菜差；南方人以吃为主，好吃不怕酒意薄。北方人生怕客人喝不好，客有醉意方尽情；南方人总怕客人喝醉了，桌上有酒不劝酒。北方人到南方人家里做客总叫没喝够；南方人到北方人家里做客总觉没吃好。

90年代以后中国南北方酒桌待客方式大致相同了，南方人也把酒劝客，也常常把客人灌得酩酊大醉，也让北方人觉得不好对付。浙江某集团董事长斗先生在杭州宴请一伙北京来客，踏踏实实让北方人惊奇一番：他豪饮博客，一场酒灌倒3个"酒桌英雄"，搞得客人大叹"南不南北不北了！"斗先生对北京的客人们说："你们不能老眼光看人了，现在我们南方人也学得和你们北方人一样，酒桌待客宁倒人不倒瓶，这次南方之行你们会有体会的。"果然，北京这伙客人在杭州、上海、苏州游历一周，每天被南方朋友灌得醉醺醺的，没吃下几口南方风味。这伙人回到北京大谈体会：本来要去河南、山东看少林寺爬泰山，因为怕喝酒，改去南方。谁知道南方的酒桌也风起云涌，还是没少喝。看来天下酒桌都醉客，到哪也别想轻松。

"天下酒桌都醉客"，这般热情自然没说的，可是走到哪醉到哪也成问题呀，如果能做到酒桌之上既不失热情又少喝酒不更好吗？这就需要创新酒桌待客方式。

创新酒桌待客方式最重要的是改变"客随主便"这种观念，来个"主随客便"。"客随主便"充分体现主人的意志，主人积极性越高客人喝得越多；"主随客便"充分尊重客人的意愿，想少喝就少喝，不想喝就不喝。"客随主便"尽管让客人多喝酒，却能让主人觉得有"面子"；"主随客便"往往使客人少喝酒，却能让客人有种被尊重的感觉。"客随主便"与"主随客便"都是待客方式，两者择其优，还是"主随客便"好。道理很简单，对主人来说，待客之道尊为上，尊重客人永远是第一位的，自己的"面子"并不重要。同样，对客人来说，不想喝酒或不愿多喝的时候，自己的意愿不被违背是再好不过的事。看来，酒桌待客到底"客随主便"还是"主随客便"，主动权在主人手里，主人的行为起主导作用，所以主人肩负着"创新"的重任。

那么，新的方式是什么？这就因人而异、因地而异、因事而异了。比如你请知识分子做客，必须明白他们的价值和兴奋点是"知识"，几杯小酒烘托下气氛就够了，剩下最重要的是要以你对知识分子的尊重显示热情；你请商人做客，必须懂得他们的价值和兴奋点是"财富"，如果你的言行能让客人感觉到几分自豪，那比多喝几杯酒效果好。假如你选择一个有某种特色的地方请客，一定要以让客人感受"特色"为主，客人当然能够理解你的热情在"特色"中，用不着大杯喝酒；别人帮了你的忙，你设宴表示感谢，别让人家喝一肚子酒，换个地方品品茶、看场文艺节目有何不可？搞点休闲之类的活动比喝酒舒服。

全国人都知道北京是个"海喝"之地，大大小小的酒店人气极旺，在这个中国的政治、经济、文化中心没有喝不到的酒，这多半是因为它的"特殊地位"。实际上，这几年北京人的待客方式已经出现了不少的变化。茶馆、度假村等休闲场所越来越多，生意兴隆。为什么？这其中自然有生活质量提高、消费观念更新等原因，而待客方式的变化也在其中。茶馆里丝竹管弦、环境幽雅，沏壶好茶、上些小点，亲朋好友聊天叙旧，好一番自在。度假村可以泡温泉、玩棋牌、健身、观赏文艺节目等，足以让你产生"乐不思蜀"的感觉。大家来这些场所绝不是为了喝酒，却比喝酒的感觉好得多。如果算下经济账，花费并不比喝酒大。许多外地人到北京做客享受到这些待遇，明显感觉到提高了档次，绝不会因为少喝一场酒而产生不快。

谈到待客方式，不能不谈"家庭厨房"。大家都记得，90年代以前，上至高官名流下至平民百姓，在自己家里请客吃喝非常普遍。那时候多数人家住房条件并不好，厨房设施也很差，但场地大小、菜多菜少、酒好酒差都丝毫不影响气氛。而这些年情况大变，眼见住房大了许多，厨房里设施异常现代，在家请客却鲜见了，"下馆子"成为时尚。这种变化说明了什么？当然说明人们的经济条件比过去好了，不缺少"下馆子"的实力。问题在于，同样的人数、同样几道菜、同样的酒水，花费却多了不少，造成了不必要的浪费。"公款吃喝"不怕浪费，有些人花国家的钱绝不心疼；富豪们不怕浪费，人家有条件花钱买风光。而对于许多工薪家庭来说，并不是钱多得花不完呀，为什么非要"下馆子"多耗自己的血汗钱？不管是不是要面子，无论需要表达什么样的心情，待客"下馆子"还是少些好，让"家庭厨房"发挥作用仍不失为上选。从另一个角度讲，"家庭厨房"没有"地沟油"，没有不放心食物，这也是对客人的健康负责。

总之，你诚心待客需要有点创新观念，创新更能显示热情，怎么创新靠你自己动脑筋。

酒桌革命需要荡涤官场

"酒桌革命"是观念的革命，是生活方式的革命，它将对中国的政治、经济、文化环境产生积极的影响，其意义非同一般。意义虽大，成则不易，因为面前横着"官场"这座山。

官场"酒文化"酿出腐败之象

当下"酒疯"之盛首属官场，《人民日报》发表的评论文章便是佐证。此文题为《官场"酒文化"酿出了什么》。文章写到：

> 中国人在酒文化中浸淫已久。五千年的酒文化延绵至今，伴随经济的大发展而异常繁荣。特别是在公款消费的助推下，官场上的饮酒之风可谓登峰造极，以至享誉华夏的茅台酒已经事实上跻身奢侈品行列。"酒兴"如此这般地畸长，并未使酒之文化气味愈来愈浓，反而使之与"文化"二字渐行渐远，与歪风邪气越走越近。如今在喝酒已成"重要工作"的某些官场，充斥其间的，是浓浓的腐败之味、乖戾之气、愚昧之态、诡谲之风。有民谣为证：
>
> "能喝八两喝一斤，这样的同志可放心；能喝一斤喝八

两，这样的同志要培养；能喝白酒喝啤酒，这样的同志要调走；能喝啤酒喝饮料，这样的同志不能要。"

"公家出钱我出胃，吃喝为了本单位。"

"穷也罢富也罢，喝罢！兴也罢衰也罢，醉罢！"

"领导干部不喝酒，一个朋友也没有；中层干部不喝酒，一点信息也没有；基层干部不喝酒，一点希望也没有；纪检干部不喝酒，一点线索也没有。"

酒喝到这份儿上，还有何文化可言？！

当下官场，不仅几乎是无酒不成席，而且是无好酒不成席。因为是公款吃喝、公款招待，用不着掏个人腰包，所以，酒要档次高，才能显示规格高；酒要喝好甚至直到把人喝倒，才能显示热情。酒不仅被用来勾兑感情，还被用来勾兑业绩、利益、权力甚至情色。有这样一种"理论"：只要没把公款装进个人腰包，吃了喝了算不了什么，有不少人对于在官场多年"吃了个肚儿圆"颇为坦然。

酒本是一种以粮食、水果等为原料，经发酵、蒸馏或勾兑而成的神奇之物。自古以来，人们用"琼浆玉液"、"陈年佳酿"来赞美酒的品质。酒文化被视为文化百花园中的一朵奇葩，芳香独特。有人这样描述酒的文化之美："葡萄美酒夜光杯"的景色，"斗酒诗百篇"的激情，"借酒消愁愁更愁"的比喻，"对酒当歌，人生几何"的洒脱，"莫使金樽空对月"的气概，"酒逢知己千杯少"的喜悦，"绿酒一杯歌一遍"的心情，"酒不醉人人自醉"的意境，"红酥手，黄滕酒"的苦痛，"一醉方休"的痛快，《祝酒歌》的豪放，《酒神曲》的粗犷……酒有酒义，亦有酒谋。酒谋乃"醉翁之意不在酒"，而是把酒作为一种达到某种目的的工具。在酒风日盛且越来越被庸俗化、低俗化的今天，酒这种醇香清澈之物已被腐败的官场文化"发酵、蒸馏、勾兑"得面目全非：有人设高档酒宴取悦上级，有人以酒送礼谋取私利，有人用劝酒灌酒罚酒作为一种乐趣，有人把命令下属喝酒视为一种权威，有人因嗜酒醉酒而忘乎所以、不理政事、贻误工作、丑态百出，有人不想喝酒陪酒却欲罢不能、痛苦不堪，有人因终日陪酒而伤身害体、家庭不和甚至"以身殉职"，每年因公款吃喝而糟蹋的食物、浪费的钱财更是令人触目惊心……

从"酒里乾坤大，壶中日月长"到"人在江湖走，哪能不喝酒"，中国酒文化特别是腐败官场的"酒文化"已经堕落到什么地步，是该清醒地思考一下了。酒可怡情，亦可丧志，还可亡国……

《人民日报》是共产党中央机关报，它在人们的印象中属于"歌功颂德"者，而对"腐败官场酒文化"的揭露如此犀利，实因"孰不可忍"也。无疑，"腐败官场酒文化"对社会产生了极大的负面影响，是中国酒文化极大的污染源，不予荡涤，难以求清。

整治"腐败官场酒文化"责在政府

中国之事，成败系于政府，只要政府下决心、出实招，问题再大也不难解决。80年代初，党内曾发起一场反对生活特殊化的活动，全国各地的酒店立刻变冷清了；80年代末，党内开展了一场反腐败教育，全国"吃喝风"顿时降温。可惜，对"吃喝风"的两次攻势都未能坚持到底，更糟糕的是90年代至今，"公款吃喝"与日泛滥，为"吃喝风"浇油加柴，以致不羁，终现"腐败官场酒文化"。

以上情形说明，"吃喝风"并非不治之症，只要"下药"就见效。而只所以形成今天之"疯症"，与政府重视程度有关，甚至不妨说这些年来政府有"养疯"之过。

"公款吃喝疯"终于带来了"腐败官场酒文化"，自然也使党和政府付出了极大的形象代价。祸已上身，继续容忍、放任，躯体必将腐烂，后面将是无可挽回的更惨烈的代价。执政者对此该有所作为了。

一种普遍的观点是，"腐败官场酒文化"的产生与大环境有关，换句话说，是党风腐败造成的，因此，解决党风腐败问题是根本，否则整治"腐败官场酒文化"将无从谈起。这种观点自然透彻，无疑切中要害。诚然，党风腐败问题已无法回避，它已使执政的共产党感受到了切肤之痛，党的十八大报告把腐败问题上升到"亡党亡国"的高度警示全党。习近平就任总书记短短几个月间，几次公开讲话中都明确表达出反腐败的决心，十八大闭幕不久中纪委首次会议就提出"让腐败分子在党内没有藏身之处"……这些信息表明，执政的共产党对腐败现象的围剿已经开始，我们有理由相信共产党有办法、有能力解决腐败问题，"大环境"一定能得到净化。

剩下的问题是，党和政府的官员们，怎样以自己的实际行动积极配合反腐工作。至少，可以从酒桌开始，为改变"腐败官场酒文化"做点努力。

在国家没有彻底取消公款吃喝之前，官员们当然有理由享受美味佳肴，但没有理由在酒桌上大肆挥霍公款。别拿茅台酒当面子喝，别拿昂贵的洋酒当水喝行吗？改一改大口一张数万元的豪饮习性不行吗？中国酒文化沾染"奢侈"二字，无论如何不是好现象，有条件"奢侈"的官员们，也有条件为纯洁酒文化做出贡献。

官员也是人，自然也需要举杯表达自己的情感。但当你举杯对上级领导表达情感时，能否去掉阿谀奉承的因素？能否丢掉点头哈腰的丑态？要明白，你丢掉的酒文化中的杂质，当然也是人格中的杂质。

杯中有需求，壶中装成败，"酒桌谈事"似乎早成官场一习。端着酒杯谈工作，体现的绝不是废寝忘食的工作精神，而是丧失原则、不讲标准的不良政风。酒桌不是办公桌，非要把酒桌当作办公桌，那是为培养不良政风作贡献。可以想象，不良政风与酒文化搅在一起，必然不是好事，所以官员们还是不要养成"酒桌谈事"的习惯。

把命令下属喝酒视为一种权威，这样的领导干部最令人头痛。他让下级喝多少就得喝多少，他让下级用碗喝就不能用杯子，下级服从他就哈哈大笑，不服从他就板起面孔。这种"权威"是不是用错了地方？不出生产力、不出凝聚力，只为酒文化增添"疯力"，其威何益？还是收起为好。

2013年11月11日，中央电视台播发一条消息：黑龙江省一名副省级干部喝酒致陪酒人死亡。陪酒人陪掉了性命，被陪者自然难辞其咎，双方都不值。官场"陪酒"这一陋象立刻遭到公众舆论的猛烈抨击。上级领导到来，摆酒显示热情，陪酒表达敬重，似乎也在情理之中。问题在于，有些领导干部对下级单位的陪酒"规格"过于在乎，他要看下级单位的主要领导是否到场，要看陪酒人员身份如何，要看陪酒者喝得是否到位，似乎要借酒桌检验自己的影响力，稍不遂愿就拉长了脸。这样的领导应该改变一下自己的坏作风，因为这种坏作风既无助于提高自己的"影响力"，还影响自己的形象。另一方面，陪酒者也别再显示"陪酒不怕醉，倒下不放杯，只要领导爽，咱敢献出胃"这般豪气了，你无须拿自己的身体博欢上级，也不必靠酒杯表达对上级的忠诚。总之，官场陪酒陋象于人于政于社会风气皆不相谐，不能再继续下去了。

改变"腐败官场酒文化"，自然不能仅靠"说服教育"，还需党纪政令发挥主导作用。严格的党纪政令可以改变官员队伍是酒桌"主力军"的糟糕形象，可以使奢靡之风得到收敛。2013年7月30日，中国青年网报道了湖南省纪委的"强硬态度"：接受不了"做寿生子不准办酒"的可退党辞职。有人说，做寿、生子是人生大事，这都不准办酒，是利用公权干涉私权。对此，省纪委调研法规室负责人的答复是："你是党和国家工作人员，就应当遵守党纪政纪国法，正如网友说的，你接受不了，可以退党，可以辞去公职。如果因为这而要求退党、辞职，我想不会有人挽留。"相信湖南省纪委的强硬措施和强硬态度对改变"腐败官场酒文化"定有作用，如果全国皆然，何愁之有？

　　若细论之，改变"腐败官场酒文化"的努力之处还有许多，无须一一赘之，官员们若思其责，只需把握"无益则避"之原则，对"酒桌革命"定会有所贡献。

酒桌诉

斑斑污迹难入眼，
腐朽气息更不堪；
擦洗消毒不可怠，
净台明面多期盼。

几分文雅久不见，
粗举陋行满台面；
张口闭口酒文化，
俗风何以对祖先？

待客做客皆须变，
酒桌革命非笑谈；
乐得文明和谐氛，
众家亦是酒中仙。

第六章　酒业要革命

——向健康靠拢

中国酒业的辉煌业绩从起始一直延续至今天，流淌的白金浸泡着追逐者的钟爱，生活的需求、文化的背景共同支撑着这轮不落的"夕阳"。然而，酒业的辉煌似乎已渐入歧途，社会由此付出的代价日渐显现……酒业要革命，这是文明的呼唤，也是生命的渴望。

中国酒业现状：好似“阴阳人”

数万个酒企（不包括杂牌队伍），千万吨产量（仅指白酒），仅此一隅，足见中国酒业家大业大。然而，有行家从另外一个角度比喻说：中国酒业外相高大，却是个“阴阳人”，绝对不是“男子汉”。此话何解？列举以下几大特点为证：

队伍庞大而鱼龙混杂

70 年代之前，中国限制酒类生产规模，80 年代起不再限制却也不提倡发展酒类生产。而且 80 年代初中国的经济学家们也提出了“夕阳论”，告诫人们：酒业，已成为“夕阳行业”，“流泻的白金”将面临枯竭的境况，切莫盲目涉足。

然而，“夕阳论”并没有减弱中国酒业的发展势头，30 年间，中国的酿酒企业发展到 5 万多家，其中并不包括比“正规军”多数倍的“游击队”——地下小厂与个体手工作坊式的造酒者。

知道这个庞大的队伍“鱼龙混杂”到什么程度吗？一个“酒业集团”竟然没有生产车间，一个村庄的几户人家凑合一起便有了一个“酒厂”，许多与茅台、五粮液等名酒“沾亲带故”的产品出自“地下作坊”，一个自封的“国优酒”把横幅挂在全国酒类产品交易会……

这种现象绝非"个别",而是普遍存在。

"鱼龙混杂"产生的直接后果是:"正规军"与"游击队"争端不休;酒业的整体形象受损严重;生产和市场秩序被打乱……

产量剧增而质量骤降

一边是新厂家层出不穷,一边是老厂家争先恐后地进行技术改造、扩大生产规模,致使全国酒类产量不断翻番。30 年间,全国近 2 万家具有 50 年以上历史的酒厂生产规模都在扩大,少则几倍,多则 10 倍、20 倍。以五粮液为例,80 年代它的年销售额不过数亿元,利税 2 亿多,而今五粮液的年销售额已突破百亿大关,利税 30 多亿元。20 年前,五粮液只是个单一的品牌,而今,它的品牌种类已多达数 10 个,可谓"儿孙满堂"。目前中国酒类年产量稳守千万吨大关,没说的,世界第一。

然而,酒类产品的质量实在让人不敢恭维。白酒中的多种危害成分严重超标;啤酒中的嘌呤、甲醛含量高得吓人;葡萄酒中含有大量的有害色素。当然,不是每一种酒都这么糟糕,茅台、五粮液、张裕等少数老品牌产品的质量仍然可靠。但它们能占多大比例?再说,这些好酒一般的酒民喝得到吗?茅台、五粮液尽管已经市场化,可惜产量有限,仍不够"计划"分配,一般的酒民在市场上买来的肯定不是正宗货。不妨这么说:质量过硬的酒多数酒民喝不到,能喝到的酒却普遍存在质量问题。

前些年,大量的假酒充斥市场,让人喝瞎了眼,甚至毙命,类似山西假酒案、广东假酒案引发的生命悲剧让人至今思之心颤。近些年,假酒毙命的事极少听到了,酒民们对酒类质量的担心似乎减轻了许多。殊不知,看得到的危害减少了,看不到的危害却在增加,"质量问题"比过去更为突出。

我们不妨回顾下,过去经过酒厂门口,能闻到浓浓的酒糟味,那是把粮食变成酒必不可缺少的味道，这个过程叫"酿造"。酒类的酿造过程比较漫长，工序比较繁杂，漫长的产期、繁杂的工序有效地减少了酒质中的有害成分，真正有质量保障的好酒就是这样产生的。而现在，"酒糟味"很难闻到，这说明大量的生产厂家省略了必要的酿造过程，普遍采用了"新工艺"——用食用酒精勾兑白酒。

"我做个不恰当的比喻，中国的很多白酒企业是既想当婊子又要立牌坊。对于白酒新工艺，这是业内一个心照不宣的秘密。用食用酒精勾兑白酒，大家都是只做不说，悄悄干。而对于固态发酵法，就是干得少，说得多。这就是白酒行业的现状。"一位不愿透露姓名的白酒专家曾这样爆料。

作为白酒生产的主要原材料，食用酒精广泛应用于酿酒领域，同时也可应用于化工行业和医疗行业等领域。

根据 2006 年中国酒精产品结构的数据显示，当年中国酒精行业中食用酒精占酒精总量 71%，占据主导位置。

而商业机构慧聪网的一份研究报告显示：2006 年中国白酒产量约为 855 万吨，其中 60% 以上，即 513 万吨白酒是用食用酒精勾兑而成的。

食用酒精勾兑白酒的比例，每年都在增加。国内权威的白酒专家熊子书掌握的数据显示：在我国"七五"期间，全国新工艺白酒产量为 150 万吨，占白酒总产量的 1/3，比 1985 年增长近 1 倍。

另一位知名的白酒专家沈怡方在 1999 年给出的研究数据是，市场上近 70% 的白酒是用食用酒精勾兑而成的"新工艺白酒"。

沈怡方的这个话语经媒体报道后在当年引起轩然大波，人们更多地将食用酒精等同于工业乙醇酒精。

在此后延续至今的十数年里，市场谈"酒精"色变，几无白酒业内人士愿意就食用酒精勾兑白酒提供较准确的数据。

一位白酒业内资深人士在接受记者采访时透露，2011 年全国纯粮发酵的白酒不超过 150 万吨。大家可以算笔账，在千万吨的白酒总产量中，减除 150 万吨的纯粮发酵酒，剩下的食用酒精勾兑白酒占多少？这个"不合格"比例大得让人心颤。

以上情况造成酒类产品对酒民健康的危害因素越来越多。所以，连业内人士都承认，目前中国酒类的整体质量让人信不过。

利润惊人而雨露不均

自90年代初，酒业步入暴利期。最新调查显示，目前中国酒业的整体利润毛利率高达40%多，茅台酒的毛利率更似神话，达90%。成本几元钱、大不了几十元钱的一瓶酒，出了厂门就是数倍、十数倍的价格，这种红红火火的景象，连毛利率水平一向不菲的餐饮业也甘拜下风了。

但酒业的好日子并非雨露均沾。茅台、五粮液、张裕葡萄酒、青岛啤酒等为数不多的一流品牌有其稳定的市场，盈利场上尽显风流；那些二流品牌之间竞争激烈，为了抢占市场大打价格战，要的都是"好喝不贵"的效果，盈利空间自然缩小。更多的酒类生产企业因品牌低下，基本没有长期固的市场，打一枪换个地方，搞得好能赚把碎银子，搞不好就赔，过的是"半死不活"的日子。再者，酒类流通环节增多，大头被中间商拿去，许多名不见经传的生产企业宁愿多让利也不愿得罪经销商。此外，还有"广告"这把又快又狠的刀，切去厂家大块"肉"。这样算来，大家就明白了：少数厂家赚大钱，多数厂家拣些"小便宜"而已。

市场繁荣而管理混乱

计划经济时期，市面上酒类产品极少，即便酒厂在家门口，想喝酒也不方便。那个时期多数中国酒民能够享受到的是最普通的散装酒，想喝稍好一点的酒，只能托关系、批条子。现今不同了，酒类市场空前繁荣，除了正宗的茅台、五粮液酒市场少见外，其他什么样的酒都能买到。

　　繁荣的市场却存在严重的管理混乱问题。什么样的酒都能买到，什么样的酒都未必让人放心，假冒伪劣产品实在太多，此乃其一；其二，流通渠道严重无序，无照经营者数不胜数。昨天你见他蹬着三轮卖水果，今天却见他摆酒摊时不会感到奇怪。其三，价格体系存在严重缺陷，缺少统一而又严格的标准。一瓶酒出厂价定 10 元还是 100 元厂家说了算，同样一种酒在这家饭店标价 100 元，在另外一家饭店卖 200 元，价格标准完全由饭店自主掌握。其四，柜台承租泛滥，直接导致大量产品失真，小村庄的"五粮液"也能摆上都市大超市的柜台。

　　中国酒业的"特点"或许不只这几点，然而仅就这几点，已经足以让我们感受到问题的严重。

　　由此看来，关于"阴阳人"的比喻似乎并不过分，因为中国酒业的确呈现阴阳对峙之状，"阳"不压"阴"，何称"汉子"？

　　中国酒业若树健壮之躯，就须走健康发展之路，更须来场"革命"！

酒业革命的首要任务：向健康靠拢

这些年，中国的经济在飞速发展，人民的生活水平在不断提高，大众的健康意识日益增强。然而一个极不协调的现象是，医学界把一个又一个可怕的消息公布于社会：癌症患者成倍增加；心血管疾病趋向"年轻化"……人们想到了什么？想到了粮食、蔬菜与化肥、农药，想到了鸡鸭鱼肉与化学催熟剂，想到了各种饮品中的防腐剂，当然，也想到了酒的伤害。于是人们抱怨：能够放心入口的东西越来越少了。

酒类没有绿色产品

这些年，商家们为了顺应人们渴望健康的心理，纷纷推出"绿色"产品，什么"纳米"、"基因"不断出笼，真真假假让人揣摸不透。

酒业也出现了"绿色"标签。这家说我的酒不伤胃，那个说我的酒不损脑，甚至有的厂家放风说自己的酒具有"防癌"、"护肝"作用。似乎是，酒民担心什么，厂家就回避什么；酒民希望什么，厂家就推出什么。

然而，这一切包藏着极大的欺诈。缺少相关专业知识的消费者往往带着几分欣喜掏腰包，其实依旧是倒霉蛋。

酒业许多厂家试图把酒装扮成"绿色"饮品，无非是希望酒民们放心大胆地饮用自己的产品。酒能成为"绿色"饮品吗？我们分析一下酒的成份便明白了。

人们通常的理解是：白酒是由水、粮食、酒精兑成的。所有的白酒商标上都这么注明。然而，众多的酒民并不知道，酒的各种成分比例是否符合国际标准？国际标准限定：酿酒使用的粮食水分不能大于14%，杂质不能超过2‰，甲醇含量不能大于0.4%。为什么这样规定？因为超出这个比例范围对人体的危害更大。实际上，中国的白酒厂家能够严格执行国际标准的并不多，换句话说，许多厂家的白酒产品对人体的危害程度超过了国际规定标准。

白酒的传统酿造工艺流程比较复杂，走完全部环节需要3年左右时间。这一漫长的过程有利于为白酒"排毒"。比如粮食是化肥、农药"养"出来的，经过长期的发酵后，残留在粮食中的化肥、农药这些有害成份就会消失。但是现在许多厂家并不讲究这些，产品的整个生产周期只需10多天便可完成，但酒民看到的标签上却清清楚楚地写着"三年陈酿""五年陈酿""十年陈酿"，甚至还有"绿色标签"。

白酒中含有的有害成分到底有哪些？许多酒民并不十分清楚。酒民如果就此问题去请教酿酒专家，他或许不愿透露，因为怕吓着酒民，影响产品销量。如果酒民请教医学专家，他会如实告诉你酒中含有甲醇、糠醛、铅、氰化物等有害成分，因为医学为健康负责。

葡萄酒是好东西吗？医学界历来提倡人们适量饮用葡萄酒，列举出了它对人体的许多好处，尤其是含有的花青素对人体健康极有价值，这是科学。但是人们或许不知道，我国目前生产的葡萄酒大量不符合标准，因为它的葡萄含量太少，其中没有花青素，水和色素含量太多。中国目前的葡萄酒产量已接近100万吨，我们有那么多葡萄做原料吗？葡萄不够色素凑，色素是什么？是有害物质。许多酒民反映喝了葡萄酒后头晕头疼，为什么？因为有些葡萄酒不是酿造的，而是用水、酒精、色素再加"几滴"葡萄汁勾兑出来的，喝了它不头疼才怪。简单勾兑出的葡萄酒带给酒民的不仅是头疼，更糟糕的是它远远不符合卫生标准，容易给酒民带来其他方面的疾病。

啤酒业人士反复声称：啤酒是液体面包，营养成份极为丰富。这当然不是假话，营养学家也证明：一瓶啤酒顶上 2 个馒头的营养。但啤酒业人士肯定不会告诉酒民：中国的绝大多数啤酒喝不得。2005 年 7 月 8 日，环球时报发表一篇文章，题目是《业内人士披露 95％国产啤酒含有可疑致癌物甲醛》，此文介绍说：

> 在啤酒的制造和储存过程中会生成絮状沉淀物，让酒变得浑浊。对此，厂家往往使用稳定剂来消除沉淀物，甲醛因其"质优价廉"成为稳定剂的首选。
>
> 但是，由于甲醛被国际癌症研究机构确定为可疑致癌物，德国等欧洲国家相继禁止在啤酒里使用甲醛。专家指出，尽管甲醛含量低于每升 0.2 毫克是安全的，但大量饮用会增加肝的负担，长期饮用还会影响生殖能力。如今，欧洲的啤酒厂家已经完全通过无毒方案来解决沉淀问题。比如用 PVPP（交联聚乙烯吡咯烷酮）来消除沉淀。但这样做的成本较高。在中国，甲醛替代物如硅胶、PVPP 等生产得很少，几乎全靠进口，与使用甲醛相比，"成本高几十倍"。对于一个年产数百万吨啤酒的企业来说，用甲醛所节省的成本绝对不是一点半点。
>
> 中国酿酒工业协会啤酒分会副理事长顾国贤教授指出，现在有些大啤酒厂也已经不用甲醛了。不过，众多的中小啤酒企业依然在产品里普遍使用甲醛。中国酿酒工业协会啤酒分会秘书长杜律君告诉记者，就产量比例来看，95％ 的国产啤酒都加了甲醛。有些企业宣称自己不用甲醛，其实往往只是部分产品不用而已。一位业内人士还告诉记者，现在高档啤酒基本上已不再使用甲醛，但一两块钱的啤酒不可能不加甲醛，因为成本根本下不来。

顾国贤教授指出，啤酒中绝对不应添加甲醛，这是原则性问题，和它量多量少、会不会造成伤害无关。首先，甲醛是一种毒品，在我国的《食品安全法》中明确规定不能将它作为食品添加剂使用。其次，添加甲醛会破坏啤酒本身的风味。这一问题之所以屡禁不止，完全是由啤酒行业内的习惯势力造成的。

除了甲醛，啤酒中含有的嘌呤成分也严重超标。对经常喝啤酒的酒民来说，这同样不是个好消息，因为体内积存的嘌呤多了，就会引起高嘌呤代谢综合症，造成骨质疏松、肾功能受损、关节肿胀（痛风）等疾病。啤酒中的嘌呤成分不能减少吗？当然能，但需要改进或者增加工艺，这意味着要增加投资、提高成本。厂家追求的目标是低成本、高收益，投入大量的资金解决"嘌呤"问题划不来。更何况中国酒民喝啤酒只重视口感和价位，少知嘌呤为何物，即便知道也弄不清"超标"的事，这就难怪一些厂家不拿嘌呤当回事了。

以上情况清清楚楚表明，酒类本身含有不少对人体的有害成分，而这些有害成分又是难以排除的，全部排除就不是酒了，所以它不可能成为"绿色"饮品。傻子也不会相信酒能"护肝"、"防癌"、"保胃"，你的肝和胃即便是石头，试试长期泡在酒中的结果是什么？

所以，中国酒业需要清醒一点：酒民的健康意识越来越强，文化科技知识越来越丰富，酒类的选择余地越来越大，酿酒企业靠质量生存是必然趋势。再别对酒民们说哪家的产品是"绿色"饮品，能保证更多的厂家把自己产品中的有害成分降至国家规定的标准内，比如甲醇含量不要超过 0.04，就算对酒民负责了。

酒民朋友们也要切记：酒类没有"绿色"，"养胃"、"护肝"更属无稽之谈。酒的质量好坏取决于是否把有害成分减少到最低程度，若再遇到贴着"绿色"标签的酒，咱们完全可以像对待骗子那样，不予理睬。

　　向健康靠拢就是要牢固树立为酒民健康负责的态度，决不能让酒民花钱买病。酒业尽管不能把酒变为"绿色"饮品，却能够在执行国际标准、减少有害成分方面做些努力。这样做的结果自然需要加大投入，提高成本，减少利润；但不这样做的结果是祸害酒民，欠下良心账、背上血泪债。孰重孰轻，厂家应认真掂量。有些厂家基本做到了，比如茅台、五粮液、汾酒、张裕葡萄酒等，这些酒中的有害成分都少于国际标准。需要说明的是，这些酒必须是以粮食（葡萄）为主要原料酿造的，本厂生产的，不包括那些冠名联合生产的酒。

　　向健康靠拢就是要提倡"实话实说"，别让酒民花钱上当。现今，许多酿酒企业拉出一串古今文人墨客为自己的产品"说话"，或者大肆宣称自己的酿酒历史多么久远，大打文化牌、历史牌的目的无非是为了证明自己的产品质量好。其实有些酒的质量糟糕得很，连本厂的人也不愿喝，却反复拿世界上最动人的话骗酒民。你觉得酒民好糊弄，是因为酒民不知道底细，如果知道了，谁还上当？咱现在就告诉酒民：以白酒为例，除了香型不同，酒精度不同，酿造工艺不同，其他没有什么不同。在"质量"方面最大的不同是有害成分的大小，哪种酒中含有的有害成分少，就是质量好；相反，就谈不上质量。管他拉什么名人做广告，管他说历史多悠久，别拿这些做标准，咱就上不了当。

　　向健康靠拢就是要把"质量标准"广而告之，别让酒民花钱买糊涂。酒民们要了解哪种酒的有害成分是否符合国际规定的标准，也不是件容易的事，因为每种酒都有国家发放的合格证，从表面上看，确实无法判断哪种酒不合格。认证哪种酒是否符合国际规定的标准，是国家的事，国家应该每年抽查验证，把合格的、不合格的产品公布与众，别把酒民蒙在鼓里。

　　诚然，中国的酿酒企业太多，国家没有足够的力量查验所有的酒种，每次查验，漏网之鱼总不少，难以保证酒类的整体质量。把权力下放到各地质检部门，即便查到不合格产品也处理不了，因为厂家总是有办法摆平。有时当地政府也要出面保护。北京某报一位记者举例说，有年他受命跟踪调查某省一家酒厂的不合格产品，准备在报纸曝光。酒厂领导提着一兜钱来了，被他拒收；当地政府的领导设宴招待，他又躲开了。等他把辛辛苦苦写出的调查稿件交给社领导后，社领导对他说：这事就算了吧，上面有人打招呼了，怕捅出去后影响当地的"经济支柱"。记者这才知道人家活动到北京来了。

这只能说明检验有难度，并不证明检验不管用。查与不查不一样，多查与少查不一样，国家既然设立了质量检验机构，肯定会有作用。所以有人给酒民朋友们送来一句宽心话：中国酒类市场不会是不合格产品的天下。

不能指望有些厂家把质量放在首位，因为他们缺少先进的技术手段，又急于发财，自然不会把有害成份超标当回事。但是酒民朋友们不必担心喝不到好酒，因为真正有长远眼光的酿酒企业任何时候也不会疏忽质量问题，一旦发现质量问题，会立刻解决。比如，茅台酒一经发现"塑化剂"问题，便极快更换了设备，确保产品质量。五粮液酒厂、汾酒厂、张裕葡萄酒厂、青岛啤酒厂等也都曾出现过质量问题，但这些厂家对解决质量问题都有足够的实力和诚意。

没有"诚信"难保健康

国家应当明确唯一的权威机构，下工夫考察认定一批优质产品，并发放"诚信标志"，让这些具有"诚信标志"的产品响彻天下、遍布市场，确保酒民喝到放心酒。否则，酒民难消健康之忧。"诚信标志"当然不能终生制，对产品每年检验一次，对"走样"的坚决拿下，确保"诚信标志"的可信度。"诚信标志"将会使酒类企业明白一个道理：生产不出好产品，将没有立锥之地。

这些年，中国酒业的诚信被淹没在假冒伪劣之中，搞得酒民们常常分不清"真假猴王"。中国并不缺少优秀的酒类企业，这些优秀的企业有足够的实力充当"诚信排头兵"。这类酿酒企业的共同特点是：

第一，酿造历史悠久，在中国酒业具有"老前辈"的地位。这些"老前辈"具有中国酒业"风向标"的作用，人们往往从它们身上研究和判断酒类市场。比如1998年元月山西发生假汾酒大案，数十名酒民死亡。消息一传开，不仅汾酒股票大跌，所有酒类股票都连连下挫。酒业消费市场也一样，汾酒在东北三省的年销售额从5000多万元骤降至几百万元，在全国的年销量从3万多吨降至2万吨。其他名酒的市场销量也受到影响，因为人们感到，越是名酒越容易被假冒，其中盈利高呀。所以那阵子大家喝张裕红葡萄酒和青岛啤酒多了，尽量不碰白酒，尤其是名牌白酒。后来，汾酒厂采取了一系列防伪措施，人们又觉得名牌酒就是名牌酒，它自身信誉度高，又受政府重视，只要掌握了防伪知识还是喝名酒心里踏实。汾酒的市场人气回来了，其他名酒的销量也回升了，中国酒业市场又回暖了

第二，资金、技术、人才队伍实力雄厚。雄厚的资金不仅保证了这些企业不断发展生产规模，更重要的是保证了技术更新的速度。酿造工艺中的高技术含量保证了产品质量的稳定和升级。人才队伍更是这些企业决胜至远的基础。

反过来想，资金困难、技术低下、人才薄弱的厂家能酿造出质量合格的酒吗？许多小厂子设备陈旧、生产条件简陋、给职工发工资都困难，你能指望它象茅台、汾酒、张裕等大厂家那样建立微生物分析室、化学成分化验室、质量监测系统吗？它唯一的"实力"是依靠食用酒精和水勾兑不合格产品，在标签上做点文章，硬把自己的产品说成"酿造"的。

第三，质量意识牢固，目光长远。无论是酒业还是其他行业，存在一个共同问题：质量不稳定。某一产品一旦质量被消费者认可，在市场上旺销后，厂家便犯"萝卜快了不洗泥"的毛病，总想最大限度地满足市场，总想加快赚钱的速度。可是一阵风之后质量问题暴露了，市场也丢了。而有眼光的企业不会因为眼前利益而损害长远利

益，它们永远把质量视为生命，它们追求的是自己的产品"长命百岁"而不图一时快活。

比如茅台酒，牢固坚守工艺中的"三长"（基酒生产周期长；大曲贮存时间长；基酒酒龄长）原则。茅台酒基酒生产周期长达一年，共分下沙、造沙2次投料，一至七个烤酒轮次，可概括为2次投料、9次蒸馏、8次发酵、7次取酒，历经春、夏、秋、冬一年时间。茅台酒大曲贮存时间长达六个月才能流入制曲生产使用，这对提高茅台酒基酒质量具有重要作用，而且大曲用量大，是一般白酒的4－5倍。茅台酒一般需要长达三年以上贮存才能勾兑，通过贮存可趋利避害，使酒体更醇香味美，加上茅台酒高沸点物质丰富，更能体现茅台酒的品质价值。

汾酒厂对产品质量建设从无懈意，在80年代初，汾酒就走俏市场，产品总是供不应求。1983年底，汾酒厂完成扩建工程，年产量由过去的3000吨增加到6200多吨。产量大增，厂门口拉酒的车仍排着队，这种情况下最容易出现"萝卜快了不洗泥"的现象。可是汾酒厂避免了这种现象的产生，因为酒厂把质量看得比销量还重。我们不妨看一看汾酒厂的做法：

●根据不同工种的要求，对酒度检验6次，对酒色检验10次。

●把不合格的产品消除在生产过程中，坚持做到产前有标准，产中有检验，产后有分析。

●通过自检、互检、层检、巡回检、把关检、会检、抽检7种形式，把群众性的质检和专业队伍质量把关结合起来。

●在质量检验过程中严把原材料品种、规格、质量关；制曲养曲关；酿造发酵技术关；贮存管理勾兑关；成品包装出厂关。

●不合格原料不准投入生产；不合格半成品不准转入下道工序；不合格产品不计产值；不合格产品不准出厂。

汾酒厂人自己细算一下，他们的产品在整个生产过程中有"17道防线、120道关卡"。这样的质量意识使汾酒厂在1986年首家夺得同行业国家质量管理奖。更重要的是，奠定了汾酒厂自 1988 年－1994 年连续 7 年稳坐中国酒业质量、销量、利税第一把交椅。这期间，茅台、五粮液在汾酒面前甘称"小弟弟"。

告诉酒民朋友们：好酒往往出在好厂家，只要优秀厂家"红旗"不倒，只要"诚信标志"主导市场，你就别愁喝不到放心酒。

酒业革命的重要环节：
靠法律规范产品质量

我们自然希望所有的酒类产品生产厂家都严守质量信誉，希望所有流通环节都不出质量问题。但希望和现实不是一回事，面对差距我们需要寻求更有效的办法，这个更有效的办法只能是法律。

"质量风波"尽显行业保护陋习

2012年，茅台、酒鬼等高档白酒含有的塑化剂严重超标的消息震惊全国。塑化剂实际名称是增塑剂，学名叫"邻苯二甲酸（2—乙基己基）二酯"，简称DEHP，是一种毒性大于三聚氰胺的化工塑料软化剂。塑化剂会干扰内分泌，造成孩子性别错乱，使女孩性早熟，使男性生殖器变短小、性征不明显、精液量和精子数量减少等；塑化剂还会增加肝肾负担，对免疫系统、消化系统造成慢性伤害，严重的会导致肝癌。据台湾大学食品研究所教授孙璐西介绍，塑化剂DEHP毒性比三聚氰胺毒20倍。

人们无法想象，如此有害的东西竟出现在横流似水的白酒中。21世纪网曝光酒鬼酒所含塑化剂超标260%；另有媒体揭露茅台酒含塑化剂超标192%。人们尤其难以理解，连茅台酒这样的"第一品牌"都出现了如此严重的质量问题，还有那些酒让人放心？

酒类酿造本身并不需要添加塑化剂，那么塑化剂如何出现在酒中？据专家解释，白酒中的塑化剂主要来自于塑料接酒桶、塑料输酒管、酒泵进出乳胶管、封酒缸塑料布、成品酒塑料内盖、成品酒塑料袋包装、成品酒塑料瓶包装、成品酒塑料桶包装等。塑料袋、瓶装的成品酒，随着时间的推移，产品中的塑化剂含量会逐渐增高。溶进白酒产品塑化剂最高值是酒泵进出乳胶管，目前所有白酒企业都在使用该设备。每 10 米乳胶管可在白酒中增加塑化剂含量 0.1mg/kg，有的企业用一次酒泵，还有的企业多达 4－5 次。其他塑料制品、设备，有的企业用，有的企业不用，因此不同企业、不同产品的塑化剂含量各不相同。

据悉，"塑化剂风波"在白酒业引起巨大恐慌，众多生产厂家纷纷想招回避有可能出现的大规模"塑检"，急切希望行业协会尽快平息这场风波。

在社会舆论一片斥责声中，中国酒业协会终于发表声明称：白酒产品中基本上都含有塑化剂成分，但规模以上企业的白酒产品中塑化剂含量，远远低于国外相关食品标准中对塑化剂含量指标的规定。

中国酒业协会的声明刚刚发表，网上随即流传出一份号称来自于"中国酒业协会的说明"，声称"中国白酒制造过程中塑化剂含量均超过国家规定"。该"说明"直指"中国酒业协会早知塑化剂问题而不作为"。

当晚，中国酒业协会在其官网发布《关于针对某媒体报道我协会回应白酒塑化剂超标问题的声明》，称网上流传的"说明"系不实文件，有断章取义、歪曲真实内容之嫌，"是不负责的"。

为了让广大消费者和社会各界了解有关问题真实情况，酒业协会在《声明》中原文刊登 2012 年 8 月 20 日协会《关于白酒产品塑化剂有关问题的说明》。

中国酒业协会的《声明》和《说明》均称，通过对全国白酒产品大量全面的测定，白酒产品中基本上都含有塑化剂成分，最高2.32mg/kg，最低0.495mg/kg，平均0.537mg/kg。其中高档白酒含量较高，低档白酒含量较低。

中酒协《声明》还称，塑料制品（设备）在白酒产品生产过程中，从上世纪70年代至今已使用近40年，未出现因塑化剂致病案例。在我国台湾地区2011年5月曝出塑化剂风波后，协会随即对全国白酒产品塑化剂残留含量做了大量调研、检测和查证工作，并发出通知要求白酒企业要进一步提高食品安全意识，禁止在白酒生产、贮存、销售过程中使用塑料制品，加强对接触白酒的塑料瓶盖的检测。

就如何解决白酒中塑化剂问题，中国酒业协会建议：加强白酒生产环节监管力度，从白酒生产源头抓起，禁止在白酒生产、贮存、销售过程中使用塑料制品，防患于未然；此外，要求卫生部门进行白酒塑化剂残留量安全风险评估，待评估后，制定出白酒产品塑化剂安全标准。

"塑化剂风波"又勾起人们对先前啤酒"甲醛风波"的回忆。两年前，媒体公开揭露中国啤酒产品甲醛含量严重超标的消息，引起社会舆论一片哗然。而中国酒业协会当时的公开回应是：媒体报道言过其实。研究表明，甲醛还容易与细胞内亲核物质发生化学反应，形成加合物，导致DNA损伤。因此，国际癌症机构已将甲醛列为可疑致癌物之一。据悉，目前欧洲和日本已经禁止在生产过程中添加甲醛，但是我国目前没有对企业在生产过程中添加甲醛作出规范。

中国酒业出现的较大级别"质量风波"可谓接二连三，中国酒业协会每次相应表态都使人们产生许多疑虑，于是有网民发文指出：行业管理部门似乎在极力维护"自己队伍"的利益，因此解决产品质量问题更显得任重道远。

这个"任重道远"足以说明问题的复杂性以及解决问题的艰难程度。的确，大凡牵扯到质量问题，不管是药品还是食品，行业管理部门的种种公开表态似乎总是站在"自己队伍"一方，消费者永远被放在"外人"的位置。其结果如何？风平浪静之后，蔬菜中农药残留依旧存在，膨化剂照样使用，地沟油仍不退位……中国行业管理的这一"特色"耐人寻味，它无疑表明了"利益保护"的共性，而这种普遍存在的"利益保护"恰恰伤害了大众的利益，也日渐消耗着国人的信心。我们不妨想象，当人们吃药怕假冒、吃菜怕药残、吃粮怕转基因、喝酒怕毒素……如此"提心吊胆过日子"的人们该如何理解我们这个社会？毋庸置疑，"产品质量"关系到"社会质量"，必须认真对待。

"执法不严"等于无法

在产品质量问题上，我们已经过多地领教了"利益群体"的厉害，与其继续对垒不是上选，唯一有效的战法只能是选择法律武器。

人们的困惑在于，早在 1993 年，就已颁布《中华人民共和国产品质量法》，至今 20 年。这期间，每年的 3·15 消费日主要话题总是离不开假冒伪劣，中央电视台等诸多媒体联合举办的"质量万里行"栏目风行数年，全国各地质量监督检查机构纷纷成立，政府及社会团体为此做出了不少的努力，可为什么"产品质量"直到今天仍然是个令人焦虑的话题？为什么消费者对酒类产品质量的总体感觉竟是"大不如以前"？

全国人大一份调研报告指出：当前我国对产品质量的执法任务相当艰巨，有些地方和企业的领导质量法制观念淡薄，在经济工作的指导思想上依然存在着"重速度、轻效益，重数量、轻质量"的倾向；在局部利益驱动下，存在着地方保护主义，个别地方把制假售假作为当地的"财源"、"税源"，对当地发生的违法活动视而不见，采取放任态度，查处工作敷衍了事；或者"查外不查内"，有的甚至公然阻挠执法部门正常的执法活动。

全国人大的调研报告指出了我国产品质量执法方面存在的普遍问

题，酒类产品自然也不例外。

由此看来，依然是"有法不依，执法不严"的问题。

酒类产品质量问题不断曝光，可依法惩处总是没有下文。仅以2012年"塑化剂风波"为例，事情已经闹得沸沸扬扬，却迟迟不见政府与法律有所动作，于是网络便有了"税银重于血肉"的文章，也有了"执法不严等于无法"的感叹。网友们毫不留情地讥讽：大喊大叫"狼来了"，就是见不到"猎人"。人们的失望情绪，当然也是对"有法不依，执法不严"的抱怨。过多的失望与抱怨不断积累，严重影响人们对法治的信心、对政府的信心。

"有法不依，执法不严"不是唯一问题，另一个不可忽视的问题是法规的"不配套"。

我们应该明白，法律是个系统工程，仅有《中华人民共和国产品质量法》跳"光杆舞"不行，还需要与之配套的法律做保证方可更具效力。比如，如何依法惩处地方保护主义？如何依法惩处"有法不依，执法不严"者？如果有了明确的法律规范，依法确保产品质量定然是另一番景象。

产品质量标准本身当然也有不少问题。有酒业专家指出，就酒类产品质量而言，目前国家制定的质量标准属于粗线条，既不严格也不细致，这就给执法带来诸多不便。

比如，国外红酒产品严禁使用牛血红粉勾兑增色，而中国许多红酒产品大量使用；许多国家对白酒的度数有严格的限制，而中国没有。"不严格"，就有伸缩性，由此带来的最大可能便是处理质量问题避重就轻，让"法杖"无法触及。诸如对产品质量问题以罚代刑、处罚偏轻，甚至有案不查，有罪不究等问题，足以说明问题。

谈及"不细致"，话题更多。比如，世界卫生组织对酒类产品中的甲醇、醛类、杂醇、金属元素等有害成分含量皆有细致的界定标准，绝无任何遗漏，而中国连"塑化剂"这种危害严重的东西，尚无公认的国家标准。西欧国家对酒类产品的质量规范细致到对瓶盖、瓶塞都有具体标准，而中国却粗略到连有害成分含量都界定不准、不全的程度。"不细致"就难免有遗漏，有遗漏就不便执法。

问题或许远不止以上所述，对产品质量的依法监管的确需要做诸多艰苦的努力，否则产品质量"乱象丛生"的局面就难以改变。

酒业革命的主要任务：
依法稳定市场秩序

中国酒业市场管理混乱的状况众人皆知，在此无须赘述。我们只需记住：这种状况对国家、对酒民、对酒业都不是好事，管理层再不可对此熟视无睹了。当务之急是：

依法实行酒类专卖制度，彻底解决"滥卖"问题

在美国以及其他一些西方国家，酒类和枪械同属"专卖"产品，经营渠道非常正规。为什么要"专卖"？因为在西方人眼里枪械和酒类都是生命与健康"危险品"，必须严格控制和管理。不知多少中国酒民对此哈哈大笑：怪不得西方人怕死，原来连酒都怕。咱们还真别认为比人家西方人勇敢，其实是没有人家懂得珍惜生命与健康。人家搞"专卖"有效地维护了消费者的利益，而咱们"滥卖"给酒民带来了许多麻烦。别的不说，就说假酒，咱们经常发生喝死人的惨案，这类消息甚至让人麻木。假酒为什么防不胜防？因为"滥卖"成灾，你顾了这边顾不了那边。而人家西方国家为什么很少出现这种事？因为人家是"专卖"市场，管理严格有序。这就是"滥卖"与"专卖"的区别。

要追溯历史，酒类"专卖"是咱们祖先的发明，早在周秦时期就有了，那时候西方诸国还没有酒呢。周秦时期的酒类专卖制度很严格，经营权归国家所有，私自买卖犯重罪。当然，那时候考虑的不是健康问题，而是为了维护"道德"，因为统治者害怕"乱性"。共产党执政后，也搞过"专卖"，那是在计划经济时期，目的是防止出现私有化经济。但不论出于何种目的，咱们曾经有过的"专卖"达到了维护酒类市场秩序之目的。遗憾的是，时至今日咱们没了这东西，而西方人紧紧拿着。

混乱的市场绝不是消费者和国家所希望的市场，近几年，有关酒类要实行专卖的呼声越来越高，由此引发的争论愈演愈烈。

2000年5月1日，新华社两名记者对山东、山西、河北等地酒类市场进行调查后，写了一篇题为《酒类市场管理混乱亟待整治》的文章，刊登在新华社《国内动态清样》上。文章提出了建立酒类产品专卖制度，理由是全国有造酒厂家4万户，产大于销，酒质堪忧；批酒商10万家，流通秩序混乱，假酒难禁；市场根源在于管理机制不健全，政策不一。

国务院体改办据此广泛调研后，于2000年9月18日提出了关于酒类产品专卖问题的报告。

2003年7月2日，财政部科研所贾康写了《关于恢复酒类专卖的建议》，建议恢复酒类专卖，理由有三：一是酒类高税高利，古今中外都是财政收入的稳定来源。目前世界上有70多个国家和地区实行酒类专卖；二是1979年暂停酒类专卖以后，酒类市场竞争无序，偷逃税普遍，（据国家税务总局2002年8月对四川、山东、山西、河南等地287家白酒厂进行纳税抽查，约80%偷税漏税，当时补税总额近5亿元。）每年财政流失700亿元，而全国农业税收入也就400亿元；三是恢复酒类专卖条件已经成熟。

财政部科研所报告还显示，自1980年酒类专卖停止后，全国各地小酒厂很快蜂拥而起，到80年代末期，酒厂数量竟增加10倍，从

4000 余家升至 4 万余家。酒类产量猛增，导致产销失衡，市场十分混乱。数 10 年来，全国因假酒中毒者高达万人，死亡达数百人。

要求实行酒类专卖的呼声越来越高，引起了最高决策层的高度重视，国家发改委在吉林延吉市专门召开"国家恢复酒类专卖管理研讨会"，来自 20 多个省区市的酒类专卖和管理部门负责人集中探讨恢复酒类专卖问题。会上的"一致看法"是，应该对国家酒类专卖立法，设立独立的专卖机构，并尽快在全国恢复酒类专卖。

反对"专卖"的声音也不示弱。2004 年 1 月，中国白酒专业委员会秘书长马勇先生在接受南方日报记者采访时指出，酒类专卖不符合市场发展，不利于酒业发展。其理由有三：其一，白酒损失税收 700 亿元之说，与实际情况相差甚远；其二，实行专卖制度不符合我国国情和酒业发展方向；其三，酒类行业需要综合治理，加大执法力度，建立一套完整的切实可行的管理办法（包括酒类立法）。

部分业内人士认为，实行酒类专卖弊大于利。一方面，专卖只能让一部分知名的大酒厂生存，而对于小酒厂来说生存空间就会减少；另一方面，酒类专卖会造成地方保护主义，很难形成全国性的酒品牌，行业的发展会受到政策的限制；最后酒类专卖会滋生腐败。对于厂家来说无论哪个部门来管，除了额外增加进门费用外，各种关卡的设置对于新品牌而言无异于雪上加霜。而专管专卖使职能部门决定了外来企业在当地的生死权，容易滋生腐败。

南方日报记者在采访中也摸清了厂家的态度，厂家普遍认为"专卖"不利于酒业发展。在白酒行业多年的一资深人士表示，目前白酒市场竞争已经白热化，大家在竞争中使白酒的发展达到高潮，在竞争中规范市场，而酒类专卖势必淘汰盈利少或处于亏损的企业，而对于保留下来的酒厂来说感受不到来自市场的竞争压力，不利于行业的发展。另外从白酒的营销操作层面上讲，市场是动态的，通过纯市场的行为将一部分不合格的企业淘汰出局是市场规律在起作用，而要用政府手段去直接干预市场行为，就会使整个白酒行业面临着不进则退的局面。

另有专业人士表示，随着啤酒和葡萄酒的发展，消费者对酒的选择面也会越来越大，如果在这种情况下实行白酒专卖，白酒厂家与啤酒、葡萄酒厂家的竞争力会出现此消彼长的状态，消费者自然就会转移消费目标。说得简单点，以前白酒竞争的厂家多，大家竞相推出各种活动争夺市场份额，哪怕消费者只尝一瓶新酒，对于维持整个白酒的消费量就会起到很大的作用，而白酒专卖很容易使消费群分流到其他酒类。

一位业内人士告诉记者，中国的名酒企业竞争太辛苦，为了保住品牌和争夺终端，投入了大量的人力物力，最后下来是卖得越多赔得越多。以四川一酒厂为例，该酒厂作为"六朵金花"之一，年销售额达 1 个亿，而年亏损近 2000 万元。如果真要实行酒类专卖，该企业多年打造的品牌很可能会从此消失。因此，虽然从大局考虑专卖有利于规范白酒市场，增加国家税收，但对行业的发展却会起到阻碍作用。

还有一些地方官也反对"专卖"：酒业受到"专卖"限制，贫困地区怎么办？就业问题怎么解决？社会稳定还要不要考虑？出了乱子谁负责？

请大家注意，以上信息反映了对实行酒类专卖的两种不同态度，主张"专卖"者的主要出发点是"增加税收"，反对"专卖"者的主要出发点是"保护酒业发展"，至于酒民利益，似乎不是争论双方关心的主要问题。

咱们今天强调实行酒类专卖制度，目的很明确，就是为了净化市场环境，使市场健康而有序；就是为了维护酒民的利益，使酒民们不再受害。老祖先讲"民为大"，共产党讲"人为本"，百姓利益是根本、是大局，就冲这，酒类专卖也得搞，国家别理会那些"小算盘"。

事实上，自 1998 年山西毒酒要案被曝光后，全国有已经 20 几个省区先后恢复了酒类专卖机构。广东省实施酒类专卖，规定酒类生产、经销实行许可证制度，各种许可证由省酒类专卖管理局统一印制，各级酒类专卖管理部门负责审核、发证。酒类商品收购、批发业务，县以上由各地糖烟酒公司统一经营；县以下由糖烟酒公司的下属机构或其委托的基层供销社经营；其他单位经营酒类商品收购、批发业务必须经所在地市酒类专卖管理部门批准；个体工商户不得从事酒类商品收购、批发业务；酒厂可从事本企业酒类产品的批发业务。个体工商户从事酒类商品零售，必须申领《卫生许可证》、《酒类零售许可证》、《营业执照》等。

酒类专卖制度的实质是以国家经营为主，个体经营为辅。大家不要担心住在乡村的老人因此会失去站在自己家门口随手拦住一个挑着酒担的人打上几两酒这种方便，老家村口的小酒作坊也不会再像记忆中的那么红火了。当你想到"酒担子"和"小酒坊"的消失使你的健康又多分保障时，就会觉得失去的"方便"并不值得怀念。

酒类专卖制度自然会大大缩小属于"游击队"那类厂家的生存空间，减少"游击队"与"正规军"之间的摩擦，有利于维护生产秩序。据统计，全国目前未注册的小酒厂和作坊有近4万家，这支庞大的"游击队"是酒业的"瘟神"，偷税漏税是它们、假冒伪劣也是它们，它们每每兴风作浪，酒业秩序便混乱不堪。比如茅台镇就有很多小酒厂打着茅台酒的旗号，混迹市场，而专卖政策将使这些游击队少了很多投机取巧机会。这对白酒业来说，无疑是一次重新调整的机会，借专卖之手，促动白酒生产环节重新洗牌，使企业在更加纯净的市场中获得大的发展。吉林延边朝鲜族自治州在1996年实行酒类专卖后，当年将全州110家酒厂中的83家小酒厂关闭，保留了27家，税收即从1996年的740万元增加到1999年的7710万元。由此可见，"专卖"不会影响酒业的发展，不会影响地方的经济，任何反对的"理由"不过是借口。

白酒专家认为，国家恢复酒类专卖管理，目前最为迫切的是要做两个方面工作，首先是抓紧组建国家酒类专卖管理局，实行统一领导，垂直管理，形成从中央到地方的独立的专卖管理体制。同时，制定国家酒类专卖管理法律、法规，立法刻不容缓。管理无法可依，是造成酒行业诸多问题不能根治的最根本原因。首先由国务院出台酒类专卖管理条例，用一段时间完善、充实，再上升为法律。这不仅填补了我国加入世贸组织之后对外合作中酒类存在的"法律空缺"，而且为确立专卖管理机关的法律地位和执法权限、酒类生产经营活动的行为规范，提供法律保障。实际上，近年来的全国人大会上，都有代表呼吁尽快制定《酒法》，以规范酒业秩序。《酒法》和"专卖"已成当务之急，民意如此，非搞不可，任何犹豫不决都是不明智的。

依法建立统一的价格体系，制止暴利

各地酒厂为何多如牛毛？一些地方官为何爱办酒厂？因为造酒成本低、利润大、见效快。尤其在一些贫困地区，酒厂十有八九是"支柱企业"。酒类产品批发商为何那么多？因为赚钱容易，尤其直接为厂家做代理的，搞上三两年就能成为百万富翁。这一切都说明：在中国，酒是地地道道的暴利产品。

一位酒业人士讲了这样一件事：一家酒厂的产品库存越来越多，到了春节工资发不出，厂长大胆决定：把库存酒价格提高一倍，抵工资发放。全厂人都自嘲：咱终于喝到自己出的"高档酒"了。春节待客，"高档酒"给主人们大长面子，许多客人说：到底是一分价钱一分货，这酒好喝。过罢春节，返厂的员工们纷纷议论这档子事，被厂长听到了，厂长机灵一动，又做出一个大胆的决定：把库存酒出厂价格提高5倍，改下包装，以"高档酒"推出。新瓶装老酒，价格上去了，销路也打开了。

酒类产品出厂价格因缺少严格的限制而显得过于随意，"标准"的确握在厂家手里。2003年至今10年间，茅台、五粮液酒多次宣布涨价，由此引发了全国白酒价格普遍上扬。与10年前相比，白酒的价格平均上涨10多倍。

"涨价说到底还是企业的市场行为。"一位名酒企业的负责人称，自国家对白酒实行新酒税以后，白酒的利润就大幅降低，五粮液、全兴等利润被摊薄，为了增加附加值，白酒企业不断提价，以增加利润，因此白酒价格不断走高。

有白酒专家说，造酒原料的涨价确实会导致白酒成本的增加，但按目前每吨造酒原料价上涨 800 元计算，分摊到每瓶白酒上只有 0.4 元钱，零售价再涨也不会有如此大的幅度。因此，酒价的大幅上涨，基本可以认定是生产厂家借势提价的行为。

据一家媒体也载文披露：

> 2004 年，五粮液旗下的一款高档酒"金榜题名五粮液"继登陆上海之后进军北京市场。据透露，这款出厂价在 400 元左右的新品到了酒楼里后，将有可能以 3000 元左右的价格出售。其实在 2003 年年底，五粮液就曾借新防伪包装推出了价格在 450～500 元一瓶的高价酒，而后老包装的五粮液又数次提价，目前也和茅台一样，五粮液酒的整体价格已高得让普通酒民消费不起了。

放弃产量使白酒业正在走向另一个极端——酒价一飞冲天。

茅台、五粮液、剑南春三大品牌的市场地位，决定了它们在市场上的一举一动都将牵动着整个中高档白酒市场的神经。

"大家的目标都直指高端酒市场，我们也正在做重点产品。"沱牌曲酒公司对高端酒市场充满信心，而对低价酒没有丝毫热情。

全兴酒厂的说法则是："全兴过去的品牌战略是大众化的路子，现在要在高端市场突破，例如已确定两个高档品牌'水井坊'和'天号陈'。"

种种迹象表明，白酒业正在进行大的调整，而且是集体抬步"向高处飞"，这种布局让人吃惊。已知的消息是，"川酒六朵金花"将在高端酒市场中全线出击，甚至包括泸州老窖、沱牌这样的老牌中低档酒。

在经历了"广告酒"、"勾兑酒"等为人诟病的时代后，目前出现的"高档酒"、"极品酒"风潮，对白酒业来说不知是福是祸。

业内人士指出，无论从哪种角度来说，涨价对厂家来说确是件好事，既可增加利润，又可提高知名度。记者在采访中发现，一些中档酒厂家及五粮液高度酒的经销商均对高档白酒涨价持乐观态度。

古井贡集团认为，高档白酒的涨价可以拉开与中档酒的距离，使一部分消费者趋向中档白酒的消费，中档酒的销量会因为高档酒的涨价而有所增加。

五粮液一位经销商告诉记者，自从五粮液提价后，未涨价的68度五粮液高度酒的销量直线上升，很多二手批发商怕再涨，提前备货的情况很多。但他表示，涨价后市场销售没有受到太大的影响，以前进的货可以借涨价多赚一些钱，销售商确实赚一笔。

酒厂们齐声杀入高档酒领域，一个共生的谜团是：大家对于产量的放弃。

"我们不想生产太多数量的白酒，在实在没办法的情况下，我们才会增加产量。"以往，扩大产量是白酒厂的一贯追求，此时却来个观念急转弯，这让业外人士摸不着头脑。

白酒厂主动愿意减少产量是近来才出现的事，更凸显白酒企业要价位而不要产量的策略。但一年内增加几十种高档酒，市场如何容纳消化？

中国食品协会白酒分会的沈怡方说，十几年来，我国一直在对白酒业进行调整，但并不是说全部都往高档酒上转移，也从来没有期望过这么多品牌向几百元一瓶的极品酒中扎堆狂涌。"都做成高档酒，都想牟取暴利，本来就问题良多的白酒行业未来就更加危险。"

"我们也是被逼上梁山的。"白酒厂们自辩。

诸多矛头直指一项在业内早已为人所诟病的税收政策。2001年5

月1日，我国调整白酒消费税征收办法：在原有消费税征收办法不变的前提下，再对每斤白酒按0.5元从量征收一道消费税（即从量征税）。

"从量征税的意图，是要淘汰过多的低档酒非名牌生产企业，使市场份额逐步向规模大、品牌响的前十几家企业集中。但事与愿违，这项政策反让大酒厂吃不消。"五粮液有些不满。

业内人士普遍认为，白酒是一个利润较高的行业，全国有多达上万家小酒厂，倘若从量征税政策能减少地方小酒厂的数量，做大做强名牌大酒厂，那断然不会出现目前白酒业追求高价放弃产量的问题。

"白酒大佬"五粮液2003年年报显示：该年主营业务收入较上年度增长20.31%，但净利润却下降24.42%。五粮液集团恼火至极，因为恰好是五粮液集团上缴从量征税最多的。去年全国白酒业共5亿多元的从量征税，五粮液一家就"贡献"了1亿多元，一下子摊薄了利润率。

"关键是其他酒厂缴了多少税？这就是大家质疑从量征税的原因。"沱牌公司人士说。他们也是从量征税的缴税大户。

"从量征税本来是好事。地方小酒厂几元钱一瓶酒，利润本来就有限，一斤再征收5毛钱税，对其影响可想而知，一家年产销1000吨的小酒厂一年就要征税百万元以上。但问题是在执行过程中，一些小酒厂可能没缴，而大企业是分文少不了。"五粮液一经销商说。

每年全国白酒销量至少为500万吨，从量计税应征收50亿元，而实际上只征收5亿多元。而来自食品工业协会的资料显示，这其中产量只占全国13.7%的四川和贵州贡献了绝大多数，其他20多个省市只有2000万元。显然，未按量征税的不在少数。

以五粮液集团为例，其两个老牌产品五粮液和尖庄，前者售价200多元，丝毫不受影响；而尖庄一瓶才几块钱，生产越多，意味着亏损越多。而且，它的高、中、低档酒完成于同一生产过程。也就是说，在生产过程中，最好的部分生产成五粮液酒，较差的则生产成尖庄酒，两者产量成相应比例，没法逃漏税。

而如此一来，大型名牌白酒企业被迫放弃中低档白酒市场，中低档酒正成为它们的鸡肋。

进口酒类产品价格问题更为混乱。据经济之声《天下公司》报道：

"中国消费者都是冤大头"——因为这句话，红酒商人周海波出名了。这位身份为意大利红酒文化（大中华区）促进会执行主席、意大利嘉8企业集团董事长的红酒商人自揭家丑，爆料中国红酒市场的种种黑幕，引来各界迅速围观。

周海波毫不隐讳的披露了，一瓶原价10欧元的意大利原装进口红酒，从它出酒厂的那一刻起，是如何通过层层加码，最终以100欧元以上价格售卖的。

周海波说：我们的消费者是冤大头，喝到的酒太贵了，零售价一千块的酒在欧洲的零售价格最多20欧元（不足两百块）。可是中国的零售价要一千块，原因很简单，中国的渠道不够扁平，纵横度太长了。

周海波建议：很多国家的葡萄酒都盯住中国这个市场，包括沿海各个大港口堆积了一大堆的进口葡萄酒。因为价格非常高，销售上也就会不畅，价格高了以后，中国的消费者喝不起葡萄酒，反而造成在中国每一个公司，每一个保税商都有很大的库存。国内相关行业，包括餐饮业、零售批发业应该提出一个非常好的解决方案，让中国消费者能用非常便宜的价格接触到国外的葡萄酒真品。

周海波的一番言论，在网上引发了巨大的争论。绝大多数的网友都认为，现在红酒价格虚高，这都是经销商搞的鬼。

但也有经销商说：没他们说的那么邪乎，在国外10欧元拿来的酒合人民币大概82块钱左右。红酒的进口关税是50%，这就合到了120多块钱。此外，在国外装船的费用，船从国外到中国的费用，中国卸船的费用，还有门店的租金，运营成本，国外10欧元的酒在国内卖到300到400元左右，这是合理的价格，卖到1000就有点不合理。前几年大家都不太懂酒，而且红酒消费渠道比较少，所以大家都认为红酒暴利，但是最近这三年做酒的人特别多，所以不存在暴利，要这么暴利都干红酒了。

进口酒类产品的价格究竟有没有大的猫腻，看下市场就明白。业内人士举例：五级酒庄生产的旁地卡内价格从年初的 1200 元涨到了 1500 元左右，涨幅接近 20%……

另一个故事更能体现"酒价"在流通中的混乱程度。一个国内著名的葡萄酒厂的副厂长来北京搞市场调查，按大、中、小等级连续暗访了 16 家酒店，发现本厂的同一品牌产品一家酒店一个价，最低的每瓶 128 元，最高的每瓶 388 元。离开北京的前一天晚上，拜访在京几位老朋友，几个人乘兴来到一家高档歌舞厅。这种场所有美女，也需美酒助兴。副厂长说，要喝就点自己出的酒，来 8 瓶。玩得极尽兴，结帐时却傻了：每瓶 888 元，光酒钱掏了 7000 多元。副厂长苦咧着说：我的出厂价不到 20 元，这也太离谱了。

其实，酒民们对酒店、酒吧、娱乐场所的酒价之高早感到"离谱"，只是无奈罢了。

我们看看深圳酒吧的酒价单：

本色酒吧（东园店）基本酒水单：啤酒 30 元 / 支；99 长城干红 150 元 / 瓶，皇家礼炮 1800 元 / 瓶；

根据地酒吧基本酒水单：平安夜特饮鸡尾酒 30 元 / 杯，啤酒 28 元 / 支；99 大红鹰 168 元 / 瓶；芝华士 12 年 480 元 / 瓶；

幸运星酒吧酒水费圣诞（新年）加价 10－20%。

罗湖的酒吧很热闹。一到周末，没有哪家酒吧不客满的，这算是一种特色。罗湖区的酒吧相对集中于罗湖口岸、春风路、向西村、东门老街、中兴路、蔡屋围九坊街等区域，价格是深圳最贵的。

春风毕打奥基本酒水单：百威 25 元 / 支，喜力 30 元 / 支，科罗娜 25 元 / 支，人头马路易十三 14000 元 / 支。

本色酒吧（怀旧风）基本酒水单：喜力 30 元 / 支，百威 30 元 / 支，科罗娜 30 元 / 支，法国拉图 1580 元 / 支，拉菲仔红 420 元 / 支，苏格兰威士忌 35 元 / 杯、520 元 / 支，法国拉图副牌红 1580 元 / 支。

圣地酒吧基本酒水单：青岛 25 元 / 支，金威 25 元 / 支，嘉士伯 68 元 / 扎；红酒：96 张裕干红 180 元 / 支（配送七喜小吃一份），法国武当红 360 元 / 支，碧加露 280 元 / 支；伏特加：皇冠 28 元 / 杯、380 元 / 支，奥斯露 28 元 / 杯、380 元 / 支（配送果汁或软性饮料）；人头马 XO78 元 / 杯、1380 元 / 支，轩尼诗 XO78 元 / 杯、1380 元 / 支。

据深圳人讲，这些基本属于大众化的消费场所，酒价不算"太黑"。但不算"太黑"的酒价也足以让人感到"离谱"。

请注意，这是将近 10 年前的酒价单。若以今天的价格相比，大家可能觉得算不得什么，因为现今的酒价比那时高得太多了。2004 年以后，中国酒类产品又经历了几轮涨价潮，如今茅台、五粮液等高档酒族的出厂价早高出 10 年前的市场零售价许多，无论娱乐场所或是餐饮店的酒价单都一年比一年不客气。酒比菜贵，全天下人都有这种感受，所以对普通消费者来说，"酒钱花不起"并不奇怪。

酒类产品漫天要价的时代该结束了，决策层再不能有丝毫的犹豫。

依法惩处假冒伪劣制造者，让"酒虫"们倾家荡产

这个想法可能狠了点，可是不狠刹不住"假酒"风。多年来"假酒"肆意横行，不就是因为太宽容吗？

江苏省如皋有个闻名全国的"假酒村"，《新民周刊》记者到此做过暗访，随后写了这样一篇文章：

> 拥有 195 位百岁以上老人的长寿福地，全国三大名火腿之一的"北腿"，与"广式"香肠媲美的"如式"香肠……江苏南通的如皋市有着众多令当地人自豪的美誉。但是，还有一个当地人人皆知，但却不愿张扬的"恶名"——"假酒之乡"。

2005年2月4日，正当人们忙着采购年货时，浙江媒体的一则消息"震惊四座"：《23000瓶假酒从江苏流入浙江》。

媒体在描述这些假酒数量惊人的时候写了这样一段——"五粮液"、"稻花香"……整整2500余箱假"名酒"出现在眼前时，连工商检查人员都惊呆了。

就连经常因为打假而见假不惊的工商人员都惊呆了，可见这些假酒的数量与造假水平之惊人。

这些假酒是从江苏南通如皋购入。一位在如皋生活了50多年的老者告诉《新民周刊》记者，这里的假酒生产史可以毫不夸张地追溯到20年前，这20年间造假者与打假者反复较量，假品牌生机勃勃，"这里的'假酒品牌'越打越出名。"

当地人老谢对记者说："假酒生产的重灾区我比较清楚，一些造假作坊我甚至去过。作为本地人，我本不想对外人说这些事情，但是我痛恨假货，也不希望我的家乡总是背着'假酒之乡'的恶名。如果找别人，你多半是会碰壁的。我就来当一回'恶人'吧。"

据老谢介绍，假酒重灾区在磨头镇和吴窑镇。造假者多是接到订单后再生产假酒，最忙的时候是节假日前一段时间，那时白酒特别是高档白酒的需求量大，他们会接到很多订单，所以春节前的那次突击行动会一下子查出13卡车的假酒。

生产假酒的人家平时都正常务农或出去打工，白酒旺季来临之前，他们就会接到老客户的订单，同时四处开发新客源，然后开工生产——其实也谈不上什么生产，只是灌瓶而已。这些造假者几乎都没有酿造设备，需要的只是简单的灌装、封装机器加上买来的名酒酒瓶和商标、包装，成本极其低廉。

接近韩渡村，沿途的景观开始变样，街路两侧随时可见用蛇皮袋装着码起的一垛一垛像小山一样的旧白酒瓶堆。

"他们不会频繁生产，那样很快就会遭到打击，况且一年生产两三次就能赚个几万甚至十几万，没必要冒这个风险。"老谢说，"为了分担风险，他们不怕造假的多了形成竞争；相反，他们之间还形成'联保'协议，一家被打击，决不供出其他人，并迅速通风报信。而其他造假者事后联合出资帮助受处罚者东山再起。这就是如皋造假者越打越多的一个根本原因。"

"你看，那就是个假酒生产点，我曾经进去过。"顺着老谢手指的方向，我看到左侧有一个占地近千平方米的大院落，中间一幢气派的小楼还很新，后面紧挨着一幢旧房。老谢接着说："那新楼就是假酒撑起来的。"

老谢告诉我辨别造假酒窝点的窍门，说这个方法的准确性八九不离十。

一是看院子内外有没有大堆的废旧酒瓶，这是他们首要的工具。但是在外面是看不到那些高档白酒的酒瓶和包装，那些可都是造假者的宝贝，其中常常还有带防伪标记和鉴别工具的新品白酒瓶。这些宝贝曝光既容易引来打假者，又怕破损和褪色，所以都藏得十分隐秘。

二是看这家有没有比较大和深的院子，院门是不是很高很宽，大院门是不是可以让车自由出入，大院子是不是可以停长厢货车。一旦进入生产旺季，每次出货少则几十箱多则几百箱。为了躲避路上检查，他们还会预备一辆"开道车"带着装假酒的车走，一遇情况立即呼叫后车躲避。

晚上，记者与老谢来到一家小酒店，服务员问："喝点什么酒？"我使劲摇头："我可不敢喝。"

老谢大笑："你别怕，在别的地方你可能喝到假酒，甚至是当地牌子的假酒，但是在这儿你想喝到假酒都难。"

见我诧异，酒店王老板也过来解释："本地人喜欢喝黄酒，也喜欢白酒，比如川酒系列的五粮液、水井坊，贵酒系列的茅台等等。我们去进酒都知道，批发酒的从不把假酒卖给我们本地人，那不是砸自己的牌子吗？！"

老谢补充说："假酒的原料都是低档的粮食酒，所以准确的说法应该是冒牌酒，喝不死人的，与能够喝死人的酒精勾兑的假酒相比，许多人觉得这种酒的危害不大。"

"这里不是有悠久的酿造历史吗，为什么不打出自己的白酒品牌，正大光明地造名酒？"我问道。

"可能是缺乏品牌意识，或者是创立一个品牌太难吧。"老谢回应。

事实上当地人并不缺乏品牌意识，历史上，这儿的人们也曾品尝被别人假冒品牌的尴尬和痛苦。

爱自己的孩子是天经地义的。我们不妨假设，如果这里是"名酒之乡"，那么乡人们还能对"假酒之乡"的恶名置若罔闻吗？

《新民周刊》9年前发表的调查文章，时至今日让人并不感到陈旧，因为我们今天仍生活在假冒产品横行的环境中。或许，今天的如皋人已经不需要靠制造假冒酒类产品发财了，但其他地区、其他人制造假冒酒类产品的现象还在继续，市场上销售的茅台、五粮液酒的数量高出它们产量数10倍，多出的不都是假冒酒吗？因此可见，我们没理由对治假大讲成效。

假酒暴利惊人，这正是利欲熏心者的兴奋点。为了这个"兴奋点，造假者什么手段都敢用。《中国质量报》曾发表一篇文章，题为《制售假酒利润超贩毒》。文章这样写到：

假酒天天打，怎么还有这么多的假酒？每年，国家都在加大打击力度，职能部门查处的假冒伪劣产（商）品的货值金额也在上升。然而，超高的利润，使得造假者铤而走险。这边，生产厂家加大防伪投入，那边，造假者也在"改进"技术，"克隆"产品。造假手段的"高超"，令生产厂家防不胜防。

在湖南省长沙二环线上的雅塘村本是一个偏僻的郊区村落，除偶尔有出租车和零星的中巴车通过外，鲜有人往那里去。可自从几家颇有地方特色的大酒楼开张，使得这里迅速红火起来。来往的人多了，公车、私车多了，过路的外地车也多了，就连公交车也开过来了……于是，这里变成了三湘生态美食一条街。

一路吉祥在美食街上的二十几家酒楼中，不仅规模位居前茅，人气也是数一数二的，极具特色的菜式让好吃的长沙人趋之若鹜。每临中午和晚餐时分，酒楼前的停车坪就满满当当，估计连一辆摩托车都难以插足。然而，就是这样一家深受消费者喜爱的高档酒楼，居然也卖起了假酒。湖南省质量技术监督局稽查总队接到群众举报称，一路吉祥销售的五粮液酒是假的。稽查总队前往一路吉祥美食广场的酒水仓库进行检查，发现该广场售价为468元一瓶的52度精品五粮液实际进价仅为302元，而此种酒在市场上的最低价为330元。俗话说"便宜没好货"，五粮液酒厂绝不会干这种"赔本赚吆喝"的买卖……

近年来，在查处的各类酒类造假案件中，最突出的特点是从外包装已无法断定酒的真假，而酒的口感也越来越逼真，许多时候要进行理化实验才能断定酒的真伪。五粮液股份有限公司代表罗帛对记者说，他们的精品五粮液是2003年9月份才正式投放市场，仅设备就花了数千万元从国外引进，没想到造假者这么快就造出了无法用肉眼和味觉识别出的假酒，造假手段真是太"高明"了。

高档白酒的酒瓶、外盒等整套包装均是一次性使用，白酒类生产厂家从来不用回收酒瓶，造假者没有也不可能有大手笔的投入专门生产白酒外包装。那么，这些假酒的真包装的来源只有一个——高价回收。记者在调查中发现，不论是白酒、红酒，还是洋酒，都是以餐馆、酒楼、酒吧及 KTV消费为主，而且，餐饮、娱乐场所越高档，白酒的消费量就越大。记者曾于中午的 13 时至 14 时 30 分的一个半小时内，在一家高档酒楼观察，客人要了 14 瓶中高档白酒，却无一人将喝完的酒瓶带走或销毁。于是，留在饮食、娱乐场所的各种酒包装便成为另一笔收入。据了解，一瓶 52 度精品五粮液的完整包装可以卖到 100 元。据此，以一路吉祥为例，记者算了一笔账：一瓶假五粮液进价为 302 元，销给顾客的价格为 468 元，酒瓶包装还能赚 100 元，那么每瓶假酒的纯利达到了 266 元。近一个月内，共购进假酒 30 件 180 瓶。这家餐馆的会计承认，他们仅销假酒月利润就达 5 万元。

将可利用的废品再回收本是无可厚非的好习惯。然而，记者在采访时得知，绝大多数废品店并不回收名酒包装，原因是白酒生产厂家不需要像啤酒生产厂家那样回收酒瓶。有求才有供的道理人人都懂，很显然，高价收购名酒包装就绝不是开源节流那么简单了。

高档宾馆、酒楼销售假酒已不鲜见。业内人士指出，假酒生产已从最初的劣质包装加劣质酒灌装，发展到利用原厂技术生产假冒酒，再用真酒瓶、标签、防伪标志等进行包装，产品几近乱真。虽然说，这与一些酒厂进行低成本扩张，在各地收购并设联营、分装厂，因管理不善导致技术外泄有关，也与真酒包装的回收有直接关系。随着假酒的泛滥和消费者辨假识假能力的提高，不论是白酒买方和卖方统一体的餐饮行业，还是消费者，都会对白酒的真假进行鉴别，然而遇上了真包装装假酒，这就是连厂方的专家都很难辨别的新问题了。

据不完全统计，有98％的中高档白酒是在宾馆、酒楼里消费的。正是瞅准了这一点，假酒的生产和销售者往高价回收购来的酒瓶里面灌入假酒，再通过熟人或是高额回扣把成件的假酒送到那些高档宾馆和酒家。粗略计算一下，这些假酒成本在50元至70元之间，销售价则高达160元至300元不等，其利润已经超过贩毒。虽说这些酒并不是喝了就会死人的毒酒，但造假贩假严重侵害了消费者及生产厂家的权益，为法律所不容。

人们到底喝了多少假酒呢？据了解，湖南省质量技监局每年查获的假酒不下万余件。

湖南省质量技监局稽查总队的负责人告诉记者，曾一度出现假酒的价格比真酒的价格还要高的怪现象。其实，不论是抬高销售价格，还是往真瓶里灌假酒，造假者的目的只有一个——乱真。只要有高额利润，假酒生产也就不可能彻底杜绝。希望有关职能部门、宾馆、酒楼和广大消费者全力配合，共同来遏制假酒泛滥。

造假酒成本低、利润大、来得快，的确是发财的好办法。这种诱惑连一些厂家也经受不住。我们不妨看下这篇央视记者调查：酒不够水来凑

走进绍兴市，随处可以看到古老的街巷，飘展的酒旗和一幅幅大型黄酒广告牌匾。绍兴市是我国主要的黄酒生产基地，被誉为"黄酒之都"。这里的黄酒老字号厂家时间长的有近三百年的历史，短的也有二三十个年头。

绍兴某酒厂是一家黄酒生产企业，消费者向反映，一种有"苦涩味"的陈年黄酒就是他们生产的。

黄酒是以稻米、小麦等为主要原料，采用独特的工艺进行发酵而成的，按照国家标准要求，黄酒在调制过程中除了焦糖色外，不得添加任何食品添加剂和其他物质。这家酒厂目前生产的黄酒有加饭酒、花雕酒、陈年黄酒等十几个品种，年产量在 3000 吨左右。厂长告诉我们，这些酒都是按照国家标准生产出来的。

工厂的院子里堆放着很多坛子，这些坛子就是用来发酵黄酒的。工人正在将坛子里的黄酒灌装到酒桶里。

记者： 师傅你怎么用嘴吸啊

工人： 不用嘴吸怎么能流出来呢？

记者： 用嘴吸卫生吗？

工人： 不卫生那也没什么办法。

这些发酵好的黄酒，很快就被运送到不远处的调酒车间。这个大酒池能盛装 14 车黄酒，但是工人只倒了 4 车。

当天下午，记者再次来到调酒车间，却再也没有见到工人往酒池里倒酒。记者发现，在酒池的入口处多了一根管子，工人正在往酒池里兑自来水。这个酒池能装 3000 公斤左右的黄酒，但是记者用棍子丈量后发现，倒进的黄酒的深度还不到酒池深度的四分之一。

记者： 你这个池子要倒进多少斤水？

技术员： 1000 多斤。

加进自来水的含量占了酒池的四分之三，也就是说，加进的自来水超过了 2000 公斤，而不是技术员说的 500 公斤。

记者： 你们调制的黄酒都要加水吗？

技术员： 十年陈、五年陈的黄酒不用加水。

记者： 其他的酒呢？

技术员：大部分都要加水。

记者：《黄酒国家标准》中明确规定，调制黄酒过程中严禁兑水，你们为什么要兑水呢？

技术员：不加水的酒酒精度数高。

技术员解释说，他们厂里发酵后的黄酒酒精度比国家标准高，为了降低酒精度，酒厂就要往黄酒里兑自来水。但是记者发现，技术员又倒进了两车酒，不过这一次车里倒出来的"酒"不是黄色的，而是白色的。

记者闻了闻，发现这种白色的液体有股很强烈的刺鼻的味道。细问，方知黄酒要加白酒和酒精。

既然兑水是为了降低黄酒的酒精度数，那么为什么在兑水之后反而加入大量的白酒和酒精呢？技术员最后向我们道出了实情：兑水其实就是为了提高产量，水卖出了酒价钱。但是由于兑水太多，所以不得不加入酒精和白酒提高酒精度。兑了自来水的黄酒口感和颜色比纯粹酿造的黄酒差了许多，因此还要进行特殊的勾兑。技术员开始调酒的颜色。

记者：你加的是什么东西？

技术员：焦糖色素。

记者：加多少呢？

技术员：加5斤。

按照国家标准规定，黄酒调制时除焦糖色外，不得添加任何食品添加剂。不过，为了把兑了自来水后淡而无味的酒调出味道来，还要加入各种各样的添加剂。记者发现，用来溶解甜蜜素和盐的水竟是用来泡酒瓶的水。

记者：你加的是什么东西。

技术员：都是香料。

记者：糖浆加了多少斤？

技术员：10斤左右。

记者发现，这些用少量黄酒、自来水、酒精、甜蜜素、香精和盐调制出来的所谓"黄酒"，经过灌装后，贴上了陈年黄酒的标签。……

黄酒是营养丰富的低度酒，酒精度一般在十几度，营养成分却在三大酒类产品之首，含有二十多种人体必需的氨基酸，被誉为我国的"国粹"酒。正规厂家的黄酒生产，一般遵循"古遗六法"，即原料要好、酒曲要香、水要甘甜、酿酒器具要精良、浸米住房要干净、火候要适宜。黄酒的色泽、香气和口味，主要由所有的米、曲、和水决定，在南方，最好的黄酒是用当年的新糯米酿造，一斤稻米可以生产出两斤黄酒；而北方，一斤黍米的黄酒产量通常在一斤左右。

在正规厂家，这些刚刚压榨出来的生酒并不能上市出售，它们通常还要作灭菌处理，然后密封在陶坛里贮存，贮存时间少则三、五年，长的可达数十年。这种陈酿的黄酒色泽晶亮、香气浓郁、口味醇厚，而靠大量加水、酒精、香精和色素勾兑的劣质酒就没有这样的营养了。

江苏如皋的"假酒村"用低廉的粮食酒假冒名牌酒，绍兴某酒厂往黄酒里掺水，这些让酒民感到可气，但不可怕。可怕的是那些"夺命假酒"，谁碰到谁倒大霉。我们看几个公开消息：

1998年1月，山西朔州市发生震惊全国的假酒大案，"假汾酒"造成200多人中毒，27人死亡。

2003年12月7日，云南玉溪市元江哈尼族彝族傣族自治县40名农民喝假酒中毒，到12月8日早上已有4人死亡，14人病情较为严重。

2004年5月，广州市白云区出现假酒事件，致使50多人中毒，10几人死亡。经检验，这批"夺命"假酒中的甲醇含量高达 30%。

大家是否听说，中国的假酒已经"走向世界"？俄罗斯人喜欢高度酒，看中了北京的二锅头，因为这酒性烈，且价廉，于是在北京大量购进。谁知花钱买了假酒，不少俄罗斯人喝了二锅头出了事，有的眼睛瞎了。这事闹得不小，直接影响到两国的贸易关系。

大家痛恨假酒，希望国家尽快制定出一套有效的管理办法。终于，中国第一部《酒类流通管理办法》于 2006 年 1 月 1 日正式实施，而业内人士认为，该《办法》能对假酒及高昂的进场费有多大抑制作用目前尚不能乐观。这是为什么？一家媒体披露：

> "商务部出台这部《办法》的目的主要在于控制假酒和进场费这两个相当严重的现象。"上海市酒类专卖管理局一负责人说。
>
> 王朝葡萄酒上海销售有限公司总经理汤星敏表示，假酒问题年年查年年整治，但是至今依然不见改善。浙江古越龙山绍兴酒股份有限公司上海销售分公司企划部经理江波指出，每年绍兴黄酒业因为假酒问题损失高达 8000 万元。
>
> 另一问题是进场费每年不断上涨。上海酒业流通协会的一位负责人告诉记者，目前一个酒品牌进入一家饭店或餐厅的普遍价格从 2 万元至 20 万元不等，垄断一家餐厅的酒类供应更需要上百万的费用，而且仍在以每年 20% 的速度提升。
>
> 《酒类流通管理办法》的出台对抑制假酒、进场费高昂的现象有多大作用？中国酒类商业协会秘书长刘员只说"比没有好"。他表示，《办法》处罚不严厉、力度不够使得在实际操作上对假酒、进场费现象没有实质性的打击作用。而且，假酒的鉴别技术并不完善，鉴别程序繁琐。

据悉，《酒类流通管理办法》规定，对于违反《办法》的行为的处罚金额最高是 3 万元。而一个假酒制造商每年的利润至少在几十万至上百万元。

如此看来，目前中国打击假酒仍缺少力度。打假不狠原因何在？不好妄加猜测，只有表示遗憾。需要表明的是，假酒不除百姓不安，管理层必须明白这一点。

一位网民撰文说：究竟采取何种措施、使用何种手段才能更有效地打击假酒，那是决策层的事，老百姓说了不管用。尽管如此，却并不等于说咱老百姓连说话的资格也没有，因此咱还得提醒那些"说话管用"的人，打假不能只下毛毛雨，要打就用狠招，要有让造假酒者"十年怕井绳"的效果，让他们日后好了伤疤也忘不了疼。否则就别瞎折腾。

关于酒类产品生产，关于酒类产品市场，关于酒类产品监管，无不涉及消费者的利益，也与社会利益息息相关。因此，我们呼吁造酒的、卖酒的、管酒的，以及所有发酒财者，要把酒民的利益装在心中，把社会责任扛在肩上。从这个意义上讲，"酒业革命"的目的绝不是打击酒业的利益，而是为了保证人们生活、社会生活更健康。从长远的意义上讲，酒业革命的成功将会引领酒业走上更为康庄、持久的坦途，引领酒类市场保持更有活力的繁荣，引领"生活美味"日久弥香。

看看你的酒

生活美味靠你产，

杯中毒素知深浅？

千家万户出银两，

杯中当有几分安。

卖假求利忙不闲，
赚的却是黑心钱；
货正或少几分利，
安得良心不受遣。

酒中利税虽热眼，
莫忘乱象终不善；
酒业革命益家国，
法杖高举酒香远。

第七章　酒民要革命

——改变不良习惯

　　酒民也是"酒文化"的书写者，文明与粗俗、进步与落后，呈现于我们的酒桌言行。中国"酒文化"需要继承，也需要发展，继承和发展的原则是体现文明与进步。然而，当下中国"酒文化"散发着腐朽气息，函需新风吹荡。酒民要革命，要改变陈旧的观念，要改变不良的习惯，要把文明、进步、健康的清流注入中国"酒文化"的宽阔河道。

　　清朝大儒张苣的《彷园酒评》，专门批评酒桌流弊，这说明古代酒桌也有"乱七八糟"。不同的是，我们今天的酒民对酒桌流弊"见怪不怪"，而古人、尤其是许多文人雅士，在维护酒桌文明方面着实认真，发现问题就撰文批评。我们不妨看一看《彷园酒评》中的《酒戒》：

　　好做身份，屡邀不至；初次推托，将散不休。

　　当坐不坐，人坐又嗔；明知量浅，故为苛罚。

　　招酒不饮，不招又干；要人遵令，人令不遵。

　　自己兴尽，辄促起身；说己心事，人皆不知。

　　啖肴不尽，复置俎中；行令不听，令到方问。

　　不学无术，妄参议论；余酒不干，倾入壶内。

　　一言不合，辩论到底；酒后借端，发泄宿忿。

　　放饭流歠，四座生厌；听人密语，穷究不已。

　　挑拨醉客，以取己饮；坐席未暖，便欲喝拳。

　　逞斗机锋，此唱彼和；嫌肴粗粝，箸不沾唇。

　　频谭贵显，炫耀矜夸；对话未竟，又顾左右。

　　不知音律，妄加褒贬；酒政糊涂，反欲罚人。

　　对妓忘形，丑态毕露；坐侵邻席，只顾己安。

　　每逢会饮，必打瞌睡；道听途说，宛若亲见。

　　强作知音，乱敲檀板；语言无忌，发人阴私。

　　张苍在《酒戒》中列举出 30 多种酒桌俗形，这些不也是我们当今酒民的常见病吗？甚至，我们酒民在酒桌上的毛病比古人还多。故此，酒民朋友也需要自身革命。

酒民革命要"求变"

酒民革命，首先是观念的革命，"求变"就是倡导改变观念。

改变"少喝不热情"的观念

一种普遍的观点是：酒桌不下酒，热情哪里有？我们常听到的一句话是：待客要热情，多喝无毛病。其实，显示热情的方式很多，并非唯酒为上。比方说吧，当年南方人酒桌待客的习惯是把酒摆上，客人想喝就喝，不想喝也不劝，人家以"好菜好话"显示热情，效果也不差。北方人不喜欢南方人这种待客方式，并不说明南方人缺少热情，只能说明北方人忽略了南方人显示热情的不同方式。细想想，当年南方人酒桌待客的方式是种文明，可惜的是这种文明不但没有影响到北方人，如今反而被北方人同化得差不多了。这种局面不能不改变，南方人应该继续保持以"好菜好话"显示热情的传统，北方人应该以南方人为榜样，再别把热情装在酒瓶里，换个方式。再说，酒瓶里倒出的"热情"未必最真切，未必不会被蒸发，未必不是虚荣心。说透了，不就是个"热情"吗，多喝酒能显示，换个方式也能显示，为何非要抱着酒瓶不放？

我们再换个角度想一想，"热情待客"是为了什么？无非两点，一是表达自己的心意，二是让客人舒服。但你一杯接一杯敬酒，客人一杯接一杯应接，最后主宾都喝得东倒西歪、头昏脑涨，此时感受是什么？定然是浑身难受。你把"热情"表达到了，也把"浑身难受"送给了客人。仅此而已还好说，如果客人身体有问题，原本不适合饮酒过度，无奈被你的热情所感染而强行为之，岂不加重健康危害？酒桌闹出人命的例子也不少见啊。若此，这种"热情"有必要吗？

薄饮未必不热情。"老范待客"的故事不妨体味。那年，老部下远方而至，老范心悦面爽，家中备席款待。妻子说，你酒不行，下厨做鱼去，我陪老弟好好喝几杯。待老范做好鱼端上桌，发现妻子和老部下已打开了第二瓶白酒，于是惊呼：我做道鱼还不到二十分钟，你俩就喝下一瓶，太快了，太多了，不能再喝了。妻子说，好久不见，老弟从北京跑来看咱，高兴嘛还能不多喝？你不陪着喝，我得有热情。老范坚持说，再热情也不能多喝了，喝多叫难受，不叫热情。妻子见老范固执起来，只好笑着对客人说，你这个老处长什么都好，就是酒桌表现不好，自己不喝酒，还不愿别人多喝，你可别怪他不热情呀。老部下自然了解自己老领导的酒桌习性，当然不见怪。

老范是军人，从入伍到当上将军，酒桌待客方面一直是弱项。比如，当团职干部时，逢年过节他都要把手下单身干部和战士请到家中做客，上桌第一句话必是"你们想喝酒就喝，我不行"。当上师职干部，位居主官岗位，对上接待任务重，单位内外应酬多，还有"善下"老习惯，但老范上了酒桌还是那句话。后来当了将军，再后来成为退休干部，多年来老范在朋友圈和战友中给大家留下的共同印象是"三不人士"：有酒不劝、待客不薄、做人不假。老范此生经历的酒事并不少，并未因自己少喝酒、对人不劝酒而给人留下"不热情"的印象，相反却被大家赞许有加，酒民朋友们还能说"少喝不热情"吗？

改变"酒勤朋友多"的观念

大酒三六九，小酒天天有；酒勤朋友多，到处有酒喝。这样的酒民不少见。常常带酒气，时时显醉意，身体受得了吗？精力跟得上吗？家人没意见吗？领导没看法吗？诸方面恐怕都有问题。但，大凡这样的酒民多有几番自豪感，陶醉其中，且乐此不疲。为何？挂在嘴边的话是"朋友多，没办法"。酒与朋友，好像相得益彰。酒多一定朋友多？友多一定喝酒多？这种观念似乎有问题。张先生是位京城大报的记者，我们听听他的感受：

10年前，酒勤应酬多，本报同仁都叫我"酒耗子"。领导提醒我：酒肉朋友多则无益。我申辩说，酒是桥梁嘛，交友少不了；记者走四方，朋友多了些，常聚常喝也无奈。

妻子也见怪：几乎天天这样，心里还有家吗？你咋不跟朋友去过日子呀。我说，别短见，朋友多不是坏事，酒场多也是造化。

谁劝也听不进去，整个一种观念——酒多见友，友多见酒。那时候何曾想过"酒勤未必朋友多，酒交未必皆心交"的道理？

生活终于改变了我的观念。说来简单，因种种因素，事业走了下坡路，"朋友"一下少起来，酒也从此少起来。这时妻子说：看到了吧，你对别人用处不大了，别人也就不围你了，数数看，朋友还有那么多吗？略一排查，还真是，剩下的几个好友，并不是昔日酒桌厮守之类。这时我才突然觉得，过去喝那么多的酒算是白喝了，挥洒那么多热情算是白费了。从此观念彻底变了，该喝的酒当然要喝，但绝不会再像从前那样把酒与朋友完全当成一回事了。的确，真正的朋友不是喝出来的，喝出来的朋友没几个。

张先生的感受让人想到了"酒肉朋友"这句话，此话含有几分贬义，带有几分告诫，归纳了一个结论：以酒交友不靠谱。这个结论当然具有大的认可度，但也有人不以为然。还说那个张先生，先前就属于这一类，谁若说他"交了一堆酒肉朋友"，他就会反驳说，怎么，酒肉朋友就不是朋友？似乎一百个不服。最典型的一个例子是，他当部主任时，被一个部下抢起酒杯"拿下"，两人似乎成了"铁杆朋友"。明眼人提醒他说，这个部下人品极为一般，小心"着他道"。他倒说：酒风看作风，这小子和我喝酒从不装熊，勇敢；酒品看人品，这小子酒杯都是满的，实在。一个作风勇猛、人品实在的人怎么就不能成朋友？你们别劝，这个朋友我还真交定了。怪哉，一个公认的投机钻营、表里不一的人，倒成了他"交定"的朋友，说明了什么？说明酒桌交友沾有醉意，醉意之下难辨清浊，此等状态之中交友的标准和质量就差点火候了。最终还是事实教训了他：那位酒桌上"作风勇猛、人品实在"的部下搭上"腐败列车"，竟步步攀升，人模人样地当上部主任。他高兴呀，要为人家摆场"庆贺宴"，可人家说，太忙了，影响也不好，等有机会再说吧。一等就是"遥遥无期"，直到自己退休，两人也再没喝过酒。这就是"酒肉朋友"。

我们常听说患难朋友、笔墨朋友等等，恐怕都比"酒肉朋友"高尚、牢靠，毕竟内涵不同呀。当然，此话的意思并不是一概而论"酒肉朋友"统统靠不住，而是想提醒酒民朋友们不要把酒桌作为交友的好场所，改变"酒勤朋友多"的观念。总之要明白一点：多喝酒未必能多交到真正的朋友，少喝酒未必就少交到真正的朋友。

改变"宁伤身体不伤感情"的观念

酒桌上的许多豪言壮语着实动人，比如"宁伤身体不伤感情"、"宁让肠胃穿个洞，不让感情留个缝"、"感情浅舔一舔，感情深一口闷"、"不怕肝硬化，就怕情淡化"，等等。诸多豪言壮语旨在表达"感情"二字的无比重要，于是喝醉也罢，伤身也罢，较之统统不在话下。

由此看来，酒与感情的关系，需要理论一番了。

我们先看与人交往多喝酒与加深感情是否一定成正比。2012年春节期间，家家户户喜气洋洋的时候，某地一处农家小院里却杀气腾腾，小院的主人、酒坛绰号"王大杯"手持菜刀要找本村一位酒坛绰号"胡大碗"的人拼命，弄得一家人死抱活拽惊恐不安。他妻子哭喊着劝：你们两人恨不能天天拴在酒桌上喝酒，平时好得一个人似的，为啥弄出这么大的气？

事情很简单，几年前两人一同在外打工，说话投机、性情相近，尤其又都爱喝酒，一个端起就是大杯，另一个拿起就是大碗，酒桌上皆有几分豪爽之气，关系自然比其他同村人密切许多。两人打工挣了钱，商量着回家创业，于是合伙办起一个鱼虾养殖场，便整天黏合在一起了。生意还算不错，客户源源不断找上门来，两人的"庆功宴"隔三差五便来上一场，情意似乎铁打一般。"王大杯"因为每每豪饮终于闹了一次胃出血，住了好几天医院，弄得全家人跟着担心。出院后，妻子劝他道：以后别再拼死喝了，你喝垮了，全家受累。可"王大杯"没忍几个月，又恢复了往常豪气，还时常来几句庄稼人的豪迈语言：想多打粮食，握起锄把就别怕流汗；想加固感情，端起酒杯就别顾身体。这才叫爷儿们。春节前，"胡大碗"外出收账成果颇丰，被"王大杯"拉起直奔县城，说是哥儿俩辛苦一年，要提高一下"庆功宴"的规格。大杯大碗叮当相撞间，"王大杯"动情地讲：就咱哥儿俩这感情，没有配合不了的事，没有做不好的买卖！"胡大碗"为这句话，竟自己独灌一碗，以示认同。这般情景，让谁不觉得酒香情厚？可接下来发生的事，好似一棍打醒了"王大杯"。

县城一场"庆功宴"又让"王大杯"付出了代价，当场再次胃出血，立马送进县医院。大年三十出院回家，"胡大碗"把分红款送上门，并说这个大年该过得更风光，分红比往年都多不少呀。"王大杯"笑着说，身体这种熊状况，过年没法陪兄弟喝酒了，风光个鸟。他把钱锁进保险柜，也不曾点数。大年初六突然想到分红款，便带着几分喜悦拿出来数点，却发现比原来定的少了近2万元。又问"吴大碗"，才明白扣除了两次胃出血住院治疗费用。"王大杯"好生不快，觉得

"吴大碗"不够意思，心想哥儿俩大杯大碗豪气这么多年，我这里为了情意连胃都不在乎，你那里竟在乎起这点钱了，难道感情是纸糊的吗？再找"吴大碗"想平心静气调调理儿，谁知调出更大的气，因为"吴大碗"冒出一句让他做梦也想不到的话：咱俩是合伙养鱼挣钱，不是合伙养情赚病，你治自己病花自己钱应该，我为啥摊份子？"王大杯"闻听此话差点儿当场晕厥，知道自己大病初愈不易大动肝火，于是强压怒气回到家，蒙头躺了大半天。大半天并无睡意，反复回想与"吴大碗"多年的交往过程甚至每件事、每个细节，怎么也找不到对不起朋友的地方，直觉得窝囊。想得越多越积气，终于不忍，于是便跃身起床握起了菜刀。

一家人当然不会允许"王大杯"手中的菜刀发挥作用，谁都分得清命与钱财哪个重要。"王大杯"平静下来，对家人长叹一声：水多能养鱼，酒再多养不了感情。

"王大杯"的故事和他的一句肺腑之言，告诉人们一个简单的道理：酒多未必感情厚。

我们再想想另外一种情况：把人喝出了毛病甚至喝死了人，人家家人不痛恨吗？痛恨之中还有"感情"吗？朋友之间为此反目，甚至闹上法庭的事，不是常有吗？所以，在感情面前，酒民朋友们不能再拿酒挥霍了。

我们再看看与人交往少喝酒会不会影响感情。袁先生是商海中人，商海中人"酒中行舟"屡见不鲜，因为生意要求人，因为生意需铺路，等等，终日泡在酒缸里似乎不足为奇。但袁先生极其例外，不管什么人，也无论什么事，酒桌上就一小杯酒喝到底，做个样子；或者有时连样子也不做，不动酒杯。何因？不是没酒量，也不是从来不喝酒，更不是身体有问题。原因只一个：创业初期因喝酒贪杯毁掉了一个养鸡场，损失惨重，自此发誓"与酒绝缘"。因此，酒桌之上人们常听到袁先生这样讲：我什么酒都拿得出，花多少钱都乐意，只要大家高兴。但我不喝酒，也不提倡大家喝醉，希望谅解。有酒民朋友说，平时不喝酒、少喝酒可以，但遇到"特殊情况"，不"破例"恐怕不行。"特殊情况"袁先生也没少遇到，但从没有影响他的意志力。比如，在各路同道的竭力帮助下，袁先生"转变命运"的矿业项目成功了，这意味着从此跻身"大老板"的行列，于是摆起"庆功宴"，感谢各路有功人士。几个朋友劝道：今天"特殊情况"，高高兴兴喝几杯吧。袁先生的确高兴，见谁都要拥抱一下，但依然没有"破例"开喝。尽管如此，并无影响宾朋好友的情绪，"庆功宴"醉倒一片人。

如此言行不伤感情吗？不影响生意吗？还真没有。袁先生在本地算不上最大的老板，却有在生意圈一呼百应的能力，因为大家都欣赏他的人品，和他交往、合作心里踏实。这种影响力说明什么？说明他与同道人的感情基础不在酒上，自然不会因为不陪朋友喝酒而影响彼此友情。换个角度想，如果袁先生人品不佳，即便他是酒厂的老板，天天泡在酒桌上，也未必喝出多少感情牢固的朋友。

讲了"王大杯"，又说袁先生，说来道去，只想提醒酒民朋友，不要把"感情"二字系在酒杯上，因为酒杯这东西可以让人高兴，可以让人表达心情，但真正的感情不在酒杯里。"宁伤身体不伤感情"尽管豪迈，其实即便伤了身体也未必有助于增进感情，这个道理不难理解。

酒民革命要"倡节"

我们必须意识到,酒桌革命不是件简单的事,难就难在需要酒民改变不良习惯。酒桌革命的内容相对酒民不良习惯而言,不良习惯有多少,革命的内容就应该有多少。这样说来,酒桌革命的任务无疑十分艰巨,因为当今酒民的不良习惯实在太多。没关系,我们拣最主要的、选最普遍的,先把革命的火把燃起来。

首先要革"马拉松"的命,提倡节时 在酒桌上浪费的时间太多,这恐怕是多数酒民的共同感受。这个"多"有两层意思,一是上酒桌的次数多,工作接待、远方来客、亲朋好友聚会、同事互请、红白喜事,名目繁多的酒桌活动应接不暇,可谓"想喝酒天天有,想躲酒找理由"。酒民们如果算下细账,八小时之外最多的活动恐怕就是喝酒了。二是酒桌活动持续时间长,有的人早已习惯"泡酒桌",唯此为乐;有的人想中途退场还怕扫了众兴,只好硬着头皮坚持到底。总之,上了酒桌一坐下就是几个小时,正所谓"为尽兴猛折腾,从掌灯到熄灯"。如此这般,也就有了众多喝酒人"喝得筋疲力尽,坐得腰酸腿痛;酒桌耗时劳神,酒民劳而无功"之叹。

把大块大块的时间浪费在酒桌上实在可惜,因为时间对我们每个人来说都很宝贵。可以设想,如果我们把酒桌上的时间节省一半,把节省的时间用在其他方面,能干多少事?咱们不妨研究一下著名作家朱秀海，就是《乔家大院》那位编剧。此人曾是典型的"河南酒客"，爱喝酒也有酒量。在部队服役期间，朱秀海是同乡战友的骄傲，因为他是"才子"，经常在报纸上发表文章。在部队领导眼里，朱秀海也是难得的"干将"，不但文字功夫好、材料写得棒，人品、性格也挺有魅力。正因为这样，朱秀海自然比别人多了许多"酒福"——战友们喝酒盼他到场，领导喝酒也喜欢他陪场。朱秀海的这种风光着实令许多人羡慕，但他自己却越来越感到痛苦，因为他发现酒桌活动占去了自己太多的时间，耽误了许多正事。一个周末的晚上，一位同乡战友找上门，说，闲着没意思，咱俩喝酒。朱秀海说：不想闲着非要喝酒吗？咱俩干件事，我口述，你记录，今晚弄篇文章出来。一人歪着头闭着眼睛说，一人低着头瞪着眼睛记录，就这样连续几个晚上硬是弄出一篇万把字的报告文学《风筝》，在解放军报发了一个整版。渐渐地，大家发现朱秀海难请了，他总是有理由推辞。朱秀海算了一笔账，那一年他推掉了58场酒桌活动，却写出了30多万字的作品。一位著名作家从此诞生了。

同朱秀海比，张先生就显得非常失败了，因为他泡在酒桌上的时间的确太多。张先生也是一位才华横溢的人，大学期间发表的文学作品就颇有影响，为此被特招入伍。好事接着来，入伍不久又遇郑州市一位漂亮的大学讲师求爱上门。人生如此良好的开端不是每个人都有的呀，可惜张先生未能把握好航向。就说恋爱季节，多少人如痴如醉，可是张先生却与酒桌难分难解，难得有机会与女朋友卿卿我我。女朋友屡屡相约，他屡屡无可奈何地说：没办法，有酒约，不去不够意思。张先生在地方的朋友、同学的确多，基本上是有请必到，所以酒桌活动也着实频繁。可是屡屡如此，女朋友就想，你在酒桌上一坐就是几个小时，难道就不能抽出个把小时看看我？既然酒桌和朋友比我重要，我还不愿当"配角"呢。许多人眼中的一段美好姻缘无可挽回地散了。部队领导也有看法了：你经常喝到夜半归营，纪律观念哪去了？别人忙着加班，你忙着喝酒，上进心哪去了？两年在报刊看不到一个字的作品,才华哪去了?入伍第三年,张先生被安排转业,结局同样无可挽回。

两个人的不同结局提醒我们,把酒桌上的时间节省下来一部分,可以干些有意义的事,即便干不了大事,你在家洗洗衣服、拖拖地板,也能让妻子高兴一把。

酒桌节时,首先从减少酒桌活动次数做起。喝酒人有个同感,就是"闲酒"喝得太多。明知喝"闲酒"浪费时间,为什么还要去喝?这大概与不愿扫召集者的面子有关。别人的面子当然要顾,但自己的正事也不能不考虑呀,你如果真的有事要做,别人能不理解吗?明明有事还要去喝"闲酒",浪费时间就是自己的事了。除非你不愿做事闲得无聊,否则你就应该有选择地参加酒桌活动,只要有所"选择",酒桌活动的次数自然就减少了。

那么"选择"的标准是什么?换句话问,哪些酒该喝?哪些酒不该喝?原则应该是:非喝不可的酒坚决不辞,可喝可不喝的酒坚决不受。比如,别人有了喜事值得庆贺,如果你没有天大的事就不能推辞,真要推辞可能真要扫面子;假如没有任何"题目"的酒桌活动,你推他无妨。

酒桌节时,还应尽量压缩酒桌活动过程。现在的酒桌上似乎千篇一律:大家共同先喝三杯"公酒",接着你分别敬酒一圈,他分别敬酒一轮,我分别敬酒一遍,尔后再没完没了的找"题目"敬酒,诸如同年出生的喝一杯、同年入伍的喝一杯、同乡喝一杯、同学喝一杯,等等。程序如此复杂,持续时间能不长吗?

要节时,就要简化程序。比如敬酒,你需要敬八个人,非要一个一个敬吗?别那么麻烦,干脆自己八个酒一杯汇,大家一人一杯,来一两句祝福的话,叮当一碰,利利索索喝下,既显得豪气,又表达了心情,还节省了时间,岂不快哉!酒桌上有这种痛快人,但给人的感觉往往是"礼节不周",多数人觉得敬酒还是一个一个来符合礼节。大家细细想来就知道,这种一个一个敬酒的做法与其说是"礼节"倒不如说是一种习惯，大家习惯这样敬酒，谁不这样似乎就显得"礼节不周"。其实，一个一个敬酒和一起敬酒无非是方法不同，要表达的敬意是一样的，谈不上"礼节不周"。看来，要"革命"就要首先改变观念，要酒桌节时就要改变不符合"节时"的传统观念和习惯做法。

酒桌节时，也需要大家心中有时间概念，不要慢慢腾腾，要准时赴宴。定好的时间，你却拖拖拉拉，大家不等吧似乎对你不礼貌，等来等去不就浪费时间吗。

要节时，就要少说话。有的人上了酒桌话太多，敬别人一杯酒啰哩啰嗦没个完，多半是废话。把废话省去，不就节省时间了吗？

对真正的酒民来说，酒桌节时意义非同一般，因为真正的酒民耗费在酒桌上的时间太多。时间就是生命，时间就是金钱，这是句老话。这句老话的价值在于提醒我们要懂得时间的宝贵，需要珍惜。或许人的一生有许多东西能够"找"回来，唯有时间是一去不返的。把酒桌上的时间节省一些，用在别的地方，我们的生活会更丰富一些。

其次要革"野蛮装卸"的命，提倡节饮　酒桌上的"野蛮装卸"，酒民们见多了，也干多了。咱们先来个现场见闻：一公安局长请客，一上酒桌就宣布"9＋1"。什么意思？就是9个人10瓶酒，平均每人一瓶，富余一瓶是"决胜"酒，最后喝。想想看，这种喝法不摞倒几个才怪，这就叫"野蛮装卸"。酒桌上的"野蛮装卸"表现形式很多，核心是狂饮无度。

酒桌上为什么会出现"野蛮装卸"？原因无非有三：一是大家酒兴高，不在乎多喝酒，一喝不可收拾；二是互相较劲，非要分个输赢；三是以强凌弱，官大一级压死人，让谁喝大碗谁就不敢用小杯。再就是酒量大者拿酒量小的人开心。

酒是好东西，你仗着酒量大、或者胆子壮"野蛮装卸"倒是一时痛快。但你别忘了，酒中有酒精，酒精这东西大量光顾你的体内绝不是闹着玩儿的，你的肝、你的胃、你的血糖、你的血压都会不痛快，所以长期搞"野蛮装卸"必受其害。当年，开封市某单位酒桌"四大天王"可谓神勇，喝白酒每人一瓶，喝啤酒每人一箱，完不成任务绝不散场。"四大天王"相继调动来北京，经常聚会，仍保持当年的"好作风"，觉得痛快呀。可是眼下的情况让他们怎么也痛快不起来了，一个眼睛不行了，一个胃出了毛病，一个血压、血脂、血糖高，最"健康"的一个挺着个大肚子、像怀孕10个月的孕妇。都喝出问题了，再聚到一起看到酒杯，互相笑视，谁也不敢"挑头"，大家的英雄气概都不见了。最终，都不得不感慨：过去老是"野蛮装卸"，透支太厉害，弄得英雄变狗熊、痛快变痛苦，现在连酒杯也不敢端。"四大天王"的结果还不算太糟糕，广东某市有位"野蛮装卸"高手威震当地酒坛十多年，人见人怕。终于不行了——先是喝得"举而不坚"，当"举"都不行时妻子不得不离婚；该收敛的时候仍不收敛，最终喝出个脑溢血，变成了植物人。"野蛮装卸"废了多少人，不"革"它的命行吗？

习惯搞"野蛮装卸"的酒民还得想一想，你端着大杯酒非要逼别人喝，甚至揪住别人的耳朵硬灌，这种搞法对别人也不礼貌啊，有时还伤和气，影响酒桌气氛，不改行吗？

有的酒民喜欢劝酒，千方百计劝别人多喝；有的酒民经不起劝，硬着头皮喝。劝与被劝，把握不好就成了"野蛮装卸"。知道古人怎么说吗？阮葵生在《茶馀客话》中说：饮宴苦劝人醉，苟非不仁，既是客气，不然亦蠢俗也。君子饮酒，率真量情文士儒雅，概有斯致。夫唯市井仆役以逼为恭敬，以虐为慷慨，以大醉为欢乐……

明末有《遁翁随笔》云：凡与亲朋相与，必以顺适其意为敬，唯劝酒必欲拂其意，逆其情，多方以强之，百计以苦之，则何也。而受之者虽觉其苦，亦不以为怪，而且以为主人之深爱，又何也。劝酒当观其量，如不以其量，强之以不能，岂宾主之道哉。

古人所言并不难懂，核心是告诫大家劝酒不要"苦劝"、"强劝"。劝酒劝成"野蛮装卸"，"拂其意，逆其情"倒是小事，关键是弄出别的后果就麻烦了，比如喝得胃出血、醉酒驾车肇事等，这样的事我们看到的还少吗？

所以我们必须明白一个道理："野蛮装卸"是祸，节饮是福。多数人当然明白这个道理，屡屡上酒桌之前暗下决心少喝酒，可是上了酒桌就把不住了，主人恐怕招待不好客人于是使劲鼓动大家多喝，客人也怕喝酒太保守了主人面子不好看，"能多喝尽量多喝"也就成为普遍心理。看来这是观念问题。如果我们改变一下观念，把"能多喝尽量多喝"变为"能少喝尽量少喝"，"野蛮装卸"的问题不就解决了吗。

有酒不喝不行，喝得太多也不行，节饮是最好的选择。节饮的意义大家都懂，节饮的方法大家都会，"革命"能否成功关键看是否形成节饮的风气。只要大多数酒民确立了节饮意识，节饮的风气形成了，少数人想搞"野蛮装卸"也闹腾不起来。

第三要革"铺张浪费"的命，提倡节俭 说起酒桌上的"铺张浪费"，大概要数咱们中国人最甚了。尤其公款吃喝的场面，你看那个排场、那个风光，真让人开眼界。公款吃喝通常的做法是讲究"身份"与"规格"，官职高当然需要好酒伺候，这是"规格"；身份重要不喝酒也要上好酒，这是"规格"。好酒好价钱，一瓶好酒在农民眼里就是"一头牛"，放开喝上几瓶，就是农民眼里的"一座楼"，这不是铺张浪费是什么？

中国的有钱人越来越多了，有了豪宅、名车之后，酒桌就成了显示富贵的最好场所。有一种现象最能说明问题：许多城市都有最"宰人"的酒店，这些酒店的定位就是"高消费"，这意味着工薪阶层不在消费之列，经常进出这些酒店的贵客当然是那些腰缠万贯的人。你指望在这些酒店喝二锅头是不可能的，因为任何一种经济实惠的酒这里几乎都没有，高档酒是主角。北京有个老板，虽然属于滴酒不沾之人，但生活圈里的人都知道他在酒桌上"慷慨"无比，"最好的酒店、最好的酒水、最好的饭菜"是他走遍全球都绝不改变的标准。一次在北京王府饭店请客，服务员问老板需要什么酒水，老板说："老规矩，最贵的。""最贵的"是路易十三，一瓶好几万人民币。客人说："咱们总共5个人，只有2个人喝酒，酒量还不咋样，要那么贵的酒太浪费，来瓶干红葡萄酒就行。"老板说："喝不完带走，不想带扔下，酒桌不讲浪费，只讲规格。"你以为这位老板的"规格"显示的全是"热情"与"敬意"吗？当然不是，连他的许多朋友都明白，更多的是为了显示他的"富有"。有位朋友给他算了一笔账，平均每天在酒桌上的消费万元以上，于是对他说：你把浪费的酒钱节省下来，每年就能扶持几个穷朋友。这位先生大概不知富人心理，天下穷人越多，富人越显得风光，所以有钱宁可挥霍也不可能"扶贫"。"显示富贵"是富人的快感。当然，并非所有的富人都这样，包玉刚、李嘉诚那么富有，也从不在酒桌上铺张浪费。大陆的富人们应该学学人家。

酒桌节俭不是太难的事，公款吃喝的人只要别过分强调"规格"，最好再有个政策约束；富人们只要不过分"显示富贵"，最好再有点"济贫"意识。如此一来何愁"革"不了"铺张浪费"的"命"。大家一定要意识到，提倡酒桌节俭是种社会责任，目的是为了养成一种良好的风气。

自然，节俭也是种公德。北京某报一位记者去陕西贫困山区采访，发现一家姐妹3个，最小的8岁，最大的12岁，都待在学前班进不了小学，因为每年每人一百多元的学费交不起。这位记者想：不就是一桌酒菜钱吗？每年节省一次就够了。记者拿出一桌酒菜钱把姐妹3个送进学堂，他觉得比吃喝一顿好百倍。我们不妨依次算笔大账：全国每年酒桌消费数千亿元，无论公款还是自己掏腰包，如果大家把每次的标准压低些，把摆宴的次数减少些，节省百分之一不为过吧？一下就是几十亿元。每年拿几十亿元去助学或者扶贫，还有贫困生吗？贫困人口还能有那么多吗？这种公德价值非凡。

节时、节饮、节俭是酒桌革命的"三大战役"，打胜了"三大战役"，等于奠定了酒桌革命胜利的基础。

酒民革命要"立品"

一位女网民发出一篇题为《喝酒与酒品》的文章，引发许多跟帖。这篇文章尽管不那么形象与透彻，却提出了关于"酒品"的话题。全文如下：

自幼，家里面就没有喝酒的人，自然接触的这样的人也就比较少。长大之后慢慢接触社会，接触一些不同于家人的人，才对这样的人有了一定的了解。

喝酒，尤其是喝白酒是中国人的一大特色。好像在一些正式场合，不喝酒就是不尊重人，就是看不起人，真不明白这样的逻辑是怎么来的。

在我自己的印象中，喝酒喝醉了之后，一般都是呼呼睡大觉。第一次被吓到是在我初中的时候。有一次一个好朋友过生日，大家相约一起吃饭，有些男生比较爱喝酒，就要了一些白酒。其中的一个男生，空着肚子喝了半杯，之后就开始大哭，还不停地说着一些我们听不懂的伤心话，还在饭店里面摔盘子，我当时完全蒙了。于是，给自己定的目标是找男朋友不找喝酒的。

今天，是上班的第一天，一起聚餐了，不少领导也喝了不少。下午大部分人都去 KTV 了，我就在公司里面上网。有一个公司的副总，喝高了，开始是睡觉，后来就开始吐，再之后就开始哭，一个三十几岁的男人，在我旁边哭，感觉怪怪的，我不知道他是清醒的，还是迷糊的，更不知道当他清醒之后，会是什么样的感觉。

我认为，喝酒是可以的，喝高也是允许了。但是，要注意自己的酒后行为。

人可以不是海量，但酒醉之后一定不能失态，也就是一定要有酒品。

中国酒坛有句话：酒品见人品。此话不难理解，因为现实生活对此话的注解太多了。

有些酒民逢酒必醉，洋相百出，被称为"酒鬼"；

有些酒民几杯酒下肚便止不住疯言妄语，没有不敢议论的人，没有不敢评论的事，"小道消息"倾盆而出，被人称为"酒播"；

有些酒民端起酒杯就骂人，骂张三忘恩负义，骂李四情浅意薄，似乎满世界的人都对不起自己，被人称为"酒弹"；

有些酒民给领导敬酒杯盈颜悦，决无二话，转身再敬别人便"身体不适"尽量"点到为止"，被人称为"酒奴"；

酒后撒泼的、惹是生非的、借酒泄怨的……如此等等，"酒品"如何不言自明。

酒品不佳，当然不能一概而论为"人品欠缺"，有些酒民的酒桌表现欠佳或许可以归结为性格原因，或许另有无可奈何之隐情。但酒品不佳给人留下的印象毕竟不太美好，若屡屡如此，便有人品之嫌了。

因此，培养良好酒品的过程，对树立良好的人品定有帮助，这一点当无疑问。

立大度之品，破鸡肠之狭

无论是老友相聚，或是同僚相欢；不管是举杯祝寿，还是把盏贺喜……百因千故，人们围上酒桌皆需欢快相伴，热烈相随。欢快热烈的氛围给酒民带来的是酒逢知己千杯少，是谈天论地兴致高，是遇君方恨相识晚，是情感深深意滔滔。这就是酒桌的魅力，这就是中国人赋予酒桌的生命力。

可是，酒桌上我们也屡见另一番情景：话不投机拂袖而去；人不投缘视若不见；斗酒斗气摔杯碎碟；事不遂愿怒目脏言……如此等等，坏了气氛，伤了和气，不欢而散，尴尬而终。

把杯本是愉悦事，酒桌伤和扫众兴；人有形色各有性，大度为品不失朋。此语出自古贤，意在劝诫饮酒人：酒桌之上"大度为品"。

的确，酒桌之上形形色色，性情各异。有的人喜欢高谈阔论，有的人寡言少语；有的人喜欢卖弄，有的人言行低调；有的人作风豪迈，有的人扭扭捏捏；有的人放荡不羁，有的人循规蹈矩……如果大家以各自的习性为标准度量他人，难免心生不快，行酒不爽。如果酒品大度，你就不会在乎他人行为如何，就不会影响酒兴，也不会伤了和气。

推荐一首《酒桌大度歌》：

> 管他酒杯满不满，酒满心诚只看咱；
> 管他是官还是民，碰杯示敬都当神；
> 管他言语妥不妥，全当耳背咱听错；
> 管他高傲不高傲，就装眼花没看到；
> 管他礼节周不周，只当欠咱一杯酒；
> 管他男女与老幼，酒品大度都是友。

说来道去，我们推崇"酒品大度"自然是为了维护良好的酒桌和谐氛围。或许这不是每个酒民都能做到的，但应该是大家需要追求的，有了这个追求意识，"鸡肠小肚"之举也就少于显现了。

立大雅之品，破粗俗之陋

我们中国人常把"酒文化"挂在嘴边，多有几分为此陶醉之意。的确，中国的"酒文化"底蕴深厚，值得国人骄傲。需要提醒酒民朋友的是，"酒文化"是种"雅文化"，古代先贤们举杯吟风诵月，放盏诗文书画，把清风之韵、儒雅之意溶入酒中，给后人留下了这笔厚重的文化财富。对"酒文化"的传承与丰富是后人的责任，可是我们这些当今的后人们传承了什么又丰富了什么？换句话问，如今的"酒文化"是更雅了还是离雅越来越远了？我们略略列举几个酒桌现象便知答案。

一是"段子文化"。当今的酒桌是交流"段子"的地方，"段子"的内容多显示人身攻击、地域攻击性质。讲"段子"的人无论有意无意，人们在捧腹大笑中释放的却是不恭与侮辱，形成的是一方伤害。

二是"黄舌文化"。当今酒桌"讲黄话"似乎成了一道"下酒菜"，上至高官下至百姓，左列学者右列诸家，讲几句"裤腰带以下"的笑话基本不是难题，所以有了"桌上摆满酒和肉，桌边围满'黄舌头'"之自谑之语。有些酒店为了配合客人"烘托气氛"，自编一套祝酒辞，专门把客人往"裤腰带以下"引。比如给领导敬酒时本意是要表达"领导要喝几杯我陪几杯"，可偏偏换个说法：领导在上我在下，想搞几下搞几下。虽然，并非所有酒民都是"黄舌文化"的传播者，但一个酒桌出现三两个"黄舌头"，一桌酒菜恐怕就再无另色了。

三是"挥霍文化"。官家一杯酒，民家一桶油；官家一瓶酒，民家一头牛；官家一场酒，民家一座楼。这是首民谣，反映的是现今官场酒象。危言耸听吗？不，着实如此。一瓶茅台酒数千元，一场豪饮数万元造掉了；一瓶拉斐数万元，一场豪宴数十万元下肚了。如此这般的酒桌故事近些年我们听多了，对一桶油、一头牛、一座楼的哀叹似乎麻木不惊。但权威机构新近公布的一组数字让许多无法不大吃一惊：全国每年酒桌浪费的粮食足够 4 亿人吃一年；全国每年公款吃喝的花费足够制造 50 艘航空母舰。大家都清楚，现今的官场酒宴基本是"挥霍型"的，每年能节省十分之一就是个可观的数字，何况绝非九成吃喝消耗是必需的。或许不能说酒桌"挥霍文化"唯官场独奉，但官场的挥霍之风、官员们对"挥霍文化"的"贡献"称得上独占鳌头。

四是"腐败文化"。酒桌上的腐败之举、酒桌引发的腐败之象，国人都不陌生了。有些人为了谋求私利，把官员们请上酒桌，美酒美女加金钱，不达目的绝不罢休；有些人为了小团体利益，把上级领导或是相关机构领导请上酒桌，一番豪饮便把政策规定抛掷脑后，不该办的事照办，甚至欺上瞒下、弄虚作假在所不惜。有些官员把酒桌当成享乐处，酒不名贵不粘唇，无女作陪不把杯，连国家部长级的官员也享乐其中……酒桌上的"腐败文化"丑象环生，以至于中国最权威的媒体人民日报发文痛斥：腐败的"官场酒文化"半点文化也没有！

以上诸种"文化"哪一种可以称雅？一个也没有。不但不雅，实在散发浓霉气味。中国"酒文化"中掺此杂质极其不幸，实当除之。故此，我们这些当今酒民需立"大雅之品"，莫让古老的中国"酒文化"贴上粗陋的标签。

何当为雅？不独"举杯吟风诵月"，非唯"放盏诗文书画"，此种大雅属于文化人。对于众多酒民而言，其雅自存言行中，你背诵几句诗文，或者放歌一曲，岂不为雅？实在不行，你在酒桌上少些污言秽语总能做到吧，莫脏了"酒文化"这坛清水，也算对雅有拱卫之功。对于那些有伤"大雅"的腐败、挥霍等劣行陋举，更须给点忠告：甭管你是达官还是显贵，酒桌上要有点"文化"观念，劣行陋举多了，离"文化"就远了，离"文化"越远，就离"法杖"越近。

总之，是酒民，就当立"雅品"。酒品雅，人品雅，中国的"酒文化"定然纯正悠长。

立大谦之品，破孤傲之态

安排座次，常常是酒桌一件令人犯难的事。比如，按年龄安排座次，怕遇到年龄不大官位大的；按职位高低安排座次，怕遇到几个职位相当的。有这么麻烦吗？就这么麻烦，碰到爱计较的人，座次安排稍有不周便生不快。一位退休老将军应邀赴宴，到场一看自己没有被安排在主要座次，转身就走。主人追出劝解，老将军破口大骂：你他妈的狗眼看人低，老子当师长时他还是我手下一个小营长，现在倒人模人样坐老子上面，你不就是看他还在位吗！瞧瞧，主人好心请老战友一聚，何曾想因为"座次"挨顿臭骂。按理讲，酒桌座次不应该成为问题，主人怎么安排，宾客照此落座就成，这叫"客随主便"。问题就出在有些宾客太把自己当回事，习惯摆谱，唯我独尊，似乎永远放不下架子。一言概之：谦逊不足，孤傲有余。

酒桌需要"大谦之品"。有此酒品，你就不会计较座次高低，坐在何处都有酒；你就不会在乎陪坐人员"档次"高低，给乡野村夫碰杯酒也是缘分；你就不会嫌弃他人言行失当，少一怒多一笑和谐益寿；你就更不会有"规格"之扰、"面子"之累，酒店大小又何妨？酒菜贵贱又怎样？"大谦之品"让你丢掉的是孤傲之态，而你得到的是谦谦君子风度，岂不快哉。

大度之品、大雅之品、大谦之品，背之趋之？酒民朋友当细细品味。

"求变"、"倡节"、"立品"，给酒桌带来的是文明，给酒民带来的是进步，给"酒文化"带来的是净化，何乐而不为！

酒民革命，就是要丢掉不良习气，就是要改变陈旧观念，就是要给自己"洗洗澡"。

酒民革命，是自身健康的需要，是家庭幸福的需要，是社会和谐的需要，也是"酒文化"的需要。

酒民革命，更是一个民族的福音。

酒民劝

嗜酒之时想身体，伤身倒霉是自己；

斗酒之时想感情，醉酒容易伤和气；

饮酒之时想文明，言行举止要得体；

敬酒之时想平等，不可厚此而薄彼；

请酒之时想节俭，挥霍浪费不可取；

论酒之时想文雅，莫让粗俗占上席。

第八章　送你一个"科普镜"

——知酒能鉴自有益

　　分不清真假优劣，那叫稀里糊涂瞎喝酒，糊里糊涂白费钱，更糟糕的是伤身体。既然生活离不开酒，我们就须认真了解它、掌握它。能够分清酒品真假，你就不会花冤枉钱；懂得一些饮酒知识，你就会减少醉酒、降低醉酒痛苦、防止酒后出现"意外"情况。总之，为了保护自己，需要学上几招。

这些年，由于酒类市场假冒伪劣产品泛滥，由于消费者深受其害，社会上鉴酒机构应运而生。

　　2011年3月15日，重庆首家"放心酒品鉴中心"成立。专业的酒水鉴定人员将免费为市民服务，高价购买的茅台、五粮液到底是真是假，5分钟就搞定。

　　2011年12月17日，国内首家能够查询酒类产品真伪鉴别方法的专业网站鉴酒网成立，这标志着普通消费者能够通过便捷、有效的途径，获得酒品真伪鉴别方法的相关知识，提高自己对酒品的鉴别能力。

　　诸如鉴酒网、鉴酒中心的出现，给酒类消费者提供了一个维护自身利益的工具，得到了许多业内人士的认可。酒类生产企业认为，假酒伤害了消费者，扰乱了市场，也侵犯了酒厂的权利，对社会的危害很大。鉴酒网专业平台的出现，能够向消费者传授酒品的鉴别知识，提高消费者识别假酒的能力。同时，有助于宣传品牌形象，提升消费者的品酒文化。但也有人认为，鉴于目前国内酒品市场的复杂性，鉴酒网、鉴酒中心对市场及行业的正面影响到底有多大，尚需时间的检验，期待有心人细细观察。

　　的确，鉴酒网的出现是件好事。但它的便利性、及时性、普及性似乎是个问题。如果酒民朋友们平时多积累些这方面的知识，可能更管用些。

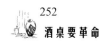
如何鉴别白酒

酿造与勾兑的区别

中国有句老话，酒是粮食精。这就是说，白酒不能离开粮食做原料。但近年来，媒体不断曝光白酒的质量丑闻，不少消费者方才知晓，原来市场上大多数的白酒产品并不是"粮食精"，是拿水和食用酒精"勾兑"，连"香型"也靠加添香精充当了。

央视《焦点访谈》播出《不明不白的白酒》引起了广泛关注。节目曝光了市场上绝大多数白酒的"勾兑"面目。虽然市场上的白酒大都在原料表上标明，酒是货真价实用高粱、小麦等粮食酿造而成，没添加其他的东西。然而事实并非如此。央视同时透露，酒精和香精在生产时容易产生塑化剂混入白酒内，对人体健康构成危害。

告诉酒民朋友们，高粱、小麦、大米等粮食通过发酵、蒸馏出来的酒被称为基酒或者原酒，要把这原酒变成装进瓶子里的成品酒，这中间还要经过一番调制才行。调制合格的白酒产品，有严格的比例标准，关键是基酒（原酒）的含量要够。

而不合格的白酒产品则不同，说白了，就是在基酒里添加食用酒精和香精香料，基酒的含量远远不够。一位调酒师在接受媒体记者采访时说，这种做法虽然在行业里已经是个公开的秘密，但一般对外人还是很避讳的。他还透露，每种添加剂的作用各有不同，己酸乙酯或者乙酸乙酯等酯类香精可以勾兑出不同的酒香味，用来掩饰食用酒精的味道。加了水和酒精的白酒，不仅香味变淡，而且被稀释后也大大影响了感官。而丙三醇是种增稠剂，可以使勾兑后的白酒有挂杯的效果，看起来像是陈酿老酒。

许多酒民朋友搞不清勾兑酒和酿造（纯粮）酒的区别，着实需要补课。我国白酒按风格特点分为浓、清、酱、米四大香型，并由此衍生出兼香、凤香、特香、豉香、药香和芝麻香等共 10 余种香型。不同香型白酒生产全部以粮食为原料，经粉碎后加入曲料为糖化剂，发酵后经高温蒸馏后产生白酒，即纯粮固态发酵白酒，被称为传统工艺白酒。白酒中的呈香呈味物质极其复杂，五粮液、茅台、剑南春、泸州老窖、汾酒、古井贡酒等传统纯粮固态发酵白酒产品中，已知的香、味物质有 300 多种，目前能够定性的有 130 多种，能够定量的只有百余种。酿造（纯粮）酒是白酒的最佳品性，最大特点是对身体伤害少、刺激小，有益健康。

20 世纪 60 年代，为节约酿酒用粮，白酒行业开始探索用代用原料生产白酒，用甘蔗和甜菜渣、薯干、玉米等制造出酒精，然后将酒精和酒糟混蒸，吸入发酵白酒的香气和滋味，再加入增香调味物质，模拟传统粮食白酒的口感制成勾兑白酒。80 年代以后，这一技术日益成熟，主要分为纯液态法白酒（即以食用酒精加入香精香料，模拟粮食固态发酵白酒）和固液结合法白酒（即以食用酒精为主体，加入少量粮食固态发酵的调味酒，制成与纯粮固态发酵白酒口感类似的产品），白酒行业将这两种产品统称为新工艺白酒。新工艺（勾兑）白酒的出现，对节约粮食、降低成本、减少污染具有积极作用，但香气、滋味、口感和风格远远无法达到传统纯粮固态发酵产品的水平，而且对身体危害较大。说到这里，大家该明白了，自 80 年代白酒生产"新工艺"出现，中国白酒传统生产工艺主体地位被取代，白酒产品的整体品质便不怎么样了。换句话概括，自那时起我们喝的白酒已不是真正意义上的"传统产品"，或者说，东西不"地道"了。

我们知道了酿造酒与勾兑酒的不同品性，便有了取舍理念。鉴别方法是什么？专家告诉我们，酒是由农作物酿造而成，农作物含有的油，化学名称叫脂。酒如果是用粮食做的话，那么在发酵过程中，粮食中含有的脂就会溶解到醪液（醪液是由酒曲和粮食发酵的液体）里，醪液蒸馏后成酒，含有大量的脂类、酸类物质，这就是国标里规定的总脂、总酸。根据原浆酒所含脂量、脂的物理性质以及酿酒时所用的酒曲，提供以下科学的鉴别方法。

1. 冷藏法：根据脂类物理特性，10℃以下结晶、凝固。原浆酒里，含有脂类物质，在10℃以下时，会结晶、凝固。用玻璃瓶装酒，放到冰箱冷冻时，半天就有凝结现象，放到冷藏室需要3天。就是说当酒液低于10℃时，会有许多絮状物质出现，然后加热，絮状物质消失，这是脂类物质析出。勾兑酒，就不会有此现象。有一些勾兑酒，加一点原浆酒，遇冷也会有少许絮状物质出现，但不会很多。实验证明，酒液在10℃以下时，出现的絮状物质越多，说明原浆酒成分越多，反之越少。

2. 稀释法：根据脂微溶于水的特性，把酒倒入酒杯中，酒占酒杯的2/3，然后加入1/3水。勾兑酒加入纯净水后，酒的颜色不改变，澄清透明；而原浆酒加入纯净水后，颜色改变成白色，呈浑浊状，酒体不透明。

3. 空杯法：根据脂不易挥发性，将酒倒入酒杯中然后把酒倒出，10分钟左右，再闻酒杯无酒香味的是酒精勾兑酒，有粮香、曲香、酒香、糟香味的是原浆酒，空杯留香越久越浓，原浆酒的含量也就越高。

4. 品尝法：根据酒曲口感的特性，原浆酒是由粮食和酒曲发酵而成，故有酒曲的味道，香味较浓，后味有一点儿酸、苦、涩，俗称"酵子味、曲香味"，酒后晕得比较快，清醒也比较快。而勾兑酒是酒精和香精勾兑而成，口感较好，后味没有酸、涩、苦的味道，酒后晕得较慢，清醒也较慢，酒后易头疼难受，危害较大。

5. **手搓法**：将酒少许滴于掌心，合掌搓后再闻两掌，有香无香、香浓香淡、香短香长皆可说明问题。

此外，酒民朋友们还可以从包装新标志识别白酒是粮食酿造的、还是酒精勾兑的。根据刚颁布的《全国白酒行业纯粮固态发酵白酒行业规范》，纯粮白酒将会在酒瓶上贴上专用标志，它从原料质量、生产条件、生产工艺以及产品质量都有严格规定，完全达到条件的产品，才能贴上"纯粮白酒"标志。据称，近期继剑南春酒首获使用纯粮固态发酵白酒标志后，五粮液、贵州茅台、泸州老窖和全兴大曲4个知名品牌的白酒，已被确认采用了纯粮固态发酵生产工艺。行内称，新标准是强制性规范，能帮助消费者辨别不同工艺的白酒，避免大量生产勾兑酒的中小酒厂以劣充优。

白酒讲究色、香、味，其品质如何，从三个方面便可分辨。

看色——用眼来观察白酒的色，一般可以分为无色、澄清、透明、无悬浮物及沉淀等五个层次。

闻香——首先，将酒杯端在手里，由远及近，再由近及远来闻，感受其芳香大小；然后，以鼻子为中心，将酒杯左右晃动，用鼻子细细品味，确定其香气是否协调，是否有邪杂气味；再将酒杯靠近鼻子，对杯子吸气，然后对其他方向呼出，反复品评数次，辨别香气是否纯正、协调，是否浓郁。

品味——味道是由舌、口腔、喉等器官来鉴定的。白酒具有香、甜、酸、苦、辣、涩、咸等七种味道，可以调和成浓（郁、厚）、醇（香、和、绵柔）、甜、（甘洌、绵甜）、净（尾净、爽净）、长（回味悠长）等感觉之间。通常情况下，甜辣在舌尖，酸咸在舌边，涩味在舌面，苦味在舌根。同时也应注意，品评时，每次进酒量在5ML左右，并在口中分布均匀为宜。

看清酒品真假优

购买瓶装白酒，由于不可能打开盖先尝尝，所以在挑选时要认真观察识别。专家介绍的具体方法是：

1. 看酒色是否清澈透亮。尤其是白酒，装在瓶内，必须是无色透明。鉴别时，可将同一牌子的两瓶酒猛地同时倒置，气泡消失得慢的那瓶酒质量好，气泡消失得慢，说明酒浓度高，存放时间长，喝时味道醇香。这是因为酒中乙醇与水反应成酯，酒存放时间越长，酒也就越香。

2. 看是否有悬浮物或沉淀。把酒瓶颠倒过来，朝着光亮处观察，可以清楚地看出，如果瓶内有杂物、沉淀物，酒质就成问题。

3. 看包装封口是否整洁完好。现在，不少酒厂都用铝皮螺旋形"防盗盖"封口，这样比较保险；再查看酒瓶上的商标标识，一般真酒的商标标识，印制比较精美，颜色也十分鲜明，并有一定的光泽，而假冒的却非常粗糙。

4. 查看是什么酒厂生产的，什么牌子的酒，这也是识别瓶装酒的重要方面。在打开瓶饮用前，可采用以下方法：一是取一滴酒置于手心中，然后使两手心接触摩擦稍许，酒生热后发出的气味清香，则为上等酒；若气味发甜，则为中等酒；若气味臭苦，必为劣酒无疑。二是将酒瓶倒置，察看瓶中酒花的变化，若酒花密集上翻且立即消失，并无明显地不均匀分布，酒液浑浊，即为劣质酒；若酒花分布均匀，上翻密度间隙明显，且缓慢消失，酒液清澈，则为优质酒。三是取食用油一滴，置于酒中，若发现油在酒中不规则扩散，下沉速度变化明显，则为劣质酒，若发现油在酒中较规则扩散和均匀下沉，则为优质酒。

怎样鉴别名酒

越是好酒越容易喝到假的，所以常常弄得酒民朋友们对茅台、五粮液等高档酒敬而远之。有时候招待贵客，把好酒拿出来了，却不得不事先声明：能拿得出的好酒就是它了，但不知道到底是真是假，品尝下看吧，不行再换酒。真正懂酒的人当然能品出真假，但即便品出是假酒，为了主人的面子也不好明说，顶多来句"算不上正宗，但酒还可以"。为数不少的酒民缺少分辨真假的能力，只管喝，喝到真酒不知道是真的，喝到假酒也不知道是假的。为了让酒民朋友们"心中有底"，介绍一套鉴别名酒的基本方法：

一、看标签制作是否精细。以五粮液为例，最简单的识别方法就是封口防伪条码标签。该标签正中央为"五粮液"字样，与手贴标签不同，"五粮液"字样是先贴标签，后用激光雕刻上去，"五粮液"三字肯定处于外包装盒盖的缺口中，不会超出，也不会偏移；而假酒则是先印好，后贴标，一般都会存在微小的误差。此外，在外包装五粮液酒厂厂名下方，还可以看到一条白线，该线用放大镜观察，可看出是由"WULIANGYE"几个字母构成，假酒则较难做到如此精细，只是一条实心的白线。鉴别茅台酒真假，看"飞天"茅台的仙女头上有两颗珍珠，用五倍放大镜可以看到，假酒则基本未能印出。

二、真品名酒的开启拉环多为一次性，拉开后就不可修复。若拉环拉开后仍可再扣上，多为假酒。

三、每瓶酒在瓶底和瓶盖都有盖码，同一种酒，即使是同一批次、同一箱，各瓶盖码也均不相同，造假者要做到这一点，必然会大幅增加成本，因而很少有造假者能做到这一点。在选购时，可让销售者拿出两瓶进行对比，如果两瓶酒的盖码一致，肯定是假酒。

四、真酒酒色较浓，绝不可能出现沉淀物，假酒由于是后续灌装

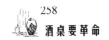
的，较易出现沉淀物。假酒包装印刷较为粗糙，整体缺乏美感。

请酒民朋友们牢记，凡是真白酒，都符合本酒香型特有风格，无沉淀，无杂质，无异味，口感好，标示规范；假酒，一般包装华丽，名不副实，开瓶闻香不正，有异味，饮后头痛脑涨。

如何鉴别啤酒

啤酒的分类

啤酒是人类最古老的酒精饮料,是水和茶之后世界上消耗量排名第三的饮料。啤酒是根据英语 Beer 译成中文"啤",称其为"啤酒",沿用至今。啤酒是以大麦芽、酒花、水为主要原料,经酵母发酵作用酿制而成的饱含二氧化碳的低酒精度酒。

啤酒是几大酒种中含酒精度最低的品种。但目前已出现了酒精度数让人瞠目结舌的啤酒,一种名为"Brewmeister"黑色包装的啤酒拥有酒精度 65%,330ML 的容量,号称"世界上最强的啤酒"。其配料包括水晶麦芽、小麦、燕麦、100%的苏格兰泉水,尽管拥有惊人的65% 酒精度,但它还是啤酒的口味,略甜。当然,这种啤酒不具有推广价值,只能算作"研究产品"。

啤酒的分类方式较多,可以按照啤酒的色泽、浓度、生产方法、所用的酵母性质等分类。按照目前啤酒国家标准的定义,一般将啤酒分为熟啤酒、生啤酒、鲜啤酒和特种啤酒。熟啤酒是经过巴氏灭菌或瞬时高温灭菌的啤酒,生啤酒和鲜啤酒不经过巴氏灭菌或瞬时高温灭菌,采用特殊过滤方法除菌。特种啤酒是原材料工艺有较大改变,具有特殊风味的啤酒，如干啤酒、冰啤酒、低醇啤酒、小麦啤酒、浑浊啤酒等。

目前中国生产的纯生啤酒其实就是标准中定义的生啤酒。纯生啤酒的生产一般要有严格的无菌过滤、高效的无菌包装、全面的生产过程无菌控制。由于纯生啤酒采用物理过滤方法除菌而不采用加热或高温杀菌工艺，加之选用优质的原料所以口感更新鲜，营养物质更丰富。

另外，中国啤酒生产企业不断创新，推出了无醇啤酒、水果味啤酒、苦瓜啤酒等一系列花色啤酒，有的是基本上不含有酒精，有的是采用后修饰工艺改变啤酒的口味，以此适合不同场合、不同口味的人群，比较受欢迎。

中国啤酒市场

中国啤酒的历史并不悠久，自1900年第一家啤酒厂——哈尔滨啤酒厂诞生，至今不过百年历史，晚于德国数百年。但中国啤酒业的发展速度天下无双，据不完全统计，至2012年，啤酒生产企业已达559家，总产量4902万千升，占世界总产量1/4，连续8年成为硬邦邦的世界第一产量大国。山东、河南和广东三省2012年啤酒产量位居全国31省市前三名，产量均超过400万千升。此外，年产量增幅已连续10年超过10%这一数字表明，中国啤酒业正处于朝气蓬勃的时期。

近5000万吨的产品，接近4/5在国内销掉，同时每年还要进口1000多万吨啤酒，看起来是个不小的数字，若拿中国的总人口一平均，就不算什么了。平均每人每年不过百瓶啤酒，比人家德国少多了。但不要急躁，中国人喝酒的战斗力绝对世界一流，国内啤酒生产连续10年的增长率已经说明产品发展空间十分广阔，国内啤酒销量的递增速度也说明中国人对啤酒的钟爱非同一般。无论从哪个角度看，只有一个结论：中国啤酒业后劲十足。近期，专家又指出了目前中国啤酒行业消费新趋势：

1. 市场及产品结构将不断升级和优化，高档及中高档啤酒销量与份额持续上升。据英国媒体报道，中国新兴中产阶级的快速增长，使得中国市场对高档啤酒的需求大增。据调查，未来五年由于高档啤酒消费量的增加，中国啤酒市场的价格将增长 17%，高档占比将达20%。

2. 主流啤酒价格不断上涨。

3. 纯生啤酒消费快速增长。纯生啤酒口感柔和、纯正、新鲜，香气浓郁回味无穷，色泽金黄清澈，啤酒泡沫丰富，更原汁原味和富有营养价值，因此深受消费者喜爱。从 1998 年第一支纯生啤酒上市以来，它的销量每年都以较快的速度在递增。百威、哈尔滨、雪津、珠江等啤酒在武汉、四川、福建、广东等地不断扩建及新增纯生瓶装及易拉罐生产线，足以证明纯生啤酒消费势头强劲。

4. 进口和国际化高端啤酒不断增长。从德国、新加坡等国进口的啤酒和国际化啤酒价格虽然比国产啤酒要贵 3 － 5 倍，但其优质的口感和独特的风味，还是赢得了不少高端消费者的青睐。

专家指出，由于生活水平和消费层次提高，消费者更注重品牌和产品文化内涵，从纯粹的有形物质消费向通过物质消费，追求精神上的享受的文化消费渐成气候。消费越来越体现了文化品位，酒类产品尤其是啤酒是最能充分张扬个性、表达情感的物质之一，人们对啤酒的消费更加追求一种精神上的享受和情感上的交流。由此看来，中国酒民朋友与啤酒的缘分仍将深厚缠绵。

可是，中国的啤酒市场给酒民们提供的产品实在不尽如人意。在德国，除出口啤酒外，德国国内销售啤酒一概不使用辅助原料，有的国家规定辅助原料的用量总计不超过麦芽用量的 50%。而包括中国在内的一些国家使用辅助原料的比例大失标准，降低了成本却损失了质量。两年前，媒体爆出一条惊人消息：国产啤酒 70% 质量不合格。另据业内人士透露，随着市场啤酒消费量的不断增长，一些利欲熏心的生产商在邻近一些城市的郊区农村中，非法开办了设备极为简陋、毫无卫生设施、无酒类生产许可证、无食卫监督证的"地下酒厂"，在这种小作坊里"造"出来的没有麦芽成分，只有酒精、香料和水的假啤酒，灌进国家禁用的非"B"字啤酒瓶，贴上花钱买来的冒牌商标，通过雇人直销和特约经销等手段向市场倾销。

进口啤酒质量如何？也存在大量假冒问题。比如，中国的一些经销商大量进口国外劣质原料，稍一加工，贴上进口酒标签便上市销售；不少酒吧、酒店号称"纯粹德国工艺"自酿鲜啤，而消费者喝到的则是"纯粹中国产品"……

怎样区分啤酒的真伪

面对真假优劣鱼目混珠的市场，中国酒民朋友要喝啤酒，就要懂得选择，就要学会识别。

1. 看啤酒的价格。真品的制作过程严格，销售都有统一的网络，价格也较稳定；而假啤酒由于生产工艺简单、生产成本低，每瓶啤酒的定价会比真品少1元左右甚至更多。

2. 看啤酒的商标。真品的酒标字体准确，图案清晰，纸张平滑，整体看有光泽，包含内容介绍详细；而假啤酒的酒标印制粗糙，色彩容易脱落，纸张粗糙，有毛边却无光泽，厂名厂址含糊不清。另外有一些小酒厂用他人的著名商标登记为自己的企业名称，在酒标上放大使用，而自己真正的商标却缩小得难以被消费者发现。

3. 看啤酒的瓶盖。真品的瓶盖牢固，均匀地咬住瓶口，看相舒服，上面的图案或生产日期十分清晰，内衬使用注塑垫片；而假啤酒的瓶盖容易松动，咬口凸凹不平，瓶盖的图案也往往模糊不清，内衬使用胶片垫片。

4. 看啤酒的瓶体。真品的瓶形标准统一，握拿手感好，酒瓶上没有摩擦的痕迹，离瓶底2厘米的瓶外壁标有一个"B"字并标有较近的制造年份；而假啤酒的瓶型杂乱，"B"瓶和非"B"瓶混合使用，酒瓶生产商名称不统一，瓶体经多次摩擦。

5. 看啤酒的质量。真品的浅色啤酒颜色应该是淡黄色或金黄色，黑啤酒为红棕色或淡褐色，酒液清澄透明，泡沫丰富、细腻、洁白、持久，在啤酒上方吸气应有新鲜的酒花香气，黑啤酒还应有麦芽的香气，入口纯正，二氧化碳充足，感觉柔和爽口；而假啤酒的酒液色泽较深，泡沫少且消失快，有老化气味或其他怪味杂味，部分有杂质或沉淀物。

6. 看啤酒的外包装。外包装是啤酒企业装备水平的直接表现。外包装越精美，企业的装备水平和管理水平也越高，相应的质量管理水平也较高。反之，包装简单、质量粗糙、其生产能力、装备水平、技术管理和企业管理水平也相应偏低。

7. 看日期标识是否明显。在购买和饮用啤酒时，要认准啤酒瓶的商标或瓶盖上是否具有明显的出厂日期及保存期；离瓶底 2 厘米的瓶外壁有一个"B"字及生产企业标志、生产年份等标识；啤酒是否在保存期之内。超过保存期的啤酒口味会受到影响。优质啤酒的保存期为120 天，普通酒的保存期为 60 天。

快速识别啤酒质量好坏

啤酒质量优劣关乎消费者利益，不是小事。喝到质量低劣的啤酒，既影响身体健康，又破坏情绪，谁都不希望花钱买个"不如意"。怎样衡量质量好坏？鉴别方法有以下四种：

1. 色泽鉴别。良质啤酒浅黄色带绿，不呈暗色，有醒目光泽，清亮透明，无明显悬浮物；次质啤酒色淡黄或稍深些，透明或有光泽，有少许悬浮物或沉淀；劣质啤酒色泽暗而无光或失光，有明显悬浮物和沉淀物，严重者酒体混浊。

2. 泡沫鉴别。良质啤酒倒入杯中时起泡力强，泡沫达 1/2 ~ 2/3

杯高，洁白细腻，挂杯持久（4分钟以上）；次质啤酒倒入杯中泡沫升起，色较洁白，挂杯时间持续两分钟以上；劣质啤酒倒入杯中稍有泡沫但消散很快，有的根本不起泡沫，即便起泡沫也不挂杯，似一杯冷茶水状。

3. 香气鉴别。良质啤酒有明显的酒花香气，无生酒花味，无老化味及其他异味；次质啤酒有酒花香气但不明显，也没有明显的异味和怪味；劣质啤酒无酒花香气，有怪异气味。

4. 口味鉴别。良质啤酒口味纯正，酒香明显，无任何异杂滋味，酒质清冽，酒体协调柔和，杀口力强，苦味细腻、微弱且略显愉快，无后苦，有再饮欲；次质啤酒口味较纯正，无明显的异味，酒体较协调，具有一定杀口力；劣质啤酒味不正，有明显的异杂味、怪味，如酸味或甜味过于浓重，有铁腥味、苦涩味或淡而无味。

怎样鉴别青岛啤酒

真正的全国性啤酒品牌只有5家，分别是青岛啤酒、燕京啤酒、雪花啤酒、珠江啤酒、哈尔滨啤酒。青岛啤酒是中国啤酒家族的第一品牌，大家都喜欢，似乎有必要专门赘述下与之有关的一些知识。

青岛啤酒股份有限公司的前身系国营青岛啤酒厂，始建于1903年，是我国最早的啤酒生产厂家之一。

在近百年发展历程中，青岛啤酒在吸取国外技术的基础上形成了自己独特的生产工艺和质量品位，成为国内外久负盛名的名酒。它曾七次获国家金质奖，三次在美国国际评酒会上夺魁。

若要享受这样的好酒，没有鉴别眼光行吗？行家说，真假青岛啤酒主要从外观质量的两大方面来鉴别，即外包装和内包装。

一、瓶装青岛啤酒

1. 包装箱的鉴别

青岛啤酒包装箱规格有640ml×12瓶、355ml×24瓶、296ml×24

瓶之分，分为出口纸箱、内销纸箱两种。内销酒箱面上的"青岛啤酒"字体和英文字母及栈桥图形用的是大红色，箱面上标有："中国啤酒唯一驰名商标"、"此包装仅限中国境内销售"的文字，字体是宋体，比例适当，色泽均匀，印刷清晰；出口酒箱面上的"青岛啤酒"字体和英文字母及栈桥图形等用的是深绿色，字体是正楷，间架结构协调规范，比例适当，色泽均匀，印刷清晰。出口、内销包装箱绝大部分用热熔胶封口，从封口处打开检验，有两道热熔胶，呈条状痕迹，箱面上有激光射码机打印的生产日期，由点组成的数码，每个点有扩涨感。

假冒包装箱的印刷质量粗糙，箱面上字体及图形色泽暗淡，不均匀，字体印刷不清晰，纸箱粗糙且软，包装箱用糨糊或胶水人工刷胶封口，无热熔胶条，生产日期是用塑胶刻制人工盖上的，由点组成的数码，每个点很死板，无扩涨感。

2. 商标的鉴别

青岛啤酒商标标识是青岛印刷股份有限公司的凹印技术印制的，其文字、图形、纸质、套色、金边等明快、光洁、细腻、纯正、均匀，商标外沿无毛边，经磨擦不掉色。有的批号在瓶盖上喷码，有的批号在商标外沿切口。

假冒青啤商标标识，印刷技术低劣，纸质较软，商标外观质量粗糙，套色往往有重影、歪斜，色彩不均，不正，麦穗模糊不清，暗淡无光，无明快光滑之感，商标边沿易出现毛边。

另外，还有一种明显区别，青岛啤酒商标上的"啤"字用的是规范汉字，而许多假冒商标用的"啤"字不规范。

3. 瓶盖的鉴别

瓶盖的真假主要从油墨的印刷质量来鉴别。青岛啤酒瓶盖主要有蓝色、红色、绿色、棕紫色、灰色、黑色，蓝色用于内销酒，红色用于出口酒、金标酒，绿色用于出口酒，棕紫色用于棕色啤酒，灰色用于淡啤酒，黑色用于黑啤酒。

青岛啤酒所使用的瓶盖视觉清晰、细腻、光滑，盖面"青岛啤酒"

字样与栈桥图形、英文字母清楚，瓶盖裙边的"青岛啤酒"小字样非常清晰，瓶盖内是 PVC 模压胶垫，内有字码，胶垫与瓶盖不易分离。

假冒青啤瓶盖，油墨印刷质量粗糙、歪斜，盖面油墨印刷直观感觉不好，颜色暗淡不正，瓶盖裙边的"青岛啤酒"字样模糊不清，有的假冒盖裙边没有这四个字，手感不润滑，瓶盖胶垫有的是橡胶垫，有的是滴塑垫，很容易使其与瓶盖分离。

4. 瓶子的鉴别

青岛啤酒有限公司为确保产品质量，所生产的"青岛"牌啤酒全部采用新瓶子。目前主要供瓶厂家有青岛晶华玻璃厂、青岛玻璃厂、崂山玻璃厂、胶州市玻璃厂、青岛北海玻璃厂、南定玻璃厂。一箱啤酒不会出现几个玻璃厂生产的酒瓶混合使用的情况。假冒青啤使用的瓶子，用回收的旧瓶，什么厂家生产的都有，也有可能上述几种瓶子混合使用，如果出现该公司从没使用的瓶子，一看便可确认是假冒。

二、听装青岛啤酒

1. 包装箱的鉴别

听装啤酒使用的纸箱，箱面上的"青岛啤酒"字样有英文字母，栈桥图形，颜色为大红色，印刷质量较好，刻版细致，印制清晰，色泽红而不艳，纸板质量较硬、挺拔，箱口用热熔胶机器封口，为加固起见，另外用透明胶带纸自动加固粘贴。从封口处打开检验，有两道热熔胶条痕迹，包装箱上的生产日期用油墨自动射码，有的射在箱面，有的射在封口处，点状数码有扩涨感。

假冒听装青啤纸箱，文字、图形等印刷粗糙、不清晰，纸质较软，颜色不均匀，深浅不一，有的呈紫红色，沾水后易掉色，有的暗浅，箱口一般用糨糊或胶水人工刷胶封口。生产日期有塑胶刻制的数码，人工盖在箱面上，无扩涨感。

2. 内包装鉴别

听装青岛啤酒自 1995 年 1 月起全部采用 206 型斜肩式，罐的高度为 122.25mm（±0.38mm）罐体清新平整、光滑、干净、无皱折，压盖密封，容量足，手捏不动，生产日期均用激光射码机在罐底喷码，字码清晰，不易抹掉。

易拉罐的供货单位主要是：西安昆仑富特波尔容器有限公司、青岛美特容器有限公司、香港美特容器有限公司、大连北太平洋容器有限公司，罐盖上有凸起的"青岛啤酒"四个汉字。

假冒听装青啤多使用回收旧罐，有的用制假工具（割盖机）把罐盖割掉，灌入劣质啤酒或自来水等压上新盖，此种假酒比真酒矮 2～3mm 左右。另一种情况，把旧罐放在砂轮上磨透后，将盖挑掉，整体不影响罐的高度，但假冒产品往往容量不足，压盖密封不严，易渗漏，用手能捏动，罐体皱褶痕迹明显，蹭擦痕迹较重，罐体较脏，生产日期模糊不清，易擦掉。罐盖上无"青岛啤酒"四个汉字。

怎样选购进口啤酒

如何识别真正的进口货，质监人员指出三种方式识别"洋啤酒"的身份。一是查看进口啤酒瓶上是否有中文标签。按照国家出入境检验检疫局《进出口食品标签管理办法》规定，进口食品标签必须事先经过审核，取得《进出口食品标签审核证书》，进口食品标签必须是正式中文标签。二是注意查看所选择进口啤酒的瓶上是否贴有激光防伪的"CIQ"标志。该防伪标志是从 2000 年开始对检验检疫合作的进口食品统一加贴的。"CIQ"标志基本样式为圆形，银色底蓝色字（为"中国进出口检验检疫"）字样，背面注有九位数码流水号，该标志是辨别"洋食品"真伪的最重要依据。三是向经销商索要查看"进口食品卫生证书"。该证书是检验检疫部门对进口食品检验检疫合格后签发的，证书上注明进口食品包括生产批号等详细信息。该证书犹如进口食品的"身份证"，只要货证相符，就能证明该食品是真正的"洋货"。

无论春夏秋冬，啤酒都是十分受欢迎的饮用佳品。目前，市场上除了大家耳熟能详的国内品牌的啤酒，越来越多的进口啤酒出现在各大超市及网购平台，谁想尝尝进口啤酒的味道，怎样选购进口啤酒就看本事了。其实，和鉴别国产啤酒差不多，我们用"看日期、看色泽、透明度及泡沫，闻香气，尝味道"的方式，就可基本判断真假货色。

1. 看日期。如果是中国本地品牌的啤酒，出厂日期及灌装日期，基本都是当月或是更近，但是进口啤酒可就不一样了，无论是超市或是网购平台，纯正的进口啤酒都漂洋过海来到中国，在路上也许就要走个3－4个月，所以您拿到手中的啤酒不可能是当月灌装或出厂的，否则就真的要留心了。

2. 看色泽、透明度及泡沫：黄啤酒或浅色啤酒应呈微淡的金黄色，比浅色啤酒颜色略显金红；白啤酒应呈淡黄色或淡黄带绿色，色淡者为优，不可带有暗褐色；黑啤酒应呈黑红色或黑棕色，不可呈黑褐色、浅红或棕色。红啤酒应呈琥珀色，酒液透明，比黑啤酒颜色略浅。这些啤酒的酒液应清亮透明、无悬浮物及沉淀物。质优的啤酒，注入杯内时升起的泡沫高度不应低于3厘米，而且泡沫洁白、细腻，能持续4－5分钟以上才消失，质量较次的啤酒，泡沫升起的高度低，泡沫微黄、较粗、不持久，或者无泡沫、喷泡。

3. 闻香气：质优的啤酒，应具有显著的麦芽清香和酒花特有的香气；质量较次的啤酒，麦芽清香和酒花香气不明显；质次的，往往不但无麦芽和酒花香气，甚至会有生酒气味，老化气味以及其他不正常的异香气。

4. 尝味道：尝味道，即喝一口啤酒，含在嘴里，用味觉、嗅觉检验其质量优劣。啤酒应具有来自酒液中的二氧化碳气味和来自酒花的爽口苦味和独特风味。质优的啤酒，喝到嘴里后具有非常爽口的感觉，没有异味、涩味等。如黄啤酒，清苦、爽口、细腻；红啤酒初味苦而回味甜；黑啤酒味道香浓质厚实。酿造不好质次的啤酒，不仅口味平淡，而且会带有苦味、涩味，有的还会带有酵母臭味、不成熟的啤酒味及其他异味等。

德国啤酒享誉全球，的确缘于无比的品质。说到德国啤酒，不能不说慕尼黑啤酒节。1810 年 10 月 12 日，巴伐利亚加冕王子路德维格和萨克森国的苔莱西亚公主完婚，官方的庆祝活动持续了 5 天。当时正值大麦和啤酒花丰收的季节，为了庆祝这一盛大庆典，人们聚集到慕尼黑城外的大草坪上，唱歌、跳舞、观看赛马和痛饮啤酒，来表达欢乐的心情。自那以后，十月啤酒节就作为巴伐利亚的一个传统的民间节日保留下来。每年从 9 月下旬到 10 月上旬，人们倾巢而出，亲朋好友相伴，恋人情人相依，欢聚在一起，喝着自制的鲜酿啤酒，吃着德国独有的各式各样的香肠和面包，其间乐队身着民族服装穿梭于人群之中，娴熟地演奏轻松欢快的乐曲。后来几经演变，啤酒节举办时间终于固定下来，从每年 9 月的第三个星期六至 10 月第一个星期日就固定成为啤酒节，俗称"十月啤酒节"（Oktoberfest）。历史上，除因战争和霍乱中断外，慕尼黑啤酒节已整整举办了 179 届了（截至 2012 年）。目前，世界最具盛名的三大啤酒节是：德国慕尼黑啤酒节、英国伦敦啤酒节、美国丹佛啤酒节。他们在国外家喻户晓，被欧美的啤酒专家们誉为"每一个啤酒爱好者都该至少要去一次的狂欢"。

德国啤酒在中国市场销量极好。喜欢德国啤酒的中国酒民似乎需要了解一些有关知识，这叫喝得舒服说得明白。大致上，德国啤酒可以分为白啤酒、黄啤酒、黑啤酒。白啤酒以大麦芽（60～70%）和小麦芽（25～40%）为原料，有时加入5%的燕麦，所以它们也叫小麦啤酒，经啤酒酵母和乳酸菌发酵而成，它的特点是液体较浓厚，口味不太苦，喝上去口感润滑，是典型的液体面包。由于白啤酒一般以生啤酒的形式饮用，使它同时富含酵母和乳酸，大大提高了啤酒的营养价值，符合当今消费者对营养的要求，与普通啤酒相比口味更柔和更爽口。著名的品种有巴伐利亚白啤酒，柏林白啤酒和莱比锡白啤酒，等等。巴伐利亚白啤酒中有我们熟知的牌子易酷啤酒。黄啤酒主要流行于北德地区，是当地人首选的啤酒品种。一般采用短麦芽做原料，黄啤酒品质清冽，呈透明的浅黄色。它是德国啤酒中苦味最重的一种。因为采用二次发酵的工艺，酒中所含的糖份少，不容易使人醉酒，黄啤酒很适合大量饮用。黑啤酒的颜色相当深，有着淡咖啡般的棕色。黑啤酒不像黄啤酒那样苦，口感上稍带甜味，只是浓度稍微低一些。其酒液突出麦芽香味和麦芽焦香味，口味比较醇厚，酒花的苦味不明显。该酒主要选用焦麦芽、黑麦芽为原料，酒花的用量较少，采用长时间的浓糖化工艺而酿成。黑啤酒的营养成份相当丰富，除含有一定量的低分子糖和氨基酸外，还含有维生素C、维生素H、维生素G等。其氨基酸含量比其他啤酒要高3－4倍，而且发热量很高。每100毫升黑啤酒的发热量大约100千卡。因此，人们称它是饮料佳品，享有"黑牛奶"的美誉。

如何鉴别黄酒

黄酒是保健佳品

黄酒以大米、黍米为原料，一般酒精含量为 14% － 20%，属于低度酿造酒。黄酒含有丰富的营养，含有已知 21 种氨基酸，数种未知氨基酸。黄酒可帮助血液循环，促进新陈代谢，具有补血养颜、活血祛寒、通经活络的作用，能有效抵御寒冷刺激，预防感冒，还可作为药引子。

概括起来，黄酒有 7 大保健作用：

1. 含有丰富氨基酸。黄酒的主要成分除乙醇和水外，还含有 18 种氨基酸，其中有 8 种是人体自身不能合成而又必需的。这 8 种氨基酸在黄酒中的含量比同量啤酒、葡萄酒多一至数倍。

2. 易于消化。黄酒含有许多易被人体消化的营养物质，如：糊精、麦芽糖、葡萄糖、脂类、甘油、高级醇、维生素及有机酸等。这些成分经贮存，最终使黄酒成为营养价值极高的低酒精度饮品。

3. 舒筋活血。黄酒气味苦、甘、辛。冬天温饮黄酒，可活血祛寒、通经活络，有效抵御寒冷刺激，预防感冒。适量常饮有助于血液循环，促进新陈代谢，并可补血养颜。

4. 美容抗衰老。黄酒是 B 族维生素的良好来源，维生素 B1、B2、尼克酸、维生素 E 都很丰富，长期饮用有利于美容、抗衰老。

5. 促进食欲。锌是能量代谢及蛋白质合成的重要成分，缺锌时，食欲、味觉都会减退，性功能也下降。而黄酒中锌含量不少，如每 100 毫升绍兴元红黄酒含锌 0.85 毫克。所以饮用黄酒有增强食欲的作用。

6. 保护心脏。黄酒内含多种微量元素。如每 100 毫升含镁量为 20～30 毫克，比白葡萄酒高 10 倍，比红葡萄酒高 5 倍；绍兴元红黄酒及加饭酒中每 100 毫升含硒量为 1～1.2 微克，比白葡萄酒高约 20 倍，比红葡萄酒高约 12 倍。这些微量元素均有防止血压升高和血栓形成的作用。因此，适量饮用黄酒，对心脏有保护作用。

7、理想的药引子。相比于白酒、啤酒，黄酒酒精度适中，是较为理想的药引子。而白酒虽对中药溶解效果较好，但饮用时刺激较大，不善饮酒者易出现腹泻、瘙痒等现象。啤酒则酒精度太低，不利于中药有效成分的溶出。此外，黄酒还是中药膏、丹、丸、散的重要辅助原料。中药处方中常用黄酒浸泡、烧煮、蒸炙中草药或调制药丸及各种药酒，据统计有 70 多种药酒需用黄酒作酒基配制。

黄酒种类繁多

经过数千年的发展，家族成员不断扩大，品种琳琅满目，酒的名称更是丰富多彩。最为常见的是按酒的产地来命名。如绍兴酒、金华酒、丹阳酒、九江封缸酒、山东兰陵酒等。这种分法在古代较为普遍。还有一种是按某种类型酒的代表作为分类的依据，如"加饭酒"，往往是半干黄酒；"花雕酒"也表示半干黄酒；"封缸酒"（绍兴地区又称为"香雪酒"），表示甜型或浓甜型黄酒；"善酿酒"表示半甜酒。还有的按酒的外观（如颜色，浊度等）命名，如清酒，浊酒，白酒，黄酒，红酒（红曲酿造的酒）；再就是按酒的原料命名，如糯米酒，黑米酒、玉米黄酒、粟米酒、青稞酒等。古代还有煮酒和非煮酒的区别，甚至还有根据销售对象来分的，如"路庄"（具体的如"京装"，清代销往北京的酒）。还有一些酒名，则是根据酒的习惯称呼，如江西的"水酒"、陕西的"稠酒"、江南一带的"老白酒"等。除了液态的酒外，还有半固态的"酒娘"。这些称呼都带有一定的地方色彩，要想准确知道黄酒的类型，还得依据现代黄酒的分类方法。

在最新的国家标准中，黄酒的定义是：以稻米、黍米、黑米、玉米、小麦等为原料，经过蒸料，拌以麦曲、米曲或酒药，进行糖化和发酵酿制而成的各类黄酒。按黄酒的含糖量将黄酒分为以下6类：

1. 干黄酒。"干"表示酒中的含糖量少，糖份都发酵变成了酒精，故酒中的糖分含量最低，最新的国家标准中，其含糖量小于1.00g/100ml（以葡萄糖计）。这种酒属稀醪发酵，总加水量为原料米的三倍左右。发酵温度控制得较低，开耙搅拌的时间间隔较短。酵母生长较为旺盛，故发酵彻底，残糖很低。在绍兴地区，干黄酒的代表是"元红酒"。

2. 半干黄酒。"半干"表示酒中的糖份还未全部发酵成酒精，还保留了一些糖分。在生产上，这种酒的加水量较低，相当于在配料时增加了饭量，故又称为"加饭酒"。酒的含糖量在1.00～3.00%之间。在发酵过程中，各项条件要求较高。酒质厚浓，风味优良。可以长久贮藏。是黄酒中的上品。我国大多数出口酒，均属此种类型。

3. 半甜黄酒：这种酒含糖份3.00～10.00%之间。这种酒采用的工艺独特，是用成品黄酒代水，加入到发酵醪中，使糖化发酵的开始之际，发酵醪中的酒精浓度就达到较高的水平，在一定程度上抑制了酵母菌的生长速度，由于酵母菌数量较少，对发酵醪中的产生的糖份不能转化成酒精，故成品酒中的糖份较高。这种酒，酒香浓郁，酒度适中，味甘甜醇厚。是黄酒中的珍品。但这种酒不宜久存。贮藏时间越长，色泽越深。

4. 甜黄酒。这种酒，一般是采用淋饭操作法，拌入酒药，搭窝先酿成甜酒娘，当糖化至一定程度时，加入 40 - 50% 浓度的米白酒或糟烧酒，以抑制微生物的糖化发酵作用，酒中的糖份含量达到 10.00 - 20.00g/100ml 之间。由于加入了米白酒，酒度也较高。甜型黄酒可常年生产。

5. 浓甜黄酒。糖份大于或等于 20g/100ml。

6. 加香黄酒。这是以黄酒为酒基，经浸泡（或复蒸）芳香动、植物或加入芳香动、植物的浸出液而制成的黄酒。

7. 淋饮酒、摊饭酒和喂饭酒。这是按酿造方法对黄酒分类时的称呼。按这种方法分类，可将黄酒分成三类：一类是淋饭酒，指蒸熟的米饭用冷水淋凉，然后拌入酒药粉末，搭窝，糖化，最后加水发酵成酒，口味较淡。这样酿成的淋饭酒，有的工厂是用来作为酒母的，即所谓的"淋饭酒母"。二类是摊饭酒，指将蒸熟的米饭摊在竹篦上，使米饭在空气中冷却，然后再加入麦曲、酒母（淋饭酒母）、浸米浆水等，混合后直接进行发酵。三类是喂饭酒，按这种方法酿酒时，米饭不是一次性加入，而是分批加入。

黄酒还可按酿酒用曲的种类来分。如小曲黄酒，生麦曲黄酒，熟麦曲黄酒，纯种曲黄酒，红曲黄酒，黄衣红曲黄酒，乌衣红曲黄酒。

黄酒产地集中在南方地区，也是南方人最爱喝的酒品。随着更多人对黄酒的认识加深，越来越多的北方人也喜欢上了这种酒，市场供求矛盾日渐显现。为了满足市场需求，黄酒业也跳出了传统酿造方法，采用机械化生产。

传统的黄酒原料是糯米及粟米，由于糯米产量低，不能满足生产需要，在 20 世纪 50 年代中期，通过改革米饭的蒸煮方法，实现了用粳米和籼米代替糯米，酒质保持稳定。80 年代，还试制成功玉米黄酒、地瓜黄酒，降低了生产成本，扩大了原料来源。目前籼米、粳米、早稻籼米、玉米等原料酿制的黄酒的感观指标和理化指标都能达到国家标准。米饭的蒸煮逐步由柴灶转变为由锅炉蒸汽供热。已采用洗米机、淋饭机，蒸饭设备改成机械化蒸饭机（立式和卧式），原料米的输送实现了机械化。

黄酒的糖化发酵剂也实现了革新。传统法使用天然接种的传统酒曲，耗粮多，手工操作，劳动强度大。现代主要从两方面加以改良，一是对酿酒微生物的分离和筛选，从全国各地的酒曲中分离到不少性能优良的酿酒微生物。二是改进制曲工艺。传统制曲多为生料制曲，在20世纪60年代，采用了纯种熟麦曲，使出酒率得到大幅度的提高。多年来，还广泛采用麸曲及酶制剂作复合糖化剂，采用纯培养酵母。

发酵工艺的改革成效显著。在20世纪中期，国家组织力量对绍兴酒的生产技术进行了科学论证，开始用金属发酵大罐进行黄酒的发酵，现在已有30立方米的发酵大罐。由于大罐发酵和传统的陶缸发酵有很大的区别，在发酵工艺方面做了一系列的改良。传统的后酵，是将酒醅灌入小口酒坛，现在也已发展到大型后酵罐，后酵采用低温处理。碳钢涂料技术也普遍用于大罐。

改良黄酒的压榨方法。传统的压榨，采用木榨。20世纪50年代开始，逐步采用螺杆压榨机、板杠压滤机及水压机。60年代设计出了气膜式板框压滤机，并推广使用，提高了出酒率。

以上介绍具有资料性质，目的是让大家简单了解下黄酒家族的历史概况和基本工艺等情况，便于与人论起略知一二。喝得明白，说得清楚，也是酒中快意所在。

黄酒有"近亲"

说起黄酒，似乎还需要补充说明另外一个重要方面，即少数民族酒。因为许多酒类专家认为，各少数民族酿造的民族特色酒大多具有黄酒的品性，或者说是黄酒的"近亲"。

少数民族酒的类别的确很多，许多鲜为人知。据专家考证，少数民族先民们最先发现、最早饮用的酒是果酒，少数民族酒文化的曙光从果酒中泛起。比如我国最早的葡萄酒，是现在的新疆地区酿制的。

《史记·大宛列传》载："宛左右以蒲萄为酒，富人藏酒至万余石，久者数十岁不败。"内地汉族地区虽然在周代已有人工栽培葡萄的记载，但这些原生葡萄品种果小味酸，很少食用和酿酒。直到张骞出使西域，带回了优良葡萄品种，内地才大量种植葡萄并用以酿酒。元初意大利人马可·波罗历滇时，在昆明、大理等地都品尝过当地人用葡萄酿制的美酒；明代，徐霞客漫游云南，也记述过品尝葡萄美酒的事实。再如树头酒，其配制过程最富特色。早在元、明之际，在云南的西双版纳、德宏等热带、亚热带森林中，少数民族"甚善水，嗜酒。其地有树，状若棕，树之梢有如竿者八九茎，人以刀去其尖，缚飘于上，过一宵则有酒一瓢，香而且甘，饮之辄醉。其酒经宿必酸，炼为烧酒，能饮者可一盏"（《百夷传》）。清初，树头酒从果实直接取汁酿制的方法还常见于权威性的官方文献中，清康熙《云南通志·土司》中有如下记述："土人以曲纳罐中，以索悬罐于实下，划实取汁，流于罐，以为酒，名曰树头酒。"据考证，树头酒的树种，属热带椰子之类，其果实可以从花梗处取饮液汁，因内含糖质，可即用于酿酒。这种不用摘取果实，而是将酒曲放在瓢、罐、壶之类的容器中，悬挂在果实下，把果实划开或者钻孔，着实令人大开眼界。清末民初，树头取酒的办法仍残存于滇西、滇南少数民族之中，现已不可多见。此外，少数民族的果酒种类还很多。常见的有刺梨酒、桑葚酒、山楂酒等，许多家植水果也用以酿酒。云南寻甸苗族的雪梨酒，还被赋予了神奇的魔力："吃了雪梨酿的酒会破坏夫妻感情，再吃一回雪梨酿的酒又会恢复夫妻感情。"

专家考证发现，随着社会的发展，以粮食为原料酿制的酒类走入人们的生活中，其中，"水酒"以其悠久的历史和深远的影响而在少数民族酒文化史上闪烁着迷人的光彩，是少数民族酒文化中最绚丽的乐章。

水酒，即发酵酒，用黍、稷、麦、稻等为原料加酒曲经糖化、酒化直接发酵而成，汁和滓同时食用，即古人所说的"醪"。水酒在我国少数民族酒中品种最多、饮用最为普遍的一类。如朝鲜族的"三亥酒"、壮族的"甜酒"、高山族的"姑待酒"、瑶族的"糖酒"、藏族的"青稞酒"、纳西族的"窨酒"、普米族的"酥理玛"等均属此类。在许多少数民族地区，发酵酒又称为白酒，并按发酵程度的不同，分为甜白酒和辣白酒两类。甜白酒是以大米、玉米、粟等粮食作物为原料，用清水浸泡或煮熟，再蒸透后，控在不渗水的盆、罐、桶等盛容具中，待其凉透，撒上甜酒曲，淋少许凉水，搅拌均匀，放置在温暖干燥处。夏季，1－2天即可成甜白酒；冬天，约需3－5天，但如果把酒饭放在靠近火塘的地方，成酒也较快。拉枯族用糯米为原料，筛去细糠，留下粗糠和米同酿。酿制方法是，用热水浸泡原粮再煮沸，取出后趁热用木甑蒸透，控装在陶罐内，撒上自制酒曲，约一小时后即可饮用，其味清凉甜美。甜白酒实质上是在粮食中的淀粉完全糖化、而酒化过程即将开始时形成的水酒，甘甜可口，只隐约透出酒的醇香，是老幼咸宜的饮料。各民族酿制甜白酒有悠久的历史，早在元、明之际，已有商品化生产。明初，徐霞客由云南大理入永昌（今保山）途中，穿越一山峡，"有数家当南峡，是为弯子桥，有卖浆者，连糟而啜之，即余地之酒酿也"。可见，早在明代，即使深山幽谷，甜白酒也成为商品，供山峡古道上匆匆过往的商旅"连糟而啜之"。甜白酒具有很高的营养价值。以甜白酒煮鸡蛋，是彝族等民族待客的佳品。明清以来，相袭成俗。时至今日，每逢佳节良辰，泡米蒸饭酿白酒仍是许多少数民族最要紧的节前准备工作之一。白酒煮鸡蛋还是滋补身体、恢复元气、催奶的保健型食品，彝族聚居区"产妇必食"。辣白酒是以大米、糯米、玉米、大麦、小麦、青稞、粟、稗等粮食为主要原料酿成的低度原汁酒，属黄酒类。

黄酒的鉴别方法

我们以上比较详细的介绍了黄酒的有关知识，最后还需要掌握一下鉴别方法。

一、如果从包装、商标上鉴别，和白酒、红酒、啤酒的方法相同。

二、闻香法。鉴别酿造的黄酒与酒精、香精和色素勾兑的黄酒，首先去闻它的香味，酿造的黄酒有明显的、浓郁的原料香味，这种香味在北方（黄酒）闻到的是黍米焦香，那么在南方（黄酒）是稻米的香味。而勾兑的黄酒闻不到原料的香味，而且还有一种刺鼻的酒精味道。

三、手搓法。一种直观的方法，倒少量的酒在手心里搓，感受它的滑腻感。手心干了以后，酿造黄酒非常黏手，而勾兑黄酒基本上没有黏手感。

如何鉴定葡萄酒

葡萄酒的分类

葡萄酒是用新鲜的葡萄或葡萄汁经发酵酿成的酒精饮料。通常分红葡萄酒和白葡萄酒两种。前者是红葡萄带皮浸渍发酵而成；后者是葡萄汁发酵而成的。

葡萄酒的品种很多，因葡萄的栽培、葡萄酒生产工艺条件的不同，产品风格各不相同。

一般按酒的颜色深浅、含糖量多少、含不含二氧化碳及采用的酿造方法来分类，国外也有采用以产地、原料名称来分类的。葡萄酒（REVERDI）：按照国际葡萄酒组织的规定，葡萄酒只能是破碎或未破碎的新鲜葡萄果实或汁完全或部分酒精发酵后获得的饮料，其酒精度一般在 8.5 度到 16.2 度之间；按照我国最新的葡萄酒标准 GB15037 — 2006 规定，葡萄酒是以鲜葡萄或葡萄汁为原料，经全部或部分发酵酿制而成的，酒精度不低于 7.0% 的酒精饮品。

资料显示，红酒（Red Wine）是葡萄酒的通称，并不一定特指红葡萄酒。红酒有许多分类方式。以成品颜色来说，可分为红葡萄酒、白葡萄酒及粉红葡萄酒三类。其中红葡萄酒又可细分为干红葡萄酒、半干红葡萄酒、半甜红葡萄酒和甜红葡萄酒，白葡萄酒则细分为干白葡萄酒、半干白葡萄酒、半甜白葡萄酒和甜白葡萄酒。

红酒的成分相当复杂，是经自然发酵酿造出来的果酒，含有最多的是葡萄果汁，占80%以上，其次是经葡萄里面的糖份自然发酵而成的酒精，一般在10%至30%，剩余的物质超过1000种，比较重要的有300多种。红酒其他重要的成分有酒酸、果酸、矿物质和单宁酸等。虽然这些物质所占的比例不高，却是酒质优劣的决定性因素。质优味美的红酒，是因为它们能呈现一种组织结构的平衡，使人在味觉上有无穷的享受。

葡萄酒的特性

对于多数酒民来说，或许不必要练就鉴酒专家那样的眼光，能掌握几招便可受用。从何做起？当然要从基础开始，先了解葡萄酒的特性。中国好酒招商网介绍了葡萄酒的五个特性，全文如下：

根据国际葡萄与葡萄酒组织的规定（OIV，1996），葡萄酒只能是破碎或未破碎的新鲜葡萄果实或葡萄汁经完全或部分酒精发酵后获得的饮料。生产葡萄酒，就是将葡萄这一生物产品转化为另一生物产品—葡萄酒。引起这一转化的主要媒介是一种叫酵母菌的微生物。酵母菌存在于成熟葡萄浆果的果皮上，它可以将葡萄浆果中的糖转化为酒精和其他构成葡萄酒的气味和味道的物质。

所以，葡萄酒的关键词就是葡萄和酵母菌。因而葡萄酒是一种生物产品，它是从葡萄的成熟，到酵母菌及细菌的转化和葡萄酒在瓶内成熟的一系列有序而复杂的生物化学转化的结果。葡萄酒的这一生物学特征使它具有突出特性：多样性、变化性、复杂性、不稳定性和自然特性。

一、多样性

葡萄酒与一些标准产品不同，每一个葡萄酒产区都有其风格独特的葡萄酒。葡萄酒的风格决定于葡萄品种、气候和土壤条件。由于众多的葡萄品种，各种气候、土壤等生态条件，各具特色的酿造方法和不同的陈酿方式，使所生产出的葡萄酒之间存在着很大的差异，产生了多种类型的葡萄酒。每一类葡萄酒都具有其特有的颜色、香气和口感。葡萄酒的多样性，对于消费者来说，是一种福气，我们应该尽量保持葡萄酒的这一特性。

二、变化性

对外界环境因素的敏感性是生物的一种特性。作为多年生植物，一旦在某一特定地点定植，葡萄就必然要受当地每年的外界条件的影响。这些外界因素包括每年的气候条件（降水量、日照、葡萄生长季节的活动积温）和每年的栽培条件（修剪、施肥等）。这些外界因素决定了每年葡萄浆果的成分，从而决定了每年葡萄酒的质量。这就是葡萄酒的"年份"概念。葡萄酒工艺师可以对原料的自然和（或）人为缺陷进行改良，但各葡萄酒产区仍然存在着优质年份和一般年份。

三、复杂性

目前，在葡萄酒中已鉴定出 1000 多种物质，其中有 350 多种已被定量鉴定（Navarre, 1998）。葡萄酒成分的复杂性，给消费者带来了双重的利益：葡萄酒的成分之多，使制假者无法制造出真正的葡萄酒；同时，葡萄酒的复杂性还是其营养和保健价值的证据，它说明葡萄酒并不是一种简单的酒精水溶液。

四、不稳定性

在葡萄酒的一千多种成分中，包括氧化物、还原物、氧化—还原催化剂（金属或酶）、胶体、有机酸及其盐、酶及其活动底物、微生物的营养成分等。所有这些成分就成为葡萄酒的化学、物理化学和微生物学不稳定性的因素。所以，葡萄酒是一种随时间而不停变化的产品，这些变化包括葡萄酒的颜色、澄清度、香气、口感等。葡萄酒的这一不稳定性就构成了葡萄酒的"生命曲线"。不同的葡萄酒都有自己特有的生命曲线，有的葡萄酒可保持其优良的质量达数十年，也有些葡萄酒需在其酿造后的六个月内消费掉。葡萄酒工艺师的技艺就在于掌握并控制葡萄酒的这一变化，使其向好的方向发展，同时尽量将葡萄酒稳定在其质量曲线的高水平上。但是，在有的情况下，葡萄酒也会生病：它会浑浊、沉淀、失色、失光，甚至变成醋。如果将一瓶葡萄酒开启后，放置在室温下，让它与空气长期接触，它就会很自然地长出酒花或者变成醋，或者会再发酵（如果葡萄酒中含有糖）。此外，对于陈酿多年的葡萄酒，如果出现沉淀（包括色素、丹宁和酒石），也是很正常的。总之，必须让消费者知道，葡萄酒是很脆弱的，它最基本的贮存条件是平放、避光、温度变化小（在 10 - 15℃ 之间）。

五、自然特性

只需将葡萄浆果压破，存在于果皮上的酵母菌就会迅速繁殖，从每毫升葡萄汁中的几千个细胞增加到几百万个，并同时将葡萄转化成葡萄酒。正是因为如此，葡萄酒才成为已知的最古老的发酵饮料。也正因为如此，在人类起源的远古时期就有了葡萄酒。在埃及的古墓中所发现的大量珍贵文物（特别是浮雕）清楚地描绘了当时古埃及人栽培、采收葡萄和酿造葡萄酒的情景。最著名的是 Phtah Hotep 墓址，距今已有 6000 年的历史。西方学者认为，这是葡萄业的开始（Vine 1981）。但是，在漫长的历史过程中，葡萄酒的发酵、澄清、稳定等过程多是自然进行的；葡萄酒只能算是"自然葡萄酒"，它自己会浑浊、失色，甚至变成醋，当时的浪费是相当惊人的。所以，人们一直在寻求稳定葡萄酒的方法。但是，一直到 1866 年，巴斯德了发现了酒精发酵的实质，发明了巴氏消毒法，并开始对葡萄向葡萄酒的转化过程进行控制，从而才诞生了科学的葡萄酒工艺学。也正是由于巴斯德的工作，才诞生了现代微生物学。因此，葡萄酒虽然是自然赐予人类的礼物，但同时也是人类工作的结晶。

葡萄酒的色与味

仅了解葡萄酒的特性还不够，仍需要知道些其他方面的知识。比如如何观色？怎样品味？其中学问多多。

葡萄酒品种很多，产品风格各不相同。白葡萄酒的颜色近似无色，但由于原料果肉的颜色差别，所以酒的颜色有浅黄、麦秆黄、浅黄而微绿、金黄等颜色。深黄、褐黄者则不是好的白葡萄酒。同样，由于葡萄品种的关系，红葡萄酒的颜色可分为自然的深宝石红、宝石红、石榴红、洋葱皮红、紫红等颜色。葡萄酒的味应该是洁净而舒顺，味觉和谐完整，爽口清快。白葡萄酒清新纯正，柔顺爽口；红葡萄酒还应该兼备甘柔滋润，酸甜适口的风味。由于干葡萄酒脱糖的关系，应酸味突出甜味不显，半干葡萄酒则略有甜味。干白葡萄酒，酒液澄清透明，入口新鲜柔和，清淡爽口，既有水果之清香，又有陈酒之醇香，是葡萄酒中的上品。干红葡萄酒优者色泽红亮，酒味浓而不烈，醇和协调，滑润温和，不涩不燥，无刺舌之邪味，富有浓郁的酒香。

并非年份越老越好

红酒上面的年份是指用当年的葡萄所酿造的。大部分（99%）的葡萄酒不具有陈年能力，最佳饮用期视不同的酒而不同，一般在 2—10 年之间。只有少部分特别好的葡萄酒才具有陈年能力。一些法国意大利的顶级红酒的陈年能力有数十年甚至上百年。

波尔多顶级酒庄的不少葡萄酒即使保存超过 1 个世纪，仍然可以适宜饮用。葡萄酒适合陈年需要单宁（即单宁酸），而赤霞珠（葡萄品种）因地理因素和其特性，是众多葡萄品种中最适宜陈年的。

很久以前的时候，人们对自然的掌控能力有限，那么每一年的天气、降水等自然因素对这一年的葡萄生长的影响会比较大，而葡萄每年只产一季，那么用葡萄酿制的葡萄酒自然有好年份与不好的年份之说。如果这一年葡萄生长期间的某段时间天气很不好的话，自然这一年的葡萄酿的酒的质量也就不好了。

现在，人们对自然的掌控能力更强了，尤其是葡萄酒的新世界国家，他们会利用科技手段来管理葡萄园，这便使其生产的葡萄酒区别于严格"靠天吃饭"的旧世界如法国等国家的葡萄酒。所以新世界国家的葡萄生长就会连年呈现一定的稳定性，葡萄酒的质量也接近一致。但是，新世界每年的葡萄酒也不是完全一样，人们也只是在某些特殊情况下，比如有恶劣天气的时候才会进行人为干预。所以，每年的葡萄酒还是会有一定差别。

也就是说，年份对于葡萄酒的重要性是要区分来看的，对于新世界国家，建议不要太看重年份，反而可能越新的酒会越好喝，尤其是适合大众饮用的 TABLE WINE，以及三百元以下的葡萄酒；对于老年份的酒，建议抱有一种谨慎的态度，尤其是传统的法国、意大利等国的酒。一方面，要看其是否还有投资的价值，另一方面，要看它是否到了适饮期，还是没到高峰期，这对一般消费者很难把握。

也就是说，日常饮用酒建议选择比较近的年份，最起码它们还有新鲜的果香，在年份上不会差太大；而对于一些追求老年份或者名庄酒的人，一定要具备相当专业的水准，要对其现在的价值、将来的升值空间，适饮期等要有专业的知识。

红酒市场的繁荣与混乱

我们这里所说的，主要指干红葡萄酒。中国目前的红酒市场如何？一句话：无比红火而又相当混乱。

2012 年 6 月，一家知名网站刊文称：中国葡萄酒消费市场迎风飙涨。文章说，近年来，中国的葡萄酒消费市场快速升温，在拉菲等国际顶级葡萄酒的"启蒙"下，整个葡萄酒产业的价值中枢得以大大提高。在葡萄酒价格迎风飙涨的背景下，各路资本蜂拥而入。在国内，茅台、古井贡、青岛啤酒、汇源果汁等各大饮料企业纷纷上马葡萄酒生产线，西南证券、中信国安等业外资本也在积极布局葡萄酒行业。在国外，不少企业（如宁夏红集团）和名人（如姚明、赵薇等）纷纷走出国门，直接购买当地酒庄，不仅获得了葡萄园，更是获得了大块的土地和建筑，颇有些"葡萄酒地产"的韵味。除此之外，葡萄酒在中国也已经快速的完成了其金融属性的"附体"，不少葡萄酒交易所／中心纷纷闪亮登场。据悉，随着中国消费者收入水平的提高，他们对葡萄酒等奢侈品的消费需求也不断增加。国际葡萄与葡萄酒组织近日表示，五年前中国在葡萄酒进口国中仅排名第20位，如今已上升至前5位，成为除欧美以外全球最大的葡萄酒消费市场，其2011年的消费量达170万千升，已成为亚洲最大葡萄酒消费市场。

　　根据新西兰葡萄酒协会提供的数据，从2011年3月份到2012年3月份，新西兰对中国大陆的葡萄酒出口额增长了超过百分之五十，这也预示着中国正迅速成为新西兰葡萄酒的重要市场。目前，新西兰贸易发展局正与新西兰葡萄酒协会合作，以持续提升中国消费者对新西兰葡萄酒的认可度，同时吸引中国葡萄酒业内最具影响力人物的关注。新西兰贸易发展局人士说："现在我们增加了200多亿公升的葡萄酒产量，我们对我们在中国的努力深具信心，许多的中国人正在对特级葡萄酒感兴趣，我深信中国人已经开始享受葡萄酒了。新西兰可以满足供应中国这个巨大的市场，新西兰葡萄可以满足中国人对新西兰葡萄酒的需求。"

　　以上信息告诉了人们一个繁荣景象，但熟知情况的业内人士对目前的境况另有一番忧虑。据报载，酒类专家孙延元坦言：现在的红酒市场已经彻底混乱，如果不加以治理，未来可能就毁了。孙延元在接受媒体采访时说，红酒是未来发展的一个方向，代表着健康、时尚、浪漫、品位……但高档品牌葡萄酒在中国比较乱，比白酒要乱得多。

就是勾兑，根本就不用葡萄，直接用甜水食品添加剂直接就勾兑出来了，造假特别严重。香港和广州葡萄酒造假这么严重，因为利润太高嘛，现在好的葡萄酒卖到一千多，为了这个利润，企业不断的冒险在进行造假。

红火与混乱，冰火齐盛，这就是中国红酒市场的真实现状。如此环境，对喜欢红酒之人们的眼光是个考验，受益与受害就看你眼光如何了。

中国的红酒厂家没有几家太争气，大量产品存在严重的质量问题，这是不争的事实。凡喝过国外红酒的人几乎都有这么一种感觉：自己国家生产的红酒一喝就上头，简直没法喝。不是崇洋媚外，的确比不过人家。"没法喝"也得喝，因为有时需要喝。既然如此，得学会劣中选优，多少掌握些鉴别优劣的方法。

进口酒未必都正宗

老实讲，按以上标准衡量，中国的红酒给酒民留下的印象就差多了。正因为国产红酒品质有问题，给国外红酒提供了占领中国市场的良好机会，所以近几年进口红酒在中国市场占尽风光。在许多酒民眼里，国外对酒类产品的质量监管极其严格，进口红酒尽管价格贵，却能喝个货真价实。如果这样认为，那就太小瞧咱们中国人的能力了。哪种东西走俏，哪种东西就极快出假，咱们中国人就有这种手段，这也是"中国特色"，所以别轻易相信中国市场上的进口红酒一定是放心酒。以拉菲为例，由于假酒横行搅乱了市场，最终造成了高端红酒市场一片狼藉。一位红酒经销商说，拉菲卖的最火爆的时候是 2009 年和 2010 年，几乎每周都能卖出两三箱大拉菲，2010 年卖了 1000 多瓶，2011 年尽管降到 400－500 瓶，也很满意，因为利润高。业内人士说，目前全世界拉菲每年的产量大概在 20 万瓶左右，其中分配到中国的份额不到 5 万瓶，但是有统计数据显示中国一年消耗的拉菲数量高达 200 万瓶，也就是说 40 瓶拉菲当中有 39 瓶是假酒。由此看来，爱喝进口红酒的人们多数当了"冤大头"。

当"冤大头"的滋味不好受，为此，需要酒民朋友们了解一下有关国外红酒的一些知识。

鉴别国外红酒相关知识

每年的春风秋雨，夏雹冬霜，以至果虫细菌，都会影响果树的生长及果实的孕育。因此，每年生成的葡萄有着质的分别，使每年的酒有着各自的个性。即使来自同一片葡萄地，不同年份出品的葡萄酒，酒质也有很大的不同。因为是纯天然的葡萄汁酿酒，葡萄的品质决定了酒的优劣。你需要注意的是：

●葡萄酒酒瓶的正面标签上标明了该葡萄酒的年份，葡萄年指葡萄采摘和酿造的年份。它与装瓶年无关。

●葡萄年份的好坏与其一年的气候状况密切相关（特别是会受到收割前的雨水影响）。雨水过多则葡萄酒酿出来偏淡。例如，1991 年和 1992 年，波尔多地区就曾阴雨连绵，结果，91 和 92 年的葡萄就不够甜，葡萄皮薄，葡萄酒酿造后，其单宁含量明显不足而口感差。

●位于气候温和的产区，好的年份需要具备充足的阳光（特别是在春季），温暖的气候。同时秋季收成时天气必须干燥，不能下雨。而天气炎热、日照充足的产区，好年的表现是其平均温度会低一点，免得葡萄过熟，以保有葡萄酒细腻的品质。

●同一葡萄年对不同地区可能好坏存在差异，要根据葡萄酒所属地区来查年份表。红酒和白酒对天气的要求就不相同，秋季收成时的高温有利于红葡的成熟，但过度的高温常使白葡萄的酸度不足，酿成的白酒柔弱无力，失去特性。

●即使同一年份的同一产区，也可能有所不同。例如，1997 年是公认的葡萄大年，但波尔多产区的 MEDOC 次产区和 GRAVES 次产区却因为收获前的一场大雨而使其酒质差于 POMOREL 次产区和 SAINT EMILLION 次产区。

●最近的大年是 2000、2005 年。目前，法国很多酒庄都囤积 2000 年的葡萄酒不发售，想等以后升值再卖。

知道了这些，就更能帮助你鉴别国外葡萄酒了。

喝酒"学问"知多少

为了工作，为了应酬，为了感情，我们不得不喝酒，但是酒大伤身的道理我们必须明白。喝酒有"学问"，会喝则益，瞎喝则损，须当注意。

饮用白酒有"九忌"

白酒是所有酒种中最烈之品，饮用不当遭受的伤害也最大，因此酒民朋友须牢记以下"禁忌"。

一、忌饮酒过量，造成醉酒。

二、忌"一饮而尽"、过猛过快，这样易增加血液中酒精的浓度，加深醉酒程度。

三、忌空腹饮酒，这样不仅直接刺激消化道粘膜，还可加快肝脏和神经系统的毒性反应。

四、忌硬性劝酒、强人所难强干杯。

五、忌带病饮酒，特别是肝病、肾病、胃肠溃疡以及痴呆、精神病患者，这样会加重病情。

六、忌孕期饮酒，孕妇饮酒会影响胎儿的正常发育。

七、忌啤酒、白酒混用，先饮啤酒，后饮白酒，扩大了酒精的刺激性，使人易醉。

八、忌烟酒同时并用，喝酒时吸烟，尼古丁很易溶解在酒精，被人体吸收，加重危害。

九、忌酒后饮茶。李时珍在《本草纲目》中记录：酒后饮茶伤肾，腰腿坠重，膀胱冷痛，兼患痰饮水肿。现代医学研究也指出，茶水会刺激胃酸分泌，使酒精更容易损伤到胃黏膜；同时，茶水中的茶碱和酒精一样会导致心跳加速，更加重了心脏累赘。

如何防醉和解酒

白酒喝多了会醉。问题是多少量会让人醉？怎么样才能既享受美酒又不担心过度摄入酒精带来的副作用？最好的办法是少喝，可是往往做不到。怎么办？只好在"防"与"解"上多留心。网上相关信息不少，归纳出几方面供参考。

一、喝酒前"找防护"。胃中的食物可以减少进入到血液中的酒精量，而且胃中有东西产生的饱腹感会降低喝东西的欲望。所以喝酒前吃点东西很重要。喝酒前最好吃点蛋白质和脂肪丰富的食物，因为蛋白质和脂肪消耗较慢，留在胃中时间较长。

1. 吃 ru21 安体普复合片，是目前防止醉酒、坚持脑筋清醒的最好的东西，据说是前苏联间谍组织"克格勃"人员执行任务时的"贴身保镖"。

2. 适量牛奶或酸奶（优质蛋白芬类亦可），于酒前半小时服用。牛奶或酸奶在胃壁形成保护膜，减少酒精进入血液达到肝脏。

3. 高浓度膳食纤维素片，酒前半小时服用（服用后须要饮足量白开水）。纤维素遇水后迅速膨胀，开释出大批阳离子可以把酒精包裹起来不进入消化循环直接排出体外，减少酒精对肝脏和身体的损害。

4. 吃上几只橘子。

5. 维生素 c、b，于酒前半小时内服用。vb、vc 具有消化和分解酒精的作用。实验表明，在一杯啤酒中加入适量 vc 或 vb，与不加 vc、vb 的啤酒进行比对，可以发现酒精浓度明显降落。（饮酒前一次口服 vc 片 6—10 片，可预防酒精中毒。复合维生素 b 也比拟有效，事前服用 10 片。）

6. 多喝水。酒精的利尿作用会导致身体脱水，脱水会引发严重的头痛和宿醉。所以，在喝酒之前、过程中和之后大量喝水可帮助降低酒精对人体的伤害。

二、喝酒中"找办法"。有些酒民上了酒桌只忙着喝，却顾不上吃，几轮下来就晕乎。不想大醉有办法，办法就在菜品中。

1. 恰当吃肉类和油脂，可以辅助调剂好身材的局部功能，使遭了大罪的胃可能因为油脂而蒙上薄薄的一层保护膜，避免酒精浸透胃壁。

2. 多吃鸡蛋、皮蛋。

3. 宜多以豆腐类菜肴作下酒菜。因为豆腐中的半胱氨酸是一种重要的氨基酸，它能解乙醛毒，食后能使之敏捷排出。或者，要一杯豆奶垫垫肚皮也好。

4. 生果假如端上桌，只管吃。

5. 感觉喝多了立即想办法把酒吐出来，吐不出来，用手伸到喉咙抠。吐完酒用冷水洗把脸就好了。

6. 葱和浇上酸牛奶以及酸奶油的醋鱼做下酒菜，多多益善。

7. 吃几个柑橘，它是醒酒物。

三、喝酒后"找救星"。人在喝酒的时候，酒精会通过肠道进入血液，进而随血液的流动进入大脑。血液中不同程度的酒精含量会引发不同程度酒精对大脑的麻痹作用。当携带了酒精的血液流经肝脏时，部分酒精就被代谢掉了。正常人的肝脏在一个小时内能代谢掉 0.5 盎司多一点（约 15g）的酒精，所以，如果你摄入酒精的速度比这个快，血液中的酒精含量不断增加的情况下，人就醉了。这时候一定要知道哪些东西是你的"救星"。

醉酒之后，如何缓解头痛、头晕、反胃、发热这些难受的症状呢？推荐几种管用的东西。

1.ru21 安体普。酒后服用 ru21 安体普，可以疾速减轻头疼、头晕、呕吐、躁动、恶心症状，30 分钟可以让人恢蒙到酒前状况，就是这货色价钱确实不低。

2. 蜂蜜水。酒后头痛喝点蜂蜜水能有效减轻酒后头痛症状。美国头痛研究基金会的研讨职员指出，这是因为蜂蜜中含有一种特别的果糖，可以促进酒精的分解吸收，减轻头痛症状，（也适用红酒引起的头痛）。另外蜂蜜还有催眠作用，能使人很快入睡，并且第二天起床后不头痛。

3. 西红柿汁。此物对缓解酒后头晕最管用。西红柿汁也是富含特殊果糖，能帮助促进酒精分解吸收的有效饮品，一次饮用 300ml 以上，能使酒后头晕感逐步消散。试验证明，喝西红柿汁比生吃西红柿的解酒效果更好。饮用前若加入少量食盐，还有助于稳定情绪。

4. 新鲜葡萄。酒后反胃、恶心，就吃新鲜葡萄，它含有丰富的酒石酸，能与酒中乙醇互相作用造成酯类物质，降低体内乙醇浓度，达到解酒目的。同时，其酸酸的口味也能有效缓解酒后反胃、恶心的症状。如果在饮酒前吃葡萄，还能有效预防醉酒。

5. 西瓜汁。酒后全身发烧，西瓜汁能帮大忙。西瓜汁是生成的白虎汤（中医经典名方），一方面能加速酒精从尿液排出，防止其被机体吸收而引起全身发热；另一方面，西瓜汁自身也拥有清热去火功效，能赞助全身降温。饮用时加入少量食盐，还有助于稳定情绪。

6. 柚子。李时珍在《本草纲目》中早就记载了柚子能解酒。实验发现，将柚肉切丁，沾白糖吃更是对消除酒后口腔中的酒气和臭气有奇效。

7. 芹菜汁。酒后胃肠不适、颜面发红，喝一杯芹菜汁感觉立马好起来。这是由于芹菜中含有丰盛的分解酒精所需的 b 族维生素。

8. 酸奶。酒后烦躁不宁，一杯酸奶就搞定。蒙古人多豪饮，酸奶恰是他们的解酒秘方。酸奶能保护胃黏膜，延缓酒精吸收；酸奶中钙含量丰富，因而对缓解酒后焦躁症状尤其有效。

9. 香蕉。饮酒后觉得心悸、胸闷时，即时吃 1～3 根香蕉，能增长血糖浓度，使酒精在血液中的浓度降低，达到解酒目的，同时减轻心悸症状、清除胸口愁闷。

其他一些办法：

1. 将食醋 50 克、红糖 25 克、生姜 3 片，用水煎后服用。

2. 取鲜橙或鲜橘 3—5 个去皮后直接食用，或榨汁服用。如鲜橙不，番茄汁也行。

3. 取雪梨 2 至 3 个洗净切片捣成泥状，用纱布包裹压迫出汁饮服。

4. 醉酒者可取浓米汤饮服，米汤中含有多糖类及 b 族维生素，有解毒醒酒之效，加入白糖饮用，疗效更好。

5. 饮酒过量，胸腹难受，可在白开水中加少许食盐饮用。

6. 取适量白糖用开水冲服，有解酒，醒脑的作用。

7. 取 50 克绿豆，10 克甘草，加适量红糖煎服，可醒酒，如单用绿豆煎汤，亦有必定功能。

以上诸多解酒方法看似十二分有效，也不鼓励酒民朋友们以身试之，醉酒毕竟不是好事。最好的办法是不多喝、不喝醉。

喝啤酒的学问

喜欢喝啤酒的人很多，有些人干脆只喝啤酒，其他酒类一概不染。喜爱啤酒，首先要懂它，知其性方可获其利、避其害。喝啤酒的学问很多，仅提醒几点。

1. 大口喝快速喝。许多人并不懂得最佳喝法，喝啤酒时就跟饮用白酒一样，慢慢地饮，一杯啤酒要饮很长时间，这就错了。啤酒应该是大口大口地喝，一杯啤酒应该尽快喝完。道理何在？一是啤酒的醇香和麦芽香刚刚倒入杯中是很浓郁、很诱人的，若时间放长，香气就会被挥发掉。二是啤酒刚倒入杯中时，有细腻洁白的泡沫，它能减少啤酒花的苦味，减轻酒精对人的刺激。三是啤酒中的二氧化碳倒入杯中时，能以杯底升起一串串很好看的二氧化碳气泡。酒内含有的这些二氧化碳饮入口中，因有麻辣刺激感，而令人有一种爽快的感觉。尤其是在大口喝进啤酒后，容易打嗝，这就给人有了一种舒适、凉爽的感觉。四是啤酒的酒温以 10 — 15℃饮用为宜。若倒在杯内的时间过长，其酒温必然升高，酒香就会产生异味，而使苦味突出，失去爽快的感觉。

2、警惕啤酒肚。因为经常喝啤酒，许多酒民朋友弄出个啤酒肚，看起来既不雅观，也带来生活中的诸多不便，最大的问题是威胁身体健康。你可以把"啤酒肚"说成"将军肚"，只不过好听一点，但丝毫解决不了你的烦恼和纠结。那么如何才能有效地减掉啤酒肚呢？最好的办法是要多吃红豆、花生酱这些食物，经常食用你会发现自己的啤酒肚会慢慢远去。为什么红豆和花生酱能够减掉啤酒肚？因为它们能够很好的起到燃烧脂肪的作用，还能够促进肠胃蠕动帮助消化。

3、口外有妙用。啤酒是好东西，喝不完别倒掉，把它变成佐料，可以烹调食物。做肉菜的时候，可以先用一点啤酒腌肉，肉会变得软嫩；炒肉菜时可用啤酒将面粉调稀后淋在肉上，让炒肉鲜嫩可口，烹调牛肉啤酒效果更好；.做鸡时，可将鸡放在盐、胡椒和啤酒中，浸制一两个小时，就能去掉鸡的膻味；将烤制面包的面团中揉进适量的啤酒，面包既容易烤制，又有一种近乎肉的味道；做肥肉或脂肪多的鱼时，也可以加一杯啤酒，去除油腻。

即便过期的啤酒，用处也不少。啤酒可洗发，先用洗发液把头发清洗干净，然后再用加入啤酒的水来浸泡或者漂洗。坚持用啤酒洗头一段时间后，你会发现头发也不那么干燥了，而且脱发的症状也好了很多呢！如果能够长时间坚持下去，还能让你的头发变得柔软而有光泽哦。此外，用啤酒擦玻璃或擦植物叶子、浇花、擦拭冰箱去除异味，都有不错的效果。

饮用红酒需注意什么

更多的不说了，只提醒酒民朋友们注意两点：一是以"品"为主，莫要倾口大灌。小口细细品尝能带给你味觉的享受，也能提高你的饮酒品位；而"灌溉型"的喝法只能是糟蹋好酒，糟蹋健康。二是要科学饮用，以求营养价值和生理保健功能。首先，饮酒不能过量，饮用干红葡萄酒时，一般倒半杯，不可过满，酒温一般调至18℃～20℃为宜。喝红葡萄酒时，应在饮用前半小时打开瓶塞，会使酒香果香表现得更完美。但开启后不能长时间存放，常温可保存一天，若放冰箱内（12℃左右，温度不可过低）可存放一周。

避免四大"自杀行为"

喝酒留给我们的教训太多，不乏"血"的代价。为了健康、为了生命，有必要提醒酒民朋友务必避免以下行为。

一、酒后睡车。有的酒民夏天喝酒后习惯躺在车内，打开空调睡觉，殊不知此举有生命危险。因为车门紧闭，氧气供应不足，空调排放的有毒物质聚集不散，几个小时就可毙命。即便其他季节，酒后入车而眠也同样危险，悲剧事故已经多次发生，必须引以为戒。

二、醉酒俯卧。对于醉酒者，睡觉姿势关乎生命安危，此话绝非危言耸听。经常有人因趴睡、俯睡，被呕吐物堵塞窒息而亡。醉酒人最好的睡姿是平躺，切记。

三、酒后下水。喝酒后血管必然膨胀，身体接触较低水温时，血管会急速收缩，轻则出现供血不足使人昏厥，重则造成血管堵塞甚至破裂危害生命。尤其是心脑血管患者更应高度警惕。

四、酒后开车。酒后开车危害生命的事举不胜举，无须多赘。

除此之外，酒后"性行为"也属隐形杀手，因为它对肾功能、精气的损伤大于正常数倍；酒后剧烈运动也极其危险，比如打篮球、跑

步等运动项目，容易是本就膨胀的血管继续加码，造成严重后果。

警惕"三种人"

酒桌上，有人喜欢闹酒，但你最好不要和三种人较劲，不然就会吃苦头。这"三种人"并非我们常说的扎小辫的（女士）、红脸蛋的（喝酒脸红）、戴镜片的（近视眼）。

一、体胖者。人的体重会影响到血液中的酒精含量，胖人体内的血液比瘦人多，所以同样的酒精量在体重100斤的女性和体重200斤的男性体内产生的血液中酒精含量比例是不同的（大约2倍）。研究证明，体胖人对酒精的吸收程度是一个标准体重者饮酒者的3倍。这可不是要告诉你如何变得更能喝（酒），而是想说，别跟那些人较劲，你喝不多他们。

二、多汗者。喝酒出汗多的人，说明对酒精的排泄速度比一般人快、身体分解酒精功能比一般人强，他不容易喝醉。假如你和这种人较劲，最终醉倒的定是你自己。

三、不倒翁。有一种酒民，不管怎么喝，不管喝多少，不管喝啥酒，都应付自如，极少见醉，这种酒民属"海量"；还有一种酒民喝下三四两便显醉意，但再喝三四两依然具有战斗力，醉而不倒，这种酒民属"熟醉"。这两种酒民都是酒桌"不倒翁"，一般酒民与之对抗无疑于以卵击石，所以不要轻易招惹。

关于酒类、关于饮酒方面的科普知识实在太多，以上所述不过九牛一毛。对此有意的酒民朋友若要知之更多，上网一搜，必有海获。

酒术劝

真金白银换酒兴，

谁愿杯中香不浓？

真假优劣若有鉴，

何忧清醇润人生。

举杯飘洒万般情，

谁愿伤身向祸行？

酒中科普多温习，

避损益己益亲朋。

第九章　脚下雄关漫道

——举杯三问

　　酒桌之事，于国于人利害分明，趋利避害当立心头。说则易，行则难，脚下雄关漫道，眼前河宽山高，征途之艰实不等闲。

　　"酒桌革命"任重道远，我们需要探索，我们需要果敢，我们需要恒心，我们需要克难。

一问：可否"杖刑"醉酒人？

听到醉酒人出言不逊，人们多不在乎；看到醉酒人丑态百出，人们也一笑了之；遇到醉酒人惹是生非，人们依然能够谅解、宽恕。自然是醉酒现象太过普遍的原因，已让人感到麻木不仁。可是，醉酒行为在不断增多，醉酒危害在逐渐升级，我们还要听之任之吗？

醉酒之行成忧患

决非言过其实，更非小题大做，领略一下系列醉酒歌，便知其中滋味。

醉酒乱性

因为喝醉酒，抱错女人上炕头；

朋友妻子也敢动，乱伦强奸出百丑。

醉酒乱纪

因为喝醉酒，红包"三陪"常染手；

眼里"黄线"已模糊，一个一个栽跟头。

醉酒乱政

因为喝醉酒，被人牵着鼻子走；

大事小事乱拍板，不知不觉错铸就。

醉酒失德

因为喝醉酒，好似一只癞皮狗；

纲常伦理全不顾，左邻右舍气受够。

醉酒失态

因为喝醉酒，又哭又笑鼻涕流；

当众撒尿不掩陋，丑态百出不觉羞。

醉酒失控

因为喝醉酒，摔杯砸碟闹不休；

路边行人也打骂，举止行为似泼猴。

醉酒误事

因为喝醉酒，大事小事全冲走；

老人寿诞都能忘，其他误事更常有。

醉酒误效

因为喝醉酒，公务在身抛脑后；

当天之事拖数日，办事效率让人愁。

醉酒伤身

因为喝醉酒，肝胆脾胃倒霉透；

狂饮无度终遭病，散了钱财又折寿。

醉酒伤情

因为喝醉酒，出口伤人颜面丢；

伤了和气扫了兴，疏了亲朋远好友。

系列醉酒歌反映的醉态、醉相、醉举、醉害等，皆无美好之感，然而醉酒却充斥我们的生活、成为社会和家庭的忧患。

2013 年 2 月，麻辣娱乐发出一篇博文——酒醉壮胆惹是生非遭批的十大明星。看了这篇图文并茂的文章，网民们议论纷纷，一时间似乎"星坠无光"。详文如下：

如今，各种级别的宴请几乎都是无酒不欢，不少人在醉酒后的表现与平常相比可谓大相径庭，如同变了一个人。一起看看 10 大明星喝酒后判若两人的举动：

男星 C

2006 年的一场"理性与感性演唱会"接近尾声，刚参加完朋友聚会的男星 C 突然不请自来，他坦言刚与 20 多位日本朋友饮酒，说话时一度爆粗，但马上警觉不对，连忙鞠躬道歉，自知饮醉酒上台是出丑。之后要求唱《真心英雄》，但扰攘多时，一时不满乐队奏起音乐，大叫 Shut Up。有观众不满爆粗反击及喝倒彩，他突然爆出一句"你老 X"，令全场哗然。

男星 H

2011 年 11 月，某剧组为一位工作人员庆生，来到一家烧烤店吃串烧。男星 H 借着酒劲，跟一位女演员拥抱玩亲亲，他捂住女演员口鼻并上下其手，由胸部直摸下身，接着把手伸进衣衫内探索，趁她动弹不得强行吻嘴，吓得那位女演员表情凄惨。此事被媒体曝光之后，引起娱乐圈一片哗然。

男星 Z

2009 年 6 月 2 日凌晨，北京朝阳区高碑店北路，一辆无牌奔驰与一辆出租车相撞，3 人受伤。伤者和多名目击者称，奔驰司机为男星 Z。因怕被查出醉驾而"逃逸"的男星 Z 事后不仅不认错，而且还写博客反倒苦水，因此被网友戏称为"Z 逃逃"。据有关部门通报，男星 Z 因在交通事故中存在多种交通违法行为，总计被扣 12 分，累计罚款 2200 元，驾照被交管局暂扣。因存在肇事逃逸行为，他还被处以行政拘留 5 天。

女星 L

2006 年 11 月，女星 L 女士在上海某夜店与友人聚会，喝得一时兴起与旁边的一位男士搂作一团激吻。这组照片被媒体曝光后，令正在赶拍电影的男友在剧组里当场黑面，相传两人因此事要分手，闹腾了好一阵子。

女星 S

2009 年 4 月 25 日，在上海一次庆祝派对活动中，女星 S 女士酒后与一位男星大玩亲密，忘情亲吻，即使身边友人频频示意一旁有记者拍照，她仍一派大方，甚至举 V 字招牌胜利手势。随后她四处游走和老友寒暄，眼神迷离，笑得嘴巴都合不拢。

男星 L

2009 年 11 月，一场生日宴会上，男星 L 喝醉后，不仅飙脏话，还脚踹一位台湾女艺人的肚子，弄得女艺人当场大哭。极为讽刺的是，酒品欠佳的男星 L，还在庆生会上飙三字经。

男星 Z

2000 年 2 月 16 日，男星 Z 乘机头等舱，陆续喝了一杯香槟、三罐啤酒及三杯威士忌后，已带醉意。他抽着烟骚扰邻座乘客，还将脚搭在对方身上。空姐劝说时，他突然施袭，一手抓住空姐的头发不放，并将空姐头夹于腋下。基于飞机及同机乘客的安全，该航班飞机紧急迫降在美国某机场。事后，男星 Z 不仅支付了约 250 万港元赔偿款，更遭到检察官以公共危险罪起诉，当时被判刑四个月，缓刑两年。

女星 Z

她在荧屏内外给人的感觉都是仪态万千，举止优雅。但 2011 年在上海那场慈善活动中，她却给人留下这样的形象：尽显醉态、面露凶光、指手画脚、步履不稳、大声说笑、目光呆滞。酒后丑态让这位影后仪态尽失。

女星 S

她最劲爆的故事是与一位男星拼酒，醉到发酒疯，强行索吻。男星当时正与她的姐姐谈恋爱，算得上名义上的"姐夫"。男星在事后毫不客气地曝光说：女星 S 只要一醉酒后就会发酒疯，会到处抓着人又亲又抱，实在是极端失态。

以上明星的醉酒之态的确有失文明，所以遭到一些网友的批评。但也有网友说：不就是醉酒失态嘛，这对中国人算事儿吗？太普遍了。

的确，说到醉酒，大概每个人脑海中都会浮现一连串的人物或情景，因为这是中国这个酒文化大国司空见惯的现象，普遍到大凡是酒民都有醉酒经历这等程度。"喝酒是生活内容，醉酒是一道风景"，中国人似乎从不认为醉酒是个多大问题，甚至觉得其中不乏几多快意，因此"一场酒战醉倒一片"绝不奇怪。难怪有人戏言道：醉酒是"国象"，孰可论短长？

对此"国象"，当我们作为一个令人忧虑的"社会问题"提醒人们给予关注时，或许不会有太大的认可度，或许还会被视为小题大作，因为有太多的人身在其中，有太多的人不以为然。然而，缺少认可度并不意味着醉酒不算问题，着实是因为人们对此缺少必要的、清醒的认识，或者说，人们尚无意识到醉酒对社会、对家庭的危害性。

我们不妨举例说明：

2012 年春节期间，北京某酒店发生一起斗殴事件，惊动了 110 巡警。起因很简单，喝醉酒的王先生指着邻桌讥骂：点这么一桌破菜，还狼吞虎咽，这叫过年吗？真他妈的丢人现眼！

大过年挨了陌生人一顿骂，谁遇到这事不觉得晦气？挨了骂的一家人尽管都心里不快，却因看出对方醉态，也未发怒，有人站起推王先生回自家的席位。谁知王先生大怒，一把将人推倒在地，大骂道：老子好心说你，你他妈的竟敢动老子。被骂这家的刘先生也有几分醉意，站起身端起菜盘子扣在王先生头上，只见鲜血顺脸流下。王先生一家见状蜂拥而上，一场混战由此而生。

巡警赶来，把两家人带到驻地派出所。警察问明情况后，哭笑不得，说：嗨，大过年的，两个醉汉斗成这样，除了笑话你们，我还能说你们什么？得，各治各的伤，各消各的气，各回各的家，找机会互相道个歉，不就完事了。

这场干戈很快处理完毕，两家人也都清醒过来，当场握手言和。

试想，假如这场打斗不是因醉酒而起，警察也就不会那么宽容了，两家人也不会善罢甘休。无疑，这样的事警察遇到的太多了，宽以待之似乎早成模式。

我们自然不能说警察这般处理问题是纵容醉酒者，按一位警察的话说，"若件件都认真对待，恐怕要活活把人累死"。或许可以理解为无可奈何，也不妨理解为力不从心，因为醉酒滋事的确是个治安难题。

然而，一个不容忽视的现实是，这些年，醉酒现象日趋严重，因醉酒引发的社会治安、刑事犯罪问题更为突出，危及生命、财产安全的恶性案件比例日渐增多。据《法制日报》报道，2012 年北京市西城区查办的故意伤害、寻衅滋事、妨害公务、强奸等 213 起恶性案件中，有 57 件 69 人为酒后犯罪，约占全部案件的四分之一，尤其是寻衅滋事与强奸案，酒后犯罪的比例几乎高达 40%，成为滋扰社会治安的一大公害。北京市西城区是中国党政军首脑机构所在区域，它的治安环境相对于其他地区无疑是最好的，而醉酒引发的社会治安问题尚如此突出，其他地方的类似问题就不必细述了。因此，把醉酒视为"社会问题"还算危言耸听吗？我们还不该为此感到忧虑吗？

一刀砍向生身老母；双手掐死亲生骨肉；强奸女儿羞愧自尽；纵火烧毁邻居房屋；暴打医生导致 10 数台手术无法进行……这些天方夜谭似的悲剧故事制造者们皆为醉汉。他们醉了，酿造祸端让家人和社会承受着痛苦的代价；他们醉了，却不会像"正常人"那样受到惩治。醉汉们反复滋扰着人们的生活，不断给社会治安制造麻烦，孰可忍乎？对于醉酒者的危害行为，难道还不该以正常的法律和道德标准度量吗？

遏制醉酒需要"强制手段"

我们不需要充满忧虑的生活，遏制醉酒行为，势在必行，且刻不容缓！如何遏制？值得认真探讨。有决心，就有办法。

我们必须首先解决一个认识上的问题，即必要性。的确有太多的人认为，中国"酒文化"源远流长，喝酒是生活习惯，醉酒似家常便饭，正所谓"习俗难易"，大可不必"视醉如敌"。这种观点流露了面对"酒文化"与"习俗"的几许无奈。问题在于，这种观点忽视了良莠之别，不可苟同。就说"习俗"，也有良莠之别，好的自然要传承，但醉酒行为是陋习，难道没有改变它的必要吗？再说"酒文化"，醉酒者往往丑态百出、行为粗俗，更别说引发的社会治安问题，这些皆与"酒文化"的文明内涵格格不入，难道没有必要改变吗？无论怎么说，对于"酒文化"、对于"习俗"，醉酒行为绝不是锦上添花，而是添乱。再者，从生活角度讲，美酒相伴的情趣给我们带来的是幸福感，而醉酒却在削弱幸福，甚至在增添忧愁，难道没有必要改变吗？我们有太多的理由遏制醉酒行为，这些理一摆就明白，所以不能在"必要性"上纠缠下去，相反应该增添几分紧迫感。

第二个问题是，究竟能否依法约束醉酒行为？一个普遍的观点是，中国是尚酒之邦，醉酒行为太普遍，法不责众，故此依法约束醉酒行为不现实。中国的醉酒现象的确太普遍，若真动"法杖"，按警察的话说，"没有那么多的警力管，没有那么多的地方关"。人们看到了"普遍性"，于是产生了畏难情绪。然而人们是否由"普遍性"联想到"危害性"？我们应该意识到，正是因为醉酒行为太普遍，引发社会治安问题的几率才更高呵。

谈到醉酒肇事的机率，举两个例子说明：

> 2013 年 7 月 18 日晚，河南林州市民警郭某因醉酒行为失控，竟莫名其妙从毫不相识人手中夺过女婴摔在地上，造成女婴脑部重伤。
> 2013 年 7 月 23 日晚，北京大兴发生一起醉汉摔死女婴案。案情经过极简单，醉汉韩某在寻找停车位时与推着婴儿车的女士发生争执，瞬间抱起女婴摔在地上，致死。

这两起案件引起社会的强烈愤慨，两名罪犯都已被捕。可笑的是，他们对自己的恶劣行为都记忆模糊，事后追悔莫及。河南林州的郭某悔恨交加地说：都是一杯酒惹的祸。北京大兴的韩某哭求"判死"。

这两个罪犯的行为着实令人痛恨，获取重刑无人同情。他们的荒唐行为让人们想到一个简单的问题：如果没醉酒，发生"摔婴案"的几率可能是零；而醉酒了，犯罪的几率便增大，悲剧就发生了。

顺着"几率"进一步想，中国有 5 亿多酒民，他们中假若每年有百分之一的人有一次醉酒行为，即便有千分之一的醉酒者发生治安问题或者不文明举动，那是多大的数字？将会给我们的社会秩序带来多大的麻烦？如果醉酒行为受到约束，醉酒者的人数减少千分之一，各种麻烦将会减少多少？这个账一算就清楚，一清楚就有积极性，就不该被"普遍"挡住去路。

依靠法律约束醉酒行为，无疑是最有效的手段，因为这将会大大减少醉酒肇事的几率。当然，这样做会使酒民们感到失落，因为要丢掉几多纵情畅饮的快感，并多了几分承担法律责任的风险，"接受度"似乎是个现实问题。但是，我们不能忽略社会文明、健康生活的需要，为了这个需要值得采取一些必要的"强制手段"。法律的强制作用有助于改变人们的不良行为，也有助于培养人们的良好习惯。"酒驾入刑"不就是极好的例子吗？我们不妨回顾下，最初，人们渴望遏制醉酒驾车危害生命的现象，对"醉驾入刑"持欢迎态度。但"醉驾入刑"实施后，并未太有效地遏制醉驾引发的生命灾难，因为酒后驾车者依然大有人在。而当"酒驾入刑"实施后，许多人也曾感到"过头"，认为打击面太大了。不管你怎么想，法律就是要以强制手段限制酒后驾车，从源头斩断祸根，最大限度维护生命安全。渐渐地，人们适应了，"喝酒不开车，开车不喝酒"已成为越来越多人的习惯。酒后驾车的人少了，事故率大幅度下降，人们打内心赞许"酒驾入刑"之策。

"醉驾入刑"到"酒驾入刑"的演变呈现两个"主题词"，一是"强制"，二是"习惯"。两个"主题词"说明一个道理：没有法律的强制手段，就无法尽快改变社会不良习气。由此联想到新加坡前总理李光耀的"强制理论"：强制手段是提速文明的需要，它无须使人人都理解，只需人人都遵守。全世界都知道，在新加坡这个国家，一道"鞭刑"解决了许多社会不文明行为，大大提升了国家的文明程度。新加坡的诸多强制手段让许多中国人感到"没有道理可讲"，可中国人似乎从未想过，随地吐痰、随地大小便等不良习惯在新加坡早就看不到了，而在中国至今依然四处可见，这就是有无"强制手段"的区别。回到遏制"醉酒行为"这个话题，我们中国人有何感想？是否值得借鉴？我们不妨设想，一旦法律强制人们不许醉酒，一旦人们养成了不醉酒的好习惯，酒后滋事的现象还能这样普遍吗？社会治安问题不就大大改观了吗？我们的生活中文明和快乐的因素不就又多几分吗？

第三个问题，能否多几种"套路"惩治醉酒行为。依靠法律手段约束醉酒行为，只是一种希望，未必能够实现，至少无法很快实现，这也是个普遍观点。那么，我们能不能在法律以外寻求一些相对有效的办法约束醉酒行为？应该能够做到。一个网友提出了以下建议：

一、经济处罚。汽车违反交通规则可以罚款，行人闯红灯可以罚款，对醉酒者为什么不可罚款？不但要罚款，还要重罚，罚款千元以上，罚疼他。如果有记录证明是重复醉酒行为，还可以累加罚金。俗话说重赏之下必有勇夫，那么重罚之下也定会有懦汉。

二、社会举报。只要醉酒者出现在公共场所，知情者就可以举报，对举报者给以物质奖励。不要担心没人举报，中国不缺少有社会责任心的人，也不缺少"爱管闲事"的人，何况还有奖金呢。

三、限量供酒。赋予酒店监督管理的义务，计算喝酒的人数和酒水的饮用量，明确提醒客人"最高限量"，超量不供，强为举报。当然，这对酒店不是好事，所有的酒店都希望多卖酒水以赚取利润。但这是酒店的社会义务，假如要求酒店承担这项义务，它必须承担，如若不然，定惩不怠。凡事都有个适应过程，酒店都适应了这种做法，养成了习惯，就不是问题了。

四、单位监控。无论政府机关还是其他社会团体，不管是国有企业还是私企，都有管束帐下人员的责任，对本单位酒民的醉酒行为理应监控。提出警告、经济处罚、与晋级晋职考评挂钩等，都是约束醉酒行为的有效办法。对屡教不改者来狠的，开除并不过分。没有几个糊涂蛋为醉酒与自己的前途开玩笑。

对于如何约束醉酒行为，有种种设想和建议，不管是依法实施还是采取其他手段，都应该引起管理层及全社会的重视，这的确是社会文明生活和社会文明秩序的需要。

二问:"回潮"现象挑战什么?

对"吃喝风"的讨伐已持续年余,无疑成效显著。可是,一个不容乐观的现象是,"吃喝风"在一片讨伐声中沉寂时间并不长,便悄然"回潮"了。"回潮"有何表现?说明了什么?需要探究。

明躲暗藏显现顽固不化

上有政策下有对策,你有明禁我有暗行,遇到红灯想法绕行,如此"智慧"也属"中国特色"之一,专门对付"令行禁止"。话题回到治理"公款吃喝",自不例外。

2013 年 4 月 2 日,中国青年报发表文章分析评论"公款吃喝'回潮'"现象,全文如下;

> 中央"八项规定"很有效果,从各地许多高档酒店的惨淡、奢侈品市场的黯淡和官员谈吃喝色变可以看出,高层治理公款吃喝的决心和执行力度,使这次治理产生了立竿见影的效果。不过在一段时间的沉寂之后,公款吃喝似乎又有回潮之势。有媒体暗访中发现,哈尔滨的吃喝一条街又开始红火,很多包间里敬酒时互称处长局长;洗浴会所停满了豪车,

车牌用免费停车的牌子遮挡起来，数千元的账单分开开发票，显然是为了报销方便。

这种"回潮"并非个案，其实也不能称之为"回潮"，有些地方的公款吃喝从来就没有停止过，只是习惯性地潜伏了起来，或一开始就催生了无数个对策。比如，社会酒店内的腐败有可能被曝光，如今风声一紧就都躲进了食堂，酒照喝，谱儿照摆。还有的躲到了私密性很强的私人会所，花的钱比以前更多。当然，应对监督的花样远远超越着公众的想像，像"用矿泉水瓶装茅台"、"用二锅头瓶装五粮液"之类的对策数不胜数。

道高一尺，魔高一丈，一些官员在吃喝驱动之下的应对智慧远远走在了纳税人和监管者的前面。治理公款吃喝这个老大难问题已有很多年了，也有过很多次的治乱循环和攻守较量，在这多次的"猫鼠较量"中，一些地方和官员已经积累了一系列应对检查的对策，见招拆招。

这一次的"回潮"，正如以往治理中的反复一样，也是一种习惯性的试探，是在考验着上面治理公款吃喝的决心与恒心。跟不少人聊天时，发现他们对这一次的治理都有一种"是不是又是一阵风"的悲观，虽然公众乐见官员的嘴被管住了，效果是立竿见影的。但越是在形式上"立竿见影"，人们越是担心治理风暴的过去也是迅速的——不要怪老百姓"老不信"，也不怪他们对治理没有信心，毕竟以往见多了这种治乱的循环，乐观不起来。更重要的是，许多官员也是以"这是一阵风"的预期进行观望的，基本的心态都是：熬一熬，熬过了这阵风就好办了。

既然有了"一阵风"的预期，现在就开始试探了。如果是一阵风，新官上任三把火，就不会有耐心和恒心，这很容易懈怠，并在懈怠和疲惫中功亏一篑。试探基本有两种方式，一种是用花样百出的"对策"去攻陷政策的防线，让你看到事情远没有想的那么简单，让你看到下面吃喝的毅力远比上面想的更加坚强，无数对策之下，政策很容易就被"蛀空"，漏洞百出，需要投入无数的监管成本和力量才能维持政策的运行，最后不得不作罢。

另外一种试探是直接的"回潮"，在一阵严管后，会有一批胆大的站出来去抵制规定，挑战政策的权威性。一方面是过去习惯了大吃大喝却很久没大吃大喝的人，嘴馋了，忍不住了，他们无法忍受那种没有吃喝生活所包围的特权感；另一方面，他们预期到可能上面也懈怠了，放松了，然后便按捺不住重新"回潮"。这种"回潮"如果得不到遏制，前段时间取得的成果便立刻会烟消云散，来得也快，去得也快。

无论是"对策"，还是"回潮"，其实都是在持久战中耗散你的耐心。如果没有恒心和决心，很容易就向公款吃喝的力量屈服了；如果以"一阵风"的心态去治理，也很容易就"算了"。此前的很多治理，就是在顶不住这种"回潮'中失败的。如果真有治理的决策，对这种习惯性试探必须露头就打，露一个打一个，曝光一个处理一个，关紧篱笆严防对策。当然，更重要的是不能让官员产生"一阵风"的预期，治理公款吃喝要避免重蹈治乱循环，必须纳入法治轨道，而不只是停留于浅层纠风。更深层次的制度安排则在于预算的硬约束，管住预算才能真正管住嘴。

中国青年报的这篇文章发表 10 余天后，中央电视台也播放了一个专题节目："潜伏"的公款吃喝！以下系节目实录：（来源：央视《新闻 1+1》2013 年 4 月 15 日播出）

解说：茅台降价，有人说与限制公款消费有关；高档餐饮下滑，有人说与限制公款消费有关；CPI 回落，有人说这也与限制公款消费有关。"八项规定"，"六项禁令"，实施已经 4 个月。限制公款消费到底限住了没有？

主持人：在我背后的屏幕上有一个建筑群落，其实它是一个古寺。按理说，这应该是晨钟暮鼓，但是有人发现这里隐藏着高档的餐馆。于是大家就担心，这些被限制的公款吃喝会不会已经把新的战场选择在这样的场所当中潜伏起来了？来，一起去看一看。

解说：亭台楼阁，百年古刹，在北京，这本应是一个修身养性之地，如今却成了不少人觥筹交错之所。在这些深藏在公园且极具隐蔽性的会所里，一顿饭的价格惊人，显然它们不是面向平常老百姓的。

记者：15 个人过来，多少钱一位？

餐厅服务员：一般的话人均 1680 元一位。对外的话，最低 598 元一位。

记者：高一点呢？

餐厅服务员：可以做到 6000 块钱一位。

记者：做到 6000 块钱一位，大概都有什么？

餐厅服务员：那就是你会吃到外面吃不到的东西，就是在外面见不到的东西。

解说：一顿饭人均 6000 元，那些食客们会自掏腰包吗？那些被公众紧盯着的公款消费，会不会成为这些会所的主要客源？

餐厅服务员：来这儿我们接触的领导太多了，我们这开业三年多了。

记者："八项规定"对你们没有什么影响吗？

餐厅服务员：没有，如果有什么问题的话，直接给我们领导打电话。前两天不是两会期间吗？这里也接待了好多人，都是司长啊，这类人。

解说： 虽然仅凭一位会所职员的言词并不能下任何断言，但是记者也发现，在这些会所外，的确停放着带有特殊牌照的车辆。在前挡风玻璃下所摆放的是政府部门的出入证，一些高级车辆牌照不是被遮挡，就是被干脆摘掉。近日，《人民日报》在对北京、南京、成都、广州等四地公园调查后，也发文指出，这些公园里的餐厅、会所、公馆，已成为公款吃喝、奢侈消费的重要场所。在北京红领巾公园的高档酒店里，竟然还提供车牌遮挡服务，而在广州的流花湖公园，就有11家规模大小不等的酒楼及西餐厅深入公园腹地。

主持人： 看完记者的这些暗访之后，我注意到这两天在媒体评论当中最常用的三个关键词："担心"、"转移"、"回潮"。这种担心这种心情非常可以理解，并且反映了众人的这样一种感觉。我们来看一下，在调查中显，担心公款吃喝之风大面积回潮的达到91.4%。在这个比例当中还有75.1%是非常担心，程度很高。有90.4%的人觉得如果公款吃喝现象回潮，将会对政府公信力产生损害。其中认为损害将非常大的占到78.9%，而在调查人群当中还有29.7%人是政府公职人员，也就是不太相信自己所在的这样一个大的群落当中，会把这个事解决好。

对于以上现象，央视著名主持人白岩松说：其实我倒觉得可以换一个角度去看，我没那么大的担心。在记者暗访的过程当中，我恰恰看到了两个重要的进步。第一个进步，公款吃喝已经由明面上的大吃大喝，到现在必须潜伏，变成暗中去吃喝了。第二大进步，最开始"八项规定"出来之后，大家就盯着那些高档的大饭店，等等，记者都在盯着。因此，这些人不敢吃了，现在记者已经开始监督到藏在公园、寺庙里头的这种会所，斗争又向前深入了一步……

再看一篇京外媒体消息：南昌私人会所只做熟人生意用餐需提前数日预约（来源：大江网 2013 年 04 月 15 日）

　　14 日，央视曝光了北京一些偏僻胡同内藏身一些高档的私人会所，会所里继续公款吃喝，继续高消费。南昌，是否也有类似的隐藏在僻静处的高档私人会所，掩人耳目地公款吃喝和高消费呢？

　　15 日，记者循着有关线索进行了调查，发现在南昌的私人会所亦藏身僻静处，或高档小区内，或置身民房中，或林立在商务楼宇里。会所生意均十分火爆，一般需提前数日预约，每桌菜肴价格在 2000 元以上（不含酒水和服务费），且只做熟人生意。

私人会所成餐饮高消费"避风港"

　　受中央八项规定影响，高档酒店生意遇冷已成不争事实，但餐饮高消费却并未消停，私人会所竟成了餐饮高消费的"避风港"。14 日，央视曝光了北京的情况，本报记者也对南昌的现象进行了调查。

　　"近年来，一些商业人士为洽谈业务，往往会选择一些僻静私密处。如此，装修考究、私密性极好的私人会所，便如雨后春笋般冒了出来。随着中央反对大吃大喝和公款消费之后，南昌市的高档酒店瞬间失宠，私人会所热闹非凡，成了餐饮高消费的不二选择。"一位知情人向本报反映。

　　他告诉记者，在南昌市青山湖、艾溪湖、梅湖、象湖周边等地，都冒出了很多高档的私人会所。私人会所一般席设两桌，每桌菜肴在 2000 元以上（不含酒水和服务费），或者人均菜肴消费在 300 元以上。这位知情人还说，进私人会所消费的，不是商贾名流，就是政府官员。私人会所担心消费者身份暴露，一般只接熟客生意。

闹市区也有高档私人会所

15 日，记者通过知情人透露的线索进行查访，发现闹市区也有不少高档私人会所。

位于青山湖湖滨东路一家未标注名称的私人会所声称，会所全部为 VIP 包房设计，绝对能保证个人化私密空间，在各式风格的包房中，可为商务客户提供极大方便。

地处青山南路的某私人会所称，该会所由花园式别墅组成，别墅内独立配置高档用餐包房、休息室等，是高端商务嘉宾用餐、休闲、洽谈的理想会所。

记者注意到，这些私人会所要不就藏身于偏僻小巷，要不就隐匿在风景秀丽的公园或湖畔。

一些会所用餐每人至少 300 元

南昌市东湖区的金家山路，是一条旧民宅较多的小巷，隐匿在繁华的青山南路附近。15 日上午 11 时 30 分许，记者来到金家山路 12 号的某私人会所门前，发现该会所大门紧锁，多次敲门也无人应答。透过紧锁的大门缝隙，记者发现里面数栋小别墅装修考究。

附近一名市民说，该私人会所是关门做生意的，除非你与该会所有业务往来。"据说，在里面吃顿饭，动辄要成千上万的。"

当日中午，记者以一名熟客的身份拨通了该私人会所电话。在再三盘问记者身份后，一名女工作人员才很谨慎地告诉记者，该会所当天的桌席已全部订满，若记者需用餐，必须提前一天预约。

"为保证餐饮品质，会所只对外设两桌餐宴，每位客人费用 300 元起，酒水需自带，若另有需要，也可根据客人指定要求订做。"这名工作人员还强调，在该会所用餐，无须防备身份外露，因为该会所有严格的安保措施。

客人消费标准分三个档次

在沿江路一条小巷里，记者找到了一家会所。该会所对外没有招牌，也是只设两桌餐宴，小桌菜肴价格 2000 元，大桌菜肴价格为 2500 元。

"菜肴确保是农家菜，确保是野味。"这家私人会所负责人称，南昌的私人会所一般都是成功人士聚集的地方，他们为追求品质，对价格并不在乎。更重要的一点是，他们仅做熟人生意而且需要提前三天预订。

为证实会所提供的是高品质菜肴，这家私人会所的负责人介绍，会所的厨师是花高价从高档酒店挖过来的。这一说法，记者确从我省一家人才招聘网站看出端倪。

记者注意到，地处省城湖滨南路的某私人会所对外招聘特级厨师，开出的工资高达 8000 元／月。该私人会所的高姓工作人员昨证实确有招聘一事。"会所设两桌餐宴，每位客人的消费标准分为 300 元、500 元、800 元三个档次。"高姓工作人员强调，去该会所消费需提前预约。

高档宴请已转入"地下"

"'三公'消费在高档酒店几乎销声匿迹，但高档宴请没有杜绝。私人会所已成为高消费'避风港'。"省城一家连锁酒店负责人透露。

这名负责人告诉记者，因受餐饮大环境影响，不少高档酒店的主厨已被高档私人会所挖走。如今，高档私人会所已成高档消费的代名词。"另外，高档私人会所拒绝陌生人消费，大肆宣传私密性，安全性，不排除试图打造公款吃喝的阵地。"这名负责人透露。

针对省城高档餐饮消费转入私人会所，江西师大政法学院王章华副教授建议称，纪检、监察部门应该在就餐时间，派专人前往私人会所明察暗访。同时，纪检、监察部门可开设举报热线，使得前往私人会所吃喝的食客接受公众监督。

考验制度的长效作用

面对"吃喝风"的顽固，几乎所有的人都认为"打一阵好一段"的现象不能继续下去了，需要对其保持长期的打压态势。如何深入持久地治理公款吃喝？如何发挥制度的长效作用？中央电视台著名主持人白岩松也曾与几位嘉宾展开对话，实录如下：

白岩松：汪教授，接下来我们要关注一个非常重要问题，我先说一下，您也可以准备一下，什么意思？我们狠刹公款吃喝风，我认为第一战役已经非常成功了，从开始进行暗访，包括打击一些会所里头的公款吃喝，开始进入第二战役，我个人认为第二战役一个重要的原则是，不能再是舆论、或者道德上去谴责公款吃喝，而是如何出台相关的细则，在制度上约束公款吃喝。来，我们一起先看一下相关的内容。

解说：上周，四川省财政厅网站公布了 2013 年四川省省本级三公经费使用情况，信息显示，四川省要在今年进一步扩大省级部门三公经费的公开范围，公开的部门由去年的 53 个增加到 73 个。除了四川，北京、上海、陕西等省市，也在近两个月向公众晒出自己的三公经费支出。

记者从上海市人大常委会获悉，今年上海共有 94 家市级部门要向社会公开三公经费的预算，比去年增加了 4 家。

尽管很多地方都对外公布了三公经费支出情况，但这种公开是否是全面可靠，令公众感到满意的呢？本月初，上海财经大学公布省级政府部门三公经费透明度特别评估，他们的评估结果显示，截至 2012 年底，全国除港澳台地区外的 31 个省市自治区中，只有 17 个公开了三公经费，而已经公开的省份之间，也存在着较大的差异。

刘小兵是这次评估课题组的牵头人之一，他们在各省份的政府部门中选择了办公厅、财政厅、发改委等 30 个单位作为评估对象。刘小兵表示，一些部门公开的数据真实性并不乐观。

刘小兵：（上海财经大学公共经济与管理学院副院长）公开的这些单位里面，绝大部分单位都说没有出国考察费用，甚至连一些热门的商务委这种部门都没有出国考察费。还有一些那种数据有点太低的感觉，低得有点不太容易能够解释工作的开展。总之，这些数据现在看下来的，真实性还是有待考查的。

解说：而通过评估，课题组也发现，公开的信息存在缺失，担心这样的公开会令成效大打折扣。

刘小兵：你公开一下，我这个部门去年的三公经费决算是 500 万，用于业务招待是 500 万，这 500 万到底是什么概念，有多少人，是人均多少，业务有多少，要公开一些相关的数据，我才能够判断你是合理还是不合理。

白岩松：如果所有账目都公开出来，您觉得现在对于政府来说是不是有难度呢？

刘小兵：从技术上来讲没有任何难度，关键就是愿意不愿意、敢不敢的问题。

白岩松：面对公款的大吃大喝，现在真像是过街老鼠人人喊打，但是这种喊打更多的是一种情绪上、包括道德上的，但是进入到第二阶段这种对公款吃喝的这种约束的时候，或许我们应该思考这样的一些问题，什么该吃，什么不该吃，是不是吃两千就该打，吃五百就不该打。另外还有一个，究竟应该是什么样的处罚，有没有相关细则。你花钱请别人吃也许是不应该，但是别人花巨款请你吃，又该怎么去界定。一系列的问号都应该成为第二阶段约束公款吃喝的重要因素。

我们继续连线汪教授。刚才已经说了，接下来要探讨这个问题，您怎么思考，在进入到第二阶段的这种约束公款吃喝的时候，您怎么看待如何进入制度化的这种约束？

汪玉凯：中央"八项规定"产生重大影响，带了非常好的头，最高层做起以后影响很大。但是长期来讲，我认为必须从制度层面来思考问题，如果没有稳定的制度、有约束的制度，大家能够执行的制度的话，我想公款吃喝风有可能还是会回潮的，危险性还是存在的。

从制度层面来讲，我觉得要有细化措施。国外之所以能把这种东西管得比较好，有很具体操作的规程，而且出了问题以后，可以有纠错的手段，我们现在还是大而化之，原则性定性的描绘。

白岩松：是不是从某种角度，如果一个好的规定没有细则的话，其实才容易出现反弹和回潮？

汪玉凯：对，没有纠错手段是不能持久的，所以从制度层面，我们要考虑到内外两个层面。从外部来讲，要加强三公消费的公开，让社会公众来监督，而且三公消费的公开要细化，包括总经费多少，接待多少，规模多少。从内部来讲，就是要加强纪检监察审计，以及人大，这几个主体的监督,而且定期向这些结构进行报告,发现问题以后,我们要及时地来纠错,甚至加大对纪检监察处罚的力度。

白岩松: 非常感谢汪教授给我们带来的解读。其实在汪教授的解读当中,重点要强调的是制度对这种公款吃喝的约束,而在制度过程中又格外强调的是细节性的条款,只有有了细节性的条款才好执行,外界也才好监督。举一个例子,公款消费一定要开发票,不管开几张,但是总理已经说了,今年陆续实施县级的这种三公经费公开和透明,这样的话大家好监督了。另外一方面,其实大家也没有必要担心,我们的担心就是对公款吃喝一种非常好的约束力,想要很好地制止这种公款吃喝,不能靠我们光动嘴,恨得牙根痒痒,也不能靠动手暗访,更重要的是要动脑子,有好的制度。

的确,治理一种社会"顽症",需要有套有效的制度,而制度是否具有长效作用,则显得更为重要。以往多次治理"公开吃喝"皆在"一阵风"后宣告失败,不正说明制度未能发挥长效作用吗?

政府的决心和能力受到挑战

从众多媒体密集揭露和抨击吃喝风"回潮"到如今已过一年,这期间还经历了全党性的"群众路线教育实践"活动,这一活动依然含有讨伐"吃喝享乐"的内容。那么,"吃喝风"情况如何?我们再看看有关消息。

据人民日报报道,2013年8月28日,对日前媒体曝光个别内地赴港招商团入住高档酒店、享用豪华宴请的情况,商务部新闻发言人姚坚在28日举行的"生活服务业惠民生促消费"专题发布会上表示,商务部会进一步加强对招商工作的规范和管理,杜绝奢靡之风,倡导务实、节俭的招商。

　　此前，有媒体披露，自5月份以来，香港先后迎来9个省级招商团。此外，还有一些地、县级政府招商团。这些招商活动，启动仪式、集中签约、大型宴会等环节，都在香港顶级酒店和会场举行，耗资不菲。一个香港酒店业从业人士说，香港几家最高档的酒店，如金钟香格里拉、万豪和湾仔君悦，都是招商团最喜欢入住的酒店。这些酒店的普通标准间，都要2000元左右一晚。某省招商团在香格里拉酒店举行早餐会，参加者共约40人，花费约4万元，人均1000元。一些香港企业家说，常常是宴会进行不到一半，桌子就已经空了一半，服务员还在不停上菜，最后都是原样收走。目睹如此公款吃喝奢侈之象，一位身为亿万富豪的香港企业家不禁感慨："我不掏钱都觉得心疼。"

　　在迎来一批又一批内地各级政府组织的赴港招商团过程中，香港企业界目睹了内地政府官员公款吃喝的阔绰与气派。而这种情景出现在中央、政府"八项规定"颁发半年后，尤其是出现在"群众路线教育实践"活动期间，这些地方政府官员的胆量可谓壮哉。对于招商中的豪华宴请活动，大凡组织者都会冠以"特殊需要"理由，似乎唯有如此方足以显示诚意，唯有如此才足以体现力度。而香港企业界的人士说，豪华宴请体现不出良好的投资环境，只能说明奢侈败财，让人望而却步。其实，这样的道理政府官员们未必不懂，说透了，是"惯性"，还不太适应"急刹车"，对执行中央的"八项规定"有所淡化。

　　因此有网友评价说，中央"八项规定"颁布初期，政府官员连一般的吃请活动都不敢轻易参加，更别说豪华宴请，生怕撞在枪口上。可刚过半年多，胆子又壮起来，连"政府级别"的奢侈情景也出现了。看来，政府治理公款吃喝风的决心和能力遇到不小的挑战。

　　撇开赴港招商活动中的豪宴，再看内地，"挑战者"也不少见。

　　新京报2013年5月22日报道：北京多家公园内藏高档会所　员工称常有官员用餐

北海公园某饭庄：豪华大房间最低消费 1.5 万

北海公园有家饭庄，一串串大红灯笼悬挂在古色古香的庭院内，身着红色旗袍的服务员穿梭于回廊间。庭院两侧设有雅间，屏风上雕有龙凤图案，窗帘、台布、椅套均为明黄色，处处体现宫廷气派。

"饭馆雅间的最低消费是 3000 元，10 人以上人均最低消费 300 元。"工作人员介绍，比较受欢迎的是一间装修豪华、更显皇家气派的大房间，最低消费 15000 元。记者在菜单上看到，宴席套餐的价格从人均 288 元至 998 元不等，特别推荐的一款"宫廷盛宴"，每位 1888 元起。

"经常有官员来这里用餐，前几天还有部委领导过来呢。"一工作人员表示。

龙潭公园某会所：环境优雅绝对"安全"

位于北京龙潭公园东北角的某会所，门面不太显眼，但内部装修却十分高档，窗外的公园美景更是普通餐馆无法相比。客户经理介绍，停车场在公园外面，因此就算是公务宴请，也看不出是来逛公园的还是来吃饭的。来用餐的可以从公园的大门进入，也可以从一个不起眼的小门直接进入。

一进餐厅大堂，视野豁然开朗，在一侧的包间内可以看到龙潭公园的部分湖面。

这位客户经理介绍，在这里用餐，不仅环境优雅静谧，最重要的是绝对"安全"。

红领巾公园某公馆：只见豪车进不见游人出

红领巾公园西区，在公园的指示图上是一片绿地，但在这片区域却建有一座公馆。公馆门前，只见豪车进，不见游人出。

走进这家公馆，沿途的石雕、木雕古朴精致，饭店后面有近5万平方米的大草坪。服务员介绍，这里最初是公园绿地，建过高尔夫球场，最后改建成了公馆。"第二天的豪华包间已经预订一空，只剩下几个小包间，而要吃上鱼翅、大黄鱼、烤鸭等特色菜，一桌菜15人消费至少上万元，还要付15%的服务费。"服务人员介绍。

紫竹院公园某酒楼：用餐人均两三千元很正常

暗藏于北京紫竹院公园内的这家酒楼曾多次被市民举报。近日，记者以用餐的名义走进酒楼，长廊、假山、凉亭等景致应有尽有，从饭店内可直接欣赏湖面的优美风光。

游客来此就餐并不多见，多数为政府、企业等进行宴请，晚上更加热闹。服务员介绍，"这里用餐消费不菲，人均两三千元很正常。"

菜单显示：香煎鲍鱼仔228元一份，木瓜炖海虎翅498元一位，椰汁炖官燕588元一位……便宜的冷菜类如酱萝卜为48元一份，而最贵的菜则要1288元一份。

"这里曾经有观赏亭，有茶室，很多游客都喜欢到这里的长廊上坐坐。"一位游客称，"现在这里变了样，把普通老百姓拒之门外了，现在只能绕着走。"

有学者表示，公园建会所可称为另一种腐败

去年，紫竹院公园内供游人休憩的景点水榭变成了酒楼，游人多次提出异议。紫竹院公园相关负责人坦言，此举是出于为园区盈利的考虑。

有公园管理者指出，保证公园姓"公"首先要解决好公园建设、人员等历史遗留问题。只要政府对公园的公益服务给予足够的政策扶持、统筹规划、资金投入，免费开放等问题，都会迎刃而解。

但有学者指出，公园具有公益属性，是全体百姓公共活动的场所，理所当然属于全体百姓。可是管理方在享受着公共财政补贴的同时，占用公共用地建立私人享受的高档消费场所，这种做法是以权谋私，侵犯了公众的利益，可以说是另一种腐败。

专家还指出，中央"八项规定"出台以后，隐蔽、私密又成了这些高档会所的新卖点，更应引起警惕。

7月22日，中国新闻网发布记者金硕拍摄的组图：高档餐饮会所藏身北京六百年古寺。

2013年初，"市级文保单位嵩祝寺及智珠寺变身高档餐饮会所"的消息引发热议，将北京北沙滩胡同两座原本并不算知名的寺庙推向舆论的风口浪尖。7月20日，记者再次探访这里发现，嵩祝寺及智珠寺内的西餐厅和私人会所仍在照常营业。居住在周边的老人们说，这里早就不对外开放参观了，但每天夜幕降临后，有不少很贵的车出入寺庙，有的甚

至第二天一早才离去，小时候还可以进去玩，现在里面什么样早就不记得了。

嵩祝寺，北平名刹之一，位于北河沿大街25号，寺东有法渊寺，西有智珠寺。又东为三厂遗址，三厂乃明代所设置之翻经厂、汉经厂、道经厂。西廊下有三块铜云板，上铸"番经厂"三字。该寺位于马神庙东，已颓败，但仍为章嘉驻锡之所，设有办事处，主持黄教事务。

图为越过高墙拍摄，嵩祝寺里面是一道道被安装了铁门的拱门和悬挂了灯笼的长廊，让人很难将此处与一座百年古寺联系到一起。

寺庙的外墙上还可以清晰地看见白底绿字的"北京市文物保护单位嵩祝寺及智珠寺"。

古寺红色的门墙上安装着的密码锁与门铃看上去格外神秘，没有密码和熟人一般是无法取得联系的。

会馆的北侧停放着一辆没有牌照的商务车，据周边居民
介绍，这辆车是用于接送"会员"的专车。

要进入这座百年古寺，需要输入密码或等待里面的人出
来接应。

在古寺的高墙周围密布着各式监控摄像探头。

在古寺的南门（也就是正门）有会馆的工作人员把守，
警惕性很高。

酒桌要革命

嵩祝寺周边不乏豪车名车出入，但停放都格外隐蔽。

门口的快递员会上门来取一些快递，而从里面出来的服务员警惕性极高，发现有"可疑人员"便会紧闭大门让快递员在外面等候。

除了以上诸家媒体的消息，大家可能还发现另外一些蛛丝马迹，比如许多酒店门口见不到挂有公务车牌的车辆了，但照样有官员进出吃喝；在比较显眼的酒店很少见到官员的行踪，而比较隐蔽的酒店还是有官员举杯问盏。在比如，2014 年"两会"期间，依然有少数京外官员代表带着"随从"保障吃喝招待，只不过吃喝的地点选择得更"私密"而已。

应当说，眼下仍在搞"公款吃喝"的人的确是极少数了，但"极少数"也告诉我们一个真实的信息：有人不相信政府对"吃喝风"抡起真枪实棒，不相信政府对屡治无效的"顽症"有"回天之力"。

社会公众也在关注这一次政府会以什么样的态度对待"挑战"。一位网友发文评析：以往"吃喝风"多次潮落潮起，引发了社会舆论对政府"决心和能力"的质疑，我们宁愿这种质疑是个错误。这次若重蹈覆辙，那就真的有理由怀疑政府的"决心和能力"了。究竟如何，翘首以待。

却有经济界人士认为，"吃喝风"多次潮落潮起有其复杂的因素，最主要的是与"内需消费"关联紧密，怪不得政府的"决心和能力"。这种认识的合理因素是否存在？狠杀公款吃喝风，对于相关的经济运行数据究竟产生了什么样的影响？

2013 年 1 至 3 月份，整个餐饮收入同比增长了 8.5%，但限额以上企业的餐饮收入，不增反降，下降了 2.6 个百分点。"限额以上"企业是指年营业额在二百万元以上，也就是中高档餐厅。

7 月底发布的一份上半年餐饮市场分析报告显示，上半年，60% 的餐饮企业利润出现大幅下降，同比平均下降 42%，个别高端餐饮企业下降甚至超过 300%。

这样的结果与民众的感受基本一致：高端酒店失去了往日的火爆场面，生意清淡；中低端餐饮未受影响，营业收入稳中有升。

中国餐饮协会一位负责人对此评价说：以往高端餐饮眼盯公款吃

喝，以此追逐暴利；现在气候变了，生意惨淡很正常，付出"代价"也应该。

央视著名主持人白岩松说：餐饮收入下降，尤其是限额以上的高端酒店餐饮收入下降程度更加明显，一定程度上说明公款消费受到了一定抑制。我想强调的是，尽管餐饮收入增长速度回落比较明显，但是它并不是社会消费品零售总额增速回落的主要原因，它只是在餐饮类里头能看出相关的这种数据。其实我觉得面对这样的一个下滑，不仅不应该担心，反而应该高兴，我们难道需要公款吃喝去刺激消费，引起的这种增长吗？换一个角度再去想，像刀鱼、茅台、龙井，价格最近都开始下落，这是好消息。过去是公款把它的价格给抬上去了，现在公款吃喝一被杀，现在有可能贴近更多的人，对很多人来说难道这不是好信息吗？另外一方面可能也会让我们收获很多信心。

国家行政学院的教授汪玉凯认为：狠杀公款吃喝风，它和经济下滑关系并不很大。实际上我觉得我们餐饮业这方面，大家看到整体还是增长的，下降主要是在高端餐饮业，因为高端餐饮业主要靠公款来支撑的，大量公款消费。在这个领域由于"八项规定"以后，确实产生了比较大影响，高端餐饮业有一定的回落，但是就整个国家餐饮业来讲并没有整体上大幅度下降。再就是影响消费指数的因素很多，餐饮仅仅是一个方面，所以我们不应该说因为贯彻"八项规定"了，才导致 CPI 回落了。

白岩松和汪玉凯的观点具有广泛的公众认可度，因为"吃喝风"疯狂到今天，它对经济生活、政治生活、社会生活带来了太多的负面影响，所形成的危害已引起社会共愤，它实在没理由继续存在了。

一个可喜的迹象是，新一届政府没有放松对"回潮"现象的警惕，对"三公经费"的进一步紧缩、对财务管理制度的进一步规范等一系列措施，在大环境上对"吃喝风"进一步形成缩压态势，"回潮"现象对政府"决心和能力"的挑战，并未占取上风。

近期，财政部发出通知，在全面公开省级预决算及"三公"经费的基础上，各省应于 2015 年之前，在省内所有县级以上政府开展包括财政预决算、部门预决算及"三公"经费预决算等方面的公开工作，2014 年所选地区应至少达到省内同级政府数量的 50%。"三公"经费不断透明公开，将使奢靡之风、公款吃喝风逐渐失去"财力支持"。

随着 2013 年中秋节和国庆节的临近，中央纪委常委会召开会议，传达学习习近平总书记关于反对"四风"要持之以恒的重要批示精神。会议提出，当前要坚决刹住中秋节、国庆节公款送月饼送节礼、公款吃喝和奢侈浪费等不正之风，过一个欢乐祥和、风清气正的中秋和国庆佳节。会议还指出，纠正"四风"必须抓住重要时间节点，一个阶段一个阶段地推进。各级纪检监察机关要把日常性监督与阶段性检查抽查结合起来，对顶风违纪者发现一起处理一起，提高执纪监督的实效性、震慑力，坚决防止反弹、回潮。

国庆节过后，中纪委书记王岐山批示，对"吃喝风"的监管要实行"签字背书"。媒体解读，从此"请谁吃喝、谁陪吃喝"将有明确记录。公众普遍认为，这一招定会使请吃的、吃请的"更加小心"，有助于收起酒桌上的排场和放纵。

中国人民大学社会学教授刘少杰指出：中央的"八项规定"、群众路线教育实践活动，给全社会发出明确信号，就是坚决围剿"四风"。公款吃喝风是享乐主义、奢靡之风的双重体现，也是社会"顽敌"。对它的"围剿"符合民众意愿。目前的形势还算乐观，吃喝风收敛不少。但一定要防止"抬头"、"回潮"，一旦"回潮"，会更加肆无忌惮，会增加治理难度和成本，更会对政府威信、社会健康、民众信心产生附加危害。打击"顽敌"就需要保持强大火力，让它无法抬头。

南京大学社会学教授胡小武认为，反公款吃喝、反奢侈浪费，"不能成为临时性的、短暂的行动，让某些人心存侥幸。要消除老百姓对于八项规定只是口号式、运动化形态的疑虑，就必须从中央到地方都积极配合，让大家产生敬畏之心。"胡小武建议，下一步可以更多关注领导下基层调研使用公款吃喝、住宿以及一众官员陪同等问题……

  无论防止"回潮"还是打击"回潮",政府需做的努力当然还有许多。而社会公众认为,眼下需要快速摧毁"嘴上腐败"者的"避风港",那些形形色色"会所"性质的高端餐饮店,应当成为重点打击目标。

  以北京为例,高端餐饮会所数不胜数,它们眼盯的绝不是普通消费者,而是挥霍公款的官员们和财大气粗的老板。它们地处相对"隐蔽"的环境,具有"私秘"的特点,为"嘴上腐败"者进出增加了"安全感"。我们不妨再看看这些"会所"的真面目。

北京红领巾公园的"乙会所"(化名)

  红领巾公园是位于东四环路与朝阳北路交汇处的一家大型免费公园。四环主路穿园而过,将公园分为了东西两半。园内碧波荡漾绿植茂盛,景色十分优美。两家高端餐饮会所正是坐落于此。

  "乙会所"专做公园餐饮在京城已小有名气,有知情人士透露,其在北京的4家餐厅绝大多数都是位于公园景区内,这里的会员卡只有当一次性储值达10万元以上时,才

红领巾公园内的"乙会所"

能在各家店通用。就是靠着这样的特色服务，"乙会所"餐饮有限公司去年的销售额超过 7000 万元。红领巾公园的这家"乙会所"紧邻公园西门，门口甚至干脆挂着会所的牌子，车辆可以从西门直接驶入。公园一位保安员告诉记者，这里晚上生意特别红火，不仅门前停车场满位，有时连距离餐厅几百米的公园小路上都停满了车。这里有正对公园美景的户外花园和俯视全园景色的空中露台，婚宴价位从 3688 元 / 桌到 8888 元 / 桌不等。服务员表示，这种套餐价位还是比较优惠的，"如果是'零点'，一桌怎么也要 5000 元以上"。

北京青年湖公园的"y 食府"（化名）

青年湖公园南岸，有一家经营谭家菜的食府，同样占据了公园内景致最佳的位置。餐厅规模不大，只有 5 个临湖包间和两个普通包间，但由于紧邻青年湖，窗外碧波荡漾、垂柳依依，就餐环境十分惬意。据服务员介绍，这里只提供套餐，没有零点，价位从 388 元 / 位到 2088 元 / 位不等，接待的基本都是商务人士。记者在青年湖公园东门看到，门口

青年湖公园内的"y 食府"。

仅有的一小块空地上立着"食府专用停车场"的牌子，门口有食府的服务生，来宾可在此停车，然后换乘摆渡车前往食府，而其他车辆根本没有停车位，只能停在道路两边。

北京龙潭湖公园的"L阁"（化名）

龙潭湖公园西门附近，有座一进一出的老式宅子，红墙绿瓦好不气派。其位于公园里的部分大门紧锁，一旦有游客要靠近或是进入，马上会有便衣保安上前阻拦，并告知这里不对外开放，气氛颇为紧张。据知情人透露，此地有一个颇为出名的"L阁"。工作人员介绍其经营范围，两个版本：一个是老板的私人会所，主要接待一些与老板关系不错的朋友或是关系户，可以赏画、品茶、聚会或是洽谈生意，也可以提供就餐；另一个则称，这里只对会员开放，入会的标准是每年交34万元即可入会，餐饮的人均标准至少在2800元/位。

龙潭湖公园内的"L阁"。

综合各种情况，我们对"会所"不妨这样概括：一、它是高消费场所，消费主力是公款吃喝。二、它是奢靡之处，高档装修、高端服务、高贵陈设、高级酒水等与"高"相连的内容，无不显示着奢靡之氛围。三、它是腐败窝点，不断出入此处的官员们得到享乐，且无须为"安全"担心。四、它是社会公众眼中的"脓包"，危害着社会机体的健康。

高端餐饮会所纷纷出现，为享乐主义搭建了高档次平台，为奢靡之风架起了鼓风机，有钱人和依仗地位与公款做后盾的官员们享乐其中，却让社会付出着诸多昂贵的代价，比如腐败堕落、比如挥霍浪费、比如违法乱纪，等等。所以不能小看高档餐饮会所的负面作用，所以极有必要对这些类型的场所严格限制、规范。比如实行严格的申报制度，比如对它的营业内容进行严格地限制，比如严禁它在公园、文物保护场所存在，让它失去"隐秘"、"优雅"的场地环境，暴露在光天化日下。最主要的是，要严格限制政府官员出入这些场所，违者严惩不贷。当然，大凡高档餐饮会所的经营者们都有"背景"，不然他们怎能把场地设在公园内、古寺中、甚至中南海的围墙下？这也是社会公众们把治理会所视为"一大愁"的原因。但是，无论是财大气粗，还是背靠大树，他们的"背景"永远大不过"国家"、"共产党"这两块招牌，这个国家、这个党没有拿血汗钱养育"毒瘤"的必要。

提到"背景"，似乎绕个圈子再多说几句也不算多余。这些年，"背景"的确是个不寻常的社会现象，有"背景"的人无论做什么事都顺风顺水，常常做成寻常人做梦也不敢想的事；有"背景"的人无论干什么都无比胆壮，违规违纪甚至违法的勾当也毫无惧色。"背景"之下无公平公正可言，"背景"之下无规矩方圆之说，"背景"之下飘散着腐败之气，这个"背景"无非就是高官权贵。那些情愿为三亲六故做"背景"的高官权贵们是不会心系共产党、国家、百姓利益的，他们借助手中的权力和地位的影响力，着实打造自己的利益平台，并为此不惜损害国家和百姓利益，不惜牺牲党和政府形象。他们毫无疑问是侵蚀中国社会健康机体的最大"毒瘤"，终将被剔除。回到高端餐饮会所这个话题，公众眼里的"一大愁"不就是高官权贵这把"保护伞"吗？还是那句话，若真正把国家、党、百姓利益放在第一位，执政者就有足够的办法解决问题，会所只不过叶片之物、"背景"只不过残颜之色，何愁之有！在"背景"面前，政府更应显示足够的"决心和能力"。

综上所述，"回潮"迹象确有端倪，而社会大众对新一届最高决策层的"决心和能力"并未失去信心，这种信心来自于看得见的变化：

——人们看到，从2012年底至今已一年多时间，高端餐饮的整体盈利水平一直在下降，毫无掉头向上的迹象，且有不少酒店纷纷关闭。这说明挥霍型的公款消费得到有效遏制。

——人们看到，各大酒店门前的公务车辆几乎不见了，官员们再不敢像从前那样大摇大摆出入这类场所，这说明"吃喝疯"的主力队伍被击溃。

——人们看到，名酒、名烟、大菜在酒桌几乎不见踪影，公款接待的"大埋单"已经鲜见，这说明各级对财务的把关趋于严格，也说明各级政府官员在向"节俭"靠拢。

——人们看到，最高决策层对"吃喝疯"的打击力度并未减轻，各种更为细化的政策和制度在不断适时出台，围剿的战果正在不断扩大。

——人们看到，中央领导人的表率作用对全社会影响深远。2014年春节前，习近平总书记排队就餐庆丰包子铺，30余元的花费意在引导节俭之风。位于月坛街的"庆丰包子铺"从此成为外地游客纷纷参观体验的"新景点"。李克强总理餐桌不超标、不浪费、不喝酒的"三不主义"被手机微信狂转，"大总管"广受赞誉；中纪委书记王岐山多次在家做饭招待故交的消息引发网媒热议，网友们称"这座大山（王岐山）定将挡住中国公款吃喝疯的去路"。

——人们看到，2014年"两会"代表们再没有以往那样的酒桌之累。这些代表们曾长期被社会公众讥讽为白天举手、晚上举杯的"两举"人士，舆论并不考虑他们参加宴请活动的主动与被动。2013年的"两会"尽管处于全国声讨"吃喝风"的背景下，但仍有"勇士"级代表参加"地下"宴请活动，似乎是"一阵风"的判断在支撑着他们的胆量。而此后的"大势所趋"让越来越多的官场酒民不敢心存侥幸，2014 年的"两会"期间"酒桌繁忙"之象终于消失了，即便不排除还有个别"地下活动"，但这种极大的变化是前所未有的，足以令人振奋。

人们所看到的诸多变化，证实着一个结论："八项规定"推动了一场"酒桌革命"，具有里程碑的作用。以公款为支撑的"吃喝疯"在中国寿终正寝的日子已经到来了，中国酒文化必将再现"清醇"。

三问：禁酒之路有多远？

关于"酒疯"之象，关于酒祸之痛，本作中已多有赘述。"疯"与"痛"已经暴露了社会病态，且在不断提醒人们：中国社会已经到了该认真探讨"禁酒"问题的时候了，继续熟视无睹必将使社会机体背负更大的代价。

中原出现"夺杯人"

作为中国酒类发源地的河南，酒风之盛众所周知。酒盛之地，必有其害，张政对此感受最深，因为他是"深受其害"之人。

张政，曾是郑州市人民警察，因创造一次喝下7斤白酒的纪录，被冠以"中原喝酒第一人"、"中原第一酒鬼"等封号。15岁步入酒坛，一路杯中风光，持续17年每天喝酒3斤以上，终于弄出个严重酒精依赖。因为酗酒，张政多次发生车祸、死里逃生，两次将女儿丢失，被父亲5次送入精神病院，最终失去工作、妻离子散，断送了自己美好的前程和幸福的家庭。

张政原籍河北省邯郸市，在河南省郑州市长大。由于家人酒场很多，父亲又不能饮酒，上初中的张政便开始接触酒，替父亲"招待"客人。从此一发不可收拾。

高中时，张政慢慢离不开酒了。"很少在食堂吃饭，大多去街上的小饭店，要碗面便开始喝酒。每天我自己就能喝掉一斤白酒。"就这样，张政度过了高中、大学生活。

上班后，张政原本有一份不错的工作，能力也得到了领导的认可。但是，"喝了酒经常和领导发生争执，领导多次找到我沟通，希望我能少喝酒。可是我听不进去，依然我行我素。"张政说，为此他多次调动工作。

这时候，张政的包里、车里、家里到处都放着酒，他已经离不开酒了。家人多次劝说无效，2001 年，张政的爱人带着他们年幼的女儿离开了张政，离开了郑州。

没有了家庭，对张政影响很大。张政说，有时晚上他也曾懊恼，用头撞墙、打自己耳光、发下誓言。可是第二天一早，他还是忍不住喝几杯。

后来，张政的身体也出现了问题，手颤、面色不正常、消瘦，性格表现出小心眼、多疑。经检查，他已经严重酒精中毒、脂肪肝、酒精肝，双腿浮肿无法下床走路，还 5 次被家人送进专业精神病院。

2003 年，对张政来说是一个新的开始。

一天晚上，张政回家后发现家里来了很多客人。他高兴万分，开始和客人推杯换盏，最后大醉。他不知道，这正是家人所希望的。

第二天，等他醒来时已躺在了一家戒酒康复中心的病床上。张政觉得自己的自尊受到了伤害，便砸了康复中心的电视、饮水机。

但经过 73 天的药物、心理等治疗，张政成功戒掉了酒瘾。6 年过去了，张政表示他从未喝过一滴酒。

成功戒酒后的张政意识到是酒毁了以前的他。在戒酒的过程中，他开始学习戒酒的知识，开始研究酒精依赖症患者的心理、生理等知识，并考取了国家二级心理咨询师证，从此开始"反酒"。

2008 年 4 月 1 日，张政发起了"反酒"行动，他的主要行动范围是餐饮场所。张政通常的做法是先劝说喝酒人"放下酒杯"，而后讲喝酒的危害、讲"戒酒"的意义，对方若不听劝告，他就强行夺人酒杯。由于听劝者少，他夺杯的次数就多，所以被称为"夺杯人"。"中原第一酒鬼"变为"中国反酒第一人"，张政立刻成为社会焦点人物。张政说，自己的行动还有一个目标：力争促成相关机构设立"戒酒日"

张政第一次在郑州市开始实施"夺酒杯行动"那天，刚好是愚人节。当天晚上，张政来到一家大排档去夺一个人的酒杯时，对方还以为是开玩笑。直到后来张政非常真诚地讲述自己的经历，并送他一本"戒酒手册"，他才明白张政的意思，当场就把没有喝完的半瓶酒摔了，并决定戒酒。

之后他出入于各种饭桌酒席，以更为积极的姿态"反酒"，多数情况还是"以夺为主"。他不仅在河南行动，足迹还涉及全国十多个省市。面对这个扫兴的不速之客，有人将他推开，有人直接把酒泼在他身上，有人说他不可理喻，有人骂他是疯子。他的行为每每引起争执，身上留下了多处夺人酒杯时发生冲突留下的伤痕。有次被"夺酒杯"的是酒厂推销员，正陪客户喝酒。那人吼道："你不让我喝酒，家人咋养活？"一怒之下用酒瓶砸向张政，头上至今还留着伤疤。

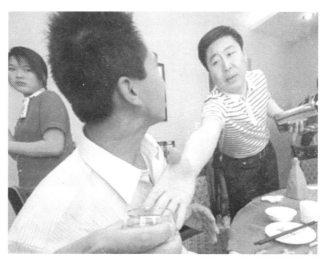

劝人戒酒

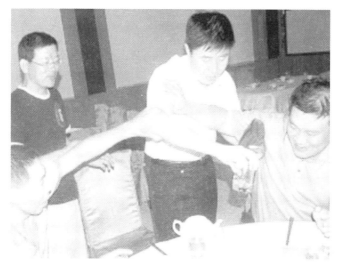

"夺杯人"张政

张政给食客讲解饮酒的危害。

拿走酒杯。

将酒倒掉。

　　有成功，有失败；有理解，有误会；有赞誉，有讥讽；有支持，有反对。张政"夺杯"尝尽酸甜苦辣。

　　而张政并不退缩，他认为，可能有些人对他的做法不理解，但不少喝酒者的家人对他的做法很支持。在夺人酒杯之前，张政总会先提醒：饮酒过多可能会患上酒精依赖症，造成严重的身体伤害，甚至还会造成妻离子散。尽管夺酒杯的成功率不足五成，但他决心把"夺酒杯"活动一直开展下去，不但要在河南夺酒杯，还要跑遍全国，夺酒杯夺到北京去。

　　如今，跟随张政夺酒杯的志愿者越来越多，已经达到187人。他们和张政一起，成为饱受争议的"夺酒杯"人士。

　　社会公众怎样看待张政的行为？张政在南阳市"夺酒杯"被当地人称为"疯子"，河南一家媒体为此专访南阳，记录如下：

　　胡睿（南阳市公安局交警支队民警）：张政的行为出发点可以说是好的。适度饮酒确实可以增添喜庆气氛，甚至是舒筋活血有益于身体的。但过度饮酒不仅伤身害命，还会贻害家庭以及社会。据统计，酒精依赖及其相关问题是仅次于心血管疾病、肿瘤的第三大公共卫生问题，酒精依赖患者其临床表现为神经系统并发症、消化系统并发症、心血管并发症等，过度饮酒还会对生殖及内分泌系统也产生一定程度的消极影响。据统计，40岁左右的男性"酒鬼"最多，一些人借酒浇愁，引发酒后滋事、打架斗殴、酒后驾车肇事等违法犯罪案件。仅交通部门一项统计：近年来因酒后驾车引起的交通事故占所有交通事故的80%，酒精已经越来越严重的威胁到了我们的健康，有的甚至影响到自身事业的发展和家庭的和睦。张政本人就是在过度酗酒给自己的家庭、事业和身体造成伤害后，才决意与酒决裂，并本着使社会也认识到过度饮酒的危害，采用"夺酒杯"这种劝诫方式来宣传戒酒，从而开始了自己的漫漫"反酒"路。从这点来说，张政能从过度酗酒对自身造成的伤害中顿悟，并把"反酒"作为一项公益事业做，是值得肯定的。

姜云（镇平县人民法院法官）：众所周知，我国有着几千年的酒文化，酒在中国人的心目中不仅是物质文化的一种需要，更是精神境界的一种享受。高兴时要喝酒，"酒逢知己千杯少"；郁闷时要喝酒，"借酒消愁"；请客人时要喝酒，"无酒不成席"。可以说，酒已经成为中国人工作和生活的一部分。从这个立场上说，张政的行为就有点"不近人情"，也许就是他这一"夺杯"，影响了酒桌气氛，破坏了他人一桩赚钱的大生意，或是一个接近领导的好机会。这就好理解，张政在"反酒"过程中，为什么经常遭受辱骂，甚至殴打了。不过，近年来随着人们生活水平的提高，国人的健康意识也在不断提高，对过度饮酒可能造成的危害也越来越重视了，所以，张政在"反酒"过程中也会遇到"相见恨晚"的理解者和支持者。但不管怎么说吧，我还是觉得张政的

"反酒"行为太过粗暴，不可取。

王彬(南阳市中级人民法院法官)：从法律的角度来分析，张政的行为有干涉别人自由之嫌。酒是别人掏钱买的，身体是自己的，国家又没明令禁止不让喝酒，那消费者就可选择是否喝酒，喝多少酒，别人无权干涉。有爱心的可以劝劝，不听了你也不能"硬夺"。本来朋友大老远来了，心情挺高兴，你这一闹平白给别人添堵不是。如果被摔酒瓶者较起真来，恐怕张政赔礼道歉、赔偿损失是免不了。

社会舆论对张政的"夺杯"举动评价不一，这与看问题的角度不同有关。但人们对过度饮酒的危害并无分歧，对减少"酒害"抱有共同的希望。

现在的张政每天都过得很忙碌，常常接电话接到手软。他每天都会接到电话向他哭诉亲人的酗酒和对家庭的伤害。特别是那些亲属一个电话往往打一两个小时都舍不得挂掉。听到这些故事，身为"心理导师"的张政的内心愈发沉重了。"我现在一听到电话响就紧张，觉得压力很大。"可为了让更多的"酒鬼"早日清醒，张政决定坚持下去，"特别是当我看到那些亲属充满失望而又渴望的眼神时，我就觉得自己身上的责任重大。"

张政表示，即便这项工作遇到最大的困难，自己也会坚持下去，"总要有人挺身而出，为反酒行动做点什么，告诫这个社会如何能正确认识到饮酒的危害性。"即便是面对那些非议和争论，张政的态度也很坚决，"这个工作是长期的，我会坚持到底。"

可否实行"适度禁酒"

酒的社会属性、生活属性决定，它不可能从人们的需求中消失，不可能完全成为"禁品"。常言道：酒是双刃剑，福祸在观念。我们决不排斥它作为"福"的存在价值，但也决不能忽视它作为"祸"的危害性。尤其当我们已经发现、切身感受到"酒祸"泛起时，对"禁"的探讨就显得必要了。当然，我们需要探讨的不是"全面禁止"，而是适时、适度。

何为"适度"？如何"适度"？的确值得认真研究。

可否设定"戒酒日"？世界有了"戒烟日"，烟民并无反对意见，因为懂得烟草的危害。那么，对于"酒害"，人们也不缺少认同，设个"戒酒日"还算问题吗？一个"戒酒日"能节省多少钱，能减少多少醉酒行为，能减低多少酒后祸端，这个账怎么算都有益。

可否划定"禁酒群"？已有不少国家法律规定饮酒年龄段，比如美国是不允许少年饮酒的，也不允许向少年售酒，违者即违法。而中国却没有相关条文限制饮酒年龄段，使得少年酒民多如牛毛，明显不利于身心健康。对饮酒人群有所区别，对售酒范围有所规范，并非难事，何以不为？

可否规定"饮酒时段"？比如全国公安系统曾严令"工作日禁酒"，一周内有 5 天时间不允许干警喝酒，效果极其不错。其实这也不是新鲜事物，几千年前的周朝就有过类似条律：时、序、数、令。其中的"时"就是指严格把握饮酒时间。

可否限制"饮酒数量"？因为过量才致醉，因为过量才伤身，因为过量才招祸。饮酒时对"量"的把握不是小问题，而饮酒者本人常常难以自持，所以有必要以相关条律帮助解决。周朝"三爵即止，过量即为违礼"，此律虽显苛刻却少有违者。当下酒民"三杯即止"恐不现实，"三两即止"总不难做到吧？无论规定多少"即止"，原则是让人少饮为上，帮助人们树立"不过量、不致醉、不伤身"的观念。

可否也来个"单双号"？北京汽车多了，交通不堪重负了，于是实行"单双号"限行。最初有人不理解：花钱买车为了出行方便，这下弄得半年无法用车，合理吗？北京市最终改为"尾号限行"，还是每周有一天不能上路，大家都接受了。提及这档事是想提出一个命题：汽车可以择日"限行"，酒能不能择日"限喝"？这个命题不算离谱，我们不妨想下这个道理："限行"只是解决交通堵塞问题，而"限喝"解决的是人们健康与安全问题，两者相比哪个更重要？当然是人的健康与安全更重要。既然如此，"更重要"的问题为什么不能认真对待？这是一个思路问题，思路若没问题，接受"限喝"也不会有问题。

或许有更多的"可否"需要探讨，以上只当是抛砖引玉。

河南镇平县法官杨涛提出："禁酒"应该解决"范围上过于狭窄"的问题，力求社会化效益。杨涛通过网络搜索发现，这些年，仅各地政府机关出台的关于禁酒的规定就有几十万条。他说，这大多是以行政命令方式禁止公务员、警察、法官、教师等一些公职人员，且在对公职人员的"禁令"中一般都是禁止工作日中午饮酒的。但对普通老百姓却没有相关的规定，可以说在被禁酒的人员和范围上过于狭窄。这点部分发达国家做得就比较好，比如美国和俄罗斯都有关于禁止过度酗酒的规定，而且是社会性的。我们必须承认"酒疯"是个社会问题，所以在研究"禁酒"问题上，要着眼"全社会"，不能只盯一部分。

无论张政的"夺杯"行为，还是杨涛法官的建议，都让人感到"禁酒"是个非凡的挑战——与"酒文化大国"的对垒，与酒业经济利益的对抗，更重要的是与庞大的酒民队伍传统饮酒理念的冲撞。这条路，不好走。

在禁酒的道路上，我们还可以做些什么？

近年来，随着人们生活水平的提高，国人的健康意识也在不断提高，对过度饮酒可能造成的危害也越来越重视了。据悉，2008 年，开封市在对公务员进行的一次体检中，80% 的人存在不同的病症，这其中过度饮酒是首要的健康大敌。这个信息再次让我们意识到"禁酒"的必要。

诚然，"禁酒"决非易事，对于"禁酒"的艰难，张政在"反酒"的经历中自然感受更深，因为他经受了太多的委屈和非议。但这并不意味着"禁酒"之路无法走通，因为社会还有许多积极的因素为"禁酒"助力。比如，没有影响张政的信心。张政的"反酒"行动对社会的积极影响不可否认，张政的"反酒联盟"队伍如今已发展到上千人，这说明提倡"禁酒"并非曲高和寡，社会潜力值得期待。

有人担心：张政们这种民间行为究竟能起多大的作用？这个国家的嗜酒之风会否因此而改变？"国情"告诉我们，不必抱太大希望。因为，民间行为不可能解决顽固的社会问题。真正有效的，还是把民间行为上升为"国家行为"，以法律和制度改变嗜酒之风。

虽然从法律的角度说，喝酒是公民人身自由的一项体现，公民有权利选择是否饮酒，饮多少酒。但我们能做的还是很多的，比如说，国家可以加大对饮酒过度的危害的宣传力度，禁止或是限制酒类广告的播放，提高酒类税率等等，来倡导健康的价值理念，引导公民进行理性选择。企业可以开发出更多的满足大众愉悦身心的休闲方式，使受众除了饮酒可以有更多的接待朋友、休闲娱乐的选择。国人也要不断提升自己的健康意识，自觉抵制过度饮酒的"不良习俗"，选择健康的消费。

就"禁酒"而言，所有的困难无非是"利益"与"观念"的阻力，若下决心搬开这两块石头，解决剩下的问题就会轻松许多。可以想象，如果大刀阔斧开展禁酒，势必影响酒类产品的销量，国家每年就会减少巨额利税收入，酒类生产企业就会损失许多利润，地方政府也会失去一大块财政来源。但我们不能不算另外一笔帐：酒桌产生的浪费是多少？由此引发的大量事故带来的经济损失是多少？造成的健康危害消耗了多少资金？如果认真比较一番，国家拿到的酒税再多，恐怕也是得不偿失。再说酒类生产企业，产量越高、销量越好、它肯定越赚钱，越兴奋，但由此带来的另一个问题是"酒漫神州"，助长了社会嗜酒之风，这对社会健康发展不是一种危害吗？左思右想，我们似乎是在奋不顾身求"祸财"，这种近似可悲的局面不该收拾一下吗？当然，"禁酒"不是禁毒，其目的绝不是让酒水从生活中消失，而是强调一个"度"。我们提倡把酒类产品生产限制在一定范围内，提倡人们养成适度饮酒的良好习惯，以防止酒水成为"祸水"。

不难想象，就当下的社会环境与国民的生活习惯而言，禁酒面临诸多复杂的因素。但情况复杂不能成为推托的借口，国家应当以"张政式"的决心，**把饮酒人群限制到最小范围，把饮酒场所控制到最少数量、把饮酒消费引导到最低程度。**

酒问

千度春秋，吾本生活美味；

岁月飘香，而今何以成罪？

浊吾清冽，原本世人所为；

怨声载道，怎可独吾承累？

奉告世人，杯中有香有泪；

无度无节，何得仙逸相随？

人愁世忧，嗜者当需消醉；

天上人间，风清香醇岁美！

后
记

　　我的人生，似乎与酒缘厚情深。

　　出生在酒乡——河南宝丰县。据史书记载，北宋名将岳飞麾下牛皋醉破金兵，明末农民起义领袖李自成部将郝摇旗醉战清军等故事，皆出此地。自上世纪 50 年代起，"宝丰大曲"以河南酒类产品"新三杰"（张弓、宝丰、林河）并驾齐驱，一路走红到今天。"宝丰大曲"，一直是我心中的一份骄傲。

　　孩童时期不饮酒，但早早学会了"划拳"，小学五年级就敢与大人对垒相搏。大家莫觉奇怪，这是酒乡的"酒俗一景"：划拳童子功，酒桌中学生。

　　70 年代末，应征入伍，家乡美酒伴征程，那 6 瓶"宝丰大曲"是父亲找老领导"批条子"好不容易搞到的。父亲嘱咐说：喝不喝，先带着，这是家乡的水，闻一下就来神。这就是酒乡人对酒的情缘。

　　当"新兵蛋子"时，极想家，熄灯号吹过，揣着一瓶酒悄悄溜进菜地，猛灌几口，闭目思乡。营副教导员当值查哨，闻香而来，拍下我的肩膀，轻声问道："还是新兵蛋子，咋敢偷喝酒？"我下意识地把酒瓶递给副教导员，他顺势便是深深地一口呷下去，叹道：好酒。继而警告我说：一定要记住，战士不允许喝酒，这是纪律。

自那晚，三年战士生活，再不曾沾酒。

我被提为排长那年，三年前的营副教导员已经提升团政治处副主任，成为"八号首长"。"八号首长"把我叫到家中，竟拿出一支"宝丰大曲"空瓶子，说道：酒喝了，瓶子还保存着，这是纪念。你已经成为军官，可以喝点酒了，允许你今晚就在我家喝个痛快。

不久我成为"八号首长"手下的宣传干事，他对我的几项要求中依然包括一项：尽量少喝酒，酒多影响个人进步。那是80年代初，部队的确还处在"艰苦奋斗"的浓烈氛围中，营区的餐桌上只有八一、春节略飘酒香，平时极少有之。因为有严格的纪律约束，战士喝酒的现象几乎不见，喜欢喝酒的干部也不敢明目张胆，多数情况是在自己家中或者跑出营区躲进地方餐馆过把瘾。当然，也有少数不太在乎的人，其结果必然不妙。我的股长因为带着酒气进会场，团长当场宣布"记行政警告处分一次，下连当兵锻炼三个月"。但股长并未改掉爱喝酒的习惯，为此付出了不小的代价：一个位置干8年，直到转业。

那时期更不兴"公款喝酒"，团招待所的餐厅不放酒，即便团长、政委因特殊情况招待上级，也只能从家里拿酒。至今记得一件事，副师长来团检查工作，赶巧遇到生日，团领导"破例"设了酒宴祝福。两天后，师政委便专程来团，狠批团领导公款喝酒"影响风气"，命令参加副师长生日酒宴的所有人员"自掏腰包"。从不喝酒的团参谋长苦笑道：我就喝了杯茶，也掏7块钱，这茶真够贵的。

今天的人们对当年的此类"故事"定然感到不可思议，而经历过那个时期的人们不觉奇怪，就那种"风气"。今天的人们对当年的那种"风气"往往给予"极左"的评价，而从那个时期走过的人们多认为"酒少风清"值得怀念。

80年代中期过后，说不清什么原因，军营"酒风"在不知不觉中渐起，无论军官还是战士，再无须"谈酒色变"了。越来越多的人陶醉酒中，我自然也不例外，原本就是酒乡人嘛。

酒中人，酒中情，酒结文缘。80年代后期，将要军校毕业之时，我的中篇报告文学《酒歌》在南京《青春丛刊》发表了。于是有同学在毕业纪年册留言：唱着酒歌离校园，来日可称"张酒仙"？

《酒歌》只是真实记录了家乡的酒风酒俗而已，粗浅之作，并无厚度。因为当时的我尽管爱喝酒但对酒的认识并不深刻，更不具备以"酒文化"的眼光审视琼浆玉液的能力。

河南是产生中国第一滴酒的酒坛圣地，如此之地，酒盛之势不难想象。在河南驻军工作的数年间，身临其境，醉熏其中，倒是真真切切享受到了"酒文化"的几分味道。

杯酒如镜，其中折射出酒与政治、酒与社会、酒与经济、酒与文化、酒与人生等诸多真实而又生动的影像，如此"功能"，孰能替之？另一方面，中国"酒文化"所谓丰富而厚重，且另国人骄傲，核心在于它散发着"生活美味"，而这种"生活美味"远古至今熏染着中华民族，烘托着热情、快乐与幸福的气氛，如此"尤物"，孰可代之？因此常想：中国人爱酒，爱的是"味道"，醇香熏得人心醉；中国酒盛，盛的是浓情，绵绵情意裹酒中。

但是，近些年来，却嗅到"生活美味"的丝丝腐气，且感到日渐浓烈。酒桌上的奢侈之风、功利色彩、粗俗之相、腐朽气息，着实令人忐忑不安。浊混清冽，臭败醇香，如此这般，中国"酒文化"这条大河流淌的将是何样的浊流？如此浊流将会何等污染我们的社会和人们的生活？我们将如何保护一河清流滚滚不息？

于是，想到了"酒桌革命"这个话题。

一位官员朋友对这个话题似有几分反感：别动不动就"革命"，搞得"文革"似的。不就是喝几杯好酒吗？不就是花点公款吗？不就是进几次高档酒店吗？除了人情，还有工作需要，值得你大惊小怪搞"革命"吗？

相信这位官员朋友对"酒桌革命"的反感代表了一部分官员的

心态，这部分官员对公款吃喝非但不以为然，且冠之于"工作需要"，喝再好的酒也不觉得奢靡，花再多的钱也不以为浪费，"酒桌待遇"似乎连接着他们的快感甚至于价值，因此对"酒桌革命"报以冷漠自在意想之中。

只是，他们的态度和行为沾染着享乐、奢侈、特权色彩，偏离了社会健康发展的轨道，需要被"革命"。

我并不认为"革命"是"文革语言"，更不认为"革命"二字因沾染过"文化大革命"这场运动就变得邪恶不堪。"革命"就是变革，就是涤污漂清，就是推陈出新。所以，对"酒桌革命"无须谈之色变。

诚然，酒桌本是轻松之处，而"酒桌革命"这个话题并不轻松，因为这个话题连接着敏感的政治生活、混乱的经济秩序、败落的社会风气，连接着近20年间中国社会抹不去的沉醉"影像"。然而，我们不能因为担心"沉重"而放弃责任，这种责任是呼唤中国"酒文化"的清流，更是呼唤健康的社会，和美好的生活。于是，我决意写作《酒桌要革命》这部作品。

《酒桌要革命》的写作始于2011年冬季，那时"吃喝疯"正处于巅峰阶段，同样也是社会公众声讨"吃喝疯"的高潮期。那个冬季，我专程赶赴贵州省遵义市茅台酒产地，调查茅台酒风狂涨价与公款消费的联系。此行得到了如下信息：

——在茅台酒厂宾馆的客房一年四季没有一间空闲，天天住满全国各地"讨酒客"，有的一住几个月，也未必能满载而归。与需求量相比，26000吨的年产量太低了。

——据酒厂知情者透露，把拿着"批条"等酒的客户全部"消化"掉，怎么也要等三、五年。方方面面需要"照顾"的关系太多了，而库存的酒太少了。

——一个专设的酒库存放着数十座"封缸酒"，每缸容酒500公斤，部队上将军衔者几乎人人一缸，地方省部级以上领导也有多人享受"封缸酒"待遇。据称每缸酒廉价收取50万元左右，平均每斤500

元，而茅台酒的时价高出"封缸酒"数倍。

——70 年代形成的茅台酒地市级计划供给取消，公开的解释是，此举利于缓解市场供需矛盾。而实际情况是，无法满足级别更高的政府、机构对茅台酒的需求，只得"割下补上"。

——各方正在酝酿把茅台酒申请为"奢侈品"，高价格、高品质、高需求的产品属性已具备申请条件。

——谈及茅台酒的前景，当地一位官员预测：茅台酒价一飞冲天的历史没有结束，三年内，它的出厂价将轻松越过每斤 3000 元大关。

以上信息，使我不由得联想到社会比较流行的一个说法：公款养大了茅台酒，茅台助推了"吃喝疯"。

综合各种社会信息、说法，得出一个结论：中国"吃喝疯"的主力队伍是政府官员，公款是最大的后盾。我在想，如果茅台酒真的申请"奢侈品"成功，如果茅台酒的价格真的突破每斤 3000 元，那么，真的要形成"美酒配英雄"这一局面，而这一"英雄"队伍非官员莫属，因为没有哪种力量能与公款较量。我又想到 2011 年见诸报端的一个惊人数字：中国公款吃喝费用迈向 5000 亿。而依照茅台"申奢"、"3000 元"这般前景发展下去，中国的"吃喝疯"刮走的公款定将再次大上一个台阶了。那将是一个怎样巨大的数字？粗略计算，恐怕要吓人一身冷汗。

那个冬季，作者的心境与寒冷的天气同样糟糕，在写作《酒桌要革命》的初期，胸中填满了不安，脑海翻滚着骇浪，不时又感到自己如"杞人忧天"般愚蠢可笑。总之，仍在劲吹的"疯势"在不断削减着写作《酒桌要革命》的激情，我已告诫自己为"徒劳"做好心理准备。

2012 年的金秋给国人带来划时代的期盼，一股清新的气息扑面而来……仅就"酒桌"而言，其变化足以令人感到振奋。中央"八项规定"的颁布、社会对"吃喝疯"的围剿，为《酒桌要革命》写作注入了强量"兴奋剂"，使这部作品伴随着几多期望加速完成了。

《酒桌要革命》旨在呼唤中国酒文化的清流，提倡健康的饮酒观念和习惯，建言依靠法律约束与"杖责"酒坛陋相……同时，作品也无法回避对腐败风气评述，因为中国"吃喝疯"的盛行的确与腐败风气息息相关。当然，作品也有"醉翁之意不在酒"之言辞，这是因为痛心社会败象纷乱繁杂，故稍有"借酒浇愁"之嫌。总之，作品无论述说什么，这一切，皆缘于对人的美好生活、对社会的文明发展、对人间琼浆美味的久香之期盼。

诚然，一部作品，一己之见，绝无"济世"奇效，自然不求对酒坛有多大的改变作用。但作者并不怀疑拙作对人们的提醒与参考价值，少许"醒世"之用，也就不算徒劳。

八项规定清风习习，把酒论道正当其时——愿与读者朋友共享清醇之乐。

2014 年于北京。